O último demônio
a morrer

O último demônio a morrer

Um romance do Clube do Crime das Quintas-Feiras

Richard Osman

Tradução de Jaime Biaggio

Copyright © 2023 by Richard Osman

TÍTULO ORIGINAL
The Last Devil to Die (The Thursday Murder Club 4)

COPIDESQUE
Stella Carneiro

REVISÃO
Ilana Goldfeld
Juliana Souza

DIAGRAMAÇÃO
Ilustrarte Design e Produção Editorial

CIP-BRASIL. CATALOGAÇÃO NA PUBLICAÇÃO
SINDICATO NACIONAL DOS EDITORES DE LIVROS, RJ

O92u

    Osman, Richard, 1970-
        O último demônio a morrer / Richard Osman ; tradução Jaime Biaggio. - 1. ed. - Rio de Janeiro : Intrínseca, 2024. (O clube do crime das quintas-feiras ; 4)

        Tradução de: The last devil to die
        ISBN 978-85-510-1000-6

    1. Ficção inglesa. I. Biaggio, Jaime. II. Título. III. Série.

24-89103   CDD: 823
                                CDU: 82-3(410.1)

Gabriela Faray Ferreira Lopes - Bibliotecária - CRB-7/6643

[2024]
Todos os direitos desta edição reservados à
EDITORA INTRÍNSECA LTDA.
Av. das Américas, 500, bloco 12, sala 303
22640-904 — Barra da Tijuca
Rio de Janeiro — RJ
Tel./Fax: (21) 3206-7400
www.intrinseca.com.br

Para Fred e Jessie Wright, com amor e gratidão.
Vocês sempre serão o início da minha história.

Quinta-feira, 27 de dezembro, onze da noite

Kuldesh Sharma torce para estar no lugar certo. Estaciona ao final da estrada de terra, rodeada de árvores, macabra em meio à escuridão.

Ele finalmente chegara a uma decisão em torno das quatro da tarde, sentado nos fundos da loja. A caixa estava em cima da mesa à sua frente e "Mistletoe and Wine" tocava no rádio.

Deu dois telefonemas e agora ali está ele.

Desliga o farol e fica sentado no breu.

É um risco imenso, sem dúvidas. Mas ele já tem quase oitenta anos; que outro momento seria mais adequado para tentar? Qual é a pior coisa que poderia acontecer? Eles o encontrarem e matarem?

Com certeza as duas coisas aconteceriam, mas seria tão ruim assim?

Kuldesh pensa em seu amigo Stephen, em como ele está agora. Tão perdido, tão silencioso, tão diminuído. Era isso o que o futuro lhe guardava também? Como haviam se divertido, todos eles. Que farra que faziam.

O mundo está se tornando um sussurro para Kuldesh. A esposa se foi, os amigos indo aos poucos. Ele sente falta do trovejar da vida.

E então apareceu o homem com a caixa.

Em algum lugar ao longe, uma luz fraca e difusa se anuncia em meio às árvores. Soa o ruído de um motor no silêncio gelado. Está começando a nevar, e ele espera que a volta para Brighton não acabe sendo muito difícil.

Um facho de luz cruza o para-brisa traseiro, anunciando a chegada de outro carro.

Tum-tum-tum, bate o seu coração envelhecido. Quase se esquecera da sua existência.

Kuldesh não está com a caixa agora. Ela está em local bastante seguro e, por ora, isto o manterá seguro. É sua garantia. Ainda precisa ganhar algum tempo. Se conseguir, bem...

Os faróis do carro que se aproxima ofuscam seus espelhos e então são desligados. As rodas são travadas, o motor se aquieta e, mais uma vez, restam apenas a escuridão e o silêncio.

Pois bem, então. Será que deveria sair do carro? Ouve a porta do outro veículo se abrir e o som dos passos se aproximando.

Começou a nevar mais forte. Quanto tempo isso vai levar? Ele terá que explicar sobre a caixa, óbvio. Terá que oferecer novas garantias. Mas espera estar saindo dali antes de a neve virar gelo. As estradas estarão um perigo. Será que...

Kuldesh Sharma vê o clarão do tiro, mas está morto antes mesmo de ouvir o ruído.

PARTE UM

Então, está esperando o quê?

1

Quarta-feira, 26 de dezembro, por volta da hora do almoço

— Uma vez fui casado com uma mulher de Swansea — diz Mervyn Collins. — Ruiva, tudo o que tinha direito.

— É mesmo? — questiona Elizabeth. — Pelo jeito tem uma bela história aí.

— Uma história? — Mervyn faz que não. — Não, a gente terminou. Sabe como são as mulheres.

— Nós sabemos, Mervyn — diz Joyce, cortando um pedaço de *Yorkshire pudding*. — Nós sabemos.

Silêncio. E não é a primeira vez que isso ocorre durante esta refeição, observa Elizabeth.

É o feriado do Boxing Day e o grupo, além de Mervyn, está reunido no restaurante de Coopers Chase. Todos usam coroas de papel colorido, que saíram dos *crackers* de Natal após terem sido estourados. Joyce os trouxera. A coroa dela, grande demais, ameaça tapar seus olhos a qualquer momento. Já a de Ron é muito pequena e o papel crepom rosa faz pressão sobre suas têmporas.

— Tem certeza de que não aceita uma dose de vinho, Mervyn? — pergunta Elizabeth.

— Bebida durante o almoço? Não — diz ele.

Cada um do grupo tinha passado o Natal num canto. A data havia sido difícil para Elizabeth, era preciso admitir. Ela tivera a esperança de que o dia fosse acender alguma fagulha em seu marido, Stephen, imbuí-lo de um sopro de vida, alguma clareza, trazendo lembranças de Natais passados. Mas não. Agora, para Stephen, Natal era mais um dia como outro qualquer. Uma página em branco no final de um livro velho. Ela estremecia só de pensar no ano que a aguardava.

Todos haviam combinado de se encontrar no restaurante para o almoço do dia 26. Joyce levantara de última hora uma questão: não seria simpático convidarem Mervyn? Já havia alguns meses que ele estava em Coopers Chase e, por ora, estava tendo dificuldades para fazer amigos.

— Ele está passando o Natal sozinho — dissera Joyce, e todos concordaram que deviam convidá-lo.

— Belo gesto — elogiara Ron, e Ibrahim acrescentara que, se Coopers Chase tinha uma razão para existir, era a de assegurar que ninguém se sentisse só no Natal.

Elizabeth, por sua vez, louvara o espírito generoso de Joyce sem ignorar que, na luz certa, Mervyn tinha o tipo de beleza que costumava deixar sua amiga caidinha. Um tom de voz áspero salpicado de sotaque galês, sobrancelhas escuras, bigode, cabelo branco. Elizabeth está sacando cada vez mais qual é o tipo de Joyce; "qualquer homem minimamente bonito" é uma boa definição. Ron definira Mervyn de outra forma ("parece um vilão de novela"), e Elizabeth confiava na opinião de Ron.

Até ali, já haviam tentado falar com Mervyn sobre política ("não é a minha"), TV ("não dou bola") e casamento ("uma vez fui casado com uma mulher de Swansea" etc.).

Chega a comida dele. O sujeito tinha recusado o peru, e a cozinha aceitara preparar então um lagostim com batatas cozidas.

— Estou vendo que você gosta de um lagostim — comenta Ron, apontando para o prato de Mervyn.

Elizabeth precisa reconhecer que ele está fazendo um esforço.

— Quarta-feira é meu dia de comer lagostim — afirma Mervyn.

— Hoje é quarta? — pergunta Joyce. — Sempre fico perdida na época do Natal. Nunca sei que dia é.

— É quarta — confirma Mervyn. — Quarta, 26 de dezembro.

— O nome do prato de lagostim é "scampi", mas sabia que esse é o plural? — diz Ibrahim, cuja coroa de papel está elegantemente torta. — Cada lagostim individual seria um "scampo".

— Sim, eu sabia disso — replica Mervyn.

Osso duro de roer, mas Elizabeth já roeu alguns mais duros em todos aqueles anos. Uma vez tivera de interrogar um general soviético que em três meses de prisão não havia proferido uma palavra; uma hora depois, estavam cantando canções de Noël Coward juntos. Joyce vem trabalhando em Mervyn já há algumas semanas, desde o fim do caso de Bethany Waites. Por ora, já pescou que ele foi diretor de escola, que foi casado, que o cão atual já é o terceiro e que ele gosta de Elton John, mas não é muita coisa.

Elizabeth decide assumir as rédeas da conversa. Às vezes é necessário fazer a pessoa pegar no tranco.

— Mas e então, Mervyn, tirando a nossa misteriosa amiga de Swansea, como anda a sua vida amorosa?

— Eu tenho uma namorada — declara ele.

Elizabeth repara no sutil arquear das sobrancelhas de Joyce.

— Que bom pra você — diz Ron. — Qual é o nome dela?

— Tatiana — responde Mervyn.

— Lindo nome — elogia Joyce. — Mas você não tinha falado dela antes, tinha?

— Onde ela está passando o Natal? — pergunta Ron.

— Na Lituânia — responde Mervyn.

— A Joia do Báltico — comenta Ibrahim.

— Não lembro de termos visto ela em Coopers Chase desde que você se mudou para cá — questiona Elizabeth. — Vimos?

— Tomaram o passaporte dela — revela Mervyn.

— Meu Deus do céu — diz Elizabeth. — Que coisa mais terrível. Quem tomou?

— As autoridades — responde Mervyn.

— É bem assim mesmo — diz Ron, balançando a cabeça. — Malditas autoridades.

— Você deve sentir muita falta dela — comenta Ibrahim. — Quando a viu pela última vez?

— Nós ainda não nos conhecemos pessoalmente — diz Mervyn, raspando o molho tártaro de um dos lagostins.

— Não? — pergunta Joyce. — Que coisa diferente!

— Demos azar — responde Mervyn. — Ela teve um voo cancelado, depois roubaram um dinheiro dela e agora essa coisa do passaporte. O caminho do amor verdadeiro nunca foi desprovido de obstáculos.

— De fato — concorda Elizabeth. — Nunca foi.

— Mas assim que recuperar o passaporte, ela vem, certo? — indaga Ron.

— O plano é esse — confirma Mervyn. — Está tudo sob controle. Eu mandei um dinheiro para o irmão dela.

O grupo todo assente e troca olhares enquanto Mervyn se concentra em seu lagostim.

— Sem querer me meter, Mervyn — diz Elizabeth, ajustando de leve sua coroa de papel —, quanto você mandou para ele? Para o irmão.

— Cinco mil — responde Mervyn. — Somando tudo. A corrupção é terrível na Lituânia. Todo mundo suborna todo mundo.

— Não sabia disso — comenta Elizabeth. — Já me diverti muito na Lituânia. Pobre Tatiana. E o dinheiro que roubaram dela? Era seu também?

Mervyn assente.

— Eu enviei, e o pessoal da alfândega pegou pra eles.

Elizabeth enche as taças de todos.

— Bem, não vemos a hora de conhecê-la.

— Com certeza — concorda Ibrahim.

— Apesar de que, Mervyn, eu queria saber — continua Elizabeth —, será que da próxima vez que ela te procurar pedindo dinheiro você poderia me contar? Eu tenho alguns contatos e talvez possa ajudar.

— Sério? — pergunta ele.

— Certamente — diz Elizabeth. — Fala comigo. Antes que tenha ainda mais azar.

— Obrigado — responde Mervyn. — Ela significa muito pra mim. Fazia muito tempo que ninguém me dava atenção.

— Se bem que eu assei um monte de bolos pra você nas últimas semanas — lembra Joyce.

— Eu sei, eu sei — retruca Mervyn. — Mas eu quis dizer atenção no sentido romântico.

— Desculpe, entendi mal — diz Joyce, enquanto Ron bebe para sufocar uma risada.

Mervyn é um convidado incomum, mas ultimamente Elizabeth está aprendendo a se deixar levar pela maré da vida.

Peru e recheio, balões e serpentinas, *crackers* e chapéus. Uma boa garrafa de vinho tinto e o que Elizabeth imagina serem canções natalinas pop tocando ao fundo. Amigos — e Joyce flertando sem sucesso com um galês que parece ser alvo de um golpe internacional relativamente sério. Há jeitos bem piores de se passar o fim de ano.

— Bem, feliz Boxing Day para todos — diz Ron, erguendo sua taça.

Eles brindam.

— E feliz quarta-feira, 26 de dezembro, para você, Mervyn — acrescenta Ibrahim.

2

Mitch Maxwell normalmente estaria a milhões de quilômetros de distância quando uma remessa fosse descarregada. Por que correr o risco de estar no depósito com drogas no local? Mas, por razões óbvias, esta não é uma remessa qualquer. E, nas circunstâncias atuais, quanto menos gente envolvida, melhor. A única vez em que parou de tamborilar os dedos foi para roer as unhas. Não está habituado ao nervosismo.

Além disso, é o dia depois do Natal, e Mitch queria estar fora de casa. Precisava, na verdade. As crianças estavam dando trabalho, e ele e seu sogro haviam saído na mão por causa de uma discussão sobre onde teriam visto um dos atores do especial de Natal de *Call the Midwife*. Neste momento, o sogro está no Hemel Hempstead Hospital com uma fratura na mandíbula. Mitch está sendo apontado como culpado da situação tanto pela esposa quanto pela sogra, por razões que fogem do seu entendimento. Como o seguro morreu de velho, dirigir 150 quilômetros até East Sussex para supervisionar pessoalmente as operações acabou sendo bem conveniente.

Mitch está ali para se certificar de que uma caixa simples contendo o equivalente a cem mil libras de heroína seja descarregada do caminhão direto da balsa. Não é muito dinheiro, mas a questão não é essa.

O carregamento passara pela alfândega. *Essa* era a questão.

O depósito fica numa propriedade industrial, construída de qualquer maneira numa antiga fazenda a cerca de oito quilômetros da Costa Sul. Centenas de anos atrás, o lugar provavelmente continha celeiros e estábulos, milho, cevada e trevos, e era possível ouvir o som do bater dos cascos de cavalos. Agora há galpões de ferro ondulado, Volvos antigos e janelas rachadas. O ranger dos velhos ossos da Grã-Bretanha.

Uma cerca alta de metal envolve o terreno para afastar ladrões de pequeno porte. Dentro do perímetro, por sua vez, os verdadeiros vilões tocam suas vidas. No depósito de Mitch, uma placa de alumínio diz SUSSEX SISTEMAS DE LOGÍSTICA. No do lado, outro hangar resplandecente, lê-se SOLUÇÕES DE TRANSPORTE DO FUTURO LTDA., uma fachada para carros de alta performance roubados. À esquerda, há uma edificação portátil sem placa na porta cuja dona é uma mulher que Mitch ainda não conhece, mas que aparentemente fornece drogas sintéticas e passaportes. No canto mais distante do terreno, ficam a vinícola e o galpão de armazenamento da BRAMBER — O MELHOR ESPUMANTE DA INGLATERRA, que, segundo Mitch descobriu recentemente, é mesmo uma empresa legítima. O casal de irmãos que a administra não poderia ser mais simpático e presenteara a todos no Natal com engradados do espumante que produzem. Era melhor do que champanhe e, em boa medida, fora responsável pelo arranca-rabo com o sogro de Mitch.

Se os irmãos da Bramber Espumantes desconfiavam que eram a única empresa legítima em todo o complexo, Mitch não tinha como saber; certamente o haviam visto comprar uma besta da Soluções de Transporte do Futuro Ltda. certa vez e não esboçaram qualquer reação, portanto eram gente boa. Mitch suspeitava que poderia haver boas oportunidades comerciais em espumante inglês e até pensara em investir. No fim, porém, decidira não se aventurar, já que a heroína também era uma boa oportunidade comercial e às vezes é melhor se ater ao que se conhece. Agora, contudo, está repensando a situação, pois os problemas não param de se acumular.

A entrada do depósito está fechada; a porta traseira do caminhão, aberta. Dois homens — bem, um homem e um garoto, para ser mais exato — estão descarregando vasos de plantas. A menor equipe possível. Lembrando mais uma vez que, devido à situação atual, Mitch já tivera de alertá-los para tomarem cuidado. Claro, a caixinha escondida no meio dos paletes é a carga mais importante, mas isso não significa que não possam tirar uma graninha dos vasos de plantas. Mitch os vende para centros de jardinagem por todo o Sudeste, uma bela empreitada legítima. E ninguém vai pagar um centavo por um vaso quebrado.

A heroína está em uma pequena caixa de terracota, feita para parecer antiga, tipo uma tranqueira aleatória de jardim, só para o caso de alguém xeretar. Um enfeite sem graça. Era a jogada que sempre faziam. Em algum lugar numa fazenda em Helmand, a heroína fora colocada numa caixa selada. Alguém da organização de Mitch — havia sobrado para Lenny — estivera no Afeganistão para acompanhar tudo, certificar-se de que a droga era pura e que ninguém estava tentando dar uma de esperto. Aos cuidados de Lenny, a caixa de terracota então fora parar na Moldávia, numa cidade que sabia bem não se meter onde não era chamada, e ali fora cuidadosamente escondida entre centenas de vasos de plantas e transportada por terra pela Europa. Ao volante, um homem chamado Garry, com uma ficha criminal e sem muito a perder.

Mitch está em sua sala, num mezanino improvisado na ponta do depósito. Ele coça a tatuagem "Deus ama quem tenta" em seu braço. O Everton está perdendo por 2 x 0 para o Manchester City, o que é inevitável mas ainda assim irritante. Alguém uma vez lhe oferecera entrar para um consórcio que compraria o time. Era tentador. Ser dono de um pedaço do clube por que torcia desde pequeno, sua eterna paixão. Mas de novo: quanto mais Mitch pesquisava sobre o aspecto comercial do futebol, mais pensava que o melhor seria ficar com a heroína mesmo.

Mitch recebe uma mensagem da esposa, Kellie:

Papai saiu do hospital. Diz que vai te matar.

Para alguns, não passaria de um modo de dizer. Mas o sogro de Mitch é líder de uma das maiores gangues de Manchester e certa vez dera a ele um taser de uso exclusivo policial como presente de Natal. Era preciso tomar cuidado com o sujeito. Mas todo mundo não precisa tomar cuidado com os sogros? Mitch tem certeza de que as coisas vão se resolver — o seu casamento com Kellie havia sido o amor que a tudo conquistou, o Romeu e a Julieta que uniram Liverpool e Manchester. Mitch responde:

Fala que eu comprei um Range Rover pra ele.

Uma batida na frágil porta da sala e Dom Holt, braço direito de Mitch, entra.

— Tudo certo — diz Dom. — Vasos descarregados, caixa no cofre.
— Valeu, Dom.
— Quer dar uma olhada? Troço feio.
— Não, cara, valeu — responde Mitch. — Isso aqui é o mais próximo que eu quero estar sempre.
— Vou te mandar uma foto — declara Dom. — Só pra você saber qual é a cara.
— Quando é que sai daqui?

Mitch está ciente de que ainda há um caminho a ser percorrido. Mas sua grande preocupação fora a alfândega. Agora tudo estaria tranquilo, certamente. O que mais poderia dar errado?

— Nove da manhã — responde Dom. — A loja abre às dez. Eu mando o menino levar.

— Um bom moleque — comenta Mitch. — Pra onde tá indo? Brighton?

Dom assente.

— Uma loja de antiguidades. Um velhote chamado Kuldesh Sharma. Ele não é o cara de sempre, mas é o único que encontramos aberto. Não deve dar problema.

O Manchester City faz o terceiro gol e Mitch estremece. Desliga o iPad — não tem por que continuar se martirizando desta forma.

— Vou te deixar com isso. Melhor ir pra casa — diz Mitch. — Será que esse teu moleque consegue catar o Range Rover parado ali na frente do lugar do espumante e levar pra mim até Hertfordshire?

— Sem problema, chefe. Ele tem quinze anos, mas esses carros andam sozinhos. Eu mesmo posso entregar a caixa.

Mitch deixa o depósito pela saída de incêndio. Apenas Dom e o garoto o viram, e ele e Dom foram colegas de escola, inclusive tendo sido expulsos ao mesmo tempo, então não há nada com que se preocupar.

Dom se mudara para a Costa Sul havia dez anos, depois de botar fogo no armazém errado, e controla toda a logística direto de Newhaven. Veio bem a calhar. As escolas ali são boas também, então para Dom está ótimo. Seu filho acabou de entrar para o Royal Ballet. Tudo deu certo. Até aqueles últimos meses. Mas está acabando. Desde que nada dê errado com este carregamento. E até aqui tudo bem.

Mitch estala os ombros, preparando-se para pegar a estrada de volta. O sogro não vai estar feliz, mas eles vão tomar uma cerveja, assistir a um *Velozes e Furiosos* e tudo se ajeita. Talvez fique com um olho roxo — depois do que fez, precisa permitir ao cara um soco —, mas o Range Rover deve apaziguá-lo.

Uma caixinha, lucro de cem mil. Nada mal para aquele dia.

O que acontecer depois de amanhã não diz respeito a Mitch. O que lhe diz respeito é fazer a caixa chegar do Afeganistão até uma pequena loja de antiguidades em Brighton. Assim que alguém pegá-la, o trabalho de Mitch está feito. Um homem — uma mulher, vai saber? — entrará na loja na manhã seguinte, comprará a caixa e irá embora. O conteúdo será verificado e o pagamento vai cair na mesma hora na conta de Mitch.

E, o mais importante, ele saberá que sua organização está novamente segura. Foram alguns meses difíceis. Apreensões em portos, prisões de motoristas, prisões de garotos de recados. Foi esse o motivo de ter mantido esta operação na moita, falando só com pessoas da sua total confiança. Testando o terreno.

A partir de amanhã, espera nunca mais ter de pensar de novo naquela caixa feia de terracota. Espera colocar a mão no dinheiro e partir para a próxima.

Se Mitch tivesse olhado para a estrada à sua esquerda quando deixava o parque empresarial, teria visto um entregador de motocicleta parado no acostamento. Talvez tivesse lhe ocorrido que aquele era um lugar estranho numa hora estranha de um dia estranho para um homem estar estacionado. Mas Mitch não o vê e, por isso, o pensamento não lhe ocorre e ele volta feliz da vida para casa.

O motociclista permanece onde está.

3

Joyce

Olá de novo!

Não escrevi ontem no diário porque era Natal e eu me enrolei toda. A gente se atrapalha, não é? Licor, torta de carne, televisão. O apartamento estava um pouquinho quente demais, segundo a Joanna. Quando eu tomei providências, ela achou um pouco frio demais. No dela, há um sistema de aquecimento pelo piso de ponta a ponta, como ela faz questão de me lembrar.

A decoração por aqui está completa, o que me faz sorrir. Vermelho, dourado e prateado brilhando à luz das lâmpadas, cartões de antigos e novos amigos nas paredes. No topo da minha árvore (não é de verdade, não contem pra ninguém, é de uma loja de departamentos e, honestamente, não dá pra diferenciar das reais) está um anjo que Joanna fez quando estava na escola primária. Um rolo de papel higiênico, um pouco de papel-alumínio, uma fita e um rosto desenhado numa colher de pau. Está no topo da árvore há mais de quarenta anos. Metade de uma vida!

Nos primeiros quatro ou cinco anos, Joanna tinha muito orgulho e ficava muito entusiasmada de ver o anjo dela no topo da árvore. Vieram então dois ou três anos de um constrangimento cada vez maior e depois eu diria que uns trinta de hostilidade escancarada com o pobre do anjo. Mas ando notando que nesses últimos anos ela deu uma amaciada e, neste Natal, entrei na sala uma hora trazendo um prato de biscoitos de chocolate e laranja e encontrei Joanna tocando o anjo com lágrimas nos cantos dos olhos.

O que me pegou de surpresa, mas, também, aquilo esteve lá quase que uma vida inteira para ela.

Joanna trouxe o namorado, Scott, o executivo de clube de futebol. Eu estava na expectativa de passar o Natal na casa deles — no Instagram a casa de Joanna parece tão linda, tão natalina. Flores, laços, uma árvore de verdade. As velas ficam meio perto demais das cortinas pro meu gosto, mas ela é uma mulher crescida e sabe o que faz.

Joanna só foi me avisar em 20 de dezembro que viria passar o Natal aqui. Falou que era para eu não me preocupar com comida porque eles iriam trazer tudo, e já pré-cozido, de algum restaurante de Londres. "Você não vai precisar fazer nada, mãe", disse ela, o que foi uma pena, porque eu teria gostado de cozinhar.

Por que eles vieram para cá? Bem, os dois iriam voar para Santa Lúcia na noite de Natal e, no último minuto, o voo mudou de aeroporto — do Heathrow, que é próximo a eles, para o Gatwick, que é próximo a mim.

Então eu era conveniente. Às vezes, é o melhor que se pode querer, não é?

Deixa eu contar outra coisa, antes que me esqueça. O prato da nossa ceia de Natal foi ganso. Ganso! Eu disse que tinha um peru e que poderia botar pra assar, mas Joanna falou que ganso era mais tradicional do que peru, e eu disse "até parece que ganso é mais tradicional do que peru, francamente!", e ela respondeu "mãe, o Natal não foi inventando por Charles Dickens, sabia?", e eu falei que sabia muito bem (na verdade, não sei bem o que ela quis dizer com isso, mas senti que estava perdendo as rédeas da discussão e precisava de um lugar para me escorar), ela disse "bom, então ganso será", eu disse que ia pegar os *crackers* e ela respondeu "mãe, sem isso de *crackers*, os anos 1980 já passaram". Fora isso, foi um Natal agradável e assistimos ao Pronunciamento do Rei, apesar de eu saber que Joanna não queria. A bem da verdade, eu mesma não queria tanto, mas nós duas sabíamos que eu precisava de uma vitória. Achei que Charles se saiu bem — eu me lembro do meu primeiro Natal sem a minha mãe.

Joanna me deu um presente adorável: é uma garrafa térmica que usam no espaço e ela mandou gravar a frase *Feliz Natal, mãe! E sem assassinatos no ano que vem*. Queria ver a cara do pessoal da loja. Também trouxe flores, e o executivo de clube de futebol me deu um bracelete que eu descreveria como "foi simpático da parte dele".

Ainda assim, amo abrir presentes. Dei para Joanna o novo livro da Kate Atkinson e um perfume cujo nome ela me mandou por e-mail, e pro executivo de clube de futebol dei abotoaduras, que suspeito que ele tenha achado igualmente simpático da minha parte. Eu sempre deixo os recibos nos pacotes. Minha mãe fazia o mesmo. Mas não acho que ele vá trocar, porque é da Marks & Spencer de Brighton, e ele sempre parece estar ou em Londres ou em Dubai.

Hoje almocei com o pessoal, e assim finalmente consegui comer peru e estourar *crackers*. Eu fiz questão. Dava pra ver que Elizabeth estava prestes a reclamar das duas coisas, mas ela viu a minha expressão determinada e pareceu pensar duas vezes. Porém suspeito que cometi um erro ao convidar Mervyn pra almoçar conosco. Fico achando que ele vai amolecer, mas temo estar dando murro em ponta de faca nesse caso. Espero algum dia sair desse padrão. Antes que acabe me cortando ou nem tenha mais força pra dar murro algum.

Depois fomos todos para o apartamento do Ibrahim, exceto Mervyn, que foi para o dele. Ele revelou que tem uma namorada on-line, Tatiana, que ainda não conhece pessoalmente, mas a quem mesmo assim parece estar sustentando. Ibrahim diz que Mervyn caiu em um "golpe de namoro virtual" e que vai falar com a Donna e o Chris sobre isso. Quando é que a polícia volta a trabalhar depois do Natal? O Gerry costumava retomar as atividades ali pelo dia 4 de janeiro, mas a polícia deve ser diferente do conselho do condado de West Sussex.

Vou detalhar os presentes que demos uns pros outros.

Elizabeth para Joyce — Um spa dos pés. Aquele da propaganda na TV. Estou aqui agora. Quer dizer, meus pés estão.
Joyce para Elizabeth — Vouchers da Marks & Spencer.
Elizabeth para Ron — Uísque.
Ibrahim para Ron — A autobiografia de um jogador de que eu nunca tinha ouvido falar. Não é David Beckham nem Gary Lineker.
Ron para Elizabeth — Uísque.
Joyce para Ron — Vouchers da Marks & Spencer.
Ibrahim para Elizabeth — Um livro chamado *O teste do psicopata*.
Elizabeth para Ibrahim — Uma pintura de Cairo, o que fez Ibrahim chorar. Obviamente eles tiveram uma conversa em algum momento da qual eu não participei.
Joyce para Ibrahim — Vouchers da Marks & Spencer. E entreguei logo depois do presente da Elizabeth, então saí com a sensação de que deveria ter dado algo melhor.
Ibrahim para Joyce — Vouchers da Marks & Spencer. Ufa!
Ron para Joyce — O *Kama Sutra*. Muito engraçadinho, Ron.
Ibrahim para Alan — Um telefone que faz barulho.
Alan para Ibrahim — Um tablete de argila com a marca da pata do Alan. Ibrahim chorou de novo. Consegui!
Ron para Ibrahim — Uma estatueta de um Oscar de mentirinha com a inscrição *Meu melhor amigo*. Choradeira generalizada.

Bebemos, cantamos um pouco… Elizabeth não conhece a letra de "Last Christmas", dá pra acreditar? Mas até aí eu também não sei os versos de "In the Bleak Midwinter". Ouvimos Ron esbravejar contra a monarquia por cerca de vinte e cinco minutos e então foi cada um pro seu lado.

Quando voltei pra casa, abri um presente que Donna havia me mandado, o que foi uma grande gentileza dela, pois eu não sei quanto os policiais ganham. Era um cãozinho de bronze que, forçando a vista, lembra um pouco o Alan. Ela comprou na Kemptown Curios, em Brighton. É a loja do Kuldesh, amigo do Stephen que nos ajudou no nosso último caso. Parece o tipo de lugar de que eu gosto. Talvez lhe faça uma visita, porque agora preciso dar alguma coisa para Donna. Gosto de ter gente a quem dar presentes.

No fim das contas, meu dia depois do Natal foi ótimo e agora vou tirar um cochilo vendo um filme com a Judi Dench. Tudo o que falta é o Gerry devorando uma caixa de doces e largando as embalagens vazias dentro dela. Na época, me irritava, mas hoje eu daria tudo para tê-lo de volta. Gerry gostava dos bombons com recheio cremoso de morango e de laranja, e eu, das balinhas de caramelo, e se alguém quiser a receita para um casamento feliz, é essa.

Joanna me deu um abraço forte quando foi embora e disse que me amava. Por mais que esteja errada no que se refere ao peru e aos *crackers*, ela ainda tem das suas meiguices. O que será que acontece na época de Natal? Tudo que vai mal parece pior, e tudo que vai bem parece melhor.

Meus amigos queridos, minha filha querida. Meu saudoso marido, com aquele saudoso sorriso maroto.

Sinto que eu devo brindar a algo, então que seja "sem assassinatos no ano que vem".

4

Quinta-feira, 27 de dezembro, dez da manhã

Kuldesh Sharma está contente pelo fim do Natal. Contente por estar de volta à sua loja. Vários outros pequenos estabelecimentos na área fecham durante todo o final do ano, mas Kuldesh escancara as portas de sua Kemptown Curios de manhã cedo naquele 27 de dezembro.

Como de hábito, está vestido para a clientela. Terno roxo, camisa de seda creme. Sapatos brogue amarelos. Administrar uma loja tem algo de teatral. Kuldesh contempla a si próprio em um espelho antigo, assente em aprovação e faz uma discreta reverência.

Será que algum freguês apareceria? Provavelmente não. Quem é que iria precisar de uma escultura em porcelana art-déco ou de um abridor de cartas de prata dois dias depois do Natal? Ninguém. Mas Kuldesh poderia dar uma arrumada na loja, mudar um badulaque ou outro de lugar, monitorar os leilões on-line. Basicamente, o que poderia era manter-se ocupado. A época do Natal passa muito devagar quando se está sozinho. Você engana a solidão com uma leitura aqui, algumas canecas de chá ali, mas ela sempre acaba tomado conta do ambiente. Você a respira e expele em forma de lágrimas, enquanto o tempo passa bem, bem devagar até chegar a hora de ir para a cama. No dia do Natal, nem havia chegado a se arrumar direito. Para quem iria se vestir?

A loja de ferragens do outro lado da rua está aberta. A esposa do dono, Big Dave, morreu de câncer em outubro. A cafeteria mais à frente, descendo a rua, também abriu as portas. Sua dona é uma jovem viúva.

Kuldesh sorve seu cappuccino na sala dos fundos. Abriu a loja há poucos minutos e é pego de surpresa ao ouvir o tilintar do sino da entrada.

Quem viria procurá-lo numa hora dessas, num dia desses?

Ele se levanta da cadeira com esforço, fazendo com os braços o trabalho que antes teria sido dos joelhos, passa pela porta da sala dos fundos e entra na loja. Vê um homem de uns quarenta anos, bem-vestido, compleição robusta. Kuldesh faz um aceno de cabeça e olha em outra direção, para algo com que possa fingir estar ocupado.

Para novos fregueses, só se olha de relance. Algumas pessoas gostam de contato visual, mas a maioria não. Fregueses devem ser tratados como gatos; deve-se esperar que *eles* se aproximem de você. Quem parece carente demais os afugenta. Quando se acerta na abordagem, os fregueses pensam que você está fazendo um favor a eles ao permitir que comprem algo em sua loja.

Com este homem em particular, porém, Kuldesh não precisa se preocupar. Não está ali para comprar nada, e sim para vender. Cabelo cortado rente, a pele com um bronzeado do tipo que não foi de graça, dentes brancos demais para seu rosto, como parece estar na moda ultimamente. E, na mão, uma bolsa de couro que parece mais cara do que qualquer item à venda no antiquário.

— Você que é o dono aqui? — pergunta o sujeito.

O sotaque é de Liverpool. Destemido. Ameaçador? Talvez um pouco, mas nada que assuste Kuldesh. O que quer que esteja naquela bolsa cara será interessante, ele sabe disso. Ilegal, mas interessante. Vejam só o que ele teria perdido se tivesse ficado em casa.

— Kuldesh — diz ele, se apresentando. — Teve um bom Natal?

— Idílico — responde o homem. — Estou vendendo. Tenho uma caixa pra você. É bem decorativa.

Kuldesh assente; sabe como é o esquema. Não é bem a sua, mas talvez os lugares de sempre estejam fechados até o Ano-Novo. Mesmo assim, não há por que dar-se por vencido sem briga.

— Sinto muito, mas não estou comprando. Estou sem espaço pra nada. Antes preciso me livrar de um pouco do estoque. Talvez se interessaria em comprar uma mesa de carteado vitoriana?

Mas o homem não quer saber de papo. Coloca a bolsa com cuidado no balcão e abre parte do zíper.

— Caixa feia, de terracota, toda sua.

— Viagem longa? — pergunta Kuldesh, espiando dentro da bolsa.

A caixa era escura e sem graça. Havia algo talhado, mas escondido por uma camada de sujeira. O homem dá de ombros.

— Todos viajamos muito. Me dá cinquenta pratas e um cara vai passar aqui amanhã de manhã e comprar de você por quinhentas.

Vale a pena debater? Tentar enxotá-lo dali? Não vale. Sua loja foi escolhida por eles e pronto. É dar as cinquenta pratas ao homem, guardar a caixa debaixo do balcão, entregá-la pela manhã e não esquentar com o que possa haver dentro. Às vezes as coisas são assim e o melhor é não criar caso.

Ao menos para não correr o risco de atirarem um coquetel molotov na sua vitrine.

Kuldesh pega três de dez e uma de vinte da caixa registradora e as entrega para o homem, que as enfia no fundo do bolso do sobretudo.

— Você não tem o menor jeito de quem precisa de cinquenta libras.

O homem ri.

— Você não tem o menor jeito de quem precisa de quinhentas, mas cá estamos nós.

— Belo sobretudo, esse — comenta Kuldesh.

— Obrigado — diz o homem. — É da Thom Sweeney. Com certeza você já deve saber disso, mas se perder essa caixa alguém vai te matar.

— Entendo. O que tem nela, a propósito? Aqui entre nós.

— Nada — responde o sujeito. — É só uma caixa velha.

Ele ri novamente, e desta vez Kuldesh o acompanha.

— Vai com Deus, rapaz — diz Kuldesh. — Tem uma mulher sem-teto na esquina da Blaker Street a quem essas cinquenta pratas cairiam bem.

O homem assente, relembra "não mexa na caixa" e desaparece porta afora.

— Obrigado pela visita — diz Kuldesh, reparando que o homem está descendo a rua na direção da Blaker Street.

Um entregador de motocicleta passa na direção oposta.

Um início interessante de dia, mas neste negócio acontecem muitas coisas interessantes. Kuldesh esteve recentemente envolvido no rastreio de alguns livros raros e na captura de um assassino com seu amigo Stephen e a esposa dele, Elizabeth. Ela tem um "Clube do Crime", ora vejam.

Amanhã a caixa estará em novas mãos e ninguém mais vai se lembrar do episódio. Coisas que acontecem num ramo que nem sempre é tão limpo.

Cacarecos e confusão, eis o ramo de antiguidades.

Kuldesh coloca a bolsa em cima do balcão mais uma vez e volta a abrir o zíper. A caixa tem um certo charme vagabundo, mas não é o tipo de coisa que ele conseguiria vender. Ele a sacode. Certamente está cheia de algo. Aposta em cocaína ou heroína. Kuldesh raspa uma sujeira da tampa. Quanto valeria agora esta caixinha de nada? Mais do que quinhentas libras, com certeza.

Kuldesh fecha o zíper da bolsa e a coloca debaixo de sua mesa na sala dos fundos. Vai procurar no Google quanto estão pagando por heroína e cocaína por aí. Isso fará o dia passar um pouco mais rápido. E então botará a bolsa no cofre. Seria um péssimo dia para ter a loja arrombada.

5

— Mervyn, vai ser difícil dizer isso, mas... não existe Tatiana nenhuma.

Donna estende uma das mãos para confortá-lo, mas ele não a pega. Ibrahim poderia tê-la alertado. Mervyn não é do tipo que fica aceitando mãos por aí. Vive sempre a uma distância segura.

O grupo pedira a Donna que visitasse o apartamento de Mervyn para bater um papo com ele sobre seu novo amor, a suposta Tatiana. Joyce havia achado que uma policial talvez tivesse mais impacto sobre ele, ainda que algo nos olhos de Mervyn no almoço do dia 26 dissesse a Ibrahim que muita pouca coisa era capaz de ter impacto sobre ele.

Mervyn abre um sorrisinho.

— Só que eu tenho fotografias e e-mails que provam que você está errada.

— Será que poderíamos dar uma olhada nessas fotografias, Mervyn? — indaga Elizabeth.

— Será que eu poderia dar uma olhada nos seus e-mails pessoais? — replica ele.

— Eu não recomendaria — responde Elizabeth.

— Eu sei que é difícil — intervém Donna. — E sei que você pode se sentir constrangido...

— Não sinto constrangimento nenhum — rebate Mervyn. — Você não poderia estar mais longe da verdade. Está a quilômetros da verdade, querida.

— Mas quem sabe não é um mal-entendido? — sugere Joyce.

— Ou uma pequena confusão? Apenas isso — diz Ibrahim.

Mervyn balança a cabeça, achando graça.

— Talvez possa soar ultrapassado, mas eu tenho uma coisa que se chama fé e que temo que seja pouco valorizada hoje em dia. Na polícia e em outros lugares.

Ao dizer esta última parte, Mervyn olha para o grupo.

— Eu sei que vocês quatro são a "turminha cool" daqui, já entendi...

Ibrahim repara que Joyce adora o comentário.

— … mas nem sempre vocês sabem tudo.

— Vivo dizendo isso pra eles, Merv — comenta Ron.

— Você é o pior de todos — retruca Mervyn. — Se não fosse pela Joyce, eu não aturaria nenhum de vocês. Deixei de lado meu almoço do dia 26 pra fazer companhia a vocês, não se esqueçam disso.

— E ficamos muito gratos por isso, Mervyn — diz Elizabeth. — E, concordo, temos falhas como indivíduos e como grupo, e, a meu ver, você provavelmente tem razão em apontar o Ron como o pior de nós. Mas creio que Donna gostaria de te mostrar umas coisinhas que talvez possam fazer você mudar de ideia.

— Não vou mudar de ideia — garante Mervyn.

Donna liga um laptop e começa a abrir algumas janelas.

— É muita gentileza sua nos visitar na sua folga — diz Joyce.

— Imagina — afirma Donna.

— Sabia que a Donna prendeu uma pessoa no dia de Natal? — pergunta Joyce a Mervyn. — Nem sabia que podiam fazer isso.

— Qual foi o motivo? — pergunta Ron. — Roubou uma rena?

— Indução à prostituição — responde Donna.

— No Natal — comenta Joyce, balançando a cabeça em desaprovação. — Era de se imaginar que todos já teriam comido demais para fazer qualquer coisa.

Donna encontra o que procurava e vira a tela na direção de Mervyn.

— Então, Mervyn, Joyce me encaminhou uma foto da Tatiana que você mandou pra ela…

— É mesmo?

— Sim — confirma Joyce. — Não faça essa cara. Você só me mandou a foto pra se mostrar.

— Vaidade masculina — concorda Ibrahim, contente por ter algo a acrescentar.

— Uma beleza e tanto — elogia Ron. — Quem quer que ela seja.

— O nome é Tatiana — diz Mervyn. — E suas opiniões não são bem-vindas.

— Pois é, aí é que está — anuncia Donna. Na tela do computador, ela mostra a Mervyn a fotografia que ele tinha ao lado de outra idêntica. A mesma mulher, a mesma foto. — Dá pra fazer uma pesquisa reversa por imagens com qualquer imagem na internet. Eu fiz isso com a sua foto da Tatiana e você pode ver que, longe de ser a foto de alguém chamada Tatiana, essa na verdade é uma mulher chamada Larissa Bleidelis, uma cantora lituana.

— Então Tatiana é cantora? — pergunta Mervyn.

— Não, a Tatiana não existe — responde Donna.

Todo o grupo entende que não há a menor dúvida quanto a isto, mas Mervyn não quer nem saber.

Ao ouvi-lo, Ibrahim reflete: aquilo é o mesmo que tentar falar com Ron sobre futebol. Ou sobre política. Ou sobre qualquer coisa. Mervyn chama esta nova teoria de "absurda". Chama-a até de "abobrinha". Ibrahim imagina que seja o mais próximo de um palavrão que Mervyn é capaz de chegar. Mervyn rebate, diz que tem muitas outras fotos, mensagens, declarações de amor. Tudo que tem direito. Guarda tudo em uma pasta, inclusive, o que desperta em Ibrahim uma pontada de simpatia.

Joyce assume o comando.

— Já ouviu falar de algo chamado "golpe de namoro virtual"?

— Não, mas já ouvi falar de amor — rebate Mervyn.

— Tem um programa de televisão sobre isso — continua Joyce. — É depois do *BBC Breakfast*.

— Não vejo televisão — afirma Mervyn. — Eu chamo de máquina de fazer doido.

— Sim, creio que muita gente chama — diz Elizabeth. — Você não inventou essa expressão.

— Estamos nos desviando do assunto — intervém Ibrahim. — E, sem querer insinuar nada, mas há uma quantidade surpreendente de serial killers que não têm televisão.

Alan, o cachorro de Joyce, está lambendo a mão de Ibrahim, um de seus hobbies favoritos. Os outros veem naquilo um vínculo entre os dois, sem se darem conta de que Ibrahim sempre deixa balas de menta no bolso depois que descobriu que Alan gostava.

Donna abre mais uma janela no laptop e aparecem mais fotos.

— Os golpistas ficam reciclando as mesmas fotos. Um piloto canadense, um advogado de Nova York, a Larissa e várias outras como ela. As quadrilhas de golpes de namoro virtual passam as fotos umas para as outras. O tipo padrão é sempre alguém lindo mas com um jeitinho inofensivo.

— Esse é bem o *meu* tipo — diz Joyce.

Donna mostra a Ibrahim o piloto e ele entende o apelo. Tem um jeito firme.

Mervyn continua a bater o pé, diz que já fala com Tatiana há cinco ou seis meses. Várias vezes por dia.

— Fala?

— É, escrevo, dá no mesmo — diz Mervyn.

Ibrahim consegue imaginar aquele homem solitário tentando ocupar seu tempo. Sem ninguém para ligar para ele, ninguém que precise dele.

Joyce ressalta para Mervyn que ele também enviou cinco mil libras para Tatiana, e ele responde atravessado que sim, claro que enviou, se alguém que você ama precisa de um carro novo ou, digamos, de um visto, você ajuda. Que isso é tão somente ter modos.

— Vocês todos vão ver — acrescenta ele. — Ela está chegando em 19 de janeiro e, quando chegar, um monte de gente vai ter que engolir as próprias palavras em Coopers Chase. E eu vou cobrar desculpas.

Todos sentem que, por ora, o melhor é deixar aquele assunto de lado. Juntam suas coisas e começam a caminhada de volta para a casa de Joyce com um dilema a considerar. Elizabeth vai para a própria casa cuidar de Stephen, e Joyce aproveita a oportunidade para perguntar a Donna como foi o Natal dela e de Bogdan.

— E ele é mesmo todo tatuado?

— Basicamente sim — confirma Donna.

— Até…?

— Não, ali não — diz Donna. — Joyce, alguém já te chamou de tarada?

— Não seja tão careta — responde ela.

Ibrahim reflete sobre o que eles deveriam fazer em relação a Mervyn. Não era um homem fácil, sem dúvida, e só fora parar no círculo deles porque Joyce era incapaz de resistir a uma voz grossa e um ar de mistério. Mas era um homem solitário, e alguém estava se aproveitando dele. Além disso, poderia ser bom para o Clube do Crime das Quintas-Feiras ter um novo projeto cujo ritmo fosse um pouco mais calmo do que o habitual. Algo um pouquinho menos *homicida* representaria uma bela novidade.

6

Samantha Barnes bebe um gim-tônica de fim de noite e adiciona a assinatura de Picasso e um número de edição a alguns esboços a lápis de uma pomba. Samantha já assinou tanto o nome de Picasso ao longo dos anos que, certa vez, por distração, usou o dele em vez do próprio em um formulário de hipoteca.

Sua mente divaga. Essa é a parte divertida do trabalho. Essa e o dinheiro.

Falsificar um Picasso é bem mais fácil do que se pensa. Não os grandes quadros, lógico, isso exigiria habilidades que Samantha não possui, mas os esboços, as litografias, o tipo de coisa que as pessoas compram on-line sem prestar muita atenção? Moleza.

Antiguidades verdadeiras dão dinheiro, é claro, mas as falsas dão muito mais. O mesmo vale para falsificações de mobílias, moedas e esboços.

Digamos que Samantha compre uma mesa Arne Vodder de meados do século XX por 3.200 libras e a venda por sete mil. Terá um lucro de 3.800, o que é ótimo, obrigada.

Mas e se ela pagar quinhentas libras a um homem chamado Norman, cujo local de trabalho é um galpão de laticínios em Singleton, para que ele monte uma réplica exata de uma mesa Arne Vodder e ela então a venda por sete mil? Vai faturar 6.500. Como seu namorado Garth vive dizendo: é só fazer a conta.

Da mesma maneira, se Samantha passar uma noite falsificando edições limitadas de litografias de Picasso, como está fazendo hoje desde que chegou do encontro do clube de bridge, o custo do material pode ser em torno de duzentas libras, mas quando as tiver vendido na internet para gente de Londres que gosta da ideia de ter a assinatura de Picasso na parede e não esquenta muito para a procedência daquilo, seu lucro será de cerca de dezesseis mil.

E tudo isso ajuda a explicar como Samantha Barnes quitou a sua hipoteca.

Ela começa a tirar fotos dos Picassos para sua loja on-line. Anunciará por 2.500 e aceitará de bom grado 1.800.

Samantha já foi honesta, foi mesmo. Na época em que eram ela e William. Sua lojinha em Petworth, suas viagens país afora para montar estoque, seus fregueses fiéis, as pechinchas, tudo pura diversão, e razoavelmente lucrativo. Com os anos, no entanto, a loja se tornara familiar demais, passara a sufocá-los. O ambiente que um dia fora acolhedor e seguro assumira ares de confinamento, como alguém preso à própria casa de infância. As viagens pelo país tornaram-se uma obrigação, os mesmos rostos de sempre vendendo os mesmos gatos de porcelana de sempre.

Foi quando começaram a inventar brincadeiras, Samantha e William. Sam e Billy. Só por diversão, nada além. É preciso aguentar o tranco do dia a dia, não é? E uma brincadeira em particular a levara exatamente para onde se encontrava agora. E onde ela se encontra agora? Na casa mais chique de West Sussex, fingindo ser Picasso enquanto ouve a previsão do tempo pela BBC.

Ela se lembra com frequência de como tudo começou.

William trouxe para casa um tinteiro, um item furreca em meio a várias mercadorias que havia adquirido em Merseyside. Já estavam a ponto de jogá-lo fora quando ele sugeriu uma aposta. William apostou que venderia o tinteiro mixuruca por cinquenta libras antes de Samantha. Não para um dos fregueses habituais, é claro, nem para alguém que lhes parecesse não ter muito dinheiro. Seria apenas um joguinho entre os dois. Fizeram a aposta e continuaram a guardar as antiguidades de verdade.

No dia seguinte, William havia colocado o tinteiro em um mostruário de vidro com tranca, cuja placa dizia: *Recipiente para tinta, possivelmente no estilo boêmio, possivelmente do século XVIII, favor consultar preço. Apenas ofertas sérias.*

Seria maldade? Sim, um pouco. Deveriam ter feito aquilo? Não, não deveriam, mas estavam entediados, apaixonados, querendo distrair um ao outro. Não é o pior crime que se pode cometer no ramo das antiguidades. Disso Samantha sabe bem, agora que já cometeu todos.

Os antigos clientes apareciam, davam uma espiada no mostruário, perguntavam o que aquele tinteiro de aparência comum tinha de tão especial. Samantha e William davam de ombros, "provavelmente nada, só intuição", e todos logo partiam para o próximo item. Até que três semanas depois um canadense grandalhão, que estacionara na vaga para deficientes físicos na porta da loja, o comprou por 750 libras. "Ele pechinchou, eu tinha começado com mil", havia confidenciado William a ela.

Samantha assina outro Picasso e acende um cigarro. Eis aí duas coisas, fumar e falsificação em larga escala, que ela não fazia antes de Garth. Mas a fumaça do cigarro é até boa para envelhecer o papel.

Eles repetiram o truque do "tinteiro" algumas vezes. Um relógio quebrado, uma placa de estilo vintage, um ursinho de pelúcia com apenas um braço. As "antiguidades" foram parar em lares de pessoas muito gratas e o dinheiro — a maior parte, pelo menos — foi para a caridade. Os dois vasculhavam ansiosamente lotes de antiguidades para escolher o novo desafio: o próximo ocupante do mostruário de vidro com tranca. Uma brincadeira particular só entre os dois.

E então William morreu.

Estavam de férias em Creta. Ele foi nadar depois do almoço e a maré o arrastou. Samantha voltou para a Inglaterra com o caixão a tiracolo e foi arrastada por sua própria maré.

Passou os anos seguintes mergulhada na tristeza, mas sem coragem de dar o salto para a morte, cambaleando em meio a uma névoa de luto e loucura, sempre pronta para oferecer chá e sorrisos aos clientes, aceitar suas condolências bem-intencionadas, jogar bridge, cuidar da loja, recitando as mesmas falas gentis e banais, na eterna esperança de que cada dia viesse a ser o último.

E então, certa manhã, cerca de três anos após a morte de William, o canadense grandalhão que comprara o tinteiro apareceu de novo em sua loja, portando uma arma.

E tudo mudou de novo.

Ela ouve o ruído da porta, da chegada de Garth. Ainda que ele seja capaz de não fazer barulho, escolhe fazer.

É alta madrugada e ela se pergunta por onde ele teria andado, mas às vezes é melhor não questionar. Há que deixar Garth ser Garth. Até aqui ele jamais a deixou na mão.

Ele verá que a luz do estúdio está acesa e não vai demorar a aparecer com um uísque e um beijo.

Mais alguns Picassos e ela poderá dar a noite por encerrada.

7

Joyce

Ok, tenho uma charada pra vocês.

Como celebrar a noite de Ano-Novo com os amigos e ainda assim dormir cedo?

Porque foi exatamente o que eu fiz hoje.

Tivemos uma festa de Ano-Novo maravilhosa. Bebemos, fizemos a contagem regressiva da meia-noite e vimos os fogos na TV. Cantamos "Auld Lang Syne", Ron caiu em cima de uma mesinha de centro e aí fomos cada um pra sua casa.

Portanto, um excelente Ano-Novo para todos, e a melhor parte: ainda são dez da noite e eu posso ir dormir em um horário decente.

E eis como.

Há um homem adorável chamado Bob Whittaker, de Wordsworth Court — não faz meu tipo, antes que alguém tenha ideias —, que trabalhava com computadores antes de todo mundo trabalhar com computadores. Almoça sozinho, mas é bastante acessível. No ano passado, montou um drone e fez com que sobrevoasse Coopers Chase, e convidou a gente pra ver as imagens no lounge. Foi maravilhoso — teve até música. Deu pra ver as lhamas e os lagos, e também que as vans de entregas da Ocado têm OCADO escrito no teto — eles pensam mesmo em tudo. Acho que isso foi no verão, antes do primeiro crime, mas a gente se confunde, não é? Depois do filme, ele deu uma palestra sobre drones. Menos gente ficou pra assistir, mas segundo o Ibrahim foi muito boa.

Então isso foi ideia do Bob. Ele alugou o lounge, o telão, e convidou todo mundo. No fim das contas, acho que estávamos em umas cinquenta pessoas. Às vezes, quando se está num grupo como esse é que se percebe como está velho, como se estivesse caminhando por um corredor de espelhos.

Todo mundo levou comida e, em especial, bebida e assistimos a alguns episódios de *Only Fools and Horses* que o Bob tinha baixado ilegalmente.

Aí, quando eram umas 20h50, Bob colocou em um canal de TV turco, onde estavam fazendo a contagem regressiva pro Ano-Novo três horas à nossa frente. Não faço ideia de onde ele encontrou isso, imagino que na internet. Deve ter televisão turca na internet, não deve?

Tinha música, dançarinas e um apresentador que a gente não entendia, mas era exatamente aquele tipo que a gente já conhece, e assim dava pra ter uma ideia por alto das coisas que ele dizia. Na tela havia um relógio com a contagem regressiva — os numerais turcos são iguais aos nossos — e uma orquestra de metais começou a tocar o hino da Turquia ou algo nesse estilo. Quando chegou no "10!", começamos a contar todos juntos; e, quando deu nove da noite aqui, era meia-noite na Turquia. Soltaram os fogos por lá e nós nos abraçamos aqui e gritamos e desejamos Feliz Ano-Novo uns aos outros. Uma banda de rock começou a tocar na TV, então Bob baixou o volume e Ron começou a cantar "Auld Lang Syne". Demos os braços, pensamos em velhos conhecidos e agradecemos aos astros por estarmos aqui para mais um Ano-Novo. Depois de uns dez minutos fomos saindo aos poucos, cada um para a própria casa, o Ano-Novo celebrado, e prontos pra dormir cedo.

Quem vê o Bob no restaurante ou vagando por Coopers Chase não dá nada por ele. É calado, retraído, está sempre de suéter cinza com uma camisa social branca por baixo. Mas foi este homem que deu um jeito de oferecer a todos nós uma noite maravilhosa. Conseguir fazer a TV turca pegar num aparelho de televisão inglês e ainda ter a sensibilidade de saber o quanto todos iriam curtir aquilo… Um grande homem, de fato.

E eu sei o que vocês estão pensando, mas, de novo, ele não faz o meu tipo. Bem que eu queria que fizesse.

Mandei uma mensagem de "Feliz Ano-Novo" para Joanna e ela respondeu com um emoticon, como se o esforço de escrever três palavras fosse excessivo. Mandei a mesma mensagem para Viktor e a resposta foi "que você seja sempre abençoada com saúde, prosperidade e sabedoria, e que veja sua beleza refletida naqueles ao seu redor", o que é muito mais apropriado. E então brindei ao Gerry, como sempre faço.

Brindei também ao Bernard, que ano passado estava aqui e agora não está. Ano que vem também não estaremos todos aqui nesta época do ano, fato. Quem está por último na fila vai ficando pelo caminho, e ninguém nos diz qual é o nosso lugar na fila. Embora, na minha idade, eu faça uma ideia por alto. É como Ibrahim vive dizendo: "As estatísticas não são favoráveis."

Mas há muita coisa ainda pela frente, e é isso o que conta. De que vale mais um ano se a gente não preenchê-lo? Estou animada com o esquema de Donna para ajudar Mervyn, ainda que eu tenha desistido do Mervyn em si. Por que Bob de Wordsworth Court não pode ter as sobrancelhas e a voz grossa dele, e por que Mervyn não pode ter a gentileza e a inteligência do Bob? Sou tão fútil... Queria não ser.

E agora que parei pra pensar, Gerry tinha gentileza, tinha inteligência *e* tinha as sobrancelhas. Vai ver homem assim aparece só uma vez na vida.

Estou ouvindo a cauda do Alan bater contra a perna da minha mesa, ainda que o cachorro em si esteja no sétimo sono.

Um excelente Ano-Novo para vocês. Que venham muitos outros.

8

A vítima é um homem chamado Kuldesh Sharma e o corpo já está aqui tem alguns dias. Dono de um antiquário de Brighton. O carro foi encontrado por volta de seis e meia da manhã de hoje, por um homem que passeava com o cachorro. Sair com o cachorro no escuro praticamente de madrugada logo depois do Ano-Novo? Enfim, beleza, cara, à vontade. Não é problema de Chris — o problema dele é o cadáver.

É por isso que eles estão aqui. A vista é quase agradável, pensa Chris, cuja respiração parece congelar ao ar do nascer do dia.

Uma trilha estreita e profundamente esburacada corta a mata de Kent, sulcada pela geada, e termina na cerca de madeira de um curral que abriga ovelhas no inverno. Uma cena que perdura ao longo dos séculos, inabalada mesmo após a passagem de gerações. Galhos branco-acinzentados se projetam para o alto, entrelaçados sob o brilhante céu azul.

Poderia ser um cartão de Natal, não fosse a violência extrema.

Chris teve alguns dias de folga durante a semana do Natal. Patrice viera de Londres e ele tinha feito um peru, grande demais e que levara um tempo absurdo para ficar pronto, mas que parecia ter agradado em cheio. Por um instante, talvez durante *A Noviça Rebelde*, enquanto Patrice chorava, Chris havia se sentido tentado a pedi-la em casamento. Mas se segurou no último minuto. E se ela achasse ridículo? Cedo demais? O anel continua em casa, no bolso de seu casaco. À espera do momento em que a coragem bater.

Donna tinha ficado de plantão. O Natal na delegacia costuma ser bem divertido. Tortas de carne, uma prisão ou outra, pagamento em dobro. À noite, ela e Bogdan se juntaram a eles em sua casa. Chris teve um instante de pânico, pensando que talvez Bogdan já tivesse feito o pedido. E quem sabe até com um anel melhor. Mas, aí sim, é que seria cedo demais.

Suas pegadas trituram a camada de gelo.

Se o tiro chegou a perturbar os pássaros, já fora esquecido, pois a feliz algazarra deles ecoa sobre a cabeça de todos ali. Até as ovelhas já tinham voltado à rotina. Tudo é sereno e pacífico, e os macacões brancos dos peritos brilham sob o sol fraco do inverno. Chris e Donna passam por baixo do cordão de isolamento e caminham rumo ao pequeno carro, redondo e vermelho como um fruto silvestre em sua caverna de Natal.

Chega-se à trilha por uma viela, à qual se alcança por uma rua ladeada por cercas vivas, que se espraia sinuosa, lenta e pacificamente a partir de um povoado em Kent. O povoado em si era tão bonito que Chris estivera navegando por um portal imobiliário até eles chegarem ao local. Uma casa de fazenda a 1,8 milhão de libras. A área era descrita como "tranquila".

Porém até mesmo o melhor corretor de Kent teria dificuldades para descrevê-la como tal hoje.

— Mamãe disse que você não comeu nenhuma bala, é verdade? — pergunta Donna. — O Natal inteiro?

— Nenhuma bala, nenhum chocolate, nem licor — responde Chris.

Refeições de Natais passados. Para ele, fantasmas. O lado bom é que agora já tem quase um tanquinho embaixo da camisa.

— Mas não acredito que você não fez o pedido — diz Donna.

— Estamos muito no início. E eu teria que ter comprado um anel antes.

A primeira coisa que eles sentem é o cheiro. A estimativa mais certeira é de que o corpo está aqui desde o final da noite do dia 27. Já faz cinco dias. Chris e Donna chegam ao carro. Uma perita chamada Amy Peach os cumprimenta.

— Feliz Ano-Novo — diz Amy, colocando um encosto de cabeça ensanguentado com cuidado dentro de um recipiente de plástico.

— Um ótimo começo — responde Chris. — Esse é o Sr. Sharma?

— Sim, a julgar pelo cartão de visitas com relevo exagerado — comenta Amy. — E pelo lenço com as iniciais.

A bala atravessara a janela do motorista e perfurara o crânio do pobre Kuldesh Sharma. Com o frio intenso, já fazia um tempo que os respingos de sangue na janela do carona haviam se transformado em cristais de gelo rosé.

Chris percebe pelas marcas congeladas de pneus que dois carros haviam estado ali. Dois veículos estacionaram naquela trilha silenciosa que não leva a lugar algum, alguns dias depois do Natal. Por quê? Negócios? Lazer? Qualquer que tivesse sido o motivo, terminara em morte.

Ao observar as marcas dos pneus, Chris conclui que um carro dera marcha à ré, missão cumprida, de volta à rotina. Para o outro, aquele havia sido o destino final.

Ele observa o lugar. Extremamente isolado. Ninguém por quilômetros. Não há câmeras de segurança no caminho — não poderiam ter escolhido um local melhor para um assassinato. Ele olha para a janela do automóvel. Para o tiro único.

— Parece coisa de profissional — comenta.

Donna olha fixo para o corpo. Teria ela reparado em algo que escapara a Amy Peach?

Certa vez Chris e Amy Peach haviam dormido juntos após uma bebedeira na noite do bota-fora de um colega. Nenhum dos dois estivera exatamente no auge. Amy passara mal no sofá de Chris, mas só porque ele caíra no sono no chão do banheiro, bloqueando a porta. Desde então, sempre ficavam desconfortáveis na presença um do outro. Ninguém jamais saberia, mas continuariam parceiros na dança do constrangimento até que um dos dois se aposentasse ou morresse. Melhor isso do que tocar no assunto.

— Aí é com você e não comigo — responde Amy. — Mas é verdade que o trabalho foi bem limpo.

Amy atualmente é casada com um advogado de Wadhurst. Chris acabara tendo que se livrar do sofá.

Mais para trás, na viela, moldes das marcas de pneus preservadas no gelo estavam sendo colhidos como evidências para analisar padrões. Se fosse obra de um profissional, não daria em nada. Um carro roubado desprovido de impressões digitais apareceria em algum lugar depois. Abandonado em um estacionamento sem câmeras de segurança. Ou esmagado no pátio do simpático dono do ferro-velho das redondezas. Já faz tempo que Chris aprendeu a nunca tirar conclusões precipitadas, mas isto está com toda a cara de um desentendimento entre traficantes de drogas.

Na verdade, nem *toda* a cara. Traficantes de drogas importantes o suficiente para serem assassinados tendem a andar de Range Rover preto, não de Nissan Almera vermelho. Talvez a coisa não fosse assim tão simples.

— Eu conheci ele — revela Donna.

— Kuldesh Sharma?

— Quando estávamos investigando o Viking — diz Donna.

— Deus do céu — responde Chris. — Recentemente, então?

Donna assente.

— Visitei ele com o Stephen. Marido da Elizabeth.

— Só podia ser — diz Chris. — Será que nós podemos deixar a Elizabeth e o pessoal de fora desta vez?

— Ahh. Um sonho impossível. Era um cara legal. Você realmente deu luvas de jardinagem de Natal pra minha mãe?

— Foi o que ela me falou que queria — responde Chris.

Donna balança a cabeça.

— Quando eu acho que o seu treinamento chegou ao fim, aí é que percebo o quanto ainda falta.

Eles voltam juntos pela trilha. Donna está perdida em pensamentos.

— Está pensando no Kuldesh? — pergunta Chris. — Sinto muito.

— Não — responde Donna. — Estava pensando em qual será a questão entre você e a perita.

— A questão? Nenhuma. Somos colegas.

Donna faz um gesto de quem faz pouco-caso.

— Tá bom. Veremos sobre isso.

— Nem uma sílaba sobre esse assunto com o Bogdan, a propósito — diz Chris. — Ele vai contar direto pra Elizabeth.

— Juro que não vou falar nada — garante Donna. — Se você me jurar que nunca houve nada entre você e a perita.

9

— Deram um tiro na cabeça — anuncia Bogdan, curvado sobre o tabuleiro de xadrez. — Uma única bala.

Hoje é um bom dia. Stephen se lembra dele e de como jogar xadrez. Belo início de ano.

— Terrível — diz Stephen. — Coitado do Kuldesh.

— Terrível — concorda Elizabeth, entrando na sala com dois chás. — Bogdan, coloquei só cinco pedrinhas de açúcar, você deveria dar uma segurada no doce. Resolução de Ano-Novo. Há suspeitos?

— Donna diz que foi coisa de profissional — responde Bogdan. — Encomendado.

— Humm — diz Elizabeth, voltando-se então para o marido, feliz de ver seus olhos brilharem, uma raridade. — Kuldesh é do tipo que se mete com essas coisas?

Stephen assente.

— Ah, com certeza. Kuldesh? Com certeza. Estive com ele outro dia mesmo, sabe?

— Eu estava com você, Stephen — diz Bogdan. — Ele foi bastante prestativo. Um senhor muito simpático.

— Se é o que você diz, cara — comenta Stephen. — Mas Kuldesh estava sempre aprontando alguma.

— E arrombaram a loja dele também? — questiona Elizabeth. — Eu ouvi direito? Isso foi antes ou depois do assassinato?

— Segundo a Donna, depois de ele ser morto.

— Não encontraram o que estavam procurando — conclui Elizabeth. — Ainda assim, é estranho o terem matado. O que mais a Donna te contou?

— Não posso contar pra você — diz Bogdan. — Assunto de polícia.

— Bobagem — retruca Elizabeth. — Não vai fazer mal ter mais uma cabeça para pensar. Havia testemunhas na loja? Circuito de câmeras?

Bogdan ergue um dedo.

— Peraí!

Ele pega o celular, desce até um áudio e aperta o play. A voz de Donna preenche o ambiente.

— *Oi, Elizabeth, aqui é a Donna. Eu sei que Kuldesh era amigo do Stephen, aliás, oi, Stephen...*

— Essa daí é doidinha — diz Stephen.

— *Bogdan recebeu orientações severas pra não compartilhar detalhes deste caso com você, então, por favor, não use das suas artimanhas habituais...*

— Artimanhas... — repete Elizabeth, ofendida.

— *Ele está ciente das consequências que vai sofrer se decidir contar detalhes do caso pra você. Você é uma mulher vivida, Elizabeth, e pode imaginar que consequências serão essas...*

Stephen arqueia uma sobrancelha para Bogdan, que assente, confirmando.

— *... portanto eu ficarei extremamente grata se você puder nos deixar fazer o nosso trabalho. Abraços pra todos, e nos falamos depois!*

Bogdan baixa o celular e olha para Elizabeth, dando de ombros como quem pede desculpas.

— Bogdan, isso é blefe. Se eu estivesse transando com você, eu é que iria sair no prejuízo se fosse ficar punindo assim. Olha só pra você. Sem ofensas, Stephen.

— Ah, estou zero ofendido — diz Stephen. — Olha só pro rapaz.

— Eu dei a minha palavra — responde Bogdan. — E eu honro com ela.

— Deus do céu, homens são capazes de atos tão nobres quando é conveniente... — resmunga Elizabeth. — Bogdan, você vai estar aqui nas próximas duas horas?

— Posso estar — responde ele. — Aonde você vai?

— Vou pegar a Joyce e dar um pulo na loja do Kuldesh. Não vejo alternativa.

— Não pode deixar nas mãos da Donna e do Chris?

— Faça-me o favor — diz Elizabeth, vestindo o casaco. — Que perda de tempo para todos os envolvidos.

— Meu amor, você vai gostar — comenta Stephen.

— Não é isso que importa — responde Elizabeth.

— Mande um abraço meu pro Kuldesh — pede Stephen. — Diz pra ele que eu mandei dizer que ele é macaco velho.

Elizabeth vai até o marido e beija o topo de sua cabeça.

— Pode deixar, meu amor.

10

A loja de Kuldesh está irreconhecível. Toda revirada, destroçada. Alguém procurava por algo e não estava com paciência. Donna nem quer pensar muito a respeito de tudo o que pode ter se perdido aqui. Prefere ter pensamentos mais felizes.

— Alguma resolução de Ano-Novo? — pergunta para Chris.

A dela é fingir aprender polonês, fazer só o esforço suficiente para Bogdan ser compreensivo quando ela desistir.

— Vou nadar no mar todos os dias — responde Chris. — Faz um bem incrível. Para a circulação, as articulações, a porra toda.

— Nunca que você vai fazer isso todo dia — retruca Donna.

— Você me subestima — afirma Chris. — É um grande erro.

— Vai nadar no mar hoje?

— Não. Hoje não dá — diz Chris. — A gente está trabalhando, não é?

— Nadou ontem?

— Nós estávamos no meio de uma cena de crime, Donna — replica Chris. — Não tive como. Mas todos os outros dias eu vou.

Eles cruzam a loja rumo à sala dos fundos, igualmente revirada: gavetas fora do lugar, papéis espalhados e um enorme cofre arrombado.

— Deus do céu! — exclama Donna.

A imagem do cadáver de Kuldesh Sharma, de terno e camisa de seda desabotoada até embaixo, ainda não saiu de sua mente. Na verdade, ela o reconhecera ainda de costas, pela careca lustrosa. A última vez em que Donna o vira — e, aliás, a primeira — fora justamente ali na loja, com Bogdan e Stephen, pedindo sua ajuda para rastrear alguns livros raros. Kuldesh era meio picareta? Com certeza. Estava metido com drogas? Donna achava difícil. Mas aqui estão eles, numa loja destruída, investigando seu assassinato com cara de coisa profissional.

Sinais sutis de que talvez estivesse metido com *alguma coisa*.

— Alguém estava procurando por algo, hein? — comenta Chris.

— E depois de terem matado ele, tem isso.

A polícia fora chamada até a loja por volta do meio-dia de 28 de dezembro, horas depois de alguém ter metido uma bala na cabeça de Kuldesh. Donna pensa na estátua que Bogdan comprara para ela. A estátua que Kuldesh lhe dera por uma libra em nome do amor. Seria o objeto agora uma fonte de azar? Donna espera que não.

O Natal com Bogdan fora tudo que ela poderia ter desejado e mais um pouco. Tá, *tudo* talvez não: ele lhe dera de presente aulas de quadriciclo.

— Então alguém marca um encontro com o Kuldesh — diz Chris.

— Kuldesh tem alguma coisa para a pessoa, a pessoa tem alguma coisa para o Kuldesh. Digamos que dinheiro — continua Donna, fuxicando um caderno de recibos.

— Os carros entram na viela, estacionam. Nosso assassino sai do carro, mete uma bala pela janela e pega o que quer que o Kuldesh tivesse ali para ele?

— Só que não está com ele, o carro está vazio. Ele tinha deixado aqui. Como uma garantia.

Os recibos mostram que a loja de Kuldesh estivera bem tranquila no dia 27. Três vendas. Um lampião, 75 libras em dinheiro; uma "paisagem marítima sem assinatura", 95 libras no cartão de crédito de um certo "Terence Brown"; e "colheres variadas" por cinco pratas.

Donna avista um celular alojado atrás de um aquecedor. Pondera por que Kuldesh não o teria levado, para então se lembrar de que ele tinha oitenta anos. Ainda assim, o homem se dera ao trabalho de escondê-lo. Quem sabe ali poderia ter alguma coisa interessante. Ela o retira do lugar com cuidado e o guarda num saco de provas.

É claro que Kuldesh pode ter feito várias vendas sem registrar. Teriam uma ideia melhor a partir das imagens do circuito de câmeras de segurança. Mas se bem que, se o circuito estivesse vinculado ao HD de Kuldesh, estavam ferrados, já que ele estava bem ao lado do cofre, despedaçado.

— A pergunta é o que eles estavam procurando. O que o Kuldesh tinha?

— E — acrescenta Donna, olhando o cofre vazio — será que acharam?

Eles saem da sala e Donna contempla as câmeras instaladas na loja. Parecem ser profissionais. Ela torce para que existam cópias das imagens em um lugar que não seja o computador despedaçado.

Ela ouve vozes familiares do lado de fora. Chris também escutou.

— Vamos? — pergunta Donna.

— Acho que é o jeito — responde Chris.

11

Elizabeth e Joyce foram impedidas de entrar na loja de Kuldesh. O cordão de isolamento da polícia continuava em frente à porta e grandes placas de madeira haviam sido afixadas na vitrine quebrada. Como aquilo ali era Brighton, as placas já estavam pichadas com os dizeres ABAIXO O CAPITALISMO e repletas de flyers das boates da orla. Elizabeth tenta puxar uma das placas por baixo, mas não consegue.

— Você devia ter trazido uma machadinha — sugere Joyce. — Dá pra te imaginar perfeitamente com uma machadinha.

— Sem gracinhas, Joyce — replica Elizabeth.

Joyce olha para cima e vê as câmeras do circuito interno.

— Câmeras de segurança!

— Não precisa se animar — diz Elizabeth. — Qualquer um que seja profissional o bastante para matar um homem com uma única bala através da janela de um carro é profissional o bastante para desativar uma câmera de segurança. Não estamos lidando com crianças.

Donna e Chris surgem do beco ao lado.

— Posso ajudá-las, senhoras? — pergunta Donna. — Somos da polícia, investigar crimes é o nosso trabalho, que prazer conhecê-las.

— Só estamos dando uma olhadinha — explica Elizabeth.

— Feliz Ano-Novo! — diz Joyce. — Obrigada pelo meu cachorro de bronze, Donna.

— De nada — responde a policial, virando-se então para Elizabeth. — Achei que tinha falado com a maior educação do mundo quando pedi para você deixar essa apenas com a gente. O máximo de educação que consigo, pelo menos.

— Foi de uma educação impecável — concorda Elizabeth. — Fiquei muito orgulhosa de você.

— E, no entanto — Chris faz um gesto apontando para as duas mulheres e para a loja saqueada —, cá estamos todos nós.

— Eu me dei conta de que nunca tinha vindo à loja do Kuldesh — diz Elizabeth. — Achei que era hora de resolver isso. Donna, você esteve há pouco tempo, é claro, com o Bogdan e o Stephen. Aquela pequena aventura não era autorizada. Pensei que poderia ter eu mesma uma aventura dessas.

— Acho difícil que Stephen precise que você autorize as aventuras dele — comenta Donna.

— Eu estava me referindo a você e o Bogdan, querida — retruca Elizabeth.

— Não acho que eu precise...

— E eu gosto de antiguidades — intervém Joyce. — Gerry colecionava ferraduras. No final, ele já tinha umas sete ou oito.

— Bem, como sempre, vocês parecem atrair cadáveres — diz Chris.

— Desde sempre — confirma Elizabeth. — Eles parecem gostar de mim. Alguma sorte com as câmeras?

— Cedo demais para dizer — responde Chris. — E também não é da conta de vocês. Escolha a resposta da sua preferência.

— Eu acho — propõe Joyce — que qualquer um que seja profissional o bastante para matar o Kuldesh com uma única bala numa viela no campo é profissional o bastante para também desativar uma câmera de segurança.

— É isso o que você acha, é, Joyce? — pergunta Elizabeth.

Joyce agora observa um chamativo flyer de boate grudado numa das placas de madeira.

— O que seria isso, "Ket Donk"?

— Acho que tem um café mais adiante nesta rua — diz Chris. — Talvez vocês gostem.

— Ah, um café — repete Joyce.

— Estamos trabalhando, Chris — responde Elizabeth. — O amigo do Stephen foi assassinado. Acha que vai conseguir nos enrolar com um café?

— Também estamos trabalhando — argumenta Chris. — Esse é oficialmente nosso trabalho. Tenho certeza de que você entende.

— Entendo perfeitamente — concorda Elizabeth. — Vamos deixar vocês trabalharem. Se descobrir alguma coisa, vai nos contar?

— Eu não trabalho para você, Elizabeth — declara Chris.

— Desculpe — diz Donna. — Ele considera você muito castradora. Até eu considero. Não sei bem como isso funciona. Que tal talvez deixar esse caso por nossa conta?

— Como quiserem — aceita Elizabeth. — Nem sempre precisamos compartilhar tudo.

Elizabeth dá o braço a Joyce e a conduz ao café.

— Você aceitou essa com tanta tranquilidade! — opina Joyce. — Achei que criaria mais caso.

— Eu reparei no café a caminho daqui — diz Elizabeth. — Bolos na vitrine…

— Que maravilha — comenta Joyce. — Não como desde as onze.

— … e uma câmera de segurança do lado de fora.

Joyce sorri para a amiga.

— Todo mundo sai ganhando, então?

— Exato. E acabamos de concordar que nem sempre precisamos compartilhar tudo.

12

Connie Johnson desembrulha seu presente de Natal de Ibrahim. É um pequeno caderno preto com capa de couro.

— A gente sempre vê na televisão, não é? — comenta Ibrahim. — Traficantes gostam de cadernos. Para a contabilidade, os negócios e tal. Não dá pra confiar em computadores por causa da polícia. Quando eu vi, pensei em você.

— Obrigada, Ibrahim — diz Connie. — Eu teria comprado uma coisinha para você, mas aqui na prisão só dá para comprar ecstasy e chips de celular.

— Não tem problema nenhum — responde ele. — Além disso, não se dá presente ao terapeuta.

— E terapeutas dão cadernos para traficantes?

— Bem, foi Natal — diz Ibrahim. — Apesar de que, se você realmente deseja me dar um presente, há algumas perguntas que eu poderia te fazer.

— Imagino que não sejam sobre a minha infância.

— Perguntas sobre um assassinato. Elizabeth me fez escrever todas. — O encontro da véspera do Clube do Crime das Quintas-Feiras tinha sido eletrizante. Havia entregado plenamente o que prometera, na visão de Ibrahim. — Prometo que, no devido tempo, chegaremos à sua infância.

— Diga lá — responde Connie Johnson.

— Me permita descrever uma cena — começa Ibrahim. — Estamos no fim de uma viela rural afastada, bem no meio do mato. Tarde da noite. Dois carros.

— Putaria — diz Connie.

— Sem putaria, acredito — corrige Ibrahim. — O motorista do Carro A, o dono de um antiquário…

— São os piores — opina Connie.

— … permanece no assento, enquanto alguém do Carro B vai até a janela dele e dá um tiro na cabeça do motorista.

— Um tiro? — pergunta Connie. — Pra liquidar?

— Pra liquidar — confirma Ibrahim. Ele curte o termo.

— Gostei — diz Connie. — A gente deixa a minha infância pra outro dia.

— O Carro B desaparece, de volta às suas paragens...

— Não conheço mais ninguém que fale "paragens" — comenta Connie.

— Está precisando ampliar seu círculo social — sugere Ibrahim. — Algumas horas depois, o antiquário da vítima é saqueado.

Connie assente.

— Ok, ok.

— Não há impressões digitais utilizáveis, nem na cena do crime nem na loja.

— Não haveria — afirma Connie, fazendo uma anotação em seu novo caderno.

— Ah, fico feliz de ver que já está sendo útil — diz Ibrahim.

— Mas tinha câmeras de segurança?

— Nenhuma na loja. Mas num café na rua, que serve macarons excelentes, segundo a Joyce, as câmeras pegam um homem usando um sobretudo caro. Nós sabemos disso, mas a polícia ainda não.

— Sem surpresas até aí — diz Connie.

— Ele entra pra comer e conversa com a senhora que toma conta do café. Louise, caso você precise do nome dela.

— Não preciso. Quando precisar de informação eu pergunto.

— A boa notícia é que Louise afirma preferir não falar com a polícia porque a covid foi uma farsa — continua Ibrahim. — Alguma coisa nessa linha. Agora, embora não saibamos ao certo se o homem tinha estado no antiquário, ele veio com certeza *daquela* direção, e estava com umas cinquenta libras em dinheiro. Tirou do bolso ao pagar a conta. Por isso é que Louise achou que talvez tivesse vindo do antiquário. Sou levado a crer que hoje em dia é raro alguém pagar em dinheiro vivo.

— É um inferno — diz Connie. — Até eu tenho que aceitar Apple Pay agora. Esse homem tinha algum sotaque?

— Liverpudliano — responde Ibrahim. — De Liverpool.

Connie assente novamente.

— Sabe que você às vezes explica demais, né?

— Obrigado — responde Ibrahim. — O juízo predominante, a que não é necessário seguir sempre, mas que ocasionalmente é predominante por um bom motivo, é de que este assassinato tem todas as características de ter sido uma execução profissional. E fiquei matutando se você não poderia oferecer um ponto de vista a respeito.

— Sim, eu posso oferecer meu ponto de vista — confirma Connie. — Você procurou a mulher certa. Viela rural, um tiro só, execução profissional. Um dono de antiquário, o depositário perfeito para mercadorias roubadas quando não há mais nada disponível. Você jura que a polícia não tem essa informação ainda?

— Continuam por fora — diz Ibrahim.

— Ok, então. Bem-vestido e de Liverpool, pode ser um homem chamado Dominic Holt, que vende heroína pela rota de Newhaven. Mora por aqui agora, em uma casa à beira-mar. A loja teria sido usada como entreposto. "Toma conta da nossa heroína por 24 horas", esse tipo de coisa. Dom Holt normalmente não faria uma entrega em pessoa, mas todos nós acabamos nos descuidando.

— Ele tem um chefe? — pergunta Ibrahim.

— Também de Liverpool, Mitch Maxwell.

— E são o tipo de gente que mataria alguém?

— Ah, com certeza — afirma Connie. — Ou o tipo que contrataria outra pessoa pra matar alguém.

— Dá no mesmo.

— Hum, não exatamente — discorda Connie. — Matar alguém e contratar um pistoleiro pra matar alguém são coisas muito diferentes.

— Certo, podemos falar sobre isso na nossa sessão — diz Ibrahim. — Porque é exatamente a mesma coisa.

— Concordemos em discordar.

— Você sabe onde posso encontrá-los, Dominic Holt e Mitch Maxwell?

— Sei — responde Connie.

— Pode ser mais específica?

— Não, acho que o resto vou deixar por sua conta — diz Connie. — Você me fala que um dono de antiquário foi assassinado no dia em que deu dinheiro a um cara chique de Liverpool. Eu falo em heroína e te dou dois nomes, Dominic Holt e Mitch Maxwell. Qualquer coisa além disso já é ser dedo-duro, Ibrahim. Não é só você que respeita um juramento.

— Não acho que você tenha um juramento de fato — comenta Ibrahim.

— E esse Dom Holt não é rival seu?

— Não. Ele trafica heroína. Eu trafico cocaína.

— E esses dois mundos não se cruzam de vez em quando?

Connie olha para Ibrahim como se ele tivesse perdido o juízo.

— E por que diabos se cruzariam? Só se for pra sair pra beber no Natal. Não esse ano, óbvio.

Ibrahim assente.

— Mas se eu descobrir mais informações, você gostaria de ser atualizada?

— Muito — diz Connie. — Vamos começar a sessão? Tenho pensado no meu pai, como você pediu.

Ibrahim assente novamente.

— Está com raiva?

— Muita — responde Connie.

— Esplêndido — afirma Ibrahim.

13

Joyce

No jornalzinho de Coopers Chase, *Direto ao Ponto*, eles costumam colocar o nome de novos moradores que estão vindo para cá. As pessoas dão permissão, é claro, e pode ser uma forma interessante de se apresentar à comunidade antes de o caminhão aparecer com a mudança. Também nos dá a chance de sermos enxeridos.

Enfim, semana que vem está chegando um homem chamado Edwin Mayhem.

Edwin Mayhem!

Só pode ser nome artístico, não é? Quem sabe era mágico ou dublê? Ou um popstar nos anos 1960? Seja como for, seria um ótimo tema para a minha coluna "Joyce Escolhe". Este mês eu entrevistei uma mulher que atravessou o Canal da Mancha a nado, só que esqueceram de cronometrar e ela precisou refazer a travessia um mês depois. Ela nada até hoje, na piscina.

Certamente vou aparecer na porta do Edwin Mayhem. Vou dar uns dois dias para ele se instalar, para os móveis ficarem do jeito que ele gosta, e aí eu surjo com uma torta de limão com merengue e um bloquinho.

Já é tarde e estou contemplando a vista da janela, vendo as luzes se apagarem em apartamentos aqui e ali. Mas alguns de nós ainda estão acordados. Coopers Chase mais parece um Calendário do Advento.

Esse ano comprei um calendário do advento da Cadbury's para mim e outro para a Joanna, que enviei no final de novembro. Joanna diz que a Cadbury's mudou a fórmula do chocolate e que ela não come mais por causa disso, mas para mim o sabor continua o mesmo. Ela amava o Dairy Milk, de verdade, mas hoje, se dependesse dela, vocês não ficariam sabendo disso. Quem sabe ano que vem não mando para ela um calendário cheio de diamantes ou de homus.

Estou olhando para a minha garrafa térmica agora. *E sem assassinatos no ano que vem.* Seria bom se tivesse. Ou será que não? Já nem me lembro mais do que eu fazia antes de os assassinatos começarem a acontecer. Lembro que pretendia aprender a jogar bridge, mas esse plano foi para a geladeira. Também estou com mais episódios de *Inspetor Morse* na minha lista do Sky Plus do que sou capaz de dar conta. Mas coitado do Kuldesh.

Quando se está próximo dos oitenta, as formas possíveis de morrer já são tantas que parece injusto acrescentar assassinato à lista. Ele levou um tiro, portanto, obviamente, irritou alguém. Perguntei a Elizabeth como ela sabia de todos os detalhes, e ela me disse que está num grupo de WhatsApp em que fica por dentro das coisas. Faz pouco tempo que eu entrei no mundo dos grupos de WhatsApp. Estou no de "Passeadores de Cachorros" e no de "Celebridades Locais Vistas em Kent". Tive que silenciar o de "Coisas que os Meus Netos Dizem" porque acho que o pessoal ali só quer se mostrar. Uma criança de oito anos que diz "vovó, você parece uma princesa"? Me desculpem, mas eu não acredito. Sei que não deveria ser tão cínica.

A nossa primeira linha de investigação no caso é um homem chamado Dominic Holt. É dono de uma empresa chamada Sussex Sistemas de Logística, que fica num terreno industrial convenientemente próximo a todos os grandes portos; Ibrahim vai nos levar de carro até lá no dia seguinte ao funeral para vermos o que tem pela área. Tipo uma tocaia. Elizabeth vai ser o cérebro, Ibrahim o motorista, e eu cuido dos belisquetes. Ron reclamou que não teria nada para fazer, mas Elizabeth disse que ele estaria lá para adicionar sabor à empreitada, e isso bastou para acalmá-lo.

Ron anda rabugento, ou ainda mais rabugento, de uma semana para cá. Brigou com Pauline no Natal. Ele não me conta o motivo, mas Ibrahim diz que tem a ver com a hora certa de abrir presentes. Segundo Ron, seria logo depois do café da manhã, mas Pauline disse que era só depois do almoço. A coisa esquentou. Quando Ibrahim passou por lá na noite do dia 25, nem quiseram jogar mímica com ele, e Ron sabe que Ibrahim adora esses jogos. Deve ter sido coisa séria. Lembrei de uma ocasião em que o Ibrahim fez mímica de *Cinquenta Tons de Cinza* para a Elizabeth. Vocês nunca viram nada parecido.

Ibrahim jantou sozinho no Natal. Segundo ele, prefere assim. Eu o convidei para jantar comigo — tinha ganso de sobra —, mas ele disse não ser muito de Natal. Acha sentimental demais. Vale ressaltar, porém, que quando apareceu para levar o Alan para passear estava com um gorro de Papai Noel.

Elizabeth ficou com Stephen, é claro. Não consegui extrair muita coisa dela a não ser o fato de que deu um pouco de peru para a raposinha que começou a visitá-los. É macho. Chamam o bichinho de "Floco de Neve", porque as orelhas têm pontas brancas. Quando deita no chão, acha que está camuflado, mas sempre dá pra ver as orelhinhas. Cada dia ele chega mais perto do pátio. Deve estar por aí agora, em algum lugar na escuridão.

Verei todos amanhã no funeral do Kuldesh. Nós não o conhecíamos bem, mas ele não tinha família. É bom marcar presença, não é? No dia em que for a gente, gostaríamos que fizessem isso por nós.

Bem, Joanna, lá se foi o seu "sem assassinatos". Apesar de que devo usar minha garrafa térmica amanhã. Crematórios são sempre muito frios.

14

São oito e meia da manhã do dia 4 de janeiro, e o efetivo da polícia foi instruído a se reunir na sala de ocorrências da delegacia de Fairhaven para discutir o andamento da investigação do assassinato de Kuldesh Sharma.

Chris deveria estar lá na frente, dando ordens, debatendo teorias, no comando dos pilots e do quadro-branco, mas a manhã lhe trouxera uma surpresa.

Uma surpresa na forma de Jill Regan, investigadora-sênior da Agência Nacional do Crime que — já ficou claro — está agora a cargo da investigação do assassinato. O porquê disso ainda se mantém um mistério para todo mundo.

Um dono de antiquário de Brighton foi assassinado em Kent. O que isso teria a ver com a Agência Nacional do Crime e com a investigadora-sênior Jill Regan?

Lá está ela escrevendo no quadro de Chris, usando os seus pilots. Donna sente o quão mordido ele está.

— Então, o que nós temos? — começa Jill Regan. — A raiz quadrada de absolutamente nada. Pouco mais de uma semana desde o assassinato e não temos pistas, não temos prova alguma e... — Jill observa lentamente a equipe reunida na sala — ... não temos inteligência.

— Que simpática — sussurra Donna para Chris.

Jill continua:

— Não temos as câmeras de segurança da loja. Não adianta ficar chorando sobre isso. As marcas de pneus na viela não nos levaram a lugar nenhum. Nunca levam, não é? Não temos digitais, não temos DNA que possa ser aproveitado, não temos testemunhas oculares e eu estou aqui numa sala cheia de policiais com a bunda enfiada na cadeira.

— Você não falou pra gente se sentar? — questiona Donna.

— Foi uma metáfora, já ouviu falar? — rebate Jill. — Quatro dias e nada. Já chega disso. No início da tarde vai chegar uma equipe da Agência e vocês estarão fora do caso. Ninguém entra nessa sala. O mesmo vale para a minha sala, e eu tenho autoridade para usar a sua, Chris. Alguma pergunta?

Chris faz menção de erguer a mão.

— Sim, eu só…

— Brincadeira — diz Jill. — Sem perguntas. Obrigada a todos por terem vindo cedo. Por favor, achem algum outro crime para solucionar, se tiver algum por aqui.

A equipe começa a se dispersar, alguns felizes com a oportunidade de um dia tranquilo. Chris não arreda o pé, e Donna decide acompanhá-lo.

— O que está acontecendo? — pergunta Chris a Jill.

— Nada — responde ela. — O problema é esse.

Chris balança a cabeça.

— Não. Tem alguma coisa aí. Um assassinato em Kent e a Agência é acionada?

— Eu não sei o que dizer a você, Chris — responde Jill.

— Quer que eu te dê um resumo da situação? De tudo que já sabemos?

— Não, obrigada — recusa Jill. — Está bem assim. Um pouco de paz e de sossego é tudo o que precisamos. Que nos deem a chance de fazermos o nosso trabalho. Você achou o celular dele?

— De quem? — pergunta Chris. — O do Kuldesh?

— Uau — retruca Jill. — Que mente aguçada. Sim, o do Kuldesh.

— O aparelho não estava com ele — diz Chris.

— Não encontraram na loja?

— Se nós o tivéssemos encontrado na loja, estaria registrado como prova, senhora — responde Donna.

Ela deveria tê-lo registrado ontem, só que não havia ninguém no setor para atendê-la. Pela primeira vez na vida, Donna fica aliviada pela falta de recursos da polícia.

— Isso tem a ver com crime organizado? — arrisca Chris. — Laços com algum caso internacional de tráfico de drogas que vocês já estão investigando?

— Se fosse esse o caso, eu não diria a você, não é mesmo? — replica Jill.

— Bem, tenho certeza de que vocês têm mais o que fazer.

— Na verdade, não — diz Donna. — Roubaram um cavalo de alguém lá pros lados de Benenden.

— Então vão investigar isso — manda Jill. — Não quero ver nenhum dos dois por perto da sala de ocorrências. Inspetor Hudson, uma sala temporária foi montada para você na edificação portátil no estacionamento. Podem meter o pé daqui.

— E a gente simplesmente interrompe a nossa investigação do assassinato do Kuldesh Sharma? — pergunta Chris.

— Deixem isso com os profissionais — diz Jill. — Vão lá achar o coitado do cavalo.

Sentindo que poderia ser melhor deixar aquela batalha para outro dia, Donna tira Chris da sala e desce os degraus da escadaria principal da delegacia atrás dele.

— O que você acha disso tudo? — pergunta ele.

— Impossível alguém ser tão detestável assim na vida real — comenta Donna.

— Exatamente o que eu estava pensando — diz Chris. — Essa daí quer muito, muito, que não perturbem ela. Mas por quê?

— Parece que ela não quer que a gente saiba de alguma coisa sobre esse crime?

Chris assente.

— Me parece algo que devíamos investigar, não é?

— Vamos começar pelo começo — diz Donna. — Deixa eu ir ali no meu escaninho pegar o celular do Kuldesh.

Chris assente novamente.

— Vamos só dar uma checada rápida no histórico de chamadas dele. E aí a gente parte pro roubo do cavalo em Benenden.

15

Apenas duas fileiras de assentos ficam preenchidas no funeral. Kuldesh não era praticante do hinduísmo e nem de mais nada. A única instrução que deixara era de que gostaria de ser cremado numa cerimônia simples, conduzida pelo pároco local que sua falecida esposa conhecera uma vez num curso de direção segura e de quem gostara muito ("John alguma coisa, de Hove, deve dar pra achar on-line").

Na primeira fileira estavam Joyce, Elizabeth, Ron e Ibrahim. Na de trás, Chris, Donna, Bogdan e um homem de chapéu que até o momento se apresentara apenas como Big Dave. O pároco, surpreso com a própria presença no local, estava fazendo o melhor que podia dentro das circunstâncias.

— Kuldesh era dono de uma loja, um homem que amava antiguidades. Era de Brighton, então provavelmente amava o mar...

Elizabeth decide que perder essa parte não deve ser um grande problema e se vira para a fileira de trás, dirigindo-se a Chris.

— Vamos compartilhar informações — sussurra.

— Estamos num funeral — sussurra Chris de volta.

— Ele morava num bangalô em Ovingdean — continua o pároco. — Kuldesh não era um grande fã de escadas, isso está bem claro...

— Ok — diz Chris, assentindo para Elizabeth. — Você primeiro.

— Creio que nossa informação é melhor do que a sua — afirma Elizabeth. — Portanto, com todo o respeito, você primeiro.

— Obrigada pelo seu respeito — comenta Donna.

— Desta vez ela está certa — intervém Ibrahim, virando-se e entrando na conversa. — Nós dispomos de uma peça importante do quebra-cabeça de que vocês não dispõem.

— É mesmo? — pergunta Chris. — Vou correr o risco. Estamos avançando bem.

— Vamos todos nos unir em oração — diz o pároco. — Se Kuldesh era um homem de fé, manteve esta fé em silêncio, mas nunca se sabe. Pai nosso...

Enquanto o pároco segue com a oração, Elizabeth e Chris seguem com a conversa sussurrada, agora de cabeça baixa.

— As câmeras de segurança ajudaram? — pergunta Elizabeth. — Já sabem quem visitou Kuldesh no dia em que morreu?

— Ainda não — revela Chris.

— Interessante, porque nós sabemos.

— Não, não sabem — replica Donna, de olhos ainda fechados e com as mãos juntas em oração. — Isso é blefe, Chris.

— Amém — dizem todos juntos ao final da oração.

— E agora — continua o pároco — eu peço que se juntem a mim em um minuto de silêncio em memória ao nosso amigo Kuldesh Sharma. Ou podem continuar a sussurrar uns pros outros. Vocês o conheciam melhor do que eu, embora eu tenha gostado da esposa dele quando nos encontramos.

Chris oferece alguns segundos de silêncio até voltar ao que interessa.

— Sinceramente — diz ele —, deixem esse conosco. Faz só cinco dias. Temos uma equipe envolvida, uma boa equipe, com um trabalho de inteligência decente, e a perícia está vasculhando tudo. O que quer que tenha acontecido lá, nós vamos resolver. Não num passe de mágica, mas com trabalho duro.

— Então você falou com a Louise, no café? — pergunta Joyce, finalmente entrando na conversa. — Que bom.

— Com... quem? — questiona Chris, baixando a guarda por um momento.

— Louise — repete Elizabeth. — A senhora que toma conta do café mais pro final da rua. Aquele pra onde você nos mandou pra nos tirar do caminho. Falou com ela?

— Sim — responde Donna. — Falei com ela. É isso que a polícia faz.

— Mas esse é o problema, não é? — diz Elizabeth. — Nem todo mundo confia em vocês, vá saber o motivo. Eu acho que fazem um trabalho excelente, exceto uma ou outra maçã podre, é claro, mas não é todo mundo que enxerga desse jeito. É possível que ela tenha sido mais acessível a duas senhoras que queriam tomar chá e comer bolo.

— Um macaron, pra ser mais específica — lembra Joyce. — Detalhes, Elizabeth.

— E agora — continua o pároco — acredito que um amigo de Kuldesh gostaria de dizer algumas palavras. Bogdan Jankowski.

Joyce aplaude encantada enquanto Bogdan se dirige ao púlpito. Agora ninguém dá um pio. Bogdan testa o microfone com o indicador. Está satisfeito com a acústica.

— Kuldesh era um bom homem — começa Bogdan. — E isso nem todo mundo é.

— Isso aí — diz Ron.

— Ele foi gentil comigo e com a Donna e era um bom amigo do Stephen — prossegue Bogdan. — Eu pedi ao Stephen pra me falar dele. Stephen diz que ele era gentil e leal. Que, quando era xingado na rua, continuava a seguir em frente. Stephen diz que era uma figura, mas no bom sentido. Sempre rindo, sempre ajudando. Então queria só dizer, perante Deus… — Bogdan encara a pequena congregação à sua frente. — Kuldesh, você era amigo do Stephen e isso significa que também era nosso amigo. E eu prometo que a gente vai encontrar a pessoa que te deu esse tiro. A gente vai caçar e matar essa pessoa…

— Ou talvez quem sabe prender, amor? — sugere Donna.

Bogdan dá de ombros.

— Matar ou prender. Obrigado, Kuldesh. Por favor, agora descanse.

Bogdan faz o sinal da cruz e retorna ao assento. Big Dave diz "uhuuu!" e todos irrompem em aplausos.

A cerimônia continua com um pouco mais de reverência e até lágrimas de Joyce, Bogdan e Ron.

No fim, o pároco oferece mais algumas palavras.

— Sinto que sobrei um pouco aqui hoje. Mas desejo sorte a todos e queria tê-lo conhecido. Adeus, Kuldesh.

Os presentes começam a se dispersar.

— O que essa Louise te contou? — pergunta Chris a Elizabeth.

— Perdão — diz Elizabeth. — Achei que nós não compartilhávamos informações. Mas eis os fatos. Temos uma testemunha ocular que descreveu o homem que visitou Kuldesh Sharma no dia em que ele morreu. Vocês têm isso?

Chris e Donna se entreolham e fazem que não.

— Além disso, nos deram um nome que se encaixa nesta exata descrição. O nome foi dado ao Ibrahim por uma pessoa que está entre as maiores importadoras de drogas da Costa Sul…

— E que eu não posso dizer quem é — complementa Ibrahim.

— Vocês têm o nome de um suspeito? — pergunta Elizabeth.

Chris e Donna se entreolham de novo e fazem que não.

— Por último, me contaram que a Agência Nacional do Crime tirou a investigação da mão de vocês e, portanto, tudo o que falaram não passa de fachada. O que é perfeitamente compreensível, mas só nos atrasa.

— Como você... — começa Chris, mas Elizabeth faz um gesto de "não importa".

— Qualquer que seja o caso em que estão trabalhando neste momento — diz ela —, não é o assassinato de Kuldesh Sharma.

— Roubaram um cavalo em Benenden — conta Donna.

— Ahhh — diz Joyce.

— Nós temos muitas informações — completa Elizabeth. — E vocês, o que têm para nos passar em troca?

Donna tira um celular da bolsa.

— Temos este celular, Elizabeth. Não deveríamos, mas temos.

— Maravilha — diz Ron.

Elizabeth bate palmas.

— Excelente, Donna, excelente. Bogdan tem muita sorte de ter você. Peço desculpas se fui arrogante. Vou trabalhar nesta questão. Nosso palpite é de que um carregamento de heroína foi entregue na loja do Kuldesh por um tal Dominic Holt e Kuldesh, por razões que só ele saberia explicar, decidiu roubar o carregamento; além disso, alguém resolveu assassiná-lo. Com isso você fica atualizado, Chris?

— Confirma muitas suspeitas minhas...

— Conversa pra boi dormir — replica Elizabeth. — Agora, em troca, o que aprendemos com esse celular?

— Ele fez duas ligações — revela Chris. — Por volta das quatro da tarde do dia em que morreu.

— Uma para uma mulher chamada Nina Mishra — explica Donna. — É uma professora titular de arqueologia histórica em Canterbury.

— Uma professora, meu Deus! — exclama Joyce.

— Acadêmicos... — diz Ron, revirando os olhos discretamente.

— Vocês já a procuraram? — pergunta Ibrahim.

— Recebemos os dados apenas hoje de manhã — afirma Donna. — Portanto, não.

— Parece um trabalho para nós, quem sabe? — sugere Elizabeth.

— Sim, senhora — responde Chris.

— Esplêndido — diz Joyce. — Eu estava torcendo para irmos até Canterbury.

— E o segundo telefonema? — pergunta Ibrahim.

— Foi cerca de dez minutos depois de ele ligar para a Nina Mishra — diz Donna. — Mas até o momento está indetectável.

— Indetectável — resmunga Elizabeth. — Isso não existe.

— O registro indica "código 777" — comenta Donna. — Isso acontece de vez em quando.

— Hum — diz Elizabeth.

— Código 777 — repete Joyce. — O que significa?

— É coisa de criminosos graúdos — explica Chris. — Um software de bloqueio de registro, profundamente ilegal, muito caro, mas que acaba com a necessidade de eles terem que comprar celulares descartáveis o tempo todo.

— Deve ser coisa da dark web — opina Ibrahim, com um meneio de sapiência.

— Então Kuldesh ligou para uma professora — questiona Joyce — e, logo em seguida, para um criminoso graúdo?

— Vão existir outras explicações — diz Elizabeth.

— Estou bem interessado em ouvi-las — comenta Chris.

— Há duas questões-chave — aponta Elizabeth. — Kuldesh estaria tentando vender esse carregamento de heroína? E, se estava, para quem?

— Eu não engulo nada dessa história — diz Ron. — Vão me desculpar. Kuldesh coloca as mãos num carregamento de heroína e resolve vender? Sem essa. Ele morreria de medo de se meter nisso. Alguém foi lá e afanou o troço. Te garanto. Kuldesh não roubou, de jeito nenhum.

— Desculpem — interrompe uma voz. — Mas não pude deixar de escutar a conversa de vocês.

Todos se viram e veem Big Dave, o único desconhecido no funeral.

— É que eu acho que fui a última pessoa a vê-lo com vida — diz Big Dave.

— Quando foi isso? — pergunta Elizabeth.

— Ao anoitecer do dia 27 — responde Big Dave. — Por volta das cinco. Eu estava fechando a minha loja, teve pouco movimento naquele dia.

— Ele falou alguma coisa? — pergunta Chris. — Disse para onde ia?

— Nada, só me desejou Feliz Natal — diz Big Dave, abotoando seu casaco. — E então comprou uma pá.

16

A volta do funeral para casa fora recheada de teorias. Gangues rivais de traficantes, chantagistas. Ron, como sempre, achando que a máfia poderia estar envolvida. Certas questões interessantes persistiam, porém. Por que Kuldesh não havia simplesmente se atido ao que lhe disseram para fazer? Por que ligara para Nina Mishra? Para quem fora o segundo telefonema, o do código 777? Elizabeth havia desdenhado do comentário de Chris sobre os criminosos, mas ele tinha razão. Ter um número que não deixa rastros é algo muito difícil. E uma tática usada por um tipo muito específico de pessoa.

E, lógico, havia a questão-chave: onde estava a heroína?

Elizabeth boceja pelo fim de um longo dia e abre a porta da frente.

Percebe na mesma hora que há algo errado. Sente que aconteceu algo muito ruim. Uma sensação na qual aprendeu a confiar.

A TV está desligada, o que é incomum. Stephen atualmente passa o dia inteiro assistindo ao History Channel. Costumava lhe contar o que vira, mas parou de fazer isso. Às vezes, à noitinha, ela assiste com ele. No geral, algo sobre nazistas ou Egito Antigo. Podia ser pior.

Ela tira o casaco e o pendura em um dos ganchos no corredor. Ao lado do casaco encerado Barbour de Stephen. As caminhadas que costumavam fazer, só os dois. Horas de trilha, depois um pub com lareira e algum cachorro amigável, ela ajudando Stephen com as palavras cruzadas. Ainda tentam caminhar uma hora por dia, pelo bosque. Sem mais lareiras campestres. Mais uma coisa que se perdeu, e resta tão pouco... Ela toca a manga do casaco.

A casa está em silêncio, mas Stephen tem que estar ali. Ela sente um cheiro que já sentiu antes. Familiar, mas de onde vem?

Será que Stephen levou um tombo? Teve um ataque cardíaco? Será que ela vai se deparar com ele caído no chão? Rosto acinzentado, lábios azulados. Será que é assim que vai terminar o seu lindo caso de amor? O homem que dava solidez à sua vida tombado sobre o tapete? Elizabeth sozinha, sem ter tido a chance de se despedir?

— Elizabeth? — Era a voz de Stephen, vinda detrás da porta do escritório dele.

Elizabeth quase se curva de alívio. Empurra a porta e lá está ele. Totalmente vestido, barba feita, cabelo penteado, sentado atrás da mesa na qual trabalhou por anos. Rodeado pelos seus livros: arte islâmica, antiguidades do Oriente Médio, uma prateleira de Bill Bryson. Ela o ouvia ali dentro por horas, martelando as teclas de um velho processador de texto que se recusava a trocar por algo mais novo. Vivia brincando com ele, dizendo que digitava igual a um elefante, mas sabia o prazer que aquilo lhe dava. Como ele amava seu trabalho, escrever, palestrar, ensinar, corresponder-se. Daria tudo para ouvir de novo o galopar dos dedos do marido sobre o teclado.

— Oi, querido — cumprimenta Elizabeth. — Aqui não é onde costumamos te encontrar.

Stephen faz sinal para Elizabeth se sentar. Ela vê que ele tem uma carta nas mãos.

— Eu quero... — hesita Stephen. — Quer dizer, caso você não se importe, eu quero ler para você uma carta que recebi hoje.

Elizabeth vê o envelope na mesa dele. O correio tinha passado depois que ela saiu.

— Por favor.

Stephen pega a carta na mesa, mas, antes de começar a ler, encara Elizabeth.

— E eu preciso que você seja honesta, se é que me entende. Preciso que me ame e fale sem rodeios comigo.

Elizabeth assente. O que mais ela poderia fazer? Quem teria mandado uma carta para Stephen? E sobre o quê? Kuldesh, talvez? Uma pista do assassinato? Um apelo pela ajuda de um velho amigo?

Stephen começa a ler. Ele costumava ler para ela na cama. Dickens, Trollope. Se estivesse no clima, Jackie Collins.

— "Querido Stephen" — começa ele. — "Esta é uma carta difícil de escrever, mas sei que será ainda mais difícil de ler. Vou direto ao ponto. Acredito que você esteja num estágio inicial de demência, possivelmente com Alzheimer."

Elizabeth sente o coração bater forte no peito. Quem teria decidido arrasar com a privacidade deles desta maneira? Quem sequer sabia? Os amigos dela? Teria sido um deles? Não ousariam, não sem perguntar. Não poderia ter sido Ibrahim, poderia? Ele talvez ousasse.

— "Não sou expert, mas é algo que venho pesquisando. Você anda esquecendo as coisas e está ficando confuso. Sei bem o que você vai dizer: 'Mas eu sempre me esqueci das coisas. Sempre fui confuso!' E, claro, é verdade, mas isso, Stephen, é bastante diferente. Há algo de errado com você, e tudo que leio aponta para uma única direção."

— Stephen — começa Elizabeth, mas ele faz um gesto delicado para calá-la.

— "Você também deve saber que demência aponta para uma única direção. Quando se começa a descer a ladeira, e, por favor, acredite em mim quando digo que você já começou, não há volta. Pode haver anteparos aqui e ali, ressaltos onde se apoiar, e a vista pode ser magnífica de tempos em tempos, mas não há caminho de subida."

— Stephen, quem te mandou essa carta? — pergunta Elizabeth.

O marido ergue um dedo, pedindo-lhe que seja paciente por mais alguns instantes. A fúria de Elizabeth está diminuindo. A carta é algo que ela mesma deveria ter escrito para ele. Isto não deveria ter sido obra de um estranho. Stephen retoma.

— "Talvez você já saiba disso tudo, talvez esteja sentado lendo e se perguntando: 'Por que esse idiota está me contando o que eu já sei?' Mas eu preciso escrever, porque e se você não souber? E se já tiver despencado pela ribanceira a tal ponto que não sabe mais a verdade sobre como caiu? Se essas palavras parecerem distantes, eu espero pelo menos que ressoem com força dentro de você, que você reconheça a verdade no que estou dizendo. E você sabe que pode confiar em mim.

— Confiar em quem? — questiona Elizabeth.

— Faz diferença? — pergunta Stephen com gentileza. — Vejo nos seus olhos que é verdade. Quer dizer, eu sabia que era verdade, mas fico feliz, de certa forma, de ver você confirmar. Me deixe continuar. A carta não é longa.

— Ele retoma: — "Estou escrevendo esta carta agora, Stephen, porque, se a ficha estiver caindo, eu preciso que você faça duas coisas. Preciso que leia esta carta em voz alta para Elizabeth, e preciso que você a faça prometer que deixará você ler esta carta todos os dias, caso a esqueça. O que, pela minha compreensão, vai acontecer."

Elizabeth agora sabe quem escreveu a carta. Óbvio que sabe.

— Você escreveu a carta para você mesmo? — pergunta a Stephen.

— Parece que sim — responde Stephen. — Exatamente um ano atrás.

É o mínimo que Elizabeth poderia ter esperado.

— O que você fez? Mandou o envelope para os seus advogados e mandou que te enviassem de volta em um ano?

— Deve ter sido — concorda Stephen. — Deve ter sido. Mas, falando do que interessa, eu presumo que seja tudo verdade.

— É tudo verdade — admite Elizabeth.

— E está ficando pior?

— Muito pior, Stephen. Hoje é um dos raros dias bons. Estamos segurando as pontas.

Ele assente.

— E o que há a se fazer?

— É você que decide — diz Elizabeth. — A decisão sempre será sua.

Stephen sorri.

— Bobagem! Decisão minha... A decisão é nossa, e me parece que as janelas que ainda estão abertas para nós são bem pequenas. Será que eu deveria estar vivendo aqui? É impossível?

— É difícil — afirma Elizabeth. — Mas não impossível.

— Em breve será impossível.

— Não me importo com o em breve — retruca Elizabeth. — Me importo com o agora.

— Por mais adorável que seja esse sentimento, tenho a sensação de ser um luxo a que eu não posso me permitir — diz Stephen. — Tenho certeza de que há lugares onde eu poderia receber cuidados. Lugares que aliviassem um pouco essa carga para você. Eu ainda tenho algum dinheiro. Espero não tê-lo perdido no jogo.

— Você tem dinheiro — confirma Elizabeth.

— Vendi alguns livros recentemente — diz Stephen. — Livros caros.

Stephen deve ter visto a expressão nos olhos dela se alterar.

— Não vendi nenhum livro?

— Não — revela Elizabeth. — Mas ajudou a resolver um assassinato rastreando alguns.

— Ajudei? Sou bem sabido.

— Gostaria de terminar a carta?

— Sim — diz Stephen. — Gostaria.

Ele pega a folha novamente.

— "Stephen, que vida você teve. Preencheu cada minuto que não volta mais, e que mulher encontrou em Elizabeth. Nasceu com o traseiro virado para a lua, como se diz por aí. Que sorte você teve, que oportunidades, quanta coisa você viu. Que cagão, e bem que merecia passar por poucas e boas. E agora estamos aqui. Você precisa lidar com isso do jeito que preferir, e esta carta é meu presente para você, para que saiba o que enfrenta, caso todo o resto dê errado. Estou lendo sobre demência todos os dias agora, tentando acumular conhecimento enquanto posso, e dizem que chega um momento em que você se esquece até das pessoas mais próximas. Leio o tempo todo sobre famílias em que os maridos se esquecem das esposas, as mães se esquecem dos filhos, mas, depois que os nomes e os rostos desaparecem da memória, o que parece durar mais tempo *é o amor*. Assim, seja qual for a situação em que você se encontre, espero que saiba que é amado. Elizabeth não vai te mandar pra longe, nós dois sabemos disso. Não vai confinar você a uma instituição, por pior que fique, por mais difíceis que as coisas se tornem. Mas você precisa persuadi-la de que este é o caminho certo. Ela não pode continuar a cuidar de você, para o bem dela e para o seu. Elizabeth não é a sua enfermeira; ela é o seu amor. Leia esta carta para ela, por favor, e ignore seus protestos. Coloquei uma página com sugestões dentro do *Guia de Bolso do Museu Arqueológico de Bagdá*, na terceira prateleira à sua direita. Espero que alguma delas seja proveitosa."

Ele continua:

— "Stephen, estou perdendo minha sanidade; sinto minha mente se afastando a cada dia. Receba o meu carinho, meu querido, daqui a um ano. Espero que consiga fazer algo com esta carta. Amo você e, supondo que tenha feito o que lhe disse e lido a carta para Elizabeth, bem, te amo também, Elizabeth. Com carinho, Stephen."

Stephen larga a carta.

— E aqui estamos.

— Aqui estamos — concorda Elizabeth.

— Sinto como se nós dois devêssemos estar chorando, não é?

— Acho que nós precisamos nos acalmar por um momento — diz Elizabeth. — O choro pode vir depois.

— E nós já tivemos esta conversa antes? — pergunta Stephen. — Já falamos sobre demência?

— De tempos em tempos — admite Elizabeth. — Você certamente desconfia de algo.

— E quanto tempo ainda resta... sei que é uma pergunta impossível... mas quanto tempo ainda nos resta até que não sejamos mais capazes de ter esta conversa? Quantas janelas como esta ainda nos restam?

Elizabeth não tem mais como enganar a si própria, não tem mais como guardar Stephen junto a si. O dia que sabia que estava por chegar bateu à porta. Ela vem perdendo-o parágrafo por parágrafo, mas o capítulo terminou. E o livro está perto do fim.

Stephen está devidamente vestido, de barba feita e entre seus livros. Entre as urnas e as esculturas de suas viagens, coisas que julgou significativas e lindas, acumuladas por uma vida inteira. Os prêmios, as fotografias, velhos amigos sorrindo em barcos, meninos na escola vestidos feito homens, Stephen em montanhas, escavações no deserto, o copo erguido num brinde num bar em algum lugar longínquo, beijando a esposa no dia do casamento. Este aposento, este casulo, cada centímetro dele é o seu cérebro, o seu sorriso, sua bondade, suas amizades, seus amores, suas piadas. Sua mente, em plena exposição.

E ele sabe que está tudo perdido.

— Não muitas — responde Elizabeth. — Seus dias bons estão cada vez mais espaçados. E seus dias ruins, cada vez piores.

Stephen enche as bochechas de ar, sentindo suas opções murcharem.

— Você tem que me internar em algum lugar, Elizabeth. Algum lugar onde possam cuidar direito de mim, 24 horas por dia. Vou dar uma olhada na minha lista de sugestões.

— Eu posso cuidar direito de você — afirma Elizabeth.

— Não — retruca Stephen. — Não vou aceitar.

— Espero que minha opinião valha de algo também.

Stephen se estica por cima da mesa e segura a mão de Elizabeth.

— Eu preciso que você me prometa que não vai destruir esta carta.

— Não farei uma promessa que não possa cumprir — diz Elizabeth.

Deus do céu, a mão dele, a minha mão, pensa ela, como se encaixam, os dois.

— Preciso que você me mostre esta carta todos os dias — pede Stephen. — Entende?

Elizabeth olha para seu marido. Olha para a carta que este homem tão inteligente escreveu para si próprio um ano atrás. Pelo que devia estar passando na ocasião? Um daqueles dias de digitação galopante havia sido dedicado a esta carta. Provavelmente, voltando depois para a sala com um largo sorriso no rosto e "um chazinho, minha velha?".

Mostrar aquela carta todos os dias para Stephen seria como perdê-lo. Mas não fazê-lo seria traí-lo. Então não havia uma escolha.

— Eu prometo — diz ela.

Stephen começa a chorar. Eles se abraçam onde estão. Stephen treme e soluça. Ele diz "me perdoa", ela diz "me perdoa", mas a quem estão pedindo perdão e por que motivo, nenhum dos dois sabe.

Elizabeth percebe qual havia sido o cheiro que sentira ao entrar no apartamento, quinze minutos antes, uma vida inteira atrás. Sabia que o tinha reconhecido.

Era medo. O mais cruel e pávido medo.

PARTE DOIS

O que quer que esteja procurando, você com certeza vai encontrar aqui!

17

Na teoria, Ron adorava a ideia de ficar de olho em um relevante eixo da importação de heroína e tentar encontrar um assassino.

Até aqui, contudo, na prática a coisa não envolvera muito mais do que ficar sentado no banco de trás de seu Daihatsu, espiando por binóculos comprados no supermercado um hangar de onde já fazia uma hora que não entrava nem saía ninguém. E isso enquanto ainda ouvia Ibrahim ler para Joyce um artigo do *The Economist* sobre o Equador.

— Ser espião é sempre chato assim? — pergunta a Elizabeth.

Ela está calada hoje, o que não é comum.

— É 90% disso, 5% de burocracia e 5% de matar gente — responde ela. — Ibrahim, ainda tem muito pra ler desse artigo?

— Eu estou gostando — protesta Joyce.

— Joyce está gostando — argumenta Ibrahim, continuando com um parágrafo sobre como o setor de tecnologia em Quito anda sofrendo pressões.

Um Range Rover preto estaciona na frente deles no acostamento, impedindo-os de sair.

— Ôôô, ôôô!! — diz Ron, baixando os binóculos.

Elizabeth leva a mão à bolsa por instinto. Na frente deles, um homem sai do banco do motorista do Range Rover e se aproxima do Daihatsu. Ele bate na janela de Ibrahim, que baixa o vidro.

O sujeito enfia a cabeça para dentro e observa os quatro, um por um.

— Dando um passeio? — O sotaque é de Liverpool.

— Observando pássaros — responde Ron, exibindo os binóculos.

— Que sobretudo lindo — elogia Joyce. — Gostaria de um docinho?

Ela estende o saco de balinhas cor-de-rosa para o homem, que aceita uma e fala mastigando:

— Já tem uma hora que vocês estão observando o meu galpão. Viram alguma coisa?

— Absolutamente nada, Sr. Holt — responde Elizabeth.

Dominic Holt para por um instante ao ouvir seu nome.

— Pode me chamar de Dom — diz Dom.

— Absolutamente nada, Dom, nenhum sinal de heroína — comenta Elizabeth. — Louvável da sua parte. Apesar de que imagino que os carregamentos cheguem só de vez em quando.

— A maior parte do tempo é só trabalho de escritório? — pergunta Joyce.

— Eu tenho uma empresa legítima de logística — diz Dom.

— E eu sou uma aposentada inofensiva — responde Elizabeth.

— Eu também — afirma Joyce. — Mais uma balinha? Acho impossível comer uma só.

Dom Holt recusa com a mão.

— Posso perguntar como vocês sabem o meu nome?

— Não é preciso cavucar muito o terreno do comércio de heroína da Costa Sul para que o seu nome venha à tona — revela Elizabeth.

— Certo — diz Dom, pensando a respeito.

Ron já presenciara antes o efeito que o Clube do Crime das Quintas-Feiras tem sobre as pessoas.

— Não sabe o que pensar de nós, não é, meu filho? — questiona.

Dom os observa novamente e parece chegar a uma conclusão.

— Eu te digo o que penso de vocês — afirma Dom. Ele aponta para Ron. — Você é o pai de Jason Ritchie. Roy?

— Ron — corrige o outro.

— Já te vi antes com ele. Aquele ali não presta, então vou acreditar que você também não. — Dom aponta para Ibrahim. — O seu nome eu não sei, mas você é o cara que visita Connie Johnson na prisão de Darwell. Dizem por aí que é um importador de cocaína marroquino. É verdade?

— Sem comentários — responde Ibrahim.

Ron não lembra se alguma vez já o viu com uma expressão tão orgulhosa.

— Você — diz Dom, apontando com o queixo para Elizabeth. — Não faço a menor ideia de quem seja, mas está com uma arma na bolsa. Bastante mal escondida.

— Não estou escondendo — diz Elizabeth.

— Agora eu — pede Joyce.

Dom olha para ela.

— Você parece que começou a andar com más companhias.

Joyce assente. Dom faz um sinal para os quatro.

— Venham aqui pra fora. Todos.

A turma sai do carro. Ron fica feliz por poder esticar as pernas. Dom os avalia enquanto grupo.

— Então temos um londrino suspeito, um traficante de coca, uma gata madura e armada e...

Ele olha mais uma vez para Joyce.

— Joyce — oferece ela.

— E a Joyce — completa Dom. — De tocaia na frente do meu armazém numa manhã de janeiro. Entendem como um homem sensato possa ter perguntas a fazer?

— Certamente — diz Elizabeth. — E nós temos as nossas. Sendo assim, por que não nos convida para entrar? Podemos levar dois dedos de prosa e esclarecer tudo.

— Já usou essa arma? — questiona Dom, apontando para a bolsa de Elizabeth.

— Esta aqui em particular não, é limpa — diz Elizabeth. — Não sou amadora.

— Vocês trabalham para a Connie Johnson, é isso? — pergunta Dom. — É a avó dela ou algo do tipo? O que ela quer?

— Connie é simplesmente nossa amiga — diz Ibrahim.

— Minha que não é — intervém Ron. — Para ser sincero.

— Ela quer matar o Ron — revela Joyce.

Dom olha para Ron e assente.

— É, dá pra entender. Mas então o que é isso? O que vocês querem? Preciso me preocupar com vocês ou posso tocar o meu dia?

— Você vai ficar aliviado de saber que é bem simples — declara Elizabeth. — Estamos procurando o homem que matou nosso amigo.

— Ok — diz Dom. — Quem é o seu amigo?

— Kuldesh Sharma.

Dom balança a cabeça.

— Nunca ouvi falar.

— Mas você esteve na loja dele logo depois do Natal — afirma Joyce. — Talvez tenha se esquecido? Um antiquário. Em Brighton.

— Não — diz Dom.

— Ele foi assassinado no dia 27, tarde da noite — continua Elizabeth. — Entende por que achamos que você poderia estar envolvido?

Dom balança a cabeça de novo.

— Nunca ouvi falar dele, nunca estive na loja dele e não o matei. Sinto muito pela perda de vocês.

— Você encontrou a heroína? — pergunta Ibrahim. — Quando saqueou a loja dele? Quem sabe não está no seu armazém neste exato momento?

— Devo reconhecer que vocês têm uma imaginação fértil — diz Dom.

— Bem, você com certeza sabe quem Kuldesh é — insiste Elizabeth. — Qualquer idiota teria percebido pela sua reação quando falamos o nome dele. E nós temos provas bem sólidas de que você esteve na loja.

— Provas?

— Nada que um juiz vá aceitar — diz Elizabeth. — Não precisa entrar em pânico.

— Portanto, a única pergunta que resta é: foi você quem o matou? — questiona Ron.

— E é por isso que estamos aqui — explica Joyce.

— Só para vermos se há algo de interessante — acrescenta Ibrahim. — E para curtir o dia também.

— Esperem aqui — diz Dom, voltando para seu carro.

Joyce observa Dom Holt fuxicar o porta-malas do Range Rover.

— Ele parece um cara legal. Para um traficante de drogas.

— Iiih.... — diz Ron, com o olhar fixo atrás de Joyce.

Dom Holt voltou com um taco de golfe e agora retira uma enorme faca do sobretudo de costura impecável. Faz um aceno de cabeça para o grupo de amigos.

— Só pra saber, vocês têm seguro?

— Nunca me dei ao trabalho — comenta Ron. — Eles te roubam.

— Ron, eu não sei como você consegue viver desse jeito, na corda bamba — afirma Ibrahim. O amigo dá de ombros. — Como consegue dormir à noite?

— Bem, veja só — diz Dom. — Eu vou rasgar seus pneus e arrebentar seu para-brisa. Você vai precisar de alguma ajuda.

— Talvez você devesse considerar... — começa Ibrahim, mas Dom se agacha no lado direito do carro e rasga o pneu dianteiro.

— Não dá pra vocês ficarem me seguindo o dia todo. Tem uma oficina mais ou menos a um quilômetro daqui — comenta Dom, reaparecendo no campo de visão deles. — Eu passo pra vocês o telefone do dono, que vai vir e socorrer vocês.

— Obrigada — diz Joyce. — O que teria sido de nós sem você?

— Se eu encontrar vocês de novo, vai ser pior — replica Dom.

— Sabe, isso tudo está me fazendo achar que você matou Kuldesh Sharma — diz Elizabeth.

Dom dá de ombros.

— Tô nem aí. Aqui é meu local de trabalho e eu não gosto de ser perturbado. Menos ainda por um torcedor londrino do West Ham pão-duro demais pra pagar um seguro, um traficante de coca que anda com a Connie Johnson, uma velha medrosa demais pra usar a arma dela e a Joyce. Eu não matei o amigo de vocês, mas se continuarem metendo o nariz onde não são chamados, eu mato vocês.

Ele se abaixa de novo.

— Uma velha medrosa demais pra usar a arma? — repete Elizabeth, enquanto o carro dá outro solavanco e arria. — Veremos sobre isso.

— Vocês não sabem onde está a heroína? — pergunta Dom, com as mãos nos quadris, recuperando o fôlego. — Se está com vocês, é melhor me dizerem.

A turma fica em silêncio.

— Você está errado quanto ao seguro — diz Ron. — Sai bem mais em conta...

Mas o resto do argumento de Ron é abafado pelo som dos repetidos golpes sobre o para-brisa desferidos por um liverpudliano munido de rancor e um taco de golfe.

Em um ponto mais distante do acostamento, um entregador de motocicleta assiste à cena enquanto compra um hambúrguer de uma van de beira de estrada.

18

O negócio é o seguinte: é bem mais fácil ser interrogado pela polícia do que por outro criminoso. Mitch Maxwell já fora interrogado muitas vezes pela polícia. Eles têm recursos e oportunidades limitados. Tudo é gravado, sua advogada caríssima se senta do seu lado e faz cara de reprovação a cada pergunta e, por lei, eles precisam oferecer chá para você.

Não importa o que você tenha feito, se colocou fogo numa fábrica, sequestrou um comparsa ou lançou um drone cheio de cannabis e mandou para dentro de uma prisão. Não importa as provas que tenham ("O senhor há de convir, Sr. Maxwell, que a imagem dessa câmera de segurança mostra o senhor em fuga do local com uma lata de gasolina na mão"). Dá para simplesmente ficar sentado na maior tranquilidade, dizer "sem comentários" sempre que reparar que reinou um silêncio e esperar por 24 horas, depois das quais eles são forçados a deixar você ir para casa.

Um interrogatório policial pode ser inconveniente, claro. Talvez você tivesse uma partida de golfe marcada com o pessoal, talvez haja uma mala cheia de dinheiro dentro do banheiro de um posto de gasolina na estrada que precisa que alguém a busque logo. Mas, desde que não seja um idiota, e Mitch Maxwell não é, ninguém vai acusá-lo de nada.

Portanto, ainda que o ideal para Mitch seja não passar por interrogatório *algum*, ele sempre escolherá ser interrogado pela polícia do que, digamos, por um fiscal da Receita Federal, um jornalista ou, e lá vem o taco de sinuca de novo na direção da sua cabeça, por seu bom amigo e parceiro de negócios Luca Buttaci.

— Se estiver mentindo pra mim — berra Luca enquanto o taco se conecta ao crânio de Mitch —, eu te mato!

Mitch já apanhou várias vezes antes. Essa está tranquila. Vai ficar dolorido, mas ele sobreviverá. Se Luca estivesse falando sério mesmo, o taco seria de beisebol.

— Luca, meu amigo — diz Mitch.

— Cem mil em heroína desaparecem e a gente é amigo? — grita Luca, atirando o taco contra a parede de concreto.

Mitch volta a conjecturar que lugar seria aquele. Luca caprichou. É espaçoso, tem mesa de sinuca no canto, um monte de tacos quebrados, é evidentemente à prova de som. A rigor, Luca está forçando a barra. Mitch é peixe graúdo demais para ser tratado daquela forma; os dois estão no mesmo patamar. Tudo bem que Luca está no ramo há um pouco mais de tempo, mas ambos vivem em casas com piscina, quadra de tênis e estábulos. Entende? Mesmo patamar.

Fora que Luca conhece as dificuldades pelas quais estão passando tão bem quanto Mitch. Ambos foram afetados.

Em geral, a divisão de funções é clara. Mitch faz o trabalho árduo de importar a droga para dentro do país. Luca faz o trabalho árduo de distribuí-la quando já está dentro das fronteiras. Nenhum dos dois precisa saber uma sílaba sobre como o outro conduz as próprias operações.

Mas a verdade é que os dois sempre recorrem a um mecanismo muito simples, porém crucial. Alguns detalhes podem mudar, mas normalmente segue assim: alguém em quem Mitch confia leva uma caixa de terracota cheia de heroína até um antiquário e, no dia seguinte, alguém em quem Luca confia vai à mesma loja e compra a caixa. Naquele momento, termina o trabalho de Mitch e começa o de Luca.

Mas, nesta ocasião, ocorreu, digamos, um entrave. A heroína foi entregue no antiquário. Feito. Mas na manhã seguinte a loja estava fechada e a caixa havia sumido. Da noite para o dia, em algum momento, cem mil pratas em heroína desapareceram e Luca está compreensivelmente frustrado. Em especial depois de todos os outros problemas que os dois andam tendo, carregamentos sendo interceptados, lucros desabando.

— Você entende por que preciso fazer isso? — pergunta Luca, agora um pouco mais calmo.

— É claro — diz Mitch. — Eu faria o mesmo. Passaria um pente-fino.

Luca assente.

— A caixa está em algum lugar, né? Alguém está com ela.

Mitch sabe o que Luca está pensando. O ladrão só pode ser um de três: Dom — o entregador de Mitch —, o dono do antiquário ou o entregador de Luca. Deveria ser uma charada simples de se resolver, e, no entanto, sem sinal da caixa ainda.

Portanto, no mínimo, Luca deve estar também cogitando a possibilidade de que o próprio Mitch esteja por trás do roubo. Esta é a razão pela qual, neste instante, Mitch se encontra amarrado a uma cadeira, com a têmpora ensanguentada, enquanto numa parede distante uma TV de tela grande aos berros exibe o programa sobre antiguidades *Celebrity Antiques Road Trip*. Não há do que reclamar.

— Com certeza está com alguém — concorda Mitch.

No programa, um cantor pop dos anos 1980 está comprando uma caneca de péssimo gosto. Luca assente de novo.

— Não são os cem mil, você sabe disso. É o futuro de todo o nosso negócio. Estamos sendo financeiramente dizimados.

— Entendo — responde Mitch.

O esqueminha entre ele e Luca foi extremamente lucrativo para os dois. Já houvera momentos de tensão, mas não como este. E, como diz Luca, dinheiro não é mesmo a questão. Todo o relacionamento, aquele ramo, se sustenta sobre um leito de confiança. Se Luca não puder confiar em Mitch, a empreitada inteira vem abaixo.

— Aproveitando que você está aqui — diz Luca —, tem um cara de motocicleta que eu já vi ciscando por aí algumas vezes. É dos seus?

— Não... — responde Mitch. — Não é da polícia?

— Não... — retruca Luca. — Polícia não é.

Enquanto Luca começa a desamarrá-lo, Mitch dá uma espiada melhor no local.

— Bacana isso aqui, Luca — elogia ele. — Onde a gente tá?

— Subsolo de uma IKEA — diz Luca. — Dá pra acreditar?

Bem, agora está explicado o motivo de todas as armas estarem em estantes de madeira.

Mitch sabe que, ainda que ele e Luca sejam velhos amigos, velhos amigos de longa data, aquilo não vai valer de nada se Luca parar de confiar nele.

Luca o ajuda a se levantar e aperta a sua mão. Mas, ao olhar nos olhos do velho comparsa — quando se conheceram no reformatório, era apenas John-Luke Butterworth; quando o amigo achou que precisava de algo mais assustador é que se tornou Luca Buttaci —, Mitch tem a consciência de que aquela situação pode muito bem terminar com um matando o outro. Por conta de como tudo está tenso e coisa e tal.

A melhor coisa a fazer seria encontrar a heroína. Isto daria um jeito em tudo. Ele e Dom haviam virado a loja de pernas para o ar e não encontraram nada. Tinha que estar em algum lugar. Ou melhor, tinha que estar com *alguém*.

Já eram quase quatro da manhã, e às sete ele precisa levar a filha para patinar no gelo. É a hora em que o rinque abre para os que levam o esporte a sério.

— Encerramos por aqui? — pergunta Mitch.

— Por ora — diz Luca. — Um dos rapazes te dá uma carona até em casa.

Mitch alonga os ombros. Vai precisar tomar um analgésico, ver um pouco de patinação no gelo e depois encontrar uma caixa cheia de heroína.

Por sinal, já tem uma pista improvável. Dom diz que um grupo de aposentados ficou rondando o armazém, fazendo perguntas. Um deles trabalha para Connie Johnson. Mitch vai descobrir onde moram e fazer uma visitinha.

A trabalheira nunca termina.

19

— Queria ter feito faculdade — diz Joyce, enquanto esperam na antessala do escritório de Nina Mishra.

Elizabeth sabia o efeito que Canterbury teria. Muros medievais, paralelepípedos, lojas de chá com nome em grafia arcaica. Era quase a Disneylândia para Joyce. A amiga está em transe desde que saltaram do trem.

— O que você teria estudado? — pergunta Elizabeth.

— Ah, nem estou pensando nisso — diz Joyce. — Eu só teria gostado de ficar flanando por aí de bicicleta com uma echarpe no pescoço. Você curtia?

— Tanto quanto curto qualquer coisa — replica Elizabeth.

— Você tinha casos com homens mais velhos?

— Nem tudo nessa vida é sexo, Joyce — diz Elizabeth.

Sim, houvera homens mais velhos, claro, e um ou dois mais novos. Não "casos" de verdade, estavam mais para "ossos do ofício". Havia doze mulheres na sua faculdade e cerca de duzentos homens. O que fora excelente para prepará-la para o mundo da espionagem. Elizabeth sempre dissera a si própria que preferia a companhia masculina, embora tenha lhe ocorrido mais recentemente que nunca tivera muita escolha. Mais cedo, enquanto estavam caminhando pelo campus da Universidade de Kent, ficara contente ao constatar que havia tantas moças quanto rapazes.

— Consigo até ver você na biblioteca — comenta Joyce. — Sentada na frente de um rapaz tímido de óculos.

— Para de se projetar, Joyce — diz Elizabeth.

Olha pela janela da sala de espera, contemplando os edifícios de pedra sob o céu cinzento. Há universitários amontoados e encolhidos para fugir do frio, correndo para se aquecer. Mas Joyce não vai sossegar.

— Você repara nele te olhando, ele fica com vergonha e enfia a cara no livro. O cabelo dele cai em cima dos olhos, no estilo Hugh Grant. Você pergunta o que ele está lendo…

Pela janela, Elizabeth vê uma moça deixar seus livros caírem. No mundo de Joyce, outro aluno pararia para ajudá-la a pegá-los e seus olhares se cruzariam.

— E ele diz que não sabe, "um livro de História" ou algo assim, e você responde: "Deixa a História pra lá, vamos falar do nosso futuro."

— Joyce, pelo amor de Deus — diz Elizabeth.

Só para irritá-la mais, agora um rapaz bonito está ajudando a garota a pegar os livros enquanto ela ajeita o cabelo, colocando uma mecha rebelde atrás da orelha.

— E você coloca sua mão na mesa, e ele coloca a mão dele na sua. Ele deixa os óculos escorregarem do rosto. É muito bonito, no estilo Colin Firth, e te convida pra jantar — continua Joyce, enquanto a menina atrapalhada e o rapaz bonito seguem cada um o próprio caminho.

No mundo de Joyce, ambos olhariam para trás por cima dos ombros, um logo depois do outro. E é exatamente o que acontece. Típico.

— E você diz que não. Mas em seguida fala: "Vou estar aqui amanhã de novo, e no dia seguinte, e um dia talvez eu aceite." Ele diz: "Mas eu nem sei o seu nome." E você responde: "Um dia vai saber."

Elizabeth olha para a amiga.

— Você andou lendo algum livro de novo?

— Sim — admite Joyce.

A porta se abre e Elizabeth examina Nina Mishra. Alta, elegante, uma mecha roxa desnecessária no cabelo, mas parece uma pessoa divertida.

Nina sorri.

— Elizabeth e Joyce? Sinto muito por deixar vocês esperando.

— Sem problemas — diz Elizabeth enquanto se levanta.

Estão se encontrando com sete minutos de atraso, o que é totalmente dentro da esfera do aceitável. Doze minutos é o limite; daí em diante é grosseria. Nina faz sinal para que as duas entrem em sua sala e se senta atrás da mesa enquanto Elizabeth e Joyce se acomodam nos assentos à sua frente.

— Amei a mecha roxa — elogia Joyce.

— Obrigada — responde Nina. — Amei os seus brincos.

Elizabeth nem havia reparado que Joyce estava usando brincos. São bonitos.

— Vocês querem conversar sobre o Kuldesh? — diz Nina. — Que coisa horrível. Eram amigas dele?

— Ele era amigo do meu marido — responde Elizabeth. — Você era amiga dele?

— Na verdade, ele era amigo dos meus pais — corrige Nina. — Mas de vez em quando me pedia alguns favores. E para o Kuldesh eu sempre dizia sim. Ele tinha esse efeito sobre as pessoas.

— Favores?

— Coisas que havia descoberto — diz Nina. — Queria saber o que eu achava.

— Como historiadora? — pergunta Elizabeth.

— Como amiga sensata — diz Nina. — Kuldesh nem sempre queria a minha opinião sobre antiguidades. Às vezes era mais sobre… *moralidade*.

— Então não se tratava tanto de avaliações técnicas, mas…

— Tinha mais a ver com perguntas quanto à… — ela escolhe com cuidado as palavras — … proveniência das coisas.

— Falam muito de proveniência no *Antiques Roadshow* — intervém Joyce.

— No sentido de querer saber se um objeto é roubado? — pergunta Elizabeth.

— É roubado? — exemplifica Nina. — É bom demais pra ser verdade? Como isso veio parar na Inglaterra? Sempre que algo parecia meio esquisito, ele sabia que poderia falar comigo. O que diz a lei? Essa é uma das minhas áreas. E ele confia em mim. Sabe que eu não contaria pra ninguém.

— E com que frequência as coisas não pareciam lá muito íntegras?

Nina sorri.

— Meus pais eram desse ramo, Elizabeth. Os dois. Ambos fracassados. Honestos demais. No mundo das antiguidades nem sempre se joga tão limpo. Meus pais sabiam, eu sei disso, Kuldesh sabe.

— Sabia — corrige Elizabeth.

— Ai, meu Deus, é verdade — diz Nina. — Pobre Kuldesh. Desculpem.

— Do que vocês falaram no dia em que ele morreu?

— Como você sabe que nós conversamos?

— Nós também não jogamos tão limpo — admite Joyce.

— Mas asseguro que viemos em paz — afirma Elizabeth. — E asseguro que não somos da polícia.

— Quem são vocês, então?

— Somos o Clube do Crime das Quintas-Feiras — anuncia Joyce. — Mas não temos tempo para explicar isso agora, porque precisamos pegar o trem das 16h15.

Nina estufa as bochechas, soltando o ar em seguida.

— Kuldesh perguntou como eu estava, nós jogamos conversa fora, e eu estava com pressa. Gostaria agora que não tivesse sido o caso, mas então ele abordou o assunto e disse que estava com um problema com o qual talvez eu pudesse ajudar.

— Um problema? — pergunta Elizabeth. — Foram as palavras que ele usou?

Nina pensa por um momento.

— Um dilema, foi o que ele disse. Um dilema. Ele queria um conselho meu.

— Alguma ideia de qual poderia ter sido esse dilema?

Nina faz que não.

— E qual seria o seu palpite?

— Normalmente seria algo como: alguém levou para ele um artefato que Kuldesh sabe que é roubado. Deveria comprá-lo mesmo assim?

— Não — diz Joyce.

— Alguém levou para ele uma peça de valor e a pessoa não faz ideia do quanto vale. Será que Kuldesh deveria informar a pessoa sobre o que ela tem em mãos?

— Sim — diz Joyce.

— Ou alguém pediu a Kuldesh para vender ou armazenar alguma coisa, mas tudo por baixo dos panos.

— Lavagem de dinheiro — explica Joyce. — Bem, todo mundo sabe sobre isso.

— Sabem mesmo? — pergunta Nina.

— E o que seus instintos dizem para você dessa vez? — pergunta Elizabeth.

— Ele nunca havia soado daquela forma antes — responde Nina. — Então, o que quer que fosse, era sério.

— Ou valioso — sugere Elizabeth.

— Ou valioso — concorda Nina. — Mas, se quer saber o que diz o meu instinto, eu chutaria que ele estava assustado e animado.

— Como o Alan quando vê uma vaca — comenta Joyce.

— Se você diz — responde Nina. — Estava mais para "no que eu me meti?" do que "você não imagina o que eu acabei de comprar".

— Isso ajudou bastante, Nina — diz Elizabeth. — Queria saber: já usou heroína?

— Como é que é?

— Heroína. Você já usou? Notei que você tem uma mecha roxa no cabelo. Quem sabe não curte um estilo de vida alternativo?

— Simpática, a sua amiga — diz Nina para Joyce.

— Ela não entende de moda — responde Joyce.
— Vocês acham que isso envolve heroína? — pergunta Nina.
— Achamos que um homem chamado Dominic Holt deixou um pacote de heroína na loja do Kuldesh na manhã do dia em que ele morreu — revela Elizabeth.
— Ai, Kuldesh… — diz Nina, desabando de leve na cadeira.
— Acreditamos que tenha sido sob pressão — explica Elizabeth. — Mas era essa a conjuntura, de qualquer maneira.
— Na manhã seguinte — continua Joyce —, outro homem apareceu para buscar o pacote, mas nenhum sinal do Kuldesh.
— Kuldesh roubou a heroína? — pergunta Nina. — Ele não seria burro nesse nível. Não, me desculpem, é impossível. Impossível.
— Pois é, mas ele foi alvejado — lembra Elizabeth. — Depois de ter falado com você ao telefone e, quem sabe, talvez até marcado um encontro em pessoa, não? E a heroína que sumiu ainda não foi encontrada.
— Ou seja, tudo é um tanto suspeito — diz Joyce.
— Ele não marcou um encontro com você? — pergunta Elizabeth.
— Não — afirma Nina. — Talvez tenha dito "a gente se vê", mas nada além disso.
— E não mencionou a heroína a você? — insiste Elizabeth.
— Heroína? Claro que não — replica Nina. — Ele sabia como eu reagiria.
— Você não se sentiria tentada a ganhar um pouco de dinheiro? — pergunta Joyce.
— Ninguém te culparia — diz Elizabeth. — Você foi a primeira pessoa para quem ele ligou. Ninguém ficaria sabendo.
— Achei que vocês não eram da polícia — observa Nina.

Há uma discreta batida na porta e Nina diz ao visitante para entrar. Um homem careca, ligeiramente curvado, que pode ter qualquer idade entre quarenta e tantos e sessenta e muitos aparece na sala. Sua entrada, assim como a batida, carrega um ar de pedido de desculpas.
— Com sua licença — diz ele. — Me chamou, senhora?
— Este é o professor Mellor — declara Nina Mishra. — Ele é… como nós descreveríamos, Jonjo?
— Meio que o seu chefe? — sugere Jonjo.
— Que prazer conhecê-lo, professor Mellor — cumprimenta Joyce, se levantando. — Eu sou a Joyce, e essa é a Elizabeth, que também é meio que a minha chefe.

O professor Mellor faz um aceno de cabeça para Elizabeth, que retribui, e então se senta.

— Temos um "semanal" — diz Nina. — No departamento. Compartilhamos nossas preocupações. E, espero que não se importem, mas compartilhei as minhas com Jonjo. Ele oferece consultoria a algumas casas de leilões das redondezas.

— Principalmente sobre coisas militares — diz Jonjo.

— Então alguém mais *sabia*? — observa Elizabeth.

— Só achei que ele poderia ser útil — argumenta Nina.

— É fascinante — diz Jonjo. — Assassinato à parte, *fascinante* mesmo. Seria essa a palavra? Vocês são amigas do falecido?

— Estamos investigando a morte dele — explica Elizabeth, pensando se o jeito inocente de Jonjo não seria um disfarce. Se for, é convincente.

— Nina foi a última pessoa a falar com Kuldesh — comenta Joyce.

— Que a gente saiba — completa Elizabeth.

— Que vocês *saibam* — ressalta Jonjo, retirando uma laranja do bolso e começando a descascá-la. — E aí é que está. Podemos ver um milhão de cisnes brancos e ainda assim não será possível dizer que todos os cisnes são brancos. Mas basta vermos um único cisne negro e já podemos dizer com absoluta certeza que nem todos os cisnes são brancos.

— Um cisne deu um pega no Alan outro dia — comenta Joyce.

— Servidas? — pergunta Jonjo, oferecendo gomos de laranja.

Joyce aceita.

— Vitamina C é a mais importante de todas depois da D — diz ela.

— Você conhece bem o comércio de drogas, Nina? — pergunta Elizabeth. — Ou o senhor, professor Mellor? Esse tipo de coisa aparece na área de atuação de vocês? Caixas cheias de heroína, coisas assim?

— Heroína? — pergunta Jonjo. — Ainda mais intrigante.

— Ouve-se falar de empresas que usam antiguidades como fachada — responde Nina.

— Importando coisas que não deveriam ser importadas — acrescenta Jonjo.

— Mas isso é um patamar bem acima do de Kuldesh — comenta Nina. — Ele tinha um pequeno depósito alugado com tranca ali por Fairhaven, onde guardava algumas mercadorias negociadas sem nota fiscal. Mas nada nesse nível, tenho certeza.

— Por acaso você saberia onde fica esse depósito? — pergunta Elizabeth.

Nina faz que não.

— Só sei que ele tinha um.

— Se eu pudesse fazer uma última pergunta… — começa Elizabeth. — Nós sabemos que Kuldesh ligou para você por volta das quatro da tarde, correto? E não pediu para que se encontrassem?

— Não, não pediu — confirma Nina.

— É o que você diz — rebate Elizabeth. — Você é a única testemunha do que foi dito naquele telefonema.

— Você é muito destemida — comenta Jonjo. — Gosto disso.

— Minutos depois, Kuldesh deu outro telefonema — prossegue Elizabeth.

— Mas não conseguimos identificar para quem foi — completa Joyce.

— Portanto, eis a minha pergunta — diz Elizabeth. — Se esta heroína fosse parar na sua mão da maneira como foi parar na do Kuldesh, e você, por qualquer razão que fosse, decidisse vendê-la, para quem ligaria?

— Samantha Barnes — responde Nina.

— Samantha Barnes — concorda Jonjo, sem hesitar.

— Sinto dizer que não sei de quem estão falando — admite Elizabeth.

— Comerciante de antiguidades — diz Jonjo. — Mora em um casarão bem perto de Petworth.

— É comum comerciantes de antiguidades morarem em casarões? — pergunta Joyce.

— Não é — diz Jonjo.

— A não ser que… — sugere Elizabeth.

— Pois é — concorda Nina. — Ela é muito bem *relacionada*. Eu tenho medo dela, mas suspeito que vocês duas não terão.

— Também suspeito — afirma Elizabeth. — Seria ela o tipo de pessoa que talvez tenha uma opinião a respeito de heroína?

— Ela é o tipo de pessoa que tem opinião sobre tudo — diz Nina.

— Mais uma dessas — se lamenta Joyce.

— E Kuldesh a teria conhecido?

— Pelo menos ouvido falar — diz Nina.

— Então quem sabe não deveríamos fazer uma visita a Samantha Barnes? — sugere Elizabeth.

— Canterbury, Petworth, mas que giro social! — comenta Joyce.

— Você tem o telefone dela? — pergunta Elizabeth.

— Posso conseguir — diz Jonjo, terminando sua laranja. — Mas, por favor, não digam que fomos nós que mandamos vocês.

20

Samantha Barnes sempre fica animada quando se aproxima o dia do seu Clube do Livro. A primeira terça-feira de cada mês, exceto pela ocasião em que Eileen tinha ido parar no hospital por causa do pé e por aquela outra em que a própria Samantha estava sendo interrogada pela Polícia Metropolitana por submeter o museu Victoria & Albert a uma fraude. As duas voltaram para casa num piscar de olhos.

Garth sempre as deixa quietas. Literatura não é para ele. "Tudo isso aí é mentira, meu amor, nada disso aconteceu." É alvo da curiosidade das amigas dela, e as pessoas gostam de chegar um pouco mais cedo para conseguir um vislumbre dele. Todas dizem "olá, Garth", e ele responde "não sei qual delas você é" ou apenas as ignora por completo. A indiferença genuína parece encantá-las.

Samantha entende. No dia em que ele retornara à loja — barba espessa, camisa xadrez, gorro de lã — e apontara a arma bem para ela, Samantha, mergulhada no luto, simplesmente começara a chorar. Sem medo, sem barganhas. Que ele atirasse nela. Garth havia esperado que o choro cessasse com toda a paciência antes de começar a falar.

— Por que você me vendeu aquele tinteiro?
— Por diversão.
— Pra mim não foi divertido.
— Desculpe. Mas, também, você tinha parado na vaga de deficientes.
— Eu tinha acabado de chegar à Inglaterra; não sabia disso de vaga de deficientes.
— Vai atirar em mim?
— Não, só quero fazer algumas perguntas. Cadê seu marido?
— Ele morreu.
— Meus pêsames, senhora. Gosta de curtir a vida?
— Gostava.
— Quer comprar um quadro roubado?

E descobriu, para sua imensa surpresa, que queria.

Hoje, como sempre, Garth não contou a Samantha para onde está indo, mas, como saiu carregando um bastão de críquete, ela espera sinceramente que tenha ido jogar críquete. Se bem que com Garth nunca se sabe.

As meninas estão entornando o vinho, e as impressões de *Wolf Hall* só melhoram. Gill, que trabalha na veterinária da pracinha, afirma que teria dito poucas e boas para Thomas Cromwell se estivesse viva naquele tempo. Será que sabem como Samantha ganha a vida? Devem ao menos fazer uma ideia. Bronagh, da déli, por exemplo, certa vez se perdeu a caminho do banheiro e entrou no aposento em que a tinta de um Jackson Pollock recém-pintado estava secando. Além disso, mais ninguém em Petworth é dono de uma Ferrari Testarossa. Os indícios estão ali.

Samantha vai até a cozinha fazer café. Recebera um telefonema logo antes de todas chegarem, e aquilo a estava preocupando. Preocupando? Talvez fosse uma palavra forte demais. Perturbando sua cabeça, talvez.

Uma mulher chamada Elizabeth. Bastante segura de si. Desculpe incomodá-la, mas será que você já ouviu falar de um homem chamado Kuldesh Sharma? Samantha se negara a dar tal informação a Elizabeth. Nunca dê informações a não ser que precise. É algo que aprendeu nos últimos anos. Ahh, havia suspirado Elizabeth, mas *que pena*, eu tinha certeza de que você o conheceria. Algo no jeito dela deixara Samantha na defensiva. Como se estivesse sendo interrogada por uma grande mestre da espionagem. Quanto ela sabia a respeito de traficantes de heroína?, fora a próxima pergunta de Elizabeth. Bem, que pergunta capciosa. Samantha poderia ter lhe dado a resposta longa, mas preferira a curta, "nada". Elizabeth fizera mais uma pausa, como quem está anotando tudo. Perguntou a seguir se era difícil estacionar em Petworth, e Samantha, satisfeita com uma questão à qual poderia responder de forma direta, disse que podia ser um inferno, ao que Elizabeth respondera que eles não iriam gostar de saber, mas infelizmente teriam que se arriscar. Ao que Samantha, é óbvio, reagira querendo saber *quem* teria que se arriscar com *o quê*. Elizabeth a informara de que "eles" eram Joyce e Ibrahim, e que logo iriam visitá-la, e que ambos podiam ser bem tagarelas, cada um a seu jeito, mas eram boas pessoas. Samantha dissera que não estaria em casa nos próximos dias porque tinha uma feira para ir em Arundel, mas que pena, ao que Elizabeth respondera: Samantha, nunca minta para uma mentirosa.

Ela então desejara uma boa noite a Samantha e desligara.

O que pensar? Samantha volta para a sala com os cafés ouvindo os *ooohhs* gratos de todas. Talvez devesse ficar na dela nos próximos dias? Evitar problemas?

Samantha tem faro para encrencas, mas também para oportunidades. É o mesmo faro, aliás, justiça seja feita.

Elizabeth não soara como policial. Era velha demais e nem de longe cortês o bastante para isso. Quem sabe não devesse então falar com aquela Joyce e aquele Ibrahim? Não teria nada a perder. Não havia como saberem de nada. Ou será que sabiam de algo?

As meninas já se esqueceram do tema do livro e a conversa passou para o sexo pós-menopausa. Samantha ergue sua xícara em um brinde, dizendo não ter do que reclamar. E é verdade — seu ursão canadense nunca faz nada pela metade.

No telefonema, Elizabeth balançara algumas cenouras bastante tentadoras em frente ao seu nariz. Kuldesh Sharma. Heroína. Quem sabe Samantha não aprenderia algo que pudesse vir a ser útil? Vai bater um papo com Garth, mas sabe o que ele dirá. O que sempre diz.

— Gata, dá pra tirar alguma grana disso?

E, dessa vez, quem sabe não dá?

21

A luz está baixa, a música está baixa e, se for totalmente sincero, Chris está para baixo também. Joyce está terminando uma história sobre Dom Holt, o traficante de heroína.

— Com um taco de golfe, acreditem — diz ela. — E um facão nos pneus. Parecia um documentário. Eu teria até tirado uma foto, mas não tive a oportunidade de pedir, e também não queria ser indelicada.

— E imagino que vocês não vão prestar queixa — comenta Chris, dando um gole em sua tônica com limão e sem açúcar.

— Chris, vê se tira uma folga de vez em quando — replica Elizabeth, e Patrice ri com a boca dentro do copo de uísque.

Chris está frustrado. Adoraria prender Dom Holt por uma acusação de danos materiais. Isto causaria um alvoroço em Fairhaven. Outro dia, havia passado na frente da sala de ocorrências só para dar uma espiada, mas as persianas estavam abaixadas. Patrice levara ele e Donna ao pub para animá-los, e Elizabeth e Joyce se juntaram a eles.

Por que haviam tirado a investigação de suas mãos? Ele ainda não tem resposta.

— Os escritórios do Dominic Holt ficam perto de Newhaven — diz Joyce. — Elizabeth acha que deveríamos invadir e dar uma espiada.

— Não ousem — rebate Chris. — Estou de verdade querendo prender alguém, e por mim pode ser vocês duas.

— Bem, Chris, alguém precisa fazer alguma coisa — afirma Elizabeth. — Alguma notícia da investigadora-sênior Regan?

— Outro dia ela pediu ao Chris pra tirar o carro da vaga dele pra que ela pudesse usar — lembra Donna. — Se isso contar como notícia.

— Uma professora da minha escola tinha um reservado só pra ela no banheiro — diz Patrice. — Tinha um adesivo na porta: PARA USO EXCLUSIVO DE DOROTHY THOMPSON.

— E aposto que você usava, né? — pergunta Donna.

— Óbvio — confirma Patrice. — Todas usávamos. Mas me lembrei disso por causa dessa tal investigadora-sênior Regan. Esse tipo de coisa nunca dá certo a longo prazo, né? Ela acabou tendo um caso com o chefe do departamento de educação religiosa, foram pegos transando no laboratório de ciência. É só esperar e eles se enrolam sozinhos.

— Mãe, quantos uísques você tomou? — pergunta Donna.

— O suficiente — diz Patrice.

— Mas ainda não encontraram a heroína? — pergunta Elizabeth.

— Até onde a gente sabe, não — responde Chris.

— Ótimo — diz Joyce. — Prefiro mil vezes que seja a gente que acabe encontrando.

Um garçom aparece com a conta, e Chris faz um gesto de "não se incomodem" para as mulheres.

— Deixa que eu pago. Pra alguma coisa eu ainda presto.

— Alguma notícia sobre o chefe do Dominic Holt, Mitch Maxwell? — pergunta Elizabeth. — Está sendo seguido?

— Eu não saberia dizer — responde Chris. — Qual parte disso você ainda não entendeu?

— Falando de coisas mais importantes, sabe se o nome Samantha Barnes está no radar dela? — questiona Elizabeth. — Está no seu?

— Nunca ouvi falar — admite Chris, que olha para o valor da conta com uma pontada de arrependimento.

— É uma espécie de Connie Johnson do ramo de antiguidades — explica Joyce.

— Deveríamos nos interessar? — pergunta Chris.

— Não, não — diz Elizabeth. — Com certeza não tem nenhuma conexão. Mas, então, qual é o seu plano em relação ao Dom Holt?

— Não há nada que a gente possa fazer — responde Chris. — Não estamos no caso.

— Ah, *sempre* há algo que você pode fazer — argumenta Elizabeth. — Se pensar com afinco.

— Não somos como você, Elizabeth — retruca Chris, encostando o cartão de crédito por aproximação na máquina do garçom. — Não podemos agir contra a lei.

Elizabeth assente, se levanta e começa a vestir o casaco.

— Não faria mal nenhum a você pegar um atalho ou outro de vez em quando, meu querido. Creio que seja bom Joyce e eu evitarmos Dom Holt por um tempo. Talvez seja a hora de você entrar na jogada. A propósito, obrigada pelas bebidas.

— O prazer é meu — diz Chris. — Até certo ponto.

— Alguém se importa se eu levar esses torresmos pro Alan? — pergunta Joyce.

— E eu queria saber se posso pedir um favor pra vocês — começa Elizabeth, pegando o celular. — Donna, acha que daria pra checar os meus registros de ligações? Ver pra quem eu andei ligando?

— Você não sabe pra quem andou ligando? — pergunta Donna.

— É um questionamento válido — diz Elizabeth. — Mas, ainda assim, queria saber se você faria isso por mim.

Donna pega o celular.

— Tem alguma coisa aqui que eu não deveria ver?

— Muita coisa — diz Elizabeth.

— E o que devemos esperar encontrar? — pergunta Donna.

— Com alguma sorte, nosso principal suspeito — diz Elizabeth. — Obrigada, meu amor.

22

Ron não suporta computadores. Está explicando seu ponto de vista a Bob Whittaker, de Wordsworth Court.

A seu ver, sua argumentação fora exaltada mas justa. Em dado momento, se ouvira usando a frase "Karl Marx deve estar se revirando no caixão", mas, de maneira geral, fora conciso, razoável e direto ao ponto. Ron acaba de se refestelar em sua cadeira após o brado final de "e não vou nem começar a falar do Facebook".

Ele tenta decifrar a expressão de Bob. Impressionado? Não, não é isso. Pensativo? Não é o caso também. E, aliás, onde Ibrahim se meteu?

Como se o tivesse ouvido, Ibrahim retorna à sala.

— Eu estava no corredor há oito minutos e quarenta segundos, Ron — diz ele. — Esperando você terminar.

— Eu estava batendo papo com o Bob — retruca Ron. — Sobre computadores.

— Sim, um papo e tanto — afirma Ibrahim. — Em todos esses oito minutos e quarenta segundos, o coitado do Bob só conseguiu dizer quatro coisas, e eu anotei todas pra você. Ele disse, com essas palavras exatas, "sei", isso após um minuto e meio. Aos três minutos e dezessete segundos, ele disse "sim, eu entendo por que você acharia isso". Logo depois da marca dos cinco minutos, você respirou fundo o suficiente para ele dizer "bem, com certeza é um ponto de vista que já escutei antes" e, há uns noventa segundos, a contribuição final do Bob à conversa foi "Ibrahim disse para onde ia?".

— Pode ser, mas ele estava ouvindo — afirma Ron. — As pessoas gostam de saber as minhas opiniões. Sempre gostaram.

— E no entanto ei-lo aqui, com cara de entediado e assustado.

Aaah... sim, Ron se dá conta, a cara é exatamente aquela. Entediado e assustado. Tem que admitir, e não é a primeira vez, que às vezes se deixa levar pelo ímpeto.

— Desculpe, Bob — diz Ron. — Às vezes eu fico com os nervos à flor da pele.

— Problema nenhum — releva Bob. — Me deixou com muita coisa para pensar. E eu certamente vou passar suas ideias para alguém da IBM assim que tiver oportunidade.

— Bob, você não vai demorar muito a aprender que não precisa ser gentil com o Ron — garante Ibrahim. — Eu levei uma semana para entender. — Bob assente. — Além disso, ele é fácil de distrair. Se em algum momento você achar que Ron entrou numa via expressa, o que de vez em quando acontece, um simples "viu o jogo?" ou "viu a luta?" já serve para resetar a conversa.

— Como o Chelsea ganhou aquele jogo, eu nunca vou entender — comenta Ron, balançando a cabeça. — Roubo descarado.

— Senhores, ao trabalho então — diz Ibrahim.

O laptop de Bob está aberto em cima da mesa de Ibrahim e os três se amontoam ao redor. Ron e Ibrahim haviam feito outra visitinha a Mervyn na véspera e explicado o que achavam que estava acontecendo. Conversa de homem para homem. Ron havia pensado que seria melhor serem eles a fazer isso, pois Mervyn era do tipo que tinha dificuldade de absorver informações vindas de mulheres.

Mervyn havia concordado em cortar por completo o contato por uma semana e entregar sua correspondência com Tatiana para Ron e Ibrahim. A ideia era montar uma armadilha para descobrir quem estava por trás do golpe e se seria possível fazê-los mostrar a cara. Quando isso ocorresse, na visão de Ron, deveriam "tomar uma bela sova" ou, na visão de Ibrahim, "ser entregues às autoridades competentes".

E, evidente, Mervyn ainda acha que existe uma chance de Tatiana ser Tatiana e sua solidão estar próxima do fim. Ron o entende. Havia passado o dia 25 de dezembro com Pauline e o clima não havia sido inteiramente tranquilo. A mulher é um arraso, de cair o queixo, e Ron sabe que é muita areia para o seu caminhãozinho, mas ele queria abrir os presentes depois do café da manhã, que é a forma correta de se fazer as coisas, enquanto Pauline queria esperar até depois do almoço. Acabaram abrindo-os depois do almoço, é claro, mas não foi a mesma coisa. Ron sabe quando abrir mão, mas aquilo fora um pouquinho demais. Estão dando um tempo um do outro para deixar as coisas se acalmarem. Ron sente falta dela, mas não vai pedir desculpa por nada quando está coberto de razão.

Bob Whittaker havia sido recrutado na condição de expert em tecnologia depois do trabalho brilhante que fizera na noite de Réveillon. Todos tinham assistido juntos ao Ano-Novo turco e depois ido dormir. Ron e Ibrahim haviam ficado acordados bebendo uísque e viram o Ano-Novo outra vez, três horas depois, fazendo um brinde a Elizabeth e Joyce na ausência delas.

Joyce os alertara de que Bob era meio tímido e poderia dizer não. Mas Ibrahim havia explicado o plano para ele, e Bob, que assistira ao mesmo programa que Joyce sobre golpes de namoro virtual, tinha adorado poder ajudar. Aliás, agarrou a oportunidade.

Ele acaba de abrir a última mensagem de Tatiana para Mervyn. Após uma rápida negociação, chegam a um acordo de que será Ron a lê-la em voz alta, o que o deixa satisfeito, pois sente que nem Ibrahim nem Bob o fariam com o sotaque e, com certeza, essa é metade da graça. Ron lê.

— "Meu querido, meu príncipe, minha força." Tá bom, moça, Deus do céu... "Só falta pouco mais de uma semana para nos vermos, para eu me derreter nos seus braços, para nós nos beijarmos como amantes." Eu vou parar com o sotaque. "E espero que você esteja tão entusiasmado quanto eu. Só tem um problema, meu moço doce e gentil." Pronto, lá vem a história. "É que recentemente meu irmão foi parar no hospital por causa de um acidente de trabalho, ele caiu de uma escada e a conta deve dar em torno de umas duas mil libras." Ah, com certeza. "Se eu não puder pagar, infelizmente não devo conseguir te encontrar, porque vou ficar morrendo de preocupação com o meu irmão. Querido, o que eu devo fazer?" Eu tenho algumas ideias. "Não tenho como te pedir mais dinheiro, você já foi generoso demais. Mas, sem o dinheiro, infelizmente vou precisar ficar aqui pra cuidar dele. Você é sempre tão engenhoso, meu Mervyn, talvez saiba o que fazer. Pensar que eu talvez não consiga te ver semana que vem parte o meu coração. Da sua eternamente apaixonada, Tatiana."

— Coitado do Mervyn — comenta Ibrahim.

— E agora? — pergunta Bob.

— Agora nós respondemos — diz Ibrahim, começando a digitar: "Minha querida Tatiana, como desejo o seu toque..."

Por mais que ame poesia romântica, Ron decide encerrar por hoje e deixa Bob e Ibrahim sozinhos. Ib parece bem feliz. Ron ainda se sente culpado por não terem jogado mímica no Natal. Mas Ibrahim entendeu o princípio da coisa.

Ao caminhar por Coopers Chase, Ron vê uma raposa passar chispando à sua frente, as orelhinhas com pontas brancas. Ron a vê bastante, entrando e saindo de moitas. Raposas jogam limpo: não tentam fingir que são algo que não são.

— Boa sorte pra você, meu velho garoto — diz Ron.

Talvez Ron não tenha Pauline por perto durante muito mais tempo. Presentes depois do almoço, onde já se viu? E algumas outras brigas também, para ser sincero. Ela ouve a Radio 2 em vez da talkSPORT, fez ele assistir a um filme francês, essas coisas. Se bem que depois que a pessoa se acostuma, a Radio 2 não é ruim. E o filme era bom também, boa trama de crime, mesmo com as legendas. E até que abrir presentes depois do almoço foi ok, ele só estava indignado demais na ocasião para viver plenamente aquilo. Quem sabe ela não seja *mesmo* boa para ele? Apesar de que, se de fato é — e Ron ainda não chegou a uma conclusão sobre isso —, seria ele bom para ela? O que Pauline ganha, além da teimosia dele? Apesar de que só é teimoso quando está certo, e isso não vai mudar, ah, não, senhor!

Mas Ron queria, e se dá conta disso, que ela estivesse ali.

Ele olha para o celular. Nenhuma nova mensagem. Bem, isso fala por si só. Ela já foi deitar sem lhe enviar um beijo de boa-noite. Será que Ron deveria mandar um? Fica olhando para o celular por um tempo, como se o próprio aparelho fosse oferecer uma resposta.

Na verdade, ele se dá conta depois, esta foi provavelmente a razão pela qual deixou passar o sinal de que algo estava errado. Deixou escapar o fato de que a luz no seu apartamento estava apagada, quando ele sempre a deixa acesa.

Foi por isso que caminhou direto para a armadilha.

23

Stephen perambula pela sala.

É tarde, e ele está sozinho, o que não lhe parece normal. Parece estranho. Difícil dizer o porquê.

Ele reconhece o sofá, e há segurança nisto. É dele, disso tem certeza. Marrom, uma espécie de veludo, a marca de seu traseiro em um marrom mais claro, dourado. Se ele reconhece o sofá, as coisas não podem estar tão fora de prumo. Na pior das hipóteses, é se sentar, esperar e ver o que acontece, confiando que no fim tudo fará sentido.

Não consegue encontrar seus cigarros de jeito nenhum. Não consegue achar nem um cinzeiro. Isqueiro, nada. Abriu todas as gavetas da cozinha. Da cozinha, Stephen vê o sofá, portanto é apenas lógico que se trate da sua cozinha. Há algo em marcha. Algo está sendo escondido dele. Mas o que, e por quê?

O segredo é não entrar em pânico. Sente como se já tivesse passado por isso antes. Essa confusão, esse fluxo de pensamento. Bem lá no fundo, o que ele quer é gritar, implorar por ajuda, para que seu pai venha buscá-lo, mas se agarra às coisas positivas. Ao sofá. Ao sofá dele.

Há uma foto na bancada da cozinha. A foto é dele, parecendo muito mais velho do que se lembra de ser, ao lado de uma mulher velha. Ele a conhece, sabe até o nome dela. Agora não consegue acessá-lo, mas sabe que está lá. Um cigarro o acalmaria. Onde ele os colocou? Será que está se esquecendo das coisas? Algo está girando, mas não é a sala e não são seus olhos. É sua memória. Sua memória está girando. Por mais que ele a tente laçar, ela se recusa a parar quieta.

Ele decide que vai pegar o carro para ir ao posto de gasolina da esquina comprar cigarros. Há um casaco no gancho do corredor. Ele o veste e procura a chave do carro. Não está em lugar nenhum. Alguém andou mexendo em tudo. É muito frustrante — só deixem tudo quieto, deixem as coisas onde estavam, por que tudo tem que mudar de lugar? As coisas começam a girar de novo. Hora de ir para o sofá.

Stephen se recosta. Se sente muito mais velho do que deveria, talvez fosse bom ir ao médico. Mas algo lhe diz para não fazer isso. Algo lhe diz que ele é detentor de um segredo que outras pessoas não podem conhecer. É melhor ficar sentadinho no sofá e não alarmar ninguém. Não vai demorar para tudo voltar a entrar em foco. A neblina vai se dissipar.

A luz de segurança do lado de fora se acende. Stephen olha pela janela. Em um campo que não reconhece, a caminho de um lugar que não sabe bem onde fica, apesar de ter certeza de ter passado por ele hoje, há alguém que ele conhece bem. Uma raposa.

Toda noite a raposa se aproxima um pouco mais; disso, Stephen se lembra muito bem. Um caminhar curvado, olhos vigilantes esquadrinhando todos os lados, um sujeito que entende o medo, entende que as pessoas querem prejudicá-lo. E então a raposa para, a cabeça apoiada nas patas, e espia para dentro da janela, como faz toda noite. Stephen retribui o olhar, como faz toda noite. Eles assentem um para o outro. Stephen sabe que aquilo não é um cumprimento de fato — ele não está maluco —, mas certamente registram a presença um do outro. Stephen o chama de Floco de Neve, por causa das pontas brancas de suas orelhas. Floco de Neve se deita e acha que se camuflou, mas as pontas das orelhas sempre o traem. O próprio Stephen agora tem cabelos brancos; reparou nisso hoje pela manhã e ficou abalado. Mas o seu pai tem cabelo branco também, então talvez esteja se confundindo.

Floco de Neve rola pelo chão a uns cinco metros do pátio e Stephen se lembra. *Elizabeth*. A mulher da foto. A velha. Stephen ri: bem, é claro que ela é velha. *Ele* é velho. Dá para chegar a essa conclusão pelo reflexo na janela. Elizabeth disse a ele para não encorajar Floco de Neve, disse que Floco de Neve era uma peste. Ela espanta o animal sempre que o vê. Mas alguém deixou uma vasilha com comida de cachorro na varanda deles, e não foi Stephen.

Elizabeth já vai voltar. Ela vai achar as chaves do carro e ele vai sair para comprar cigarro. Talvez visite o pai — há algo que precisa lhe dizer, embora não consiga de jeito nenhum se lembrar do que se trata agora. Estará anotado em algum lugar.

Floco de Neve, o sofá, Elizabeth. Stephen é amado e está seguro. O que quer que esteja acontecendo — e algo está acontecendo, está na cara —, Stephen é amado e Stephen está em segurança. Já é um começo. Uma pedra onde se apoiar.

Do lado de fora, um cachorro late, e Floco de Neve decide se retirar. Stephen aprova; é bom ser cauteloso. É ótimo ficar rolando na grama, mas não se deve ignorar um cão que ladra. Até amanhã, meu amigo.

Elizabeth mora aqui — Stephen percebe pelas fotos na parede e pelos óculos na mesa do corredor. Ele é bem cuidado. São casados; talvez tenham filhos. Isso é algo que ele deveria saber. Por que não sabe? É uma questão que terá que decifrar.

Quando Elizabeth chegar, ele vai beijá-la e conseguirá saber se são casados mesmo. Ele tem certeza de que são, mas cuidado nunca é demais. Ser cauteloso sempre é bom. Cães que ladram, essas coisas. Ele vai fazer um chá para ela. Perambula cozinha adentro, sua cozinha, embora ninguém fosse culpá-lo por não saber, e percebe que não sabe se orientar bem por ali. Tem um macete, sabe disso. Começa a se preocupar se não deveria estar no trabalho. Há uma tarefa que ainda não fez. Seria urgente? Ou será que já a completou?

Qual é o nome do cara? Amigo dele. Kuldesh, é isso. O nome na boca de todos. Casado com Prisha, Stephen mandou um beijo para ela.

Ele abre a torneira. Esse é o ponto de partida, está convencido, e certamente não é nada de outro mundo descobrir o próximo passo. Procura por pistas. Está em uma cozinha, mas não é a dele. Começa a se sentir pequeno e fraco, mas diz a si mesmo para se acalmar e respirar. Vai haver uma explicação. Ele começa a chorar. É só medo, sabe disso. Ô, meu velho, toma jeito, caramba. O que quer que seja, vai passar; a situação vai ficar mais clara, certamente vai haver uma voz a confortá-lo, não vai?

Voltar ao sofá é provavelmente a opção mais segura. Voltar ao sofá e esperar essa tal de Elizabeth. Pensar um pouquinho, tentar entender o que está faltando. Ver se quem sabe o Floco de Neve aparece para visitá-lo hoje. Floco de Neve é uma raposa de orelhas brancas, uma graça, o visita toda noite. Elizabeth o alimenta em segredo e acha que Stephen não sabe.

Ele se senta. Uma chave encaixa na fechadura. Pode ser qualquer um. Stephen está assustado. Assustado, mas pronto. A água está transbordando da pia e se derramando pelo chão da cozinha.

É Elizabeth, a mulher da foto. Ela sorri e então vê a água jorrando pelo chão da cozinha e sai chapinhando para fechar a torneira. Ela é muito linda.

— Estava fazendo chá pra você — explica Stephen.

Deve ter deixado a torneira aberta.

— Bem, eu estou aqui agora — diz Elizabeth. — Melhor eu mesma cuidar disso.

Ela vai até o sofá e beija Stephen. E que beijo. Ah, rapaz, ahhh, rapaz, mas com certeza que são casados!

— Eu sabia — diz ele.

Mas por que não se lembrou? Por que não tinha certeza? Algo ressoa bem lá no fundo de si. Algo desagradável e estridente.

Ela toca o rosto dele, que começa a chorar mais uma vez. Elizabeth enxuga suas lágrimas com beijos, mas outras escorrem.

— Estou aqui com você — diz Elizabeth. — Não precisa chorar.

Mas as lágrimas continuam. Porque Stephen teve um lampejo de memória, uma lembrança. O lampejo é difuso e distorcido, como um raio de luz batendo no vitral de uma janela quebrada. Mas é o suficiente. Naquele momento, ele sabe exatamente o que está acontecendo. Vê a água no chão da cozinha, repara na calça esfarrapada do seu pijama e reúne os fragmentos de sua mente só o bastante para entender o que significam. E o que falam do seu futuro. Ah, Stephen, que desgraça. Ele olha para a esposa e vê nos olhos dela que ela também sabe.

— Eu te amo — diz ele.

Porque o que mais há para se dizer?

— E eu amo você — diz Elizabeth. — Está com frio?

— Não com você aqui — diz Stephen.

O telefone fixo de Elizabeth toca. Ao soar da meia-noite.

24

Ron é imobilizado contra o chão no instante em que abre a porta da frente. Uma mão sobre a sua boca, um joelho nas suas costas. Um sussurro ansioso no seu ouvido.

— Se der um pio, eu te mato. Entendeu?

O sotaque é de Liverpool. Só que não é Dom Holt. Ron faz que sim com a cabeça. Nos anos 1980, a polícia costumava tratá-lo dessa forma nos piquetes, mas ele tem quarenta anos a mais agora. O jeito é acender as luzes e avaliar a situação.

A pessoa afasta a mão da boca de Ron e braços firmes o ajudam a se levantar do chão.

— Vamos levantar, vovô. Sem movimentos bruscos, sem barulho.

— Movimentos bruscos? — questiona Ron. — Já estou com quase oitenta, cara. Tá orgulhoso de si?

— Para de frescura — diz o outro. — Já vi seu filho lutar. Tava só me garantindo.

Uma luz é acesa e Ron dá uma olhada no homem. Perto dos cinquenta, blusa canelada com gola rulê sob o terno escuro, corrente de ouro, parrudo, cabelo preto, olhos azuis. Sujeito bonitão. Capanga de Dom Holt? Parece rico demais. O homem faz sinal para Ron pegar uma cadeira e se senta à sua frente.

— Ron Ritchie?

Ron faz que sim.

— E você?

— Mitch Maxwell. Sabe por que eu estou aqui, Ron?

Ron dá de ombros.

— Porque é um psicopata?

— Pior do que isso — diz Mitch. — Alguém roubou algo de mim.

— E eu não culpo quem quer que tenha feito isso — retruca Ron. Seu quadril começou a doer. O tipo de dor que não terá sumido pela manhã. — Você trabalha pro Dom Holt, é isso?

Mitch ri.

— Tá me achando com cara de quem trabalha pra alguém?

— Todo mundo trabalha pra alguém — diz Ron. — Só os fracos fingem que não.

— Desaforado toda vida, hein? — comenta Mitch. — Só podia ser torcedor do West Ham. Dom Holt é que trabalha pra mim.

— É mesmo? Então avisa lá que ele me deve três mil pelo Daihatsu.

— Sr. Ritchie — começa Mitch —, em 27 de dezembro, uma caixinha, cheia até o talo de heroína, foi entregue ao seu amigo Kuldesh Sharma. No dia seguinte, a caixa, a heroína e o seu amigo tinham todos desaparecido. Agora seu amigo apareceu com uma bala na cabeça, lamentável, mas nada da minha heroína. Detonamos a loja dele e nada. Será que você sabe onde está? Kuldesh ficou com ela o dia inteiro. Talvez tenha trazido pra cá, não? Quem sabe não pediu aos amigos pra tomarem conta enquanto ele tentava dar uma de espertinho?

— Ele não é meu amigo — responde Ron. — Conhecia de nome, mas nunca tivemos contato.

— Mas ouviu falar que ele morreu, não ouviu? E acusou Dom de ser o assassino.

— Ah, sim — concorda Ron. — Faz sentido, não faz? Traficante de heroína escroto toma uma volta, aí mata a pessoa que deu a volta nele. Não quis ofender o *seu* amigo, podia ter sido você também. Você faz o tipo.

O quadril já começou a latejar, mas Ron não está disposto a deixar transparecer a dor.

— As pessoas morrem — diz Mitch. — Só que a heroína ainda não apareceu. E eu preciso dela rápido.

— E aí você invade o meu apartamento?

— Ponha-se no meu lugar, Ron — replica Mitch. — Uma remessa totalmente normal de heroína entra no país numa caixinha na traseira de um caminhão. Some. Passam-se uns dois dias e você vai visitar meu escritório. O pai do Jason Ritchie, então eu já me interesso. Aí me contam que um chapa da Connie Johnson está envolvido e que tem ainda uma velha armada. O que você pensaria?

Ron sorri.

— Você acha que o Kuldesh nos deu a heroína antes de morrer?

— É uma teoria — diz Mitch. — Pelo menos até que você me prove o contrário.

Ron se inclina para a frente, tomando cuidado para não estremecer. Repousa o queixo nas mãos.

— Tá livre nas próximas duas horas?

Mitch dá uma olhada no relógio.

— Meu filho tem aula de *street dance* antes da escola, mas até lá estou livre.

— Vou fazer umas ligações — anuncia Ron. — Chamar meus amigos pra cá. Ver se a gente não resolve isso.

— Posso confiar neles? — pergunta Mitch.

— Não — responde Ron, pegando o telefone e discando. — Podemos confiar em você?

— Não — diz Mitch.

— Bem, vamos aproveitar o que nós temos — diz Ron, esperando que atendam seu telefonema.

Está ligando primeiro para Elizabeth. Precisa ser assim. Se ligar para Ibrahim primeiro, ela vai descobrir e encher o saco.

— Liz, é o Ron, põe os sapatos e dá um pulo aqui. Está tudo ok? Tem certeza? Ok, eu acredito, outros milhões não acreditariam. Liga pra Joyce, eu ligo pro Ib… sim, eu provavelmente traria uma arma.

Ele encerra a chamada e liga para Ibrahim.

— Um uísque? — pergunta Ron a Mitch. — Enquanto esperamos?

Mitch assente e se levanta.

— Eu pego. Você tá precisando de alguma coisa pra esse quadril?

Ron faz que não. Obviamente não escondeu tão bem quanto pensava. Ainda assim, não dará a Mitch a satisfação de saber que o feriu.

— É só andar que passa.

Ligação atendida.

— Ib, sou eu. Eu. Ron. Quem você acha que vai te ligar uma hora dessas? Meghan Markle?

— Geralmente eu consigo heroína — diz Mitch. — Se algum dia precisar.

25

Mitch preferiria estar falando com Luca. Preferiria estar se esquivando de golpes de um taco de sinuca quebrado num hangar clandestino. Ali ele sabe onde está pisando. Conhece as regras. Mas aqui está ele, na calada da noite, numa poltrona confortável, bebendo uísque de boa qualidade com quatro aposentados.

Sem sombra de dúvida, Mitch está fora de sua zona de conforto.

O plano havia sido muito simples. Fazer esse tal Ron Ritchie se cagar de medo e em seguida torturá-lo até ele contar onde está a heroína. Mas não foi esse o rumo que a noite tomou. A mulher com a arma parece ser a líder. Elizabeth, o nome dela. A arma não assusta Mitch, mas ela, sim. Já viu aquele olhar no rosto de algumas pessoas ao longo dos anos. A maioria já morreu, está na prisão ou em grandes mansões com cercas altas na Espanha.

— Você se orgulha de como ganha a vida? — pergunta Elizabeth.

— Não estamos aqui pra falar de mim — retruca Mitch.

— Se você invade a casa de alguém à meia-noite, acho que é educado responder algumas perguntas. Uma cortesia padrão — diz o sujeito que se apresentara como Ibrahim. O que trabalha com Connie Johnson. Ele anota tudo.

— É meio sujo, não? Traficar heroína? — É Elizabeth de novo, a arma no colo.

Qual é a dela? Mitch conhece todo mundo nesse ramo, mas não a conhece.

Uma mulher mais baixa, de cardigã verde, se inclina para a frente.

— Sr. Maxwell, nós não pedimos ao senhor para vir até aqui. Isso foi escolha sua.

— Exatamente, Joyce — diz Elizabeth. — Você bate no nosso amigo...

— Ele não bateu em mim — corrige Ron.

— Bem, amanhã vamos ver o que o seu médico vai ter a dizer sobre isso — replica Elizabeth. — E, Sr. Maxwell, pode reparar que nós não damos a mínima pra quão durão você é. Já lidamos com gente muito pior.

— Você mal chega ao top 10 — comenta Ibrahim. — E, acredite, eu tenho um top 10.

— Se me permite a observação, me parece que nós temos um objetivo em comum, Sr. Maxwell — continua Elizabeth. — Nós queremos descobrir quem matou o Kuldesh, e você quer encontrar a sua heroína. Correto?

— Quero a minha mercadoria de volta — responde Mitch. — *Preciso* da minha mercadoria de volta.

— Ai, meu Deus do céu — diz Elizabeth. — Poupe-nos dos eufemismos. Ninguém aqui é criança e nem policial. O nome é heroína, chame de heroína.

— Eu preciso da minha heroína de volta — confirma Mitch. — Está numa caixinha de terracota, vale muito dinheiro e é minha.

— Você não considera perturbador traficar heroína, em um sentido moral? — pergunta Ibrahim.

— Diz o cara que trabalha para a Connie Johnson — devolve Mitch. — Escutem só, eu tenho uma pergunta simples antes de nos aprofundarmos. Quem são vocês?

— Eu sou a Joyce — diz Joyce.

— E nós somos todos amigos da Joyce — acrescenta Ibrahim. — E agora que isso já está explicado, nos permita fazer mais algumas perguntas pra você, só pra te conhecer um pouco melhor. Pra sentirmos que podemos confiar em você.

Mitch joga as mãos para o alto.

— Vão em frente.

— Você se orgulha de ser traficante de heroína? — pergunta Elizabeth de novo.

— Eu me orgulho do meu sucesso — diz Mitch, e percebe que nunca havia pensado a respeito antes. — Mas sei lá. Não. Fui parar nesse ramo e era bom no que fazia.

— Você poderia fazer outra coisa — sugere Joyce. — TI?

— Estou com quase cinquenta anos — diz Mitch.

Como ele adoraria largar tudo aquilo. Assim que encontrar a heroína, acabou. Vai pular fora.

— Você já esteve na cadeia? — pergunta Ibrahim.

— Não — responde Mitch.

— Já foi preso? — pergunta Joyce.

— Muitas vezes — diz Mitch.

— Já matou alguém? — pergunta Ron.

— Se eu saísse por aí admitindo que matei gente, teria estado na cadeia, não é? — argumenta Mitch.

— Tudo bem com seu quadril, Ron? — pergunta Joyce.

— Meu quadril está ok.

— E a maior pergunta de todas — diz Elizabeth. — Quem matou Kuldesh Sharma? Você?

Mitch sorri.

— Vai precisar se esforçar um pouco mais.

— Mais uísque? — oferece Ibrahim.

Mitch recusa. Em breve vai precisar dirigir de volta para Hertfordshire, e está com uma arma semiautomática na mala do carro. Não seria um bom dia para ser parado pela polícia por dirigir bêbado.

— Uma pergunta mais simples, então — retoma Elizabeth. — Quem mais sabia da caixa com a heroína?

— Alguns afegãos — diz Mitch. — Mas ninguém que fosse precisar roubá-la. E um intermediário que contrabandeia as drogas para a Moldávia, mas ele é dos meus.

— O nome dele? — pergunta Ibrahim, fazendo anotações.

— Lenny — diz Mitch.

— Alguém daqui acabou de ter um bisneto chamado Lenny — comenta Joyce. — Nomes entram e saem de moda, não é?

— Onde podemos encontrá-lo? — pergunta Ibrahim.

— O Dom tem o número — responde Mitch.

— Ah, nosso amigo Dom — diz Elizabeth. — Ele também sabe de tudo, claro, não é? Você já deve ter se perguntado se não foi ele quem roubou a heroína. Se não armou para cima do Kuldesh.

Mitch faz que não.

— Ele sabe de tudo, mas confio nele de olhos fechados.

— Mas ele sabia o que havia na caixa. Foi ele quem a entregou. Dom esteve com o Kuldesh, não é?

— E é muito dinheiro — diz Joyce.

— Não se você levar em conta todo o contexto — diz Mitch.

— Mas você ganha mais dinheiro do que ele — argumenta Ron. — Cem mil ainda seria uma bela de uma grana para o Dom.

— Não incide imposto? — pergunta Ibrahim. — Não deve incidir. Estou respondendo minha própria pergunta. Sabia que quando se ganha dinheiro nesses programas de perguntas e respostas na TV não incide imposto algum? Uma coisa que programas de perguntas e respostas e o tráfico de heroína têm em comum.

Todos esperam até terem certeza absoluta de que Ibrahim terminou.

— Todo mundo é leal até deixar de ser — diz Ron.

— Não vejo a possibilidade disso acontecer — insiste Mitch. — Sinto muito.

— Alguma outra pessoa, outra direção que possa nos apontar? — pergunta Elizabeth. — Você vendia a heroína, mas quem a comprava?

— Não — diz Mitch. — Já falei tudo o que vão conseguir tirar de mim.

— Por ora — ressalta Ibrahim.

— Posso fazer algumas perguntas? — questiona Mitch. — Antes de ir embora.

Todos parecem felizes com a ideia. Ele se vira primeiro para Ibrahim.

— Você trabalha mesmo para a Connie Johnson?

— Trabalho — confirma Ibrahim.

— O que você faz pra ela?

— Não posso contar — responde Ibrahim.

— É tão barra-pesada assim, é? — diz Mitch, virando-se depois para Elizabeth. — E você. Por que anda armada?

Elizabeth abre um sorriso misterioso.

— Por que eu ando armada? Pra atirar nos outros.

Deus do céu. Mitch se vira para Ron.

— Machuquei mesmo seu quadril?

Ron faz que sim.

— É claro. Eu sou velho, seu idiota.

— Sinto muito. Achei que você tinha roubado minha carga.

— Não roubamos — afirma Joyce.

— E pra vocês todos, na boa — diz Mitch. — Acham mesmo que o Dom roubaria de mim? Mesmo se fosse pra ganhar cem mil, não faria sentido. Por que ele acharia que iria se safar?

— Bem — diz Joyce, até então bastante quieta. Mitch quase se esquecera da presença dela. — Você nos disse que confiaria nele de olhos fechados. Ele provavelmente sabe disso, não sabe? Não poderia querer alguém mais perfeito de quem roubar.

Ela diz isso com tanta delicadeza que Mitch reconhece de imediato que talvez possa estar certa.

26

É de manhã, faz frio na instalação portátil e Donna prefere não tirar a jaqueta puffer. Chris segura com as duas mãos seu chá de máquina automática e diz:

— Quanto mais eu pergunto por aí sobre Dom Holt e Mitch Maxwell, pior fica. Kuldesh não fazia ideia de com quem estava lidando.

— Dom Holt roubaria a própria heroína? — conjectura Donna.

— Quem sabe não se desentendeu com o chefe? — sugere Chris.

Ele amassa uma bola de papel e a arremessa, fazendo um arco elevado na direção de uma lata de lixo no canto da sala. Ela bate na beirada e cai do lado de fora.

— Sim, chefes são fogo — diz Donna. — Mas, enfim, será que a gente consegue dar uma investigada nele sem alertar a investigadora-sênior e a patota dela? Tem alguém com quem a gente possa falar?

— Jason Ritchie?

— O filho do Ron? — pergunta Donna. — Ele tem uma rede interessante de contatos.

Chris assopra as mãos.

— Podemos ver o que ele sabe. Eu falo com o Ron.

Uma rajada do ar de janeiro entra de súbito no escritório improvisado quando a investigadora-sênior Jill Regan abre a porta.

— Esqueceu de bater — diz Chris.

— É assim que você se veste para o trabalho? — pergunta Jill a Donna.

— Algum idiota nos botou nessa instalação provisória — responde Donna, subindo o zíper do casaco ainda mais. — Senhora.

Jill se senta.

— Você tem o hábito de chamar seus superiores de idiota, policial?

— Tem — afirma Chris. — Eu já me acostumei. Como podemos ajudá-la?

— Uma coisa me pareceu estranha — declara Jill.

— Você trabalha para a Agência Nacional do Crime — diz Chris. — Imagino que isso aconteça muito.

— Cadê o celular dele? — retoma Jill. — É isso que não entendo.

— Celular de quem? — pergunta Donna.

— Do Kuldesh Sharma — diz Jill. — Fico me perguntando onde terá parado o celular dele...

— Esse caso não é nosso — lembra Chris.

— Pois é — diz Jill. — Foi o que eu achei também. Você estão procurando aqueles cavalos, não é mesmo?

— Dando nosso melhor — responde Chris. — Eles são muito rápidos.

— Só que tem uma coisa... Ontem Donna pediu acesso a registros telefônicos — diz Jill. Ela esfrega as próprias mãos. — Tá frio aqui, né?

— Consulta de rotina — diz Donna.

— Aí eu investiguei mais — revela Jill. — E você requisitou acesso a outros registros telefônicos antes. Eu não vi os resultados desse pedido de informações em lugar nenhum.

— Somos policiais — devolve Chris. — Requisitamos um monte de registros telefônicos. Você não teria um aquecedor sobrando lá na sala de ocorrências?

— Se estiverem com esse celular — diz Jill —, vocês vão ser expulsos da polícia, estão cientes disso?

— Que sorte então que não está com a gente — responde Donna.

Donna, Chris e Jill se encaram por algum tempo. Chris tenta girar discretamente sua cadeira e uma das rodas cai. Na opinião de Donna, ele disfarça muito bem.

— Fiquem fora desse caso — avisa Jill.

— É claro — garante Chris. — Está nas mãos capazes da Agência Nacional do Crime. Se precisar de nós, vamos estar encostados num portão, mastigando uma palhinha.

Jill se levanta.

— Se por acaso se depararem com esse celular...

— Sabemos onde encontrar você — diz Chris.

— De colega para colega — insiste Jill —, não se metam nisso.

— Anotado — diz Chris. — Quando sair, feche a porta, por favor.

Jill sai, deixando a porta escancarada.

Ao se levantar para fechá-la, Chris vê se ela foi mesmo embora.

— Alguma novidade sobre o celular da Elizabeth?

Donna checa o relógio.

— A qualquer momento deve aparecer alguma coisa.

27

Como é quinta-feira, a turma está na Sala de Quebra-Cabeças. A mesa é ocupada por um bolo Victoria comido pela metade.

De vez em quando o grupo gosta de convidar especialistas para conversar com eles, e hoje Nina Mishra e seu chefe, Jonjo, vieram lhes dar uma aula sobre como funciona a da área de antiguidades. Nunca se sabe o que pode vir a calhar. Como sempre ocorre nestas situações, Ibrahim leu um pouco a respeito antes da reunião e suspeita que agora exista pouca coisa que ele não saiba.

— Comecemos com o básico — diz Jonjo. — Uma antiguidade é qualquer coisa com mais de cem anos. O resto é vintage, ou item de colecionador.

— Bate com o que eu li — concorda Ibrahim. — Ele está certo.

— Eu não sabia disso — comenta Joyce. — Somos itens de colecionador, Elizabeth.

— E qualquer objeto com mais de cem anos tem uma história para contar — continua Jonjo. — Quem o fez, e onde?

— Quem o comprou, e por quanto, e quando? — acrescenta Nina.

— Foi bem cuidado? Manipulado? Deixaram cair? Foi consertado? Repintado? Foi exposto à luz do sol? — completa Jonjo.

— Gerry uma vez comprou uma molheira que alguém estava vendendo na mala de um carro — diz Joyce. — Ele estava convencido de que o negócio tinha cem anos de idade, mas aí vimos uma exatamente igual na British Home Stores.

— O que se vendia na BHS nos anos 1970 está muito na moda agora — afirma Nina.

— Ah, ele adoraria saber disso… — comenta Joyce. — Na época, eu disse umas poucas e boas a ele.

— Mas mesmo quando as coisas têm mais de cem anos — prossegue Jonjo —, a maioria não tem valor nenhum. Ou era algo produzido em massa, ou de baixa qualidade, ou só não é o que as pessoas estão procurando.

— Meus pais às vezes traziam pra casa as coisas mais lindas — lembra Nina. — Saca-rolhas em forma de pavão, uma lata de biscoitos com o formato do Big Ben. Tudo acabava indo parar na vitrine da loja por dez libras.

— Nina tem razão — diz Jonjo. — Quase nada vale alguma coisa. A maneira mais fácil de se fazer uma pequena fortuna com antiguidades é começar com uma grande fortuna e perdê-la. O que significa que as poucas coisas que valem algo é que sustentam o mercado inteiro. Hoje isso pode querer dizer um aparelho de jantar de Clarice Cliff ou um objeto de cerâmica autoral de Bernard Leach. Ano que vem vai ser outra coisa.

— Então, se você só quer poder ganhar a vida — diz Nina —, a equação é bastante simples. Se está vendendo algo por dez libras, certifique-se de que só tenha te custado cinco. E certifique-se também de saber quais são as tendências.

— O que vende — acrescenta Jonjo.

— Se fizer isso direitinho, ano após ano, vai ter uma vida confortável — explica Nina. — Meus pais nunca entenderam bem isso. Sempre se apaixonavam pelas coisas.

— Primeira regra deste ramo — diz Jonjo. — Nunca se apaixone pelas coisas.

— Um conselho sábio para a vida — comenta Ibrahim.

— E teria sido nesse espírito que Kuldesh levava a vida dele? — pergunta Joyce.

— Eu diria que sim — responde Jonjo. — Estava no ramo havia cinquenta anos, sabia o que procurar, tinha clientes que confiavam nele e um aluguel dentro da sua realidade. Deve ter tido semanas em que as coisas andaram meio devagar, mas essa não é uma receita ruim para um negócio saudável.

— E a pessoa ainda tem a satisfação de trabalhar com objetos incomuns, lindos ou raros — diz Nina. — Nunca vai ser milionária, mas também raramente vai ficar entediada.

— E se quiser ficar milionária? — questiona Ron. — Como se faz?

Jonjo ergue um dedo e o mantém no ar.

— Bem, aí está a pergunta do dia.

— Vocês já foram conversar com Samantha Barnes? — pergunta Nina.

— É o próximo item da nossa lista — afirma Joyce.

— Deixe eu mostrar uma coisa pra vocês — pede Jonjo.

Ele enfia a mão em uma pasta de couro e retira uma pequena bolsa de veludo. Veste então um par de luvas brancas, afrouxa o cordão da bolsa e deixa cair em sua mão uma medalha de prata.

— Ooh — arqueja Joyce.

Jonjo mostra a medalha para todos, um de cada vez.

— O que vocês veem aqui, e, por favor, não toquem, é uma Medalha de Serviço Distinto, conferida por ocasião da Segunda Guerra Mundial. Está de posse de uma mesma família desde então, mas eles precisam custear a universidade dos bisnetos e por isso me procuraram e pediram uma avaliação.

— Isso ia ficar uma lindeza no Instagram — diz Joyce. — O meu perfil praticamente só tem fotos do Alan. O senhor se importaria?

— Um momento — pede Jonjo. — Eu perguntei à família quanto eles esperavam que a medalha valesse, e eles disseram ter lido que poderia valer até dez mil libras.

— Nada… — desdenha Ron.

— Eu tive que dizer a eles que estavam mal informados — continuou Jonjo. — E que, na verdade, dados o estado da medalha e a proveniência, tendo estado na família desde a época em que foi concedida, o valor estaria mais para trinta mil libras.

— Cacete! — exclama Ron.

— Ron! — repreende Joyce.

— Lindo, não é? — diz Jonjo.

— Muito — concorda Joyce.

Jonjo devolve a medalha à bolsa e tira as luvas.

— Joyce, por que achou lindo?

— Bem, a medalha era muito… lustrosa?

— Eu digo a você o que era lindo — diz Jonjo. — E isso vai te mostrar como ficar milionária no mundo das antiguidades. O que era lindo era a bolsa de veludo, as luvas brancas e o jeito como eu baixei o tom de voz em reverência.

— Eu faço isso às vezes — comenta Ibrahim.

— O que era lindo era a história — afirma Jonjo. — Os bisnetos, a família finalmente decidindo vender.

— Bem, sim — reconhece Joyce. — Isso foi lindo também.

— Mas era tudo mentira — revela Jonjo, virando a medalha sem a menor cerimônia em cima da mesa. — Esta medalha aqui é furreca, foi feita numa oficina a uns trinta quilômetros daqui. Tem um senhor que ganha a vida fazendo isso, e é preciso ficar de olho vivo pra identificar os objetos dele. Esse aqui escapuliu e terminou em uma casa de leilões das redondezas e por sorte eu estava disponível para mostrar a eles o próprio equívoco. Está comigo desde então para que eu possa ensinar exatamente a lição que estou ensinando agora a vocês. E essa lição é que, se você sabe contar uma história, consegue vender por trinta mil libras uma bugiganga de metal que vale uns trocados. E é assim que se torna milionário.

— E é assim que Samantha Barnes opera — completa Nina. — Falsificações. Cópias. De obras de arte, em especial. Quase todas as gravuras de Picasso em edição limitada que se encontra on-line são dela. Muitos dos Banksy, Damien Hirst. Lowry... Ela faz de tudo.

— E suspeito que agora esteja envolvida em coisa pior — diz Jonjo. — E é alguém que o Kuldesh teria conhecido.

— Assim como conheceria a reputação dela — concorda Nina.

— Eu li em algum lugar que Banksy na verdade é o homem daquela série *DIY SOS* — comenta Joyce. — Nick Knowles, talvez? Não sei se é isso mesmo.

Ibrahim aproveita isso como deixa para entrar no assunto que realmente interessa.

— Eis a linha do tempo — diz ele, entregando a todos folhas de papel laminado. — Começo a me perguntar se não deveria passar a distribuir essas informações por meio digital. Cópias impressas são um desperdício. Gostaria, se possível, que o Clube do Crime das Quintas-Feiras atingisse a neutralidade de carbono até 2030.

— Você podia também parar de laminar tudo — sugere Ron.

— Uma coisa de cada vez, Ron — diz Ibrahim. — Uma coisa de cada vez.

No fundo, ele sabe que Ron está certo, mas ainda não está preparado para se livrar de sua máquina laminadora. Deve ser assim que os Estados Unidos se sentem quanto às termelétricas a carvão.

— Eu preciso sair às 11h45 — comenta Elizabeth. — Só pra vocês saberem.

— Mas a reunião é até meio-dia — diz Ibrahim. — Como sempre.

— Eu tenho outro compromisso — afirma Elizabeth.

— Que compromisso? — pergunta Joyce.

— Passear de carro com Stephen — diz Elizabeth. — Para ele tomar um pouco de ar fresco. Ibrahim, vamos lá com essa linha do tempo.

— Quem vai dirigir? — pergunta Joyce.

— Bogdan — responde Elizabeth. — Ibrahim, por favor, eu te interrompi.

— Eu poderia gostar de um passeio de carro — comenta Joyce, para ninguém e para todos.

Ibrahim volta a assumir a dianteira. Gostaria de ter sido informado de antemão que só teriam quarenta e cinco minutos de reunião. Sua vida é medida em horas. Não importa; siga o fluxo, Ibrahim. Ele preparou um preâmbulo de cerca de oito minutos de duração sobre a natureza do mal, mas terá de deixá-lo para outro dia e ir direto ao assunto. Frustrante.

— Para chegar ao cerne do crime — inicia ele —, ainda temos, ao que parece, duas questões-chave a serem respondidas. Uma, onde está a heroína agora; e a segunda, para quem Kuldesh ligou depois de falar com a Nina. Estou esquecendo algo?

— Por que ele comprou uma pá? — diz Ron.

— Isso está mencionado na folha, na rubrica "Curiosidades", Ron — explica Ibrahim.

— Minhas sinceras desculpas — diz Ron. — Então cadê a heroína?

— Nina disse que o Kuldesh tem um depósito em Fairhaven, não foi? — pergunta Joyce.

— Ele tinha — confirma Nina. — Não faço ideia de onde.

— Talvez a heroína esteja lá — sugere Joyce. — Aposto que nós conseguiríamos achar.

— Talvez — continua Ibrahim. — Ou talvez já tenha até sido vendida. Creio que a demanda por heroína seja alta. Não está parecendo que Mitch Maxwell esteja de posse dela. Quem, então?

— Ibrahim, eu fico pensando — comenta Elizabeth — se Connie Johnson não teria também mais alguma informação pra gente. Nós ainda não sabemos para quem o Mitch ia vender a droga.

— Eu vou vê-la na segunda-feira — diz Ibrahim.

— Quem é Connie Johnson? — pergunta Jonjo.

— Uma espécie de Samantha Barnes do mundo das drogas — explica Joyce. — Quem sabe eu não asso uns *scones* pra ela, Ibrahim? Imagino que não tenha isso na prisão.

— Beleza — diz Ron. — Ela quer me matar. Assa uns *scones* pra ela, sim.

— E você, o que vai fazer durante sua saidinha? — pergunta Joyce a Elizabeth.

— Tenho coisas a fazer, pessoas a ver — responde Elizabeth.

O telefone de Joyce toca. Ela checa quem é e atende.

— Donna, que surpresa boa, pensei em você ontem. Estava vendo um episódio de *Cagney & Lacey* e a Cagney, ou talvez fosse a Lacey... enfim, a loira estava num bar e disse... ah... sim, claro, sim... — Um pouco cabisbaixa, Joyce entrega o celular para Elizabeth. — É pra você.

Elizabeth encosta o telefone na orelha.

— Sim? A-haaam... Aham, aham... Ahh... Hum... Sim... Sim... Isso não te interessa... Sim... Obrigada, Donna, fico muito grata.

Elizabeth devolve o celular para Joyce.

— A Cagney ou a Lacey estavam em um bar, sabe? E aí...

— Ibrahim — chama Elizabeth —, você está livre hoje de tarde?

— Estava pensando em fazer uma aula de zumba — diz Ibrahim. — É que agora tem um professor novo e...

— Você vai para Petworth com a Joyce — comunica Elizabeth. — Preciso que converse com Samantha Barnes imediatamente.

— Bem, eu de fato gosto de antiguidades — comenta Ibrahim. — E também tenho bastante interesse por contrabando de heroína. A transgressão tem...

Elizabeth ergue uma das mãos para interrompê-lo.

— Donna andou checando os meus registros telefônicos.

— Olha só — diz Ron.

— Às 16h41, na terça-feira, eu fiz uma ligação para a Samantha Barnes.

Ibrahim ergue os olhos de suas anotações.

— E?

— E — continua Elizabeth — o número dela apareceu nos registros do celular como código 777.

28

O carro avança a passos de cágado no trânsito da A23, logo a norte de Coulsdon, mas Stephen, que vai na frente com Bogdan, parece estar curtindo o passeio. Não parou de fazer perguntas a Bogdan desde que saíram de Coopers Chase.

— Tem um museu — diz Stephen. — Em Bagdá. Já esteve lá?

É a segunda vez que faz esta pergunta.

— Se eu já fui a Bagdá? — pergunta Bogdan. — Não.

— Ah, precisa ir — comenta Stephen.

— Ok, eu vou — diz Bogdan.

O momento não era o ideal. Elizabeth queria não ter precisado interromper a reunião daquela forma, mas a agenda de Viktor é apertada e ela precisa vê-lo. E Viktor precisa ver Stephen.

Joyce os viu entrando no carro e nem acenou para se despedir. Talvez suspeite de que haja algo estranho. Elizabeth espera que a missão da amiga de falar com Samantha Barnes a distraia. Fora apenas um palpite feliz de sua parte, mera intuição, pedir a Donna para dar uma checada no número de Samantha e ver se ele aparecia como código 777. Kuldesh teria mesmo ligado para Samantha? Para pedir conselhos? Para lhe vender a droga?

Elizabeth tenta afastar essas perguntas da mente. Precisa se concentrar em assuntos muito mais importantes.

— Objetos que você não acreditaria — continua Stephen. — Com milhares de anos de existência. Faz a gente colocar as coisas em perspectiva. Você já tocou em algo de seis mil anos de idade?

— Não — diz Bogdan. — Talvez o carro do Ron?

— Nós precisamos ir pra lá, Elizabeth, todos nós. Fala com o nosso antigo agente de viagens.

— Agentes de viagens não existem mais — diz Bogdan, usando uma faixa exclusiva de ônibus para furar a fila do trânsito.

— Agentes de viagens não existem mais — repete Stephen. — Isso é novidade pra mim.

— Vou dar uma olhada nisso — diz Elizabeth. — Em Bagdá.

Ela daria tudo por uma viagem daquelas. O braço de Stephen ao redor de sua cintura. Vodca gelada ao sol do Oriente Médio.

Bogdan passa para o acostamento para ultrapassar outro carro.

— Você é um péssimo motorista — declara Elizabeth. — E ainda faz bandalha.

— Eu sei — admite Bogdan. — Mas prometi a você que chegaríamos até 13h23.

— Temos todo o tempo do mundo — comenta Stephen. — O tempo gira ao nosso redor, rindo de nós.

— Fala isso pro Google Maps — diz Bogdan.

— Pra onde nós estamos indo? — indaga Stephen.

Ele também já fez essa pergunta antes.

— Londres — responde Elizabeth. — Pra encontrarmos um velho amigo.

— Kuldesh? — pergunta Stephen.

— Não, não é o Kuldesh — diz Elizabeth.

Ela se sente culpada. Tem feito um sem-número de perguntas a Stephen sobre Kuldesh. Pessoas com quem costumava fazer negócios, esse tipo de coisa. Mencionara até Samantha Barnes e Petworth, mas não recebera nenhum lampejo como reação.

— Velho amigo meu ou velho amigo seu? — pergunta Stephen. — Podemos dar um pulo no Reform Club na volta? Eles têm um livro que eu estava procurando na biblioteca.

— Amigo meu, mas é alguém que você conhece — responde Elizabeth. — Alguém que pode ajudar.

Stephen vira a cabeça para trás em seu assento para encará-la.

— Quem é que está precisando de ajuda agora?

— Todos nós — afirma Bogdan. — Se for pra chegar lá até 13h23.

O trânsito não dá trégua até Battersea. Londres está entupida.

Elizabeth atualmente quase não sente falta da capital. Ela e Stephen iam para lá o tempo todo — exposições, peças, almoços no clube. Certa vez, tinham visto o professor Brian Cox dar uma palestra no Albert Hall. A majestade do cosmos. Todos viemos das estrelas, e a elas todos voltaremos. Elizabeth gostara da palestra, apesar de não ter curtido tanto os lasers.

Será que na época de fato compreendia que estava vivendo os melhores momentos da sua vida? Que estava no paraíso? Ela acha que sim, que tinha consciência de tudo aquilo. Entendia que havia recebido uma grande dádiva. Palavras cruzadas numa cabine de trem, Stephen com uma lata de cerveja na mão ("Só bebo cerveja em trens, em nenhum outro lugar, não me pergunte por quê"), os óculos quase na metade do nariz, lendo as pistas. O grande segredo era que, quando olhavam um para o outro, cada um achava ter dado uma sorte fenomenal.

Mas não importa o quanto a vida nos ensine que nada dura para sempre, ainda é um choque quando algo desaparece. Quando o homem que você ama com todas as fibras do seu ser começa a voltar para as estrelas, um átomo de cada vez.

E Londres? Londres é lerda, cinzenta e entupida. Um lugar que passou a ser preciso desbravar. É nisso que a vida se transformará sem Stephen? Uma marcha lenta de escapamentos e luzes de freios?

Bogdan tenta todas as artimanhas possíveis enquanto Stephen aponta os pontos turísticos.

— O Oval! O Oval, Elizabeth!

— Isso é um campo de críquete, não é?

— Você sabe muito bem que é — afirma Stephen.

Bogdan dirige na contramão por uma viela estreita de paralelepípedos. Eles chegam às 13h22.

29

Ibrahim começa a se desesperar. Seu carro já está bem no centro de Petworth e ainda não encontraram um estacionamento sequer. A cidade é uma graça — ruas de paralelepípedos, janelas floridas, lojas de antiguidades coladas umas nas outras —, mas ele não está conseguindo aproveitar o cenário. E se simplesmente não houver uma vaga? O que vão fazer? Parar ilegalmente? Nem pensar, senão aparece uma multa no para-brisa ou, pior, o carro é rebocado — e aí, como iriam voltar para casa? Ficariam retidos. Em Petworth. Que, por mais charmosa que pareça nos relatos dos guias de turismo, é um lugar completamente desconhecido para Ibrahim. Onde quer que esteja, o que quer que faça, a principal questão em sua mente é sempre: "Como eu vou chegar em casa?" Se o veículo fosse apreendido, seria impossível.

Ele tenta controlar a respiração. Está a ponto de dizer "bem, não temos onde parar, Joyce, vamos pra casa e tentamos outro dia" quando um Volvo dá marcha à ré saindo de uma vaga bem à sua direita. Tiraram a sorte grande.

— Hoje é o nosso dia! — exclama Joyce. — Devíamos jogar na loteria!

Ibrahim suspira, mas fica feliz pela oportunidade de ensinar a Joyce uma lição importante.

— Joyce, isto é exatamente o oposto do que deveríamos fazer. Ninguém tem "dias de sorte", apenas parcelas individuais de sorte.

— Ah — faz Joyce.

O espaço é amplo, aberto e acolhedor. Até os retrovisores podem relaxar.

— Tudo o que tivemos foi um bocadinho de sorte: a vaga que apareceu. Esperar um segundo bocado imediatamente depois do primeiro é loucura. Estes pequenos bocados de sorte, na realidade, de uma visão mais geral, equivalem a azar.

— Podemos sair do carro? — pergunta Joyce.

— A *razão* de eles equivalerem a azar — continua Ibrahim — é que nós poderíamos logicamente presumir que todos vamos ter direito ao mesmo número de momentos de sorte repentina na nossa vida. Deixei de lado por um momento a "sorte" que trazemos pra nós mesmos por meio de trabalho duro; aqui eu me refiro somente àqueles bocados de sorte que caem no nosso colo. A boa ventura, na definição dos poetas.

— Acho que o Alan precisa ir ao banheiro — comenta Joyce.

Alan, que não parava quieto no banco de trás, late em concordância.

— E se todos tivermos direito ao mesmo número de momentos de sorte repentina — prossegue Ibrahim, ajeitando o carro na vaga pelo que espera ser a última vez —, o melhor é não desperdiçá-la com coisas pequenas. Talvez você consiga pegar o ônibus no último instante ou encontrar a vaga perfeita, mas esses dois pedacinhos de sorte podem vir a significar que não reste mais nenhum desses momentos quando se tratar de algo grande, como, por exemplo, ganhar na loteria ou encontrar o homem dos seus sonhos. Você faria bem melhor em escolher um dia em que nós *não* tivéssemos encontrado uma vaga para, aí sim, jogar na loteria. Entende?

— Claro — diz Joyce, tirando o cinto de segurança. — Obrigada, como sempre.

Ibrahim não está convencido de que ela tenha entendido. Joyce às vezes fala essas coisas para agradá-lo. Muita gente faz isso. Mas ele está certo. Importante guardar a boa sorte para as coisas grandes e o azar para as pequenas. Joyce já saiu do carro e coloca a guia em Alan. Ibrahim sai também e olha ao seu redor. Agora que estacionou, pode apreciar a graça de lugar que Petworth é. E, caso tenha decorado o mapa corretamente, e decorou, a loja de antiguidades de Samantha Barnes deve ser subindo a rua logo à frente deles, pegando a segunda à direita e a primeira à esquerda. E o café onde Joyce quer almoçar, voltando na mesma direção, à esquerda, depois na primeira à direita. Ele baixou o menu para ela, mas não o imprimiu, porque é preciso começar por algum lugar. Ibrahim colou um post-it na impressora e outro na laminadora com a frase: *O que Greta Thunberg faria?*

Joyce vai à frente com um encantado Alan, que para e cheira incríveis novidades a cada poucos metros. Ele late para um carteiro, uma constante para Alan onde quer que se encontre, e tenta arrastar Joyce até o outro lado da rua quando avista outro cachorro. Eles pegam a segunda à direita, então a primeira à esquerda e se veem na porta da G&S ANTIGUIDADES — ANTERIORMENTE S&W ANTIGUIDADES.

O sininho na porta tilinta quando entram, naquela reconfortante atmosfera de cidade pequena. Avisada da visita por Elizabeth, Samantha

Barnes os espera com uma chaleira pronta e um bolo Battenberg. Elizabeth vai querer saber como é a aparência de Samantha Barnes. Ibrahim é péssimo em reparar nesse tipo de coisa, mas vai tentar. Ela está de preto e parece muito elegante. Ibrahim não se sente qualificado a ir além deste ponto em seus comentários. Apesar de que, concentrando-se para valer, ele percebe o cabelo escuro e o batom vermelho. Joyce saberá acrescentar os detalhes.

— Vocês devem ser Joyce e Ibrahim — diz Samantha.

Joyce pega a mão de Samantha.

— E Alan. Sim. Muita gentileza sua nos encontrar assim. Você deve ser muito ocupada.

Samantha faz um gesto apontando para a loja vazia.

— Estou intrigada para ouvir o que vocês têm a dizer. Tem uma tigela de água atrás do balcão, se Alan estiver com sede.

Agora é Ibrahim quem oferece a mão.

— Ibrahim. Você não acreditaria onde estacionamos. Simplesmente não acreditaria.

— Tenho certeza que não — concorda Samantha, apertando a mão de Ibrahim. Ela faz sinal para que se sentem e serve o chá. — Gostaria de saber que conversa é essa de heroína. Não tem muito a ver com Petworth.

— Heroína aparece por toda a parte — diz Joyce. — É só passar a reparar. Eu corto o Battenberg enquanto você serve o chá.

— E assassinato também?

— É perturbadoramente comum — afirma Ibrahim. — Nos disseram que a sua casa é fantástica, Sra. Barnes.

— Podem me chamar de Samantha — diz Samantha. — E quem teria mencionado isso?

— Pescamos coisas aqui e ali — responde Joyce.

Ibrahim percebe que, na ausência de Elizabeth, Joyce está canalizando a amiga, e curtindo.

— Bem, a regra aqui é a seguinte: quem pesca coisas aqui e ali paga por elas — declara Samantha. — Leite e açúcar?

— É leite normal? — pergunta Joyce.

— É claro — responde Samantha.

Joyce assente.

— Só leite pra nós dois. Você ficou sabendo que nosso amigo Kuldesh Sharma foi assassinado?

— Sim, li a respeito no jornal da região. E o que vocês acham? Que eu matei ele, que eu sei quem matou, que posso ser a próxima vítima? Qualquer que seja o caso, me parece ser bastante emocionante.

— Estávamos apenas torcendo para que você pudesse ter alguma informação — diz Ibrahim. — Achamos que alguém usou a loja do Kuldesh para vender um carregamento de heroína. Muito coisa de filme, você acha?

Samantha sorve o chá.

— De filme? Nem um pouco. Não diria que aconteça todo dia no ramo de antiguidades, mas a gente ouve falar desse tipo de coisa.

— E alguém já pediu a você que fizesse o mesmo? — indaga Joyce.

— Nunca — afirma Samantha. — Nem ousariam.

— Parece então que Kuldesh decidiu agir por conta própria e vender a heroína ele mesmo — diz Ibrahim. — Isso saiu no jornal da região?

— Não saiu — responde Samantha. — Sabem pra quem ele vendeu?

— É por isso que estamos aqui — revela Joyce. — Esse Battenberg, aliás, está divino. É da Marks & Spencer?

— Foi meu marido Garth quem fez.

— Ele é um gênio — elogia Joyce. — Não estamos aqui pra meter o bedelho nos seus negócios, nem acusar você disso ou daquilo. É só que me parece que você é dona de uma loja de antiguidades modesta...

— E no entanto ganha um dinheiro absurdo — completa Ibrahim.

— E por isso nos ocorreu — continua Joyce —, ou pelo menos ocorreu a Elizabeth, que você pudesse ser uma boa pessoa a consultar sobre uma interseção entre as antiguidades e o crime. Soa como uma suposição razoável?

— Certamente não sei o que você quer insinuar — diz Samantha. — Mas eu posso oferecer uma perspectiva de amadora, se acharem que isso pode ajudar.

— É só isso mesmo — diz Ibrahim. — Mais um par de olhos.

Joyce continua:

— Se você estivesse a ponto de pôr as mãos em uma grande quantidade de heroína...

— Grande quanto? — interrompe Samantha.

— No valor de cem mil libras ou algo do tipo — responde Joyce. — Pensaria em vender para quem? Há algum personagem furtivo de quem se lembre?

— Assim, de repente, não — diz Samantha.

— Há uma hipótese — intervém Ibrahim —, e não passa disso, de uma hipótese, de que, se Kuldesh estivesse pensando em vender a heroína, poderia ter ligado para você.

— É mesmo? — diz Samantha, sorvendo seu chá. — E de onde teria vindo essa hipótese?

— Kuldesh fez uma ligação para um número não rastreável — explica Ibrahim. — Um pouco antes de morrer. E, por razões totalmente inocentes de foro íntimo, tenho certeza, você tem um número não rastreável. Tendo isso em mente, conjecturamos se não seria a personagem furtiva que nós buscamos.

— Hum — murmura Samantha. — Essa é uma pressuposição e tanto. E caluniosa, por sinal.

— Como você ganha dinheiro? — pergunta Joyce, soprando o chá para esfriá-lo. — Se me permite ser enxerida.

— Com antiguidades — diz Samantha.

— Estávamos olhando a sua casa no Google — comenta Joyce. — Esse negócio de vender chapeleiras deve render um absurdo.

— Farei eu mesma algumas buscas no Google depois que vocês forem embora — devolve Samantha.

— Alguma ocupação secundária? — pergunta Ibrahim.

— Dou aula de *line dancing* no Seniors Club — diz Samantha. — Mas é como voluntária.

— Enfim — retoma Joyce, cujo chá esfriou o bastante para um gole. — Heroína.

A porta da loja se abre e o corpanzil de um homem de casaco grosso e gorro de lã ocupa todo o batente. Ele então se abaixa e entra.

— Garth, querido — diz Samantha. — Estes são a Joyce e o Ibrahim.

— E o Alan — lembra Joyce.

Garth olha para os dois, um olhar sem expressão, depois encara Samantha e dá de ombros. Alan vai rápida e animadamente ao encontro do recém-chegado, mas Garth parece nem reparar nos seus pulos.

— Pelo que soubemos, foi você quem fez esse Battenberg — diz Joyce, com o garfo na mão. — Está realmente delicioso.

— Farinha processada em moinho de pedra — comenta Garth.

— Garth, querido — diz Samantha. — Joyce estava querendo saber quem possivelmente compraria um carregamento de heroína avaliado em cem mil libras.

Garth encara Joyce.

— Você está vendendo heroína?

— Não — responde Joyce, rindo. — Um amigo nosso. Apesar de que, se você nos der mais uns dois anos, eu não descartaria essa hipótese.

— Alguém cavou a própria cova — explica Samantha. — Algum negócio que deu ruim. A heroína desapareceu, aí estão aqui em busca da nossa opinião embasada.

— Não sei de nada disso — diz Garth. — Pergunta curiosa para uma quinta-feira.

— Não é? — concorda Samantha.

Alan está injuriado com a falta de atenção de Garth. Está lançando mão de todos os truques que conhece, mas o homem nem olha para ele. Garth está pensando, como se fosse um poderoso supercomputador acordando. Ele olha fixo para Joyce.

— Você sabe onde está a heroína agora, senhora?

— Joyce — diz Joyce. — Não, não sei. Voando por aí. Deve estar com alguém. Alguém deve ter pegado, não é? Você não diria o mesmo, Garth?

— Com certeza está em algum lugar — responde ele. — Vocês fazem alguma ideia? Têm alguma intuição?

— Pra quem você ligaria, Garth? — pergunta Joyce. — Se do nada aparecesse na sua gaveta uma caixinha cheia de heroína?

— Eu chamaria a polícia — retruca Garth, fazendo um aceno de cabeça para Samantha. — Não é, meu amor?

— Com coisa ilegal, é ir direto para a polícia — concorda Samantha. — Neles, a gente confia de olhos fechados.

Joyce sorve seu chá.

— Vocês acreditam estarem próximos de achar essa heroína? — pergunta Samantha. — Quer mais chá, Joyce?

— Minha bexiga hoje em dia não comporta duas xícaras de chá — comenta Joyce. — Eu já fui um camelo para esse tipo de coisa.

— Nós vamos achá-la — afirma Ibrahim. — Tenho fé nisso. Se quiserem a minha ponderada opinião…

Garth, em quem Alan continua a saltar, desvia o olhar de Ibrahim para Joyce.

— Esse cachorro é uma figura, por sinal.

— Pode fazer carinho nele, se quiser — oferece Joyce. — Ele se chama Alan.

Garth faz que não.

— Tem que se fazer de difícil com cachorros. Eles têm que fazer por merecer.

— Com certeza — diz Ibrahim, afanando uma bala de menta para o seu bolso.

— Ibrahim, eu tenho uma pergunta — diz Samantha. — Sobre o homem que levou a heroína para a loja. Você por acaso saberia quem era?

— Nós sabemos — responde Ibrahim. — Na verdade, estivemos com ele. Até pareceu gente fina, ainda que dado a uns rompantes. Mas talvez isso seja da natureza do negócio, não é mesmo? Vender drogas não é como vender sapatos, certo? Ou antiguidades. Deve atrair um certo tipo…

Garth ergue uma das mãos para interromper Ibrahim.

— Preciso que você fale menos. Tenho baixa tolerância ao tédio. Nasci assim, e nenhum médico consegue remediar.

— Entendo — diz Ibrahim. — Baixa tolerância ao tédio costuma significar…

Garth ergue a mão mais uma vez. Ibrahim, com alguma dificuldade, se contém. Uma chateação isso, pois tinha uma observação bem interessante a fazer. É tão comum as pessoas o interromperem quando mal começou a desenvolver seu raciocínio… É muito frustrante. O mundo perde tanto por não dar a Ibrahim tempo suficiente para voar alto. A sociedade atual padece de um déficit de atenção, com toda a certeza. O excesso de estímulos do mundo moderno basicamente destruiu… Ibrahim se dá conta de que alguém acabou de lhe fazer uma pergunta.

— Perdão, o que foi?

— Eu estava perguntando qual é o nome desse cidadão — diz Samantha, cortando mais uma fatia do Battenberg de Garth.

— É o Sr. Dominic Holt — responde Ibrahim. — De Liverpool.

— Já teriam ouvido falar dele? — pergunta Joyce.

— Dominic Holt? — Samantha olha para Garth.

Garth faz que não.

— Não sabemos quem é — diz Samantha. — Sentimos muito.

Mas Ibrahim, que aceita de bom grado mais uma fatia do Battenberg, apostaria a sua vaga de estacionamento em Petworth que os dois estão mentindo.

30

— Elizabeth me pediu para conversar com você, Stephen — diz Viktor. — Uísque?

— Eu não deveria. Estou dirigindo, e sabe como são essas coisas hoje em dia — responde Stephen.

Os dois estão acomodados em um largo sofá branco em semicírculo no enorme apartamento de cobertura de Viktor. Londres se descortina perante os dois por meio das janelas panorâmicas. Elizabeth e Bogdan foram para o lado de fora. Estão sentados no terraço de Viktor, agasalhados para se protegerem do frio.

— Stephen, você sofre de demência — afirma Viktor. — Sabe disso, não sabe?

— Ah, hum, tem se falado disso, né? Ainda tenho alguma lenha pra queimar. A bateria não zerou ainda.

— Elizabeth não te entrega esta carta todas as manhãs? — Viktor tem nas mãos a carta escrita por Stephen para si próprio.

Stephen a pega e dá uma olhada.

— Sim, eu conheço essa carta.

— Acredita nela?

— Acho que sim, acho que é minha única opção.

— É uma carta muito corajosa — elogia Viktor. — Muito sábia. Muito triste. Elizabeth me disse que vocês dois não têm certeza do que fazer, certo?

— Me refresca a memória, quem é você mesmo?

— Viktor.

— Sim, eu sei que se chama assim, no caminho pra cá era um tal de "Viktor isso", "Viktor aquilo". Mas *quem* é você? Por que nós estamos aqui?

— Eu fui um oficial de alta patente da KGB — relembra Viktor. — Hoje em dia, digamos que eu seja uma espécie de juiz de disputas entre criminosos internacionais. Eu resolvo estas questões.

— E como você conhece a minha esposa?

— Eu conheci a Elizabeth quando ela era do MI6, Stephen.
Stephen olha para a sacada. Olha para a esposa.
— Essa daí, sempre na moita.
Viktor assente.
— Sempre mesmo.
— Sabe, quando eu era garoto, tinha um ônibus, um ônibus elétrico — diz Stephen. — Sabe do que eu estou falando?
— Tipo um ônibus mesmo?
— Sim, tipo um ônibus. Não é bem um ônibus, mas tipo um ônibus. Preso a uns cabos suspensos. Circulavam por toda Birmingham, que é de onde eu venho. Você não diria que eu sou de Birmingham, diria?
— Não — responde Viktor. — Não diria.
— Pois é, apanhei tanto na escola por causa disso que nem tem mais como saber. Tinha um ônibus elétrico que vinha do centro e passava no final da minha rua. A gente morava numa ladeira íngreme, e assim não precisávamos subir a pé. O ponto era bem no centro. Pra ir de casa pra lá, a gente não pegava o ônibus elétrico porque, sabe como é...
— Já era descida mesmo — completa Viktor.
— Já era descida mesmo — confirma Stephen. — Mas aí é que tá, meu amigo, aí é que tá. Sabe qual era o número daquele ônibus?
— Não — diz Viktor. — Mas você sabe.
— Era o 42 — revela Stephen. — E nos sábados era o 42a. Domingo não tinha.
Viktor assente novamente.
— E disso eu me lembro, com toda a nitidez. Está vívido na minha mente. Mas que a minha esposa trabalhou pro MI6, eu não sabia. Imagino que ela tenha me contado.
— Contou — diz Viktor.
— Como é para a Elizabeth? — pergunta Stephen. — Viver comigo?
— É muito difícil.
— Não foi pra isso que ela se casou comigo, né? — comenta Stephen.
— Não, mas ela se casou por amor. E ela te ama muito. Você tem sorte.
— Sorte? Você também tem uma quedinha por ela, então?
— Todo mundo tem, não é mesmo?
— Não exatamente, meu amigo — comenta Stephen. — Que eu saiba, só eu e você.
Os dois sorriem.

— Ela confia em você — afirma Stephen.
— Confia — concorda Viktor. — Então fale um pouco comigo, sobre como você se sente.

Stephen respira fundo.

— Viktor, dentro da minha cabeça, enquanto eu ainda consigo explicar... As coisas não andam mais. O *mundo* segue em frente, eu entendo isso, eu sinto isso. Não *para* de avançar. Mas o meu cérebro fica dando meia-volta. Até mesmo agora eu fico revertendo. Parece uma banheira, quando alguém tira a tampa do ralo. Fica aquele redemoinho, gira, gira e gira, e, a cada giro, aparece algo novo, algo que eu não entendi, e fico lá tentando me agarrar. E isso é nos melhores dias, quando eu ainda capto alguma coisa.

— Eu entendo — afirma Viktor. — Você explica bem.

— O ônibus 42, Viktor, é ali onde estou. Todo o resto é ruído vindo de cima, palavras que eu não ouço.

— Stephen, estou aqui pra ajudar. Assim espero — diz Viktor. — Pra ouvir, e pra ver o quanto você está sofrendo. É isso o que Elizabeth quer saber. E ela sabe que você não vai contar a verdade caso ela pergunte. Por isso precisa que eu pergunte.

Stephen entende.

— Acho que eu já sei a resposta para essa pergunta — declara Viktor. — Acho que a sua expressão já me diz. Mas você está sofrendo muito?

Stephen sorri e encara o chão. Depois olha para Elizabeth e Bogdan no terraço e finalmente de volta para Viktor. Ele se inclina para a frente e coloca a mão no joelho de Viktor para se firmar.

— É isso, meu chapa, é isso. Um sofrimento que não tem nem como você imaginar.

31

Joyce

Acabei de fazer um bolo Battenberg com farinha processada em moinho de pedra. Garth tem razão. Mesmo assim, não chegou a ficar tão bom quanto o dele, o que me faz suspeitar que ele ainda esteja escondendo algo. Se nos encontrarmos de novo, vou perguntar.

E tenho a impressão de que vamos nos encontrar de novo. Vocês não acham?

Acho que tanto Ibrahim quanto eu reparamos que Samantha Barnes e Garth estavam mentindo. Mas sobre o quê? Porque certamente sabem mais do que contaram.

De qualquer forma, bolo ele sabe fazer.

Foi tão divertido ir a Petworth ontem! Depois de visitarmos Samantha e Garth, demos um giro por algumas lojas. Comprei uma ferradura, porque achei que o Gerry gostaria disso, e Ibrahim, por razões que só perguntando a ele, comprou uma antiga placa de rua de Londres, da Earls Court Road. Ele disse ter sido porque parecia algo bem régio, mas eu não fiquei lá muito convencida. Deve ter algum motivo, Ibrahim sempre faz as coisas por algum motivo. Eu quis saber o que está havendo com Ron e Pauline, mas ele falou que ia me perguntar a mesma coisa. Acho que podem ter terminado. Seria uma pena. É sempre uma tentação interferir quando a gente sabe que alguém está cometendo um erro, não é?

Assim que chegamos em casa, dei um pulo na Elizabeth para fazer um relatório completo, mas ela ainda não tinha voltado. Onde quer que tenha ido com Stephen e Bogdan, não foi uma visita rápida.

Será que estariam indo olhar um asilo? Para Stephen? Prefiro não falar muito sobre isso por ora. Em breve saberemos. Enfim, o Battenberg é para ela, caso queira.

Acabei decidindo não assar *scones* para a Connie Johnson. Ron está certo sobre isso. Fora que, segundo me disse o Ibrahim, Connie recebe entregas frequentes de uma rede de padarias conhecida. Os meus *scones* iam ficar sobrando. Abriu uma filial dessa rede em Fairhaven, inclusive, e, apesar de eu ainda preferir a cafeteria vegana perto da orla, Donna me sugeriu experimentar os folheados de linguiça, e confesso que estou vidrada. Geralmente acabo tomando chá e comendo um muffin na Nada com Batimento e, a caminho do micro-ônibus, compro um folheado para levar para casa e depois esquentar para comer assistindo a um episódio de *Bergerac*.

Uma vez, quando cheguei em casa, esqueci que tinha um folheado na bolsa. Assim que voltei para a sala, me deparei com meus batons e minha carteira no chão e Alan se fazendo de inocente e com a boca cheia de farelo.

Ainda não consegui encontrar nada on-line sobre aquele novo homem que vai se mudar para cá, Edwin Mayhem, o que só o torna mais misterioso e instigante para mim. Se ele não chegar de motocicleta, vou ficar muito desapontada.

Amanhã é sábado, e parece que nada nunca acontece nesse dia, não é? A não ser que você goste de esportes. Aí tudo acontece no sábado. Espero conseguir contar para a Elizabeth como foi a nossa missão, mas ela parece estar com outras coisas na cabeça.

O que é inteiramente compreensível, só que ainda não chegamos nem perto de encontrar o assassino ou a heroína, então quem sabe não é hora de eu assumir o comando um pouco?

Joyce no comando. Não sei. A verdade é que não sou muito fã disso; prefiro receber ordens. Mas gosto que me ouçam, então talvez seja a hora de ser corajosa.

Porque, na ausência da Elizabeth, quem ficaria no comando?

Ibrahim?

Ron?

Até eu mesma acabei rindo dessa última ideia. Enfim, desde que nada muito impactante ocorra até Elizabeth dar as caras outra vez, vai ficar tudo bem. E, como eu digo, nada nunca acontece num sábado.

Bons sonhos para todos.

32

Donna às vezes prefereria estar no Clube do Crime das Quintas-Feiras, e não na polícia. No Clube do Crime das Quintas-Feiras não precisa usar uniforme, bater continência para babacas nem se preocupar com o código de conduta da polícia, precisa? Eles conseguem resultados, e Donna conclui que, se lhe fosse permitido plantar drogas, apontar armas para as pessoas, forjar mortes e envenenar suspeitos, ela provavelmente conseguiria resultados também.

Hoje é a sua primeira tentativa de descobrir.

A rigor, ela não deveria estar fazendo isso, claro que não. Mas Donna havia sentido o impacto da presença da investigadora-sênior Regan. Chris é mais duro na queda, mas Donna quer muito dar o troco em Regan e na Agência Nacional do Crime. E talvez queira provar a Elizabeth que também é capaz de quebrar uma regra ou outra. Portanto, vai descobrir hoje algumas coisinhas a respeito de Dominic Holt. Que mal poderia fazer?

Sem contar que nunca foi a uma partida de futebol antes, e assim consegue passar duas horas na companhia de Bogdan e ainda dizer que está trabalhando.

O camarote começa a encher para o jogo de sábado à tarde. Do lado de dentro, onde é mais quente, há um bufê e um bar. Do lado de fora, neste momento isolados por portas de correr, vinte assentos, todos voltados para o meio do campo. O gramado está lindo, como um anfiteatro verde-esmeralda. Nada a ver estragá-lo com um jogo de futebol, mas fazer o quê?

Donna nunca atuou à paisana antes. Não que esteja aqui oficialmente à paisana. Chris a mataria se soubesse o que ela está fazendo. Esta incursão é totalmente na encolha. Chris se encontra neste momento na loja de jardinagem com a mãe dela, que se preocupa com a falta de oxigênio no apartamento dele.

Donna tinha achado que sua presença poderia dar na vista, mas até agora todos que colocaram o pé no camarote haviam tido óbvia e comicamente se esforçado tanto para cumprir com o traje exigido — gravata, blazer, nada de jeans nem de tênis — que todos pareciam policiais à paisana. Bogdan lhe traz um espumante inglês. É de uma vinícola local, que faz visitas guiadas. Ele mesmo está bebendo água sem gás, pois a gasosa faz mal ao esmalte dos dentes.

— Ele ainda não chegou? — pergunta Bogdan, olhando ao redor.

Donna faz que não. O camarote é da Concessionária de Automóveis Musgrave, uma empresa de verdade, legítima, pelo menos até onde o computador do Ministério do Interior saiba informar. Estatisticamente, ainda deve haver algumas empresas legítimas por aí.

Donna se serve de um folheado de linguiça vegana. Sempre que o time joga em casa, Dave Musgrave convida amigos e clientes para assistir à partida, beber um pouco, quem sabe fechar um negócio ou outro. Sabe-se lá por quanto sai todo este circo, mas Donna imagina que valha a pena. Ninguém precisa vender muitos Range Rovers e Aston Martins para custear alguns folheados de linguiça.

Donna vê Dave Musgrave caminhando na direção deles.

— Você consegue jogar conversa fora? — pergunta rapidamente a Bogdan.

— Ficar de papo furado? Claro — diz Bogdan.

— Tem certeza? Nunca te vi fazer isso.

— Fácil — declara Bogdan. — Morei aqui muito tempo. É só falar alguma coisa sobre golfe.

Dave Musgrave se aproxima e estende a mão para Bogdan. Nem olha para Donna ou registra sua presença. Tudo bem. Se precisar escolher entre homens que não dão atenção nenhuma a mulheres e aqueles que dão atenção demais, ela sempre vai preferir a primeira opção. E passar o mais desapercebida possível lhe convém. Ainda está aflita com a chance de que alguém que ela tenha prendido vá ser o próximo a entrar pela porta e reconhecê-la. Afinal, é futebol.

— Você é o Barry? — pergunta Dave Musgrave a Bogdan.

— Sou o Barry — responde Bogdan.

— Nicko diz que você é foda!

"Nicko" é um amigo de Bogdan. Nicholas Lethbridge-Constance. Inventou um tipo de turbina eólica portátil e se aposentou aos cinquenta anos com os lucros. Bogdan já fez alguns serviços para ele. Só trabalho de construção, ou assim espera Donna — acha mais sensato não fazer perguntas demais. Nicko fizera a ponte de bom grado, sem nem se abalar com o nome falso que Bogdan lhe pedira para usar. Bogdan realmente é um empreiteiro de mão cheia.

— Nicko me disse: "O Dave é um cara legal" — comenta Bogdan. — Ele falou: "Os carros são bons, o preço é bom, só é ruim de golfe."

Dave solta um urro e dá um tapa nas costas de Bogdan.

— Ah, de você eu gostei, Barry! De você eu gostei!

— Você gosta de mim, eu gosto de cerveja! — exclama Bogdan, devolvendo o tapa nas costas de Barry.

Dave urra de novo.

— Cerveja, olha só o cara! Esse é uma figura!

Certo, Bogdan sabe jogar conversa fora. Por que ela havia chegado a duvidar disso? Donna vai checar a mesa do bufê novamente e deixa os homens conversarem. Há um prato de camarões, mas ela sempre fica em dúvida sobre quais partes são para comer e quais são para jogar fora. Opta por um gurjão de frango.

— E aí, Bazza, quanto vai ser esse jogo? — pergunta Dave a Bogdan.

Putz. Bogdan é um expert em muita coisa, mas futebol não é uma delas.

— Acho que 3 a 1 — responde Bogdan. — Essa defesa do Everton é uma peneira, toma gol o tempo todo, já tá geral velho. O Welbeck e o Mitoma colocam eles no bolso. E se o Estupiñán começar como titular, aí acabou de vez.

Então era *isso* o que ele estava fazendo no celular ontem à noite enquanto ela via *Duro de Matar*.

— Tomara, Bazza — diz Dave. — Queria dar o troco nesses escrotos de Liverpool. Ihh, olha aí, falando no diabo!

Dave Musgrave se virou para a porta. Donna acompanha seu olhar. Dom Holt acaba de entrar, parecendo muito seguro de si com suas roupas caras. Até que enfim alguém que não parece um policial à paisana. Dave larga Bogdan e vai cercar a nova e mais lucrativa presa.

Será que vão descobrir algo que já não saibam? Testemunharão algum vacilo fatal de algum homem distraído pelo jogo e com a língua solta pela bebida? Alguma pecinha que ela possa entregar para Chris? Só resta torcer. Seja como for, Dom Holt está envolvido até o pescoço (onde leva um cachecol de caxemira) no assassinato de Kuldesh Sharma. E se ela tiver que aguentar noventa minutos de futebol para provar, vai valer a pena. Trouxe um livro, só por segurança, e se pergunta se vão criar caso por ela ficar lendo.

Ela pensa em Chris, seu chefe, empurrando um carrinho entre os arbustos na loja de jardinagem, de braços dados com a mãe dela. Sinto muito, Chris, mas às vezes alguém precisa pensar fora da caixinha, e nunca vai ser você a fazer isso.

33

Chris vira a segunda taça de espumante inglês. Duas são cortesia da visita. Da terceira em diante, é preciso pagar à parte.

A rigor, Chris nem deveria estar ali, mas adoraria dar o troco na investigadora-sênior Regan. Não deveria ser tão mesquinho. Não deveria ter ficado mordido, deveria ter sido forte como Donna, mas fazer o quê? Duas taças de espumante, uma tarde com Patrice e, em algum momento, uma pausa em que dê para sumir rapidinho e xeretar o entorno do galpão da Sussex Logística, do outro lado do estacionamento. Donna o mataria se soubesse que ele está ali; Chris deveria estar na loja de jardinagem. A parceira fora com Bogdan a uma exposição de arte em Hastings. Algo que ele não desejaria a ninguém.

Embora a mulher do café em Brighton tivesse identificado Dom Holt — assim como fizera o Clube do Crime das Quintas-Feiras —, acredite se quiser, o depoimento não seria aceito em um tribunal. Impossível que fossem conseguir um mandado de busca contra a Sussex Logística. Mas não mesmo. Então Chris considerou ser a hora de arregaçar as mangas.

Não é da sua natureza, de forma alguma, mas ele já está começando a ficar cansado de ver Elizabeth e sua turminha animada tomarem atalhos que ele próprio não pode tomar. Não é justo. Chris está determinado a solucionar este caso antes da investigadora-sênior Regan e, sendo bem sincero, antes do Clube do Crime das Quintas-Feiras também. Adoraria ver a cara de Elizabeth quando ele encontrasse a heroína e descobrisse o assassino de Kuldesh. E, onde quer que o Clube do Crime das Quintas-Feiras esteja hoje — talvez dando início a um tiroteio na cratera de um vulcão? —, arrombar a Sussex Logística eles não vão, disso ele tem certeza.

Outro que não estará por lá hoje é Dom Holt, Chris tem quase certeza disto. O Brighton vai jogar contra o Everton alguns quilômetros litoral abaixo. Um homem como Dom Holt estará em algum camarote. Chris sempre teve vontade de ir a um camarote de estádio. Já os viu algumas vezes, no

Crystal Palace: bebida e comida, assentos confortáveis, temperatura agradável, homens se cumprimentando. Quem sabe um dia. Devia ter sido muito mais fácil ser policial nos anos 1970, quando a propina rolava solta. Vem à sua mente um velho inspetor, da época em que Chris estava entrando no departamento, que conseguiu ingressos para o camarote real de Wimbledon só por deixar que uma prova vital de um caso se extraviasse.

Quem sabe a Sussex Logística vá estar vazia, sem vigias no fim de semana. Chris tem ouvido muita coisa sobre o chefe de Dom Holt, Mitch Maxwell, que outro dia fez uma visita ao Clube do Crime das Quintas-Feiras, mas ele mora em algum canto para os lados de Hertfordshire e quase nunca se envolve diretamente nas atividades.

Será que haveria alguma janela ou porta contra incêndio esquecida aberta? Claro, vão existir alarmes, mas Chris é versado em desligá-los. E, caso chamem a polícia, ele está com seu rádio, e assim pode ser o primeiro a aparecer no local para investigar o arrombamento.

A degustação já terminou e foi sugerido que as pessoas aproveitem para ir ao banheiro antes que o tour da vinícola comece. Chris achou que iriam ver um vinhedo, mas vinhedo é uma coisa e vinícola é outra. Quanta coisa está aprendendo hoje.

Ele olha para Patrice e faz um sinal com a cabeça na direção da porta. Ela retribui. Não poderia ter ficado mais empolgada quando ele apresentou o plano ("Eu vou estar numa tocaia *de verdade*? Até que enfim um encontro decente!"). Esgueirando-se de fininho para o lado de fora, sob o ar gelado, ele pega a mão dela e beija.

— Pronta para infringir algumas leis, madame?

— Para o meu bom senhor, sempre — diz Patrice. — Donna mataria a gente, não é?

— Ela está numa exposição de arte em Hastings — responde Chris. — É capaz de se matar primeiro.

34

Bogdan conseguiu ocupar o assento ao lado de Dom Holt. Precisou dar uma cotovelada de leve numa criança para que ela saísse do caminho, mas não iria deixar Donna na mão. Acomoda seu físico musculoso em um assento que mal o comporta. Ele e Dom Holt se cumprimentam com acenos de cabeça, como estranhos em um trem. Bogdan retira de seu casaco um cachecol do Everton e cobre os ombros gigantescos com ele. Isto chama a atenção de Dom.

— Torcedor do Everton? — pergunta ele.

— Sim, Everton — afirma Bogdan. — Acho que sou o único.

— Era nisso o que eu estava pensando — diz Dom, estendendo a mão. — Então agora somos dois. Eu sou o Dom.

Bogdan a aceita. Aperto de mão firme. Não que isso faça diferença. Algumas das piores pessoas que Bogdan já conheceu tinham apertos de mão firmes.

— Eu sou o Barry. Não é meu nome verdadeiro. Meu nome verdadeiro é polonês.

— Problema nenhum — diz Dom. — E como é que a porra de um polonês acabou virando torcedor do Everton? Coitado…

— Meu avô dividiu uma cela com um assassino inglês. Ele era torcedor fanático do Everton. Aí matou um guarda e atiraram nele, e meu avô nunca mais viu o cara, mas a nossa família virou Everton.

Dom assente.

— Bacana, Bazza. Tô achando que a gente não ganha desses caras. E você?

— Não sei por que eu faço isso toda semana — comenta Bogdan. — Esses jogos ainda vão me matar.

Bogdan percebe a presença de Donna no assento imediatamente atrás de Dom Holt. Prestando atenção. Bogdan dissera que não seria necessário e que ele ia se lembrar de tudo, mas Donna é uma mulher independente.

— Como você conhece o Davey Musgrave? — pergunta Dom.

— Eu conheço um cara que conhece ele — diz Bogdan. — Fiz um favor pra ele.

— Trabalha com o quê?

— Um serviço aqui, outro ali — diz Bogdan.

— Mais uma coisa que temos em comum — declara Dom. — Também sou dessa área.

O jogo começa e Bogdan se atém a conversar com Dom Holt sobre o que ocorre dentro de campo.

— Iwobi não tem pra quem passar a bola. Cadê o ataque?

— Pode crer, cara, pode crer.

Bogdan quer que Donna se orgulhe dele. O Natal foi um sonho. Acordar tarde, ver reality shows australianos, perder em jogos de tabuleiro. Bogdan não tinha ninguém que gostaria que se orgulhasse dele desde a morte da mãe. A sensação é boa.

Com dez minutos de jogo, o Everton toma um gol e os dois homens fecham a cara juntos. O Brighton faz outro gol aos vinte e cinco minutos e a atenção deles começa a se dispersar da partida.

— Você atua aqui pela área? — pergunta Dom.

— Em Fairhaven — responde Bogdan. — Mas, sabe como é, viajo também. Por toda parte. Se aparece um serviço, Barry está lá.

— Estava querendo sentar perto de mim? — questiona Dominic Holt.

Ele mexe no celular, sem olhar para Bogdan.

— Hein? — diz Bogdan.

— Você veio direto se sentar do meu lado.

— O lugar é bom — justifica Bogdan. — E o seu casaco é bonito.

Dom continua a olhar o celular.

— Eu acho que o seu nome é Bogdan Jankowski.

— Eu não sei mentir — afirma Bogdan. — Bem queria saber. Sua pronúncia de polonês é ótima.

— E essa aqui atrás de nós é a policial Donna de Freitas.

Dominic se vira em seu assento e oferece a mão a Donna.

— Dom Holt — diz ele a Donna, que aceita a mão estendida. — Você já sabia.

Bogdan estragou tudo.

— Esquema engraçado esse — comenta Dom. — Você e seu namorado? É prática habitual da polícia de Kent? Ou isso aqui é na encolha?

— Só viemos ver o jogo — responde Donna. — Não estamos infringindo nenhuma lei.

— Sabe o nome de algum jogador do Everton?

— Não faço a menor ideia — diz Donna. Bogdan a treinara para isso na noite anterior, só para qualquer eventualidade. Mas, sério, quem é que tem tempo para isso? — Você sabe dizer o nome de alguma das Sugababes?

— Por mim, hoje já deu — declara Dom Holt, se levantando. — Dessa vez vou deixar passar, eu entendo. Mas se vir qualquer um dos dois me seguindo de novo, vou prestar queixa. Estamos combinados assim?

— Cadê a heroína, Dom? — pergunta Donna em voz baixa. — Você está procurando também? Ou foi você mesmo quem roubou?

— Dá pra ver por que tiraram o caso da mãos de vocês e passaram pra Agência Nacional do Crime — responde Dom no mesmo tom sussurrado. — Amadora.

O Brighton faz o terceiro gol e Dom fica desanimado, em meio aos torcedores em delírio. Bogdan leva a mão em concha ao ouvido de Dom.

— Donna está sendo educada. Eu conhecia Kuldesh Sharma. Se você matou ele, eu vou matar você. Tá entendido?

Dom Holt dá um passo para trás e absorve a ameaça de Bogdan. A torcida volta a se sentar. Ele olha para Bogdan e Donna.

— Aproveitem o jogo.

35

Anthony tem como regra não fazer visitas a domicílio. Mas certas regras existem para ser quebradas.

Elizabeth lhe preparou um chá e está sentada no sofá, observando Anthony cortar o cabelo de Stephen. Esse corte deveria ter sido feito antes da visita a Viktor, mas Viktor não é de se importar com esse tipo de coisa.

— Como a Elizabeth te fisgou? — pergunta Anthony a Stephen. — Estou de cara no chão. Você tem um Clooney nas mãos, Elizabeth.

— Clooney? — pergunta Stephen.

— Como é viver com ela, Stephen?

Stephen olha para Anthony no espelho.

— Desculpe, estou meio por fora...

— Anthony — completa Anthony, desbastando o cabelo em torno das orelhas de Stephen. — Como é viver com a Elizabeth?

— Com a Elizabeth?

— É, quer dizer, nós todos curtimos uma mulher forte, não é? — comenta Anthony. — Mas certamente deve haver um limite. Quer dizer, todo mundo gosta da Cher, mas imagina viver com ela? Tudo bem por umas duas semanas, sair dançando pela cozinha, mas ia chegar um momento em que você ia querer uma folga.

Stephen sorri e assente.

— Sim, me parece lógico.

— Anthony sempre corta o seu cabelo, Stephen — lembra Elizabeth.

A volta para casa na quinta-feira, depois da visita a Viktor, havia sido silenciosa. Stephen tinha caído no sono. Elizabeth e Bogdan sabiam que não havia mais nada a debater naquele momento.

— Ah, é? — diz Stephen. — Tenho uma vaga lembrança. Não sei exatamente de onde, mas isso é mais questão minha. Nem sempre estou por dentro do lance.

— Eu tenho um daqueles rostos comuns, não é? — tenta Anthony, passando o pente na parte da frente do cabelo de Stephen, procurando o ângulo exato por onde atacar. — Me misturo com a multidão. Útil para quem quer evitar a polícia, um pesadelo no Grindr.

— Eu estou bem grisalho — comenta Stephen, examinando a si próprio.

— Que nada — rebate Anthony. — Elizabeth está grisalha, o seu cabelo é um tom de platina polida.

— Você faz um trabalho tão maravilhoso, Anthony! — elogia Elizabeth. — Ele não ficou bonito?

— Esse aqui é bonitão — concorda Anthony. — Olha essas maçãs do rosto! Você na Parada do Orgulho de Brighton, nossa, Stevie... não ia prestar. Alguém iria te carregar pra um Airbnb e se fartar.

— Você é de Brighton?

— Portslade — responde Anthony. — Dá no mesmo, não dá?

— Será que conhece o meu amigo Kuldesh?

— Vou ficar de olho pra ver se o encontro — diz Anthony.

— Aquele ali tem a cabeça mais pelada que casca de ovo — comenta Stephen, e começa a rir.

Anthony encontra o olhar de Stephen no espelho e também dá uma risadinha.

— Não serve pra mim, então, né?

Stephen assente.

— Em que área você trabalha, Anthony?

— Sou cabeleireiro — responde Anthony, dedos nas têmporas de Stephen, ajeitando a posição de sua cabeça de um lado para o outro. — E você?

— Ah — diz Stephen —, eu tenho meus hobbies. Um pouco de jardinagem. Horta urbana.

— Daria tudo por uma dessas — declara Anthony. — Eu planto cannabis num espacinho que tenho, mas só. Esse corte de cabelo é pra alguma ocasião especial? Vão sair pra dançar?

— Só achei que estava precisando — responde Elizabeth.

— Se vir o Kuldesh, diz pra ele que o Stephen mandou um oi — pede Stephen. — E fala também que ele é um patife.

— Eu gosto do tipo — comenta Anthony.

— Eu também — responde Stephen.

Stephen se lembra de muito poucos amigos agora. Basicamente daqueles do tempo da escola. Elizabeth ouve as mesmas histórias e ri nos mesmos momentos, pois Stephen é daquelas pessoas capazes de repetir uma história cem vezes e ainda assim fazer você rir. As palavras brotam dele com muita graça e alegria. Atualmente, ele tem dificuldade em falar das coisas a maior parte do tempo, mas aquelas velhas histórias continuam a ser contadas de forma impecável, e o sorriso em seu rosto ao compartilhá-las ainda é verdadeiro. Ele se lembra de Kuldesh porque foi sua última aventura. Aquela saída com Bogdan e Donna. Deve tê-lo feito se sentir vivo.

— Eu costumava cortar o cabelo em Edgbaston — lembra Stephen. — Conhece?

— Nunca ouvi falar de lugar nenhum — confessa Anthony. — Eu achava que Dubai ficava na Espanha. Fiquei chocado com o tempo que demorou o voo.

— Um barbeiro chamado Freddie. Freddie, o Sapo, era como o pessoal o chamava. Não sei por quê.

— Linguarudo? — chuta Anthony.

— Pode ser por aí — diz Stephen, rindo. — Já era velho, aquele. Já deve ter morrido, não acha?

— Quando foi isso? — pergunta Anthony.

— Sei lá, 1955? Por aí.

— Deve ter morrido — concorda Anthony. — Será que ele coaxava?

Stephen ri e seus ombros sacodem embaixo da capa de barbeiro. Elizabeth vive para ver esses momentos. Quantos mais ainda terão? É bom sentar-se ali perto dele. Não pensar no caso, e deixar que os outros toquem as coisas, pra variar. Onde quer que esteja a heroína, pode esperar um pouco mais. Joyce provavelmente já percebeu que algo está acontecendo. Joyce sempre sabe quando algo está acontecendo. Elizabeth terá que falar com ela em algum momento.

Anthony está acabando, e Elizabeth enfia a mão na bolsa em busca da carteira. Está um pouco mais pesada do que antes da visita a Viktor.

— Nem ouse — diz Anthony. — Pros bonitões é de graça.

Elizabeth sorri para Stephen no espelho e ele retribui. Às vezes o amor pode ser tão fácil…

Ela decide que vai desligar o celular. Os outros podem se virar sem ela por um dia. Está curiosa para saber como foi o encontro de Joyce e Ibrahim com Samantha Barnes, mas prefere dedicar toda a sua atenção a Stephen. O trabalho não é tudo.

Anthony dá sua última olhada em Stephen no espelho.

— Pronto, esse vai durar.

Stephen se admira.

— Já esbarrou com um cara chamado Freddie, o Sapo?

— O Freddie, de Edgbaston? — pergunta Anthony.

— Esse — confirma Stephen. — Continua por aí?

— Firme e forte — declara Anthony.

— Freddie, o Sapo, forte feito um touro — diz Stephen.

Anthony coloca as mãos nos ombros de Stephen e beija seu cocuruto.

36

Invadir lugares com mandado judicial pode ser muito divertido. As operações de manhã cedinho são as mais legais. Você come um sanduíche de bacon na traseira de uma van e prende um traficante de drogas de pijama antes de o mundo acordar. Às vezes o sujeito tenta fugir pelos fundos da casa e você vê um detetive esbaforido derrubá-lo como se aquilo fosse um jogo de rúgbi.

Em outras ocasiões, o sujeito se esconde no sótão e você fica jogando cartas ao pé da escada, esperando até ele precisar ir ao banheiro.

Mas invadir um lugar sem mandado judicial é totalmente diferente. Patrice está empoleirada em um limitador de vaga de estacionamento, em um ponto com vista desimpedida para o galpão de vinhos, a Sussex Logística e a entrada do parque empresarial. Chris aguarda por algum tempo até uma senhora de casaco vermelho sumir de vista. Para sua surpresa, descobre que já forçaram a janela. Quando aconteceu isso é um mistério, mas para invadir este galpão em particular a pessoa tem que ser corajosa ou muito estúpida. Chris opta por não pensar demais sobre em que categoria ele se enquadra. A janela dá num pequeno depósito cheio de produtos de limpeza. Até aqui, nada de alarmes.

Abrindo lentamente a porta do depósito, Chris se depara com um enorme hangar aberto com caixas empilhadas do outro lado. Cheias do quê? Três sofás em petição de miséria estão dispostos num semicírculo em forma de ferradura, voltados para uma televisão tão velha que não é sequer de tela plana. Quem quer que se sente nesses sofás não está aqui agora. Os passos de Chris ecoam no chão de concreto e sua respiração se condensa no ar frio.

Numa ponta do hangar, uma escada de metal leva a uma construção de madeira, formando um mezanino. Chris consegue vislumbrar um cadeado na porta. Até que enfim algum nível de segurança.

Ele decide deixar as caixas de lado por enquanto e se dirigir ao mezanino. O que espera encontrar? Números de telefone? Qualquer coisa está valendo.

Qualquer coisa que Elizabeth não esteja sabendo, ele se dá conta. A que ponto chegou — instigado a levar a melhor sobre uma aposentada por uma questão de orgulho profissional.

Vai ver a heroína está à sua espera ali dentro. O que faria dele um herói.

Não há ninguém por ali, mas mesmo assim ele sobe com cuidado as escadas metálicas. Em um pequeno patamar intermediário, vê guimbas de cigarro e, na porta da sala, algo que parece ser sangue seco. Mas é antigo — tomara que não haja um cadáver fresco atrás da porta frágil.

Talvez Chris precise forçar o cadeado. Será que essa ação finalmente dispararia um alarme? Até agora não houve nada, o que lhe parece estranho. Ele mexe no cadeado e, ao fazê-lo, o objeto se abre na sua mão. A porta não está trancada.

Chris fica imóvel por um longo instante, apenas à escuta. Nenhum som se projeta do lado de dentro. Vindo do hangar, nada além dos golpes metálicos erráticos do vento de inverno contra as portas de carga e descarga fechadas. Ele gira a maçaneta e delicadamente abre a porta com a lateral do pé direito.

Nenhum sinal de alarme.

Chris vê arquivos, como esperava, e a ponta de uma mesa de madeira.

Ao entrar na sala, vê a mesa por inteiro. E, atrás dela, numa confortável cadeira ergonômica de escritório de encosto alto, Dom Holt.

Com um buraco de bala na testa.

37

— Então não posso ser eu a pessoa a denunciar isso, entende? — declara Chris — Porque eu não deveria ter estado aqui.

— Entendi — diz Ron, enquanto ele e Joyce examinam o cadáver de Dom Holt com o ar absorto de quem finge ser profissional. — E nós fomos os primeiros pra quem você ligou?

— É claro — afirma Chris.

— Os primeiríssimos?

— Elizabeth não estava atendendo — diz Chris.

— Não acredito que a Patrice ficou de vigia para você — comenta Joyce, voltando para se sentar junto a Patrice em um pequeno sofá.

— Ele disse que ia ser um programa a dois. Fiquei super a fim — diz Patrice.

— É um pouco como um escape room — opina Joyce. — Joanna fez um desses com o pessoal do trabalho dela, mas teve um ataque de pânico e tiveram que tirá-la de lá. Uma vez ela ficou presa num elevador em Torremolinos e ficou traumatizada.

— Minha ideia era sair daqui em menos de cinco minutos — diz Chris. — Só pretendia fuxicar os arquivos, ver se encontrava algum número de telefone, algum contato.

— Isso é ilegal, Chris — aponta Joyce. — Você encontrou alguma coisa?

— Sabe, Joyce — responde Chris —, depois que dei de cara com o cadáver, pensei melhor.

— Amador — comenta Ron. — Mas o que nós estamos fazendo aqui?

— Preciso de um favor — explica Chris. — Preciso que alguém finja que ouviu um tiro e aí me ligou. Para explicar minha presença aqui. Vocês poderiam dizer que estavam fazendo a visita à vinícola e decidiram sair para tomar um ar fresco.

— Mentir para a polícia — diz Ron. — É, Elizabeth faria isso bem.

— Nós também vamos fazer — reforça Joyce. — Nem sempre precisamos da Elizabeth.

— A propósito, cadê ela? — pergunta Patrice.

— Costuma ser melhor não perguntar — sugere Ron.

— Então tem alguém vindo pra cá? — questiona Joyce.

— Agora que já estão aqui, eu vou ligar pra investigadora-sênior da agência — diz Chris. — Jill Regan. Vou dizer pra ela que recebi uma ligação de um civil muito aflito e aí arrombei o galpão e encontrei o corpo.

— Você acha que eles chegam em quanto tempo? — pergunta Joyce.

— Estão todos em Fairhaven — pondera Chris. — Uns vinte e cinco minutos.

Joyce olha para o relógio e em seguida para os arquivos.

— Dá certinho. Vamos começar a olhar esses arquivos.

— Nós não podemos ver isso agora — diz Chris.

Joyce revira os olhos e coloca as luvas.

— O que a Elizabeth faria?

— Se eu te deixar olhar os arquivos, você segue o plano direitinho? — sugere Chris.

— Você não vai nos *deixar* fazer nada, Chris — retruca Joyce. — Você não está na melhor posição para dizer o que é permitido ou não.

— Você está até falando que nem a Elizabeth — comenta Patrice.

— Mas que tolice, minha querida — responde Joyce, e as duas riem juntas.

— Nós adoramos um plano — diz Ron. — Meia hora atrás eu estava com os pés pro alto vendo uma partida de curling, e olha pra mim agora: galpão, cadáver, serviço completo.

— Chris, não se esqueça de fingir estar esbaforido quando ligar para a investigadora-sênior — diz Joyce. — Lembre que você acabou de encontrar um cadáver.

— Sim, em vez de ter dado de cara com um depois de arrombar o lugar e telefonar pra dois aposentados virem livrar a sua barra — acrescenta Ron.

Chris sai da sala e vai até a escada de metal para ligar para Jill Regan. Joyce testa a gaveta de cima do arquivo mais próximo. Nem sai do lugar.

— Ron, coloca um par de luvas e vê se você consegue encontrar alguma chave.

— Onde eu encontraria chaves? — pergunta Ron.

— Nos bolsos dele — responde Joyce, apontando para o cadáver de Dom Holt. — Ron, sinceramente, é só usar a cabeça.

Com relutância, ele retira um par de luvas de motorista do casaco.

Joyce, por sua vez, vai de arquivo em arquivo, testando as gavetas. Olha por cima do ombro e vê Ron fuxicando os bolsos de Dom Holt.

— Olha, eu posso fazer isso, tá? — intervém Patrice. — Se estiver se sentindo desconfortável.

— Ah, bobagem — diz Joyce. — Ele gosta. No instante em que nós chegarmos em casa, vai correndo se mostrar pro Ibrahim.

— Achei as malditas! — solta Ron, triunfante. Ele apresenta um grande molho de chaves a Joyce. E então se dirige a Dominic Holt, em um tom discreto: — Foi mal, cara.

Joyce começa a experimentar uma por uma as pequenas chaves finas dispostas em sequência, enquanto Chris retorna.

— Viatura a caminho — informa Chris.

Uma gaveta se abre, depois outra, e mais uma ainda. Joyce começa a retirar pastas. Deposita-as em cima da mesa com cuidado para não encostar nas manchas de sangue e começa a dar ordens.

— Patrice, você tem um celular?

— Acredite se quiser, tenho — responde Patrice.

— Não quero te apressar, mas poderia fotografar o máximo de páginas que conseguir? Chris, leva o Ron lá pra fora. Ron, você precisa estar mais pálido, parecer mais chocado, como um velhinho indefeso.

— Não sei se eu gosto dessa sua nova versão — responde Ron. — Dá pra termos a Joyce de volta?

Joyce trabalha rápido. É como se tivesse voltado a ser enfermeira, numa daquelas noites em que não se tem um segundo para respirar e mesmo assim tudo ainda tem que sair perfeito. Logo que Patrice tiver fotografado o conteúdo de cada arquivo, Joyce o devolverá ao lugar exato em que se encontrava, na ordem exata. As duas mulheres trabalham em conjunto, sob o olhar cadavérico de Dom Holt.

Com o último arquivo esvaziado e restituído, Joyce enfia discretamente as chaves de volta no bolso de Dom Holt, sussurra "obrigada" e faz sinal para Patrice acompanhá-la até o lado de fora.

Antes de descer a escada de metal, Joyce pensa demoradamente sobre o que mais Elizabeth faria. Há algo que tenha esquecido? Algo que vá fazer Elizabeth revirar os olhos quando eles voltarem? Um lampejo de inspiração lhe ocorre, ela puxa Patrice de volta para a sala e lhe pede para tirar fotos do cadáver por todos os ângulos. Boa ideia.

38

Garth caminha pelo apartamento de Joyce, seguido obedientemente por Alan. Se souber onde procurar, é possível descobrir onde qualquer um mora. E Garth sabe onde procurar.

De vez em quando, Alan late para seu novo amigo, e Garth responde "é isso aí" ou "sou obrigado a concordar com você, carinha".

Ele torcera para que Joyce estivesse em casa, mas, na ausência dela, não fará mal dar uma espiada. Sente cheiro de bolo. Um cheiro bastante semelhante ao do seu Battenberg, mas sem a canela.

O lugar é um brinco, o que não surpreende Garth nem um pouco. Joyce é uma senhora arrumadinha. Garth gosta de como ela se veste, gosta de como ela fala e, olhando ao seu redor, gosta de como ela vive. Sua própria avó, a avó favorita, comandava uma quadrilha de roubo de obras de arte em Toronto. Foi o que levou Garth a se interessar pelo ramo. Ela roubava obras de arte e as amava, duas características que passou adiante para ele. Sua outra avó era apresentadora da previsão do tempo em Manitoba.

A decoração de Natal ainda não foi retirada. Isso dá azar, Joyce. Garth pergunta a Alan se Joyce sabia disso. Alan late. Joyce sabe, só que ela gosta demais das peças.

Garth sente-se tentado a guardar tudo, a proteger Joyce de si própria, mas não quer que ela saiba que esteve ali. Não quer assustá-la, nem invadir sua privacidade. Joyce tem cartões de Natal aos montes, amigos aos montes, e isso não é nenhuma surpresa. Garth gostaria de ter mais amigos, mas nunca pegou o jeito. Vivia se mudando até encontrar Samantha.

Garth abre a geladeira. Leite de amêndoa. Joyce segue as tendências.

Ele e Samantha acabaram de visitar uma mulher chamada Connie Johnson. Ela vende cocaína, e eles a conheciam pela sua reputação. Levaram uma proposta a ela. Pelo jeito, havia algum tipo de oportunidade surgindo no comércio de heroína. Quem sabe ela não gostaria de unir forças? Com os contatos dela e o dinheiro dos dois, todo mundo poderia sair ganhando.

Connie disse que pensaria no assunto, mas Garth não levou fé. Acha que terão de se estabelecer por conta própria. Não pode ser tão difícil.

Garth já tentou a sorte em todo tipo de empreitada nesta vida. Fez faculdade de artes, certa vez roubou uma manada de bisões, tocava baixo de vez em quando. O maior roubo de banco da história do Canadá fora obra sua. Não sozinho — seu primo Paul ajudou. E a avó lavou a maior parte do dinheiro.

Garth também havia trabalhado por algum tempo em espionagem corporativa, e invadira todo tipo de estabelecimento sem ninguém saber. Por ser grandalhão, aprendera desde cedo a ser cuidadoso. É grande como um urso, mas silencioso como um camundongo. Se Garth mexe em alguma coisa, Garth coloca de volta no lugar.

O que está procurando no apartamento de Joyce? Não faz ideia. Sobre o que a teria questionado caso ela estivesse aqui? Não sabe também. Mas se algo manteve Garth vivo por todos esses anos foi a cautela, e ele precisa se certificar de que Joyce não esteja tentando passar a perna neles. Ser meticuloso nunca matou ninguém.

Ele dera uma passada no apartamento de Elizabeth, mas tinha um cabeleireiro lá, e ela também contava com um sistema de alarmes que ele nunca vira fora de uma prisão de segurança máxima.

Não há nada aqui, Garth tem certeza. Está a ponto de ir embora quando ouve o amigo de Joyce, Ibrahim, bater na porta e iniciar uma conversa com Alan pelo orifício da correspondência. Em silêncio, Garth prepara um chá enquanto espera o papo acabar. Leva um bom tempo.

Assim que Ibrahim for embora, Garth vai lavar e secar tudo o que usou e então dar uma volta por Coopers Chase. Ver se há algo interessante.

Garth pode sentir o cheiro de oportunidade neste lugar. E há segredos ali também, mas quais?

E ele precisa pensar a respeito de Connie Johnson.

39

Após descerem a escada e saírem para o pátio do parque empresarial, Joyce e Patrice se juntam novamente a Chris e Ron. Chris aparenta nervosismo, mas não há necessidade: está tudo sob controle.

Ron, percebe Joyce, encantada, parece um velho indefeso e amedrontado. Joyce se dá conta de que às vezes não dão a ele o devido valor. Tudo que este homem já conquistou na vida... Gosta de se fazer de bobo, mas está longe de ser.

A primeira viatura passa pelo portão cantando pneu. Qual é a necessidade disso, Joyce não entende. O sujeito já está morto mesmo.

Dois policiais à paisana saltam do carro e correm na direção deles. Novamente: por que correr?

Chris pega um deles pelo braço.

— Aqui dentro, eu te mostro.

O outro permanece com Ron, Joyce e Patrice. Tem perguntas a fazer.

— Ok, senhoras, senhor, preciso que se mantenham calmos. Conseguem fazer isso?

Ron cai em prantos e Joyce vai confortá-lo. O jovem policial parece constrangido.

— Vamos aos poucos, e a senhora pode me contar o que aconteceu.

— Nós estávamos, meu amigo e eu... esse é o Ron, eu sou a Joyce. Nós íamos fazer uma visita à Bramber Espumantes, é logo ali.

— Foi um presente que meu filho me deu — conta Ron, chorando. — Um voucher.

Tá bem, Ron, sem pesar a mão. É quando Joyce se dá conta de que, ao se tornar Elizabeth, forçou Ron a assumir o papel dela própria, que certamente teria dito algo a respeito de vouchers. Todos estão galgando novos patamares hoje — vá em frente, Ron.

— Estávamos muito animados — continua Joyce. — Mas chegamos tarde. Nos perdemos.

Outra viatura acaba de estacionar. O policial com eles acena para os recém-chegados e faz sinal para que entrem no hangar.

— Nós tínhamos acabado de sair do carro, deve ter sido literalmente alguns segundos depois, quando ouvimos um tiro — continua Joyce.

— Têm certeza de que foi um tiro? — pergunta o policial.

— Sim — confirma Joyce.

— É que muita coisa pode soar como tiro quando não se tem muita experiência com o assunto — sugere o policial.

— Eu tenho alguma — diz Joyce. — Parecia ter vindo do prédio à nossa esquerda, e era esse aqui, o da Sussex Logística.

— Certo — diz o policial. — E aí...

— Bem, Ron tinha o telefone de um policial com quem nós já lidamos antes.

— O inspetor-chefe Hudson?

— Ele é um sujeito legal — intervém Ron, se recompondo. Está adorando a performance.

— Muito bonito, também — completa Joyce.

— Aí eu liguei pro Chris — diz Ron.

— O inspetor-chefe Hudson — diz Joyce.

— E eu só dizendo "ouvi um tiro, cara". E ele, "tem certeza?", e eu, "tenho, tenho, vem logo pra cá, pode ter um maluco à solta", sei lá, e ele é um sujeito destemido e chegou rápido, pra garantir logo que estivéssemos em segurança. Nem todos são ruins, né? Policiais, digo.

O policial se dirige então a Patrice.

— E a senhora?

— Eu sou a companheira do Chris — responde Patrice. — Nós estávamos a caminho da loja de jardinagem quando eles telefonaram.

— Ok — diz o policial. — A investigadora-sênior vai ter mais perguntas a fazer depois.

Como se estivesse combinado, a investigadora-sênior Jill Regan surge neste momento, ao volante de um grande Lexus com discretos faróis azuis.

— Belo carango — comenta Ron para Joyce.

— Você está se saindo muito bem, Ron — elogia Joyce.

Eles apertam a mão um do outro.

— O corpo está no hangar, senhora — avisa o jovem policial. — Estes dois ouviram o tiro e ligaram para o inspetor-chefe Hudson.

Jill estuda Joyce e Ron, um de cada vez.

— E como é que vocês, por acaso, tinham o número pessoal do inspetor-chefe Hudson?

Enquanto Joyce tenta pensar em uma boa resposta, Ron cai no choro de novo e enterra a cabeça no ombro da amiga. Joyce balbucia "sinto muito" para Jill, que balança a cabeça e entra no prédio sem dizer uma palavra.

— Você acha que ainda vamos demorar muito aqui? — pergunta Joyce ao policial.

— Não, não — responde ele. — Voltaremos a entrar em contato, mas vocês não devem ver a hora de chegar em casa.

Mais do que você imagina, pensa Joyce. Eles têm um monte de fotos para examinar.

40

Ibrahim queria falar com Elizabeth a respeito da excursão para conhecer Samantha Barnes, mas o celular da amiga estava desligado. Pensou então que talvez pudesse sair para dar um passeio com Alan, mas Joyce não estava em casa. Ibrahim ouviu os latidos de Alan e os dois conversaram por algum tempo pela abertura da correspondência, mas, sem ter a chave, não tinha como Ibrahim se entreter muito além disso. Ao menos Ron estaria em casa, pensou ele, e os dois poderiam assistir a um filme. Mas não, Ron também não estava. Onde diabos havia se metido? Teria feito as pazes com Pauline?

Caminhando com dificuldade de volta para casa, pensando em Samantha Barnes, pensando em Garth, pensando em como os olhos dos dois haviam faiscado à menção da heroína, Ibrahim lembrou de repente que tinha um novo amigo e outro projeto. Nem sempre precisava do Clube do Crime das Quintas-Feiras!

E é por isso que Ibrahim e Bob Whittaker estavam no presente momento tomando chá de hortelã e se divertindo. Havia um grau de seriedade no que faziam, mas espairecer durante o processo não faz mal nenhum. Ibrahim lê em voz alta a mais recente troca de mensagens com Tatiana — como se eles fossem Mervyn — enquanto Bob sorve seu chá e parece feliz por estar fora de casa.

MERVYN: Meu amor é aberto, como as pétalas de uma flor que desabrocha, há tanto tempo fechadas sob a geada da primavera, temerosas da luz do sol que lhes traz vida. Meu amor é aberto, como uma ferida, delicada e vulnerável e confiante de que será tratada. Meu amor é aberto, como uma porta, numa cabana, num bosque, à espera dos seus passos.

TATIANA: O dinheiro ainda não caiu. Você pode tentar novamente, meu querido?

MERVYN: O que o dinheiro representa nisto tudo? Uma única prímula numa campina. Uma lágrima numa cachoeira.
TATIANA: O banco não recebeu o dinheiro. Preciso comprar as passagens.
MERVYN: Voe até mim, Tatiana. Deixe o sopro do amor carregá-la até meus braços. Vou lhe encontrar no Gatwick, há ótimas vagas no estacionamento do Terminal Norte, ainda que os valores deixem um pouco a desejar.

— E isso é verdade mesmo — diz Bob. — Já tive que pagar 15,50 libras e eu não tinha ficado lá nem por uma hora.

TATIANA: Eu te amo, Mervyn. Preciso de dinheiro dentro de seis horas ou meu coração vai se partir.
MERVYN: Vou falar de novo com o banco. Mas é sábado e eles ficam me perguntando para que é o dinheiro. Digo que é por amor e eles então respondem que vão precisar averiguar mais a fundo.
TATIANA: Diz a eles que é pra um carro. Não fala de amor.
MERVYN: Como eu poderia não falar de amor, minha querida? Quando cada batida do meu coração ecoa seu nome?
TATIANA: Diz a eles que é pra um carro. E, por favor, rápido. Eu preciso estar com você.
MERVYN: Quem sabe eu consigo em dinheiro vivo?

— Essa foi pra lançar uma isca? — pergunta Bob.
— Isso mesmo — responde Ibrahim. — Ideia da Donna.

TATIANA: E aí você manda dinheiro vivo?
MERVYN: Mandar? Não com o correio em greve como tem estado ultimamente. O serviço postal é sistematicamente subfinanciado há muitos anos. Não é de se espantar que os funcionários estejam entrando com ações sindicais. Que outras opções eles têm? É o mal do capitalismo tardio.
TATIANA: Eu poderia pedir a um amigo de Londres pra pegar o dinheiro?
MERVYN: Um amigo? Que ideia maravilhosa. Conhecer um amigo seu já seria um sonho. Vamos falar sobre você por toda a madrugada.
TATIANA: Ele não vai poder falar muito. Ele tem um trabalho importante em Londres. Não pode demorar.

MERVYN: Como queira, meu amor. Vou sacar o dinheiro dentro de alguns dias e esperar suas instruções. E então o sonho terá início.
TATIANA: 2.800 libras.
MERVYN: Isso ainda parece muito caro pra uma passagem de avião.
TATIANA: Tem imposto.
MERVYN: Ah, creio que foi Franklin quem disse que nada nesta vida é certo, a não ser a morte e os impostos. As pessoas costumam atribuir a frase equivocadamente a Oscar Wilde, não é verdade?
TATIANA: Não fala de morte, meu lindo Mervyn.
MERVYN: É um conselho sábio, Tatiana.
TATIANA: Eu preciso ir trabalhar. Meu amigo vai te contatar e então nós vamos ficar juntos pra sempre. É o meu sonho.
MERVYN: O que Oscar Wilde de fato disse, porém, é que só há duas tragédias na vida. Uma é não conseguir o que se quer e a outra é conseguir.
TATIANA: Seu amigo parece ser muito sábio. Muitos beijos pra você.
MERVYN: E outros para você, doce Tatiana.

— Então agora é esperar — diz Bob.
— Agora é esperar — concorda Ibrahim.
Bob olha para Ibrahim.
— Você escreve maravilhosamente bem.
Ibrahim dá de ombros.
— A gente ouve uma coisa ou outra sobre o amor na minha profissão. Não é difícil de replicar. Trata-se basicamente de um abandono voluntário da lógica.
Bob assente.
— Você não enxerga nenhuma verdade nisso?
— No amor? Bob, eu e você somos farinha do mesmo saco.
— E que saco é esse? — pergunta Bob.
— O mundo dos sistemas, dos padrões, de zeros e de uns. Das instruções binárias que explicam a vida. Nós podemos até ser capazes de enxergar as vantagens e as desvantagens do amor, mas encará-lo como uma entidade objetiva é coisa de poeta.
— E você não é um poeta? — questiona Bob.
Alguém bate com urgência na porta do apartamento.
Ibrahim vai abrir e volta com Joyce e Ron. Ela parece empolgada.

— Vocês não vão acreditar — começa Joyce.
Ron olha para Bob e para Ibrahim.
— Vocês estão brincando de Tatiana sem mim?
— Você não estava em casa — retruca Ibrahim. — Eu te procurei.
Joyce repara pela primeira vez em Bob.
— Oi, Bob do Computador!
— Só Bob — responde Bob do Computador.
— Mas eu achei que isso era pra gente fazer entre amigos — insiste Ron.
— Bob e eu também somos amigos — diz Ibrahim. — Mas o que houve?
— Dominic Holt está morto — revela Ron.
Ibrahim solta um assovio baixo.
— E num sábado! — exclama Joyce, fascinada.
— Dominic Holt? — pergunta Bob.
— Traficante de drogas — explica Ron, fazendo um gesto de dispensa.
— Você vai saber responder — diz Joyce, dirigindo-se a Bob. — Se tivermos fotos em um celular, podemos mostrá-las na tela da televisão? Tenho certeza de que a Joanna fez isso quando voltou do Chile.
— Ah, sem dúvida — afirma Bob. — Não poderia ser mais simples. É só compartilhar a tela do seu celular. É iPhone ou Android?
— Não sei — responde Joyce. — A capa é amarela.
— Não faz diferença — diz Bob. — Se for iPhone, vai em "Configurações", depois em "Central de controle". Você vai ver uma opção chamada "Espelhar a tela". Vou partir do pressuposto que você também tem Apple TV. Se tiver, é só selecionar da lista, o que vai…
— Acha que poderia vir e fazer pra gente? Está muito ocupado?
— Não, tenho certeza de que eu poderia ajudar, se vocês não se importarem de ter um estranho acoplado ao grupo.
— Você não é um estranho — afirma Joyce. — É o Bob do Computador.
— Vambora, Bobby — diz Ron. — Vai se enturmar rápido.
— É só me falarem pra onde — responde Bob.
— Antes de ir — interrompe Joyce —, a maioria das fotos é só de arquivos, mas como você se sente em relação a olhar fotos de um cadáver?
— Hum. Não sei, para falar a verdade. Vai ser a minha primeira vez.
— Você se acostuma — diz Ibrahim, pegando o casaco.

41

A neve começa a cair e um brilho elétrico, prateado, banha Coopers Chase. A tropa foi reunida e até Elizabeth foi convocada via uma batida urgente em sua porta e a promessa de fotos de uma cena do crime. "Não consigo tirar um dia de folga?", lamentara ela.

A Sala de Televisão quase sempre está vazia sábado à noite, mas, nesta ocasião específica, uma mulher chamada Audrey, cujo marido era um comerciante de mão leve, está sentada bem na frente e no meio. Quer porque quer ver *The Masked Singer* na TV grandona. Há uma negociação breve e infrutífera. Oferecem-lhe um dinheiro. Embora, pensando melhor, não o bastante, dada a quantia que o marido de Audrey já tinha desviado do supermercado antes de entrar numa aposentadoria precoce forçada. Ibrahim tenta apelar à simpatia de Audrey, mas não consegue localizá-la. Em dado momento, a mulher ameaça chamar a polícia. Ao que Chris responde "eu sou a polícia", recebendo em troca um olhar fulminante de Audrey e o comentário "de camiseta? Acho difícil".

Numa das mãos, Audrey segura o controle remoto como se fosse a mão de sua mãe para atravessar a rua; na outra, uma vodca com tônica. Não vai mover uma palha.

Atrasam-se ainda mais enquanto Joyce tenta explicar o formato de *The Masked Singer* para uma Elizabeth horrorizada e perdem mais tempo porque Ibrahim quer ver se a cantora vestida de contêiner de lixo é Elaine Paige. "Eu sinto que é", afirma ele, antes de ser arrastado do local.

E, portanto, ainda que o apartamento de Joyce seja pequeno demais para todos eles, é ali que se reúnem. Joyce, Elizabeth, Ron, Ibrahim — ainda resmungando sobre Elaine Paige —, Chris e Patrice, Donna e Bogdan e, ainda parecendo fascinado por todas essas novidades, Bob do Computador. Bogdan dera um pulo na casa de Ron para pegar mais cadeiras.

Alan vai de pessoa em pessoa, certificando-se de receber toda a atenção que merece. Bob do Computador é carne nova, e Alan passa um tempinho extra com ele, só para garantir que esteja devidamente integrado.

Uma fotografia ocupa a tela da televisão de Joyce, um retrato de frente de Dom Holt, caído em sua cadeira, com um buraco de bala na testa.

— Você falou que ia na loja de jardinagem — reclama Donna com a mãe. — E agora me aparece com isso.

— Eu só estava de vigia — diz Patrice. — Não foi nada de mais.

— Como vocês podem ver — começa Joyce —, mais uma morte, mais uma vez trabalho profissional. Uma única bala no crânio.

Bob ergue a mão, hesitante.

— Sim, Bob? — indaga Joyce.

— *Mais uma* morte?

— Nosso amigo Kuldesh foi morto por traficantes de drogas — revela Ibrahim. — Alan, por favor, deixe o Bob em paz! Atiraram nele numa viela rural porque roubou um pouco de heroína deles.

— Alguma outra dúvida, Bob? — pergunta Elizabeth. — Ou podemos continuar?

Bob faz um gesto como quem diz "não, por favor, sigam em frente".

— Então — continua Joyce —, quem o matou e por quê?

— Só pode ter sido Mitch Maxwell — afirma Ron. — Dom perde a heroína, seja lá como isso tenha ocorrido, Mitch não aceita e mete uma bala na fuça dele.

— E Mitch saberia onde encontrar Dom, imagino — diz Joyce.

— Tem um problema aí com a sua hipótese — diz Chris. — Quando eu invadi o hangar…

Donna revira os olhos.

— … alguém já tinha arrombado a janela do térreo. Mitch Maxwell poderia ter entrado pela porta da frente.

— Talvez ele não quisesse ser visto — sugere Donna. — A propósito, antes de ter perdido peso você nunca teria passado por aquela janela. Olha só o mal que isso te fez.

— Me permitem arriscar uma opinião? — pergunta Joyce. — Quando Ibrahim e eu fomos a Petworth fazer uma visita a Samantha Barnes… Bob, já esteve em Petworth?

— Há, não — diz Bob.

— Precisa ir — comenta Joyce. — É muito bonito, e não é movimentado demais durante a semana, deu para ver tudo. E, caso você vá, tem um café ótimo perto…

— Joyce, você não ia arriscar uma opinião? — questiona Elizabeth.

— Ah, sim — diz ela. — Alan, pelo amor de Deus, não é como se você nunca tivesse visto um sapato. Desculpe, Bob. Sim, quando nós mencionamos o nome Dom Holt para Samantha Barnes e o marido…

— Garth — intervém Ibrahim. — Quase certeza de que era canadense.

— … os dois juraram nunca ter ouvido falar dele, mas estavam mentindo, não é mesmo, Ibrahim?

— Estavam — concorda Ibrahim.

— Como vocês podem ter certeza? — pergunta Donna.

— Simplesmente tenho — diz Joyce. — Assim como eu sei que você e Bogdan não saíram de uma exposição de arte pra virem pra cá. Mas disso a gente fala depois.

— De onde vocês vieram? — pergunta Chris.

— Nós fomos ver futebol — responde Bogdan.

— O jogo do Everton? — questiona Chris.

— Não prestei atenção nos times — afirma Donna. — Talvez.

— Encontraram alguém interessante por lá?

— Então Mitch Maxwell, ou Samantha Barnes e o canadense dela, pode ter matado Dom — corta Elizabeth. — Mais alguém?

— A pessoa para quem Mitch Maxwell venderia a heroína — sugere Donna. — É um motivo ainda mais sério.

Joyce assente.

— Por isso nós tiramos fotos dos arquivos. Espero ter feito a coisa certa, Elizabeth.

— Você fez a coisa certa, Joyce — diz Elizabeth.

Joyce chega até a ficar um pouco mais alta.

— Bob, você poderia ir descendo pelas fotografias que tiramos dos arquivos? Sinto dizer, mas vai ter que passar por uma boa leva de close-ups do buraco da bala.

Bob desce rapidamente pelas fotos até o primeiro arquivo aparecer.

— E eu aposto que é aqui, em algum lugar, que vamos conseguir descobrir exatamente quem é o comprador — diz Elizabeth. — Graças a Joyce.

— Eu também ajudei — comenta Ron.

— Ajudou — concorda Joyce. — Ele chorou.

— Muito bem, Ron — elogia Elizabeth, e Ron também fica um pouco mais alto.

— Que tal eu fazer um pouco de chá? — sugere Joyce. — Temos uma longa noite pela frente.

— Deixa que eu faço — diz Ibrahim. — Parece que todo mundo já tem alguma função.

— Os arquivos parecem estar em código, Ibrahim — diz Elizabeth. — Você terá um papel fundamental em decifrá-los. Eu faço o chá.

Ron e Joyce se entreolham. Com certeza é a primeira vez que a veem agir assim.

— Mas não sei se tenho nove canecas — comenta Joyce.

— Eu não preciso ficar — sugere Bob.

Mas todos dizem "fica, fica" e Alan, deitado aos seus pés, é o argumento definitivo.

— Vou pegar mais canecas na casa da Elizabeth — oferece Bogdan. — E aproveito para dar um oi pro Stephen.

Elizabeth aperta a mão de Bogdan antes de sair para a cozinha.

42

Bogdan não gosta muito de neve. De acordo com sua extensa experiência, só dois tipos de pessoas gostam de neve. Gente que não tem muita oportunidade de vê-la, como os ingleses, ou gente que mora perto de montanhas. Na Polônia, via neve à beça, mas ninguém esquiava. De que valia aquilo, então?

Ele abre a porta do apartamento de Elizabeth e Stephen. A luz da sala de estar está acesa, e Bogdan entra. Stephen está de pé próximo à janela, contemplando a escuridão nevada.

— Stephen — cumprimenta Bogdan —, sou eu.

— Ô, amigão — diz Stephen. — Tem algo estranho acontecendo.

— Ok. Quer um pouco de chá? Uísque? Ver TV?

— Eu conheço você — declara Stephen. — Já conversamos.

— Eu sou seu amigo — afirma Bogdan. — Você é meu amigo. Saímos de carro juntos outro dia.

— Era o que eu achava. Se eu te contar uma coisa, você não vai achar que eu estou com macaquinhos no sótão?

— Macaquinhos no sótão? — Essa é nova para Bogdan.

— Macaquinhos no sótão — repete Stephen, irritado de repente. Ele jamais havia se irritado com Bogdan antes. — Lelé da cuca, de miolo mole, pelo amor de Deus.

— Você está sem macaquinhos em casa — garante Bogdan, torcendo para tal expressão existir.

— Bom, mas a questão é: tem uma raposa que vem me visitar — diz Stephen.

— Floco de Neve?

— Isso, o Floco de Neve — diz Stephen. — Conhece ele? Aquele das orelhinhas?

— Conheço. É uma raposa legal.

— Ele não veio esta noite — revela Stephen.

— É a neve — diz Bogdan. — Ele está se aquecendo em algum lugar.

— Bobagem — replica Stephen. — Uma raposa não se importa com um pouco de neve. Uma raposa não se importa com um pouco de nada. Você não sabe nada sobre raposas?

— Não muito — assume Bogdan.

— Bom, confie na palavra de um homem que sabe. Cadê ele?

— Será que ele não passou aqui e você não viu, de repente? — pergunta Bogdan.

— Nunca deixo de ver — afirma Stephen. — Pode perguntar pra minha esposa, ela está zanzando por aí. Nunca deixo de ver o Floco de Neve. Nós nunca deixamos de nos ver.

— Eu vou lá e vejo, quer?

— Acho que deveríamos ir juntos — sugere Stephen. — Vou admitir pra você que estou preocupado. Tem uma lanterna?

— Tenho — diz Bogdan.

— E nós somos parceiros? Bons parceiros?

Bogdan faz que sim.

— Fui grosso com você? — pergunta Stephen. — Acho que eu fui um pouco grosso e não era minha intenção. Você me pegou de surpresa, entende? E não temos nada aqui pra servir.

Bogdan faz que não com a cabeça.

— Não, você não foi grosso comigo. Vem que eu vou te ajudar a se vestir. Tá frio lá fora.

— Tinha um grandalhão de barba e gorro por aí mais cedo também — diz Stephen. — Tem muita coisa acontecendo.

43

O grupo vasculha os arquivos e deixa Ibrahim fazer seu trabalho, enquanto, da cozinha, Elizabeth acompanha seu progresso. Ela havia pensado em ligar para uma mulher com quem já trabalhara, Kasia, possivelmente a melhor criptógrafa da história do MI6 e que atualmente era da equipe de Elon Musk. Mas ao ouvir Ibrahim explicar para Joyce que "A é igual a 1, B é igual a 2, e assim por diante", percebeu que este código específico talvez não necessitasse da atenção total de Kasia.

Bendita Joyce. Que ótimo trabalho ela havia feito. E é bom sinal, pois Elizabeth em breve precisará passar mais um tempo afastada.

Ela contempla as canecas de chá que preparou. Joyce estava certa: só havia oito. Ainda assim, Elizabeth precisou colocar a chaleira para ferver três vezes. Esqueceu de retirar os primeiros saquinhos, de forma que o chá de algumas canecas está bem mais forte que o de outras. E, sem querer, usou leite de amêndoas, pois não havia lhe ocorrido que era o que Joyce teria na geladeira. Por fim, virou o açúcar na direção errada, fazendo a maior sujeira no chão. Limpou tudo de imediato, porque se lembra de Joyce falando que açúcar atrai formigas. Por duas vezes, a amiga gritara da sala: "Precisa de alguma ajuda?" E duas vezes Elizabeth respondera ser perfeitamente capaz de preparar chá, Joyce, obrigada.

As coisas de que Elizabeth era capaz, e as coisas de que não era.

Conforme leva as canecas em uma bandeja, Elizabeth espera que o chá esteja aceitável. Claro, todos farão murmúrios de aprovação, mas ela se concentrará nos olhos de Joyce, que nunca mentem.

Ibrahim já tem um nome, oculto nos arquivos codificados de forma amadora.

— Luca Buttaci, Elizabeth — anuncia Joyce. — Sei lá como se pronuncia.

— Eu pronuncio Buttaci — diz Ron.

— Não está ajudando, Ron — replica Joyce.

— Estou dando uma pesquisada no Google — intervém Bob. — Só pra ajudar, mas não deu em nada. Ou nada que tenha relação com drogas. Vários prefeitos e empreiteiros de jardinagem italianos e um estudante do sudoeste de Londres, mas nenhum registro policial, prisão, nada de natureza criminosa.

— Provavelmente um codinome — sugere Joyce.

— Provavelmente um codinome — concorda Elizabeth. Jesus, agora ela repete frases de Joyce? Chega! Hora de retomar o comando. Bate palmas. — Ok, então este Luca Buttaci é o novo suspeito do assassinato de Kuldesh e também do de Dominic Holt.

— Então qual o próximo passo? — pergunta Donna, percorrendo a sala com o olhar. — Eu fui identificada na partida de futebol e em seguida Chris encontrou um cadáver. Acho que não somos tão bons em desrespeitar a lei quanto vocês.

— Poucas pessoas são — diz Elizabeth. — O que nós precisamos é de uma cúpula.

— Alan, uma cúpula! — anima-se Joyce.

Elizabeth repara que ela ainda não bebeu um gole do chá.

— Precisamos juntar todos num aposento e ver as cartas que têm na manga — explica Elizabeth. — Neste momento, a sensação é de que está todo mundo mentindo pra gente. Mitch Maxwell está mentindo, assim como Samantha Barnes e o marido. Chris e Donna, a Agência Nacional do Crime está mentindo para vocês. Dom Holt estava mentindo e, se a bala no crânio dele for indício de alguma coisa, talvez não só pra a gente.

— É isso que acontece com quem detona o meu Daihatsu — diz Ron.

— Ótimo chá, Elizabeth — elogia Joyce.

— Deus do céu, Joyce, você também? — reclama Elizabeth. — Então vamos achar o Luca Buttaci. Ibrahim, será que seu contato pode nos ajudar nisto?

— Bob? — pergunta Ibrahim.

— Connie Johnson — responde Elizabeth —, mas fofo ter respondido isso. Pergunte a ela onde nós podemos encontrar o Buttaci e nós o convidaremos, e também vamos chamar o Mitch, a Samantha e o Garth para almoçarem no domingo da semana que vem. Só para vermos se há algo interessante.

— Melhor chá que tomo em séculos — fala Ron, erguendo a caneca.

Elizabeth sente um surpreendente arrepio de prazer.

— Eu realmente gosto quando estamos todos juntos — comenta Joyce.

— E, Joyce — diz Elizabeth —, o ideal seria se encontrássemos o depósito do Kuldesh antes da cúpula. Segunda-feira, talvez?

— Você voltou com tudo mesmo, hein? — comenta Joyce. — Isso faz diferença.

Elizabeth sabe que Joyce não fala por mal. A amiga apenas sabe que alguma coisa não vai bem e está preocupada com ela. Elizabeth nunca soube lidar bem com gente que se importa com ela.

A cúpula é uma boa ideia. Dará a todos material para seguirem adiante. E, quando acabar, Elizabeth poderá se voltar para a questão que realmente importa.

Inclusive, Elizabeth começa a questionar por onde anda Bogdan. Se tivesse surgido um problema, ele teria ligado. Ela sabe disso. Será que ele e Stephen estão jogando xadrez? É um pensamento reconfortante. Mas pouco provável. Estariam sentados batendo papo? Nos últimos dias Stephen nem sempre tem reconhecido Bogdan, mas gosta da sua calma. Outro dia pegou no sono no ombro dele, que acabou faltando à academia só para não incomodá-lo.

44

Os dois homens avançam lentamente pela neve fresca, silhuetas num mundo em preto e branco, sob as difusas lâmpadas dos postes. Neve sob os pés, neve sobre a cabeça. Stephen usa um longo sobretudo que Bogdan encontrou no fundo do armário, um gorro de lã, luvas, dois cachecóis e botas de caminhada. Bogdan, enquanto isso, numa rara demonstração de vulnerabilidade, veste uma camiseta de mangas compridas.

O caminho está escorregadio, e Bogdan segura a mão de Stephen. Sua lanterna percorre a grama branca, à procura de Floco de Neve. À procura do balançar de uma cauda, do brilho de um olhar, da ponta daquelas orelhas.

Stephen para e olha para a direita. Àquela altura, devem estar a uns trinta metros do apartamento. Em frente ao canteiro de flores há um montículo, uma pequena protuberância, nada além disso. Mas Stephen solta a mão de Bogdan e sobe o declive com dificuldade em sua direção. Bogdan sacode a lanterna para iluminar o chão à sua frente. Stephen se ajoelha e coloca a mão em cima do montículo. Bogdan o alcança e vê o mesmo que Stephen. A raposa na neve, silenciosa e sem vida. A ponta de suas orelhas enevoadas afundadas em meio à brancura.

Stephen olha para Bogdan e assente.

— Morto. Imagino que o coração tenha parado. Ele parece estar em paz.

— Pobre Floco de Neve — diz Bogdan, ajoelhando-se ao lado de Stephen, que retira da pele da raposa os cristais de neve recém-caídos.

Stephen contempla sua própria janela.

— Ele devia estar vindo me ver. Devia estar vindo se despedir, mas não chegou a tempo.

— A gente nem sempre consegue se despedir — comenta Bogdan.

— Pois é — concorda Stephen. — É uma sorte quando conseguimos. Sinto muito, meu velho amigo Floco de Neve.

Bogdan assente, acariciando a pele de Floco de Neve.

— Está triste?

Stephen brinca com a orelha de Floco de Neve.

— A gente se olhava pela janela, e nós dois sabíamos que não iríamos durar muito mais tempo nesse mundo. Foi o que nos uniu. Eu não estou bem, você sabia disso?

— Você está ok — diz Bogdan. — Elizabeth vai ficar triste?

— Quem é essa, pode me lembrar?

— Sua esposa. Ela vai ficar triste?

— Imagino que sim — diz Stephen. — Vocês se conhecem? Ela é do tipo que fica triste?

— Não exatamente — responde Bogdan. — Mas eu acho que com isso ela vai ficar.

Stephen se ergue e limpa a neve dos joelhos da calça.

— O que você acha? Funeral com honras militares completas?

Bogdan faz que sim novamente.

Stephen testa o terreno com a ponta da bota.

— Você é bom de escavar? Tem cara de ser.

— Já cavei alguns buracos — afirma Bogdan.

— Mas esse terreno no inverno é complicado — argumenta Stephen. — É que nem quebrar asfalto.

— Onde vamos deixá-lo até de manhã?

— Ele vai ficar bem aqui — diz Stephen. — Com esse tempo não há predadores. Mas vire o rosto dele pra minha janela, pra que eu saiba que ele pode me ver.

Bogdan move delicadamente o corpo de Floco de Neve. Deposita a cabeça em repouso sobre as patas, voltada para o apartamento de Stephen e Elizabeth.

Stephen se curva e apalpa a cabeça de Floco de Neve.

— Está seguro agora, meu velho amigo. Já, já vai sair do frio e nunca mais vai precisar dormir com um olho aberto. Foi bom demais conhecer você.

Bogdan coloca a mão no ombro de Stephen e o aperta com delicadeza.

45

Chris e Donna perguntaram se poderiam conversar com Jason. Perguntaram com toda a educação, justiça seja feita, e Ron não tinha achado uma péssima ideia. Ron havia falado com Jason, Jason não vira por que não, e aqui estão eles, segunda-feira de manhã cedinho.

Ron adora vir à casa do filho. O porão é um antro de perdição. Mesa de sinuca, jukebox, um bar, equipamento de academia. Ron morre de orgulho.

O dinheiro de verdade viera do boxe, e Jason não fora nada bobo. Não o gastara todo, como alguns fazem. Ainda assim, houve alguns anos em que Ron percebia que seu garoto começava a passar por dificuldades. Não entrava dinheiro na conta, não aparecia trabalho. Mas ele correra atrás, construíra uma bela carreira em *reality shows*, fora comentarista aqui e ali, tinha chegado até mesmo a atuar um pouco, e o dinheiro voltou a aparecer. Jason era batalhador, e isso era o que mais dava orgulho a Ron. Também parecia estar sossegando.

Neste momento Ron, Chris e Donna ocupam um sofá totalmente preto. Neste *exato* momento, todos veem Jason boxear com um parceiro imaginário em cima do tapete no meio do aposento. Ele lhes pediu para ficarem em silêncio por alguns minutos, e é o que estão fazendo. Ron odeia ficar em silêncio. Jason narra a própria luta imaginária sem parar.

— Jason Ritchie dispara um jab, tenta balançar Tony Weir, mas não consegue encaixar o golpe. Tony Weir, cara resiliente, quarenta e cinco anos, veio do nada, desafiante pelo título mundial dos meio-pesados. Ele aguenta firme. Weir desfere um golpe de direita em Jason Ritchie, que consegue desviar. Que luta entre esses dois grandes boxeadores! E soa o gongo…

Jason para de lutar, joga uma toalha sobre o ombro e se curva sobre um laptop aberto em seu bar. Olha diretamente para a câmera embutida.

— E aí, Tony, meu parça, aqui é o Jason Ritchie. Feliz aniversário, Fortão, bela luta. Sua esposa Gabby me disse que você está completando quarenta e cinco anos hoje e que ela é louca por você. Irmão, continua se desviando dos golpes, se abaixando quando for preciso e, se te derrubarem, é só levantar de novo. Gabby e seus filhos Noah e Saskia me pediram pra te desejar tudo de bom. Tenha um ótimo dia, sem comer bolo demais, e vê se amanhã volta para a academia. Tenha um dia excelente, amigão, paz e amor do Jason.

Jason dá a piscadela que é a sua marca registrada, aperta o stop na tela e volta a atenção para seus convidados.

— Quem é Tony Weir? — pergunta Ron.

— Um cara aleatório — diz Jason. — Sei lá.

— Foi legal da sua parte desejar feliz aniversário pra ele — comenta Ron. — Belo toque. Bom garoto.

Este último comentário é dirigido a Chris e Donna. Ron sabe que as pessoas que Jason conhece nem sempre têm as melhores reputações, mas, de qualquer maneira, quer lembrar a Chris e a Donna que ele é um bom garoto. Um bom garoto de cinquenta anos.

— Eles me pagam, pai — explica Jason. — O nome é "Cameo". Você arruma uma celebridade pra te mandar uma mensagem. Feliz aniversário, felicidades pelo casamento, o que for. Hoje mesmo mandei uma de divórcio pra alguém.

— Você ganha por isso? — questiona Chris.

— Quarenta e nove paus a mensagem — revela Jason. — Todos os famosos fazem isso e, se quiser, posso gravar as minhas até de cueca.

— Por mim tudo bem — diz Donna.

Ron balança a cabeça de perplexidade.

— Quantos pedidos você costuma receber?

— Dez por dia — responde Jason. — Mais ou menos. Tem muito fã de boxe por aí.

— Você fatura quinhentas pratas por dia pra dizer pro cara continuar se desviando e abaixando e dar uma piscadinha? — pergunta Donna.

— Antigamente me pagavam pra tomar socos na cabeça — diz Jason. — Acho que eu fiz por merecer.

— David Attenborough faz isso? — pergunta Ron.

— Acho que não, pai — retruca Jason. — Ele provavelmente tem mais dinheiro do que eu.

— Você não parece estar mal de vida — diz Chris, dando uma olhada no bar e na mesa de sinuca no porão de Jason. — E, por falar nisso, tem algumas coisas com que talvez você possa nos ajudar.

— Eles vivem dizendo que você é desonesto, Jase — declara Ron. — Sem prova nenhuma pra corroborar.

— Não estamos dizendo que ele é desonesto — replica Donna. — Só estamos dizendo que quase todo mundo com quem ele se relaciona não é lá muito da honestidade.

— De vez em quando as coisas dão uma animada — concorda Jason. — Vocês estão atrás de quê?

— Você ouviu falar alguma coisa sobre um carregamento de heroína? — pergunta Ron. — Teria sido recentemente.

— Como assim? — indaga Jason.

— Sumiu um carregamento grande — explica Ron. — E isso pode nos levar à pessoa que matou um amigo nosso. Você conhece um mané chamado Dom Holt?

— De Liverpool? — diz Jason. — O que levou um tiro na cabeça depois do jogo do Everton?

— O próprio — confirma Donna.

— Ouvi algumas coisas — responde Jason.

Karen, a companheira de Jason, enfia a cabeça pela fresta da porta.

— Vou comprar beterraba e mamão papaia. Oi, Ron, oi, gente. Precisam de mais alguma coisa?

— Oi, querida — cumprimenta Ron.

Chris e Donna acenam.

— Eu acabei com a quinoa — comenta Jason.

— Tá bem, lindão — diz Karen. — Volto em vinte minutos. Te amo.

— Te amo, gata — devolve Jason, e Karen desaparece de novo.

— Ela está morando com você? — pergunta Ron.

— Quase isso — diz Jason.

— Bacana — comenta Ron. E então se vira para Chris e Donna. — Bom garoto. Ele é um bom garoto.

— Se eu bem me lembro, estávamos falando de heroína — aponta Chris. — O que você sabe?

— Existe uma quadrilha principal por aqui — conta Jason. — Uma rota principal de entrada. Um sujeito chamado Maxwell. Andam falando por aí que ele estaria encrencado, e os urubus todos já se animaram.

— Quais urubus? — pergunta Chris.

— Tua amiga, por exemplo, pai — diz Jason. — Connie Johnson. Ela anda ciscando.

— Como a Connie Johnson ficou sabendo que o Maxwell estava encrencado? — indaga Donna.

— Tem um velho que visita ela na prisão — explica Jason. — Ele esteve lá faz algumas semanas e, depois disso, ela já começou a operação de guerra. Toda a Costa Sul ficou enlouquecida. Mas ninguém sabe quem é o tal do cara, então nem adianta perguntar.

— Nós sabemos quem é — afirma Chris.

— É o Ibrahim — declara Ron.

— Deus do céu, pai — diz Jason, rindo. — Claro, só podia ser o Ibrahim. Você e os seus amigos agora estão dando início a guerras do tráfico. Eu preferia quando você escrevia para a prefeitura reclamando da coleta do lixo.

— Devia ser semanal, Jase — argumenta Ron. — Eu pago o meu imposto.

— Mas, então, o que você quer dizer exatamente com esse negócio de "operação de guerra"? — quer saber Chris.

— Que ela estava mexendo os pauzinhos — explica Jason. — Falando com o pessoal do Maxwell, vendo se queriam abandonar o barco e entrar pro time dela.

— Pra controlar o tráfico de heroína *além* do de cocaína? — pergunta Chris.

— Bom, a Amazon não vende só livros, não é? — devolve Jason.

— Ela falou com Dom Holt? — questiona Donna.

— Não faço ideia — responde Jason. — Isso tudo não passa de fofoca de pub.

— E Luca Buttaci? — pergunta Chris. — Ela falou com ele?

— Não conheço o cara — diz Jason. — Acho que já fiz a minha parte, né? Sempre me esqueço que vocês dois são da polícia.

— Eu também me esqueço — responde Chris. — Culpo seu pai por isso.

— Se a Connie quisesse que alguém morresse — insiste Donna —, ela conseguiria encomendar mesmo estando na prisão?

— Com tranquilidade — diz Jason — É a coisa mais simples do mundo.

A resposta dá a todos o que pensar. Ibrahim está com Connie neste momento. Mas Ron tem outra coisa em mente.

— Posso te fazer uma pergunta também?

— Claro, pai — concorda Jason.

Ron se inclina para a frente.

— Que horas você e a Karen abriram os presentes no dia de Natal?

— Logo depois do café — responde Jason. — Quando mais seria?

— Porra, eu sabia — diz Ron.

Ele olha para Chris e então para Donna. Está vingado. Chris aguarda por mais um momentinho ou dois antes de retomar a conversa.

— Quem a Connie usaria, Jason — intervém Chris —, se quisesse matar alguém?

— Boa pergunta — diz Jason, de pé novamente, preparado para gravar mais um vídeo. — Nessas últimas semanas, o Ibrahim não foi o único visitante misterioso a aparecer por lá. Uma mulher de uns quarenta, talvez trinta e muitos, esteve lá umas duas vezes. Ninguém sabe quem é, mas tem uma aura perigosa. E essa é a impressão de quem tá lá dentro.

— Não tem nome? — indaga Chris.

— Nada — responde Jason. — Começou a aparecer do nada umas duas semanas atrás. Logo depois desse assassinato aí de vocês, né?

46

Ibrahim achava que o clima das segundas-feiras na prisão poderia ser um pouco diferente, mas parecia ser idêntico ao de todos os outros dias. Provavelmente fazia sentido, dado o conceito da prisão, conclui ele.

Embora seja psiquiatra e tenha um dever profissional, hoje Ibrahim precisa extrair algo de Connie. Elizabeth lhe passou uma tarefa, e ele vai cortar um dobrado no intuito de satisfazê-la.

Connie está recostada em sua cadeira. Usa um relógio novo e caro.

— Queria saber se já ouviu falar de um homem chamado Luca Buttaci — tenta Ibrahim.

Connie reflete sobre aquilo enquanto parte um pedaço de seu KitKat e o mergulha em seu espresso com leite vaporizado.

— Ibrahim, você às vezes se pergunta se é mesmo um bom psiquiatra?

— Acredito que, objetivamente falando, eu tenho a proficiência — responde ele. — Se tenho minhas dúvidas sobre mim mesmo? Sim. Se acredito que já ajudei muita gente? Igualmente. Eu já ajudei você?

Connie agora está no segundo pedaço do KitKat. Ela o usa para gesticular na direção de Ibrahim.

— Deixa eu te contar uma história.

— Posso fazer anotações?

— A polícia veria essas anotações algum dia?

— Não.

— Então pode — concede Connie, dando início à narrativa. — Uma garota se meteu na minha frente hoje, na fila do almoço...

— Ah, nossa — diz Ibrahim.

— Ééé, ah, nossa... Imagino que não soubesse quem eu era. As mais novas às vezes não sabem. Mas, enfim, ela chegou abrindo caminho com o cotovelo, eu cutuquei o ombro dela e falei: Sinto muitíssimo, mas acho que você pegou meu lugar.

— Foram essas as palavras exatas?

— Não. Ela então se vira pra mim e diz: Sinto muito, mas eu não entro em fila. Se você tem um problema com isso, então tem um problema comigo. De novo, essas não foram as palavras exatas. E aí ela me empurrou.

— Ah, nossa — repete Ibrahim. — Tem nome essa moça?

Connie pensa por um instante.

— Acho que os paramédicos mencionaram o nome Stacey. Então ficou aquele silêncio em volta, como é de se esperar. Todo mundo encarando. Dava pra ver que ela estava se dando conta de talvez ter mexido com a pessoa errada...

— Como ela teria se dado conta disso?

— Um dos guardas estava chegando pra intervir, e, quando mandei ele se mandar, o guarda só concordou e olhou pra ela e mandou um "sinto muito" silencioso. Acho que foi ali que a ficha caiu. Dei um golpe e ela se estabacou no chão.

— Ok — diz Ibrahim. — Tem algum motivo para você estar me contando essa história? Eu não estou gostando.

— O motivo é o que aconteceu depois — prossegue Connie. — Está ela ali, estatelada no piso, estou eu arregaçando as mangas, pronta pra dar uma bela lição nela sobre o erro que cometeu, quando ouço a sua voz na minha mente.

— Deus do céu — diz Ibrahim. — Falando o quê?

— Você me dizendo pra fazer uma contagem regressiva a partir de cinco. Me perguntando se eu me sentia no controle, se eu me sentia em paz comigo mesma naquele momento. Queria saber quem estava no controle, se era eu ou a minha raiva. Perguntava qual seria a atitude racional a ser tomada.

— Certo. E que respostas você encontrou?

— Não consegui ver o que poderia ganhar em enfiar o joelho no peito dela e continuar socando a garota. Foi como se aquele primeiro soco tivesse sido o suficiente pra deixar claro o que era preciso. Qualquer coisa a mais seria só por uma questão de ego.

— E você não é o seu ego — completa Ibrahim. — Ou ao menos não é apenas o seu ego.

— E sobre essa garota — continua Connie —, eu tenho que reconhecer: tem que ter peito pra furar a fila na prisão. Ela não é qualquer uma. Já aprendeu a lição dela, eu pude perceber, então simplesmente passei por cima, peguei minha comida e segui com o meu dia. E fiquei com orgulho de mim mesma, e pensei "aposto que o Ibrahim também vai ficar".

— E a moça? — pergunta Ibrahim. — Como ela está agora?

Connie dá de ombros.

— Faz diferença? Então, está orgulhoso de mim?

— Até certo ponto, sim — responde Ibrahim. — É uma espécie de progresso, não é?

— Sabia que você iria gostar — diz Connie, radiante.

— Será possível que um dia você reconsidere até o primeiro soco? — questiona Ibrahim.

— Ela se meteu na minha frente, Ibrahim — argumenta Connie.

— Eu sei. E, sem pensar, sem hesitar, a sua reação foi de uma rápida e imediata violência.

— Obrigada — agradece Connie. — Fui bem ligeira mesmo. E agora é hora de você descer do salto, porque creio que queria me perguntar alguma coisa sobre Luca Buttaci.

— Bem… — começa Ibrahim.

— Olha eu aqui — interrompe Connie. — O passarinho de asa quebrada, te pagando pra você me curar, pra me guiar para longe do caminho de violência e do ego, pra encontrar algum sentido numa vida vivida em meio ao caos. Todas essas são frases suas, por sinal.

— Eu sei — diz Ibrahim, tocado.

— Mas a cada sessão você me arrasta de volta. Como é que você mataria alguém, Connie? Consegue roubar algo de dentro de uma cela, Connie? E agora, você conhece um dos maiores traficantes de heroína da Costa Sul?

— Admito ser heterodoxo — concede Ibrahim. — Sinto muito.

Connie faz um gesto de dispensa.

— Isso não me incomoda. Te impede de ser moralista demais. Só queria que se olhasse um pouco no espelho às vezes. Você vem até aqui, pergunta a uma paciente vulnerável sobre algum marginal, e tudo bem. Eu te conto uma história de como dei um único soquinho em alguém, em vez de treze ou catorze, e, sendo bem sincera com você, Ibrahim, você não pareceu *tão* impressionado.

— Eu aceito os meus defeitos — admite Ibrahim. — E se não me mostrei suficientemente impressionado por você ter dado um soco tão forte numa moça que ela precisou ser socorrida, peço desculpas.

— Obrigada. Sim, eu conheço Luca Buttaci. Sei quem é.

— E teria alguma maneira de entrar em contato com ele?

— Teria — responde Connie. — Por que quer saber?

— Queremos convidá-lo para almoçar — conta Ibrahim.

— Acho que ele só come o que mata.

— É um rodízio de carne que acontece no domingo — revela Ibrahim.
— Muito bom. Você precisa experimentar, se te soltarem um dia. E se prometer não matar o Ron. Acha que eu consigo o contato do Luca Buttaci?

— Isso aqui é terapia mesmo? — questiona Connie. — Está lembrado de que eu estou te pagando?

— A terapia é sempre uma dança — lembra Ibrahim. — Precisamos nos mover de acordo com a música.

— Quanta bobagem — retruca Connie. — A sorte é que eu gosto de você. Não posso te dar o telefone dele, mas consigo passar um recado. O cunhado dele trabalha aqui.

— No Serviço Penitenciário?

— Pois é, eles parecem tão certinhos por aqui, não é?

Ibrahim checa suas anotações. Hora de mudar de assunto.

— Elizabeth gostaria de saber se você não teria alguma opinião a respeito do assassinato de sábado.

Connie parte um terceiro pedaço do KitKat. Não é o habitual — ela costuma comer dois durante a sessão e levar outros dois de volta para a cela. Reparar nesse tipo de coisa faz parte do trabalho de Ibrahim.

— Quem foi assassinado? — pergunta ela.

— Dominic Holt — conta Ibrahim. — Um dos homens sobre os quais você nos falou. O KitKat está bom?

— Uhum. Bem, todo mundo tem a sua hora, não é?

O celular de Ibrahim vibra. Faz parte do protocolo confiscar os celulares de todos os visitantes da prisão de Darwell, mas quem menciona o nome de Connie é autorizado a ficar com o seu. Ele checa a mensagem. Donna.

— Tem mais alguém que te visita com regularidade? — pergunta Ibrahim.

— Sim — diz Connie. — Massagista, tarólogo, professor de espanhol.

— Uma mulher de quarenta e poucos anos — descreve Ibrahim. — Começou a vir umas poucas semanas atrás.

Connie dá de ombros.

— Tem uma florista que vem de vez em quando. Celas podem ser muito sem graça às vezes.

— Não creio que ela seja uma florista — diz Ibrahim.

— Então é um mistério pra mim — declara Connie. — Precisa de algo mais ou podemos voltar para a terapia de fato?

— Está me contando tudo, Connie? Tudo o que sabe?

— Você que é o especialista — responde ela. — Você que tem que dizer.

47

Joyce

Bem, encontramos o depósito do Kuldesh sem nem precisar fazer grande esforço. Mas não se animem muito.

Elizabeth queria encontrá-lo antes da nossa "cúpula". Ela também quer fazer uma visita à investigadora-sênior Regan amanhã. Por que, eu não sei, mas certamente quero descobrir.

Quando digo que "encontramos", é porque Elizabeth teve a brilhante ideia de se passar por viúva de Kuldesh e aparecer na repartição do conselho de Fairhaven.

Ela fez o show completo da viúva enlutada que não sabia o número do depósito cheio de fotos de família e lembranças. Levou uns bons cinco minutos nisso, se entregou à personagem. De vez em quando a mulher da repartição — seu nome era Lesley — fazia um meneio simpático de cabeça. Elizabeth ainda deu um floreio final, colocando-se à mercê de Lesley, do conselho de Fairhaven e dos próprios deuses.

Foi neste ponto que Lesley fez seu último meneio de cabeça e disse que eles não tinham autorização para informar onde ficava o depósito por causa da Lei de Proteção a Dados.

Eu tinha avisado a Elizabeth que isso aconteceria. Durante o trajeto inteiro do micro-ônibus, fiquei falando: você está perdendo tempo, não vai conseguir nada com o conselho. Ela disse, ah, mas eu consegui extrair segredos nucleares russos da KGB, acho que consigo dar conta do conselho de Fairhaven. Mas eu sabia que ela estava errada e foi bom ver que tinha razão. Até lancei para Elizabeth meu olhar de "eu te disse", que sempre a enfurece.

Ela então lançou mão do meu truque habitual de me debulhar em lágrimas. Foi mais convincente do que o normal, devo reconhecer, mas eu poderia tê-la avisado que também não iria adiantar nada. Lesley do conselho de Fairhaven continuou inabalável. Em dado momento, sugeriu que Elizabeth bebesse um copo d'água, mas não se dobrou nem um centímetro a mais.

E então eu entrei na jogada.

Enquanto Elizabeth estava caída aos prantos na cadeira de plástico, eu comentei com a Lesley que, como Kuldesh havia morrido e suas contas foram bloqueadas, ele não teria pagado o aluguel daquele mês. Aí ela prestou atenção. Se tem algo que os conselhos locais gostam mais do que do Ato de Proteção a Dados, é de dinheiro.

Eu disse a ela que pagaria a dívida de bom grado. Além do mais, considerava que aquele era o meu dever. Minutos depois, estava com uma fatura impressa na mão: 37,60 libras pelo aluguel do depósito municipal de nº 1772, localizado na Pevensey Road, em Fairhaven.

Eu disse a Lesley que o pagamento seria realizado em breve, lhe agradeci pela eficiência e conduzi Elizabeth pelas portas duplas rumo à liberdade.

Ela me elogiou muito e concordamos que futuramente a KGB ficaria a cargo dela e conselhos locais ao meu. Todos precisam ter a sua especialidade. Por exemplo, quando perguntei a ela como entraríamos no depósito sem chave, Elizabeth riu.

Sugeri que, se fôssemos dar uma xeretada, deveríamos telefonar para Nina Mishra. Se não achássemos a heroína, poderíamos encontrar alguma outra coisa que nos levasse à droga; Nina saberia melhor o que procurar. Elizabeth me acusou de estar "fissurada" em Nina, o que provavelmente é verdade. Gosto de mulheres fortes. Não tipo fisiculturistas, mas vocês entenderam. De qualquer forma, Nina topou nos encontrar depois de suas turmas da parte da manhã.

Fomos andando até Pevensey Road; são poucas ruas para dentro a partir da orla. Perguntei a Elizabeth se ela achava que seríamos convidadas para a cerimônia se Donna e Bogdan decidissem se casar. Ela disse: "Você não consegue se concentrar apenas em heroína por dois segundos?"

Eram duas fileiras de depósitos, uma em frente à outra. Portas verde-claras, todas com avisos de segurança colados. Duas ou três estavam abertas e dava para ouvir o ruído de martelos e serras vindo de dentro. Fizemos o trajeto passando entre as duas fileiras, desviando ocasionalmente para dar passagem às gaivotas, até acharmos a de nº 1772.

Elizabeth tirou algo da bolsa, não vi direito o que, mas era um pedaço fino de metal. Ela o colocou na fechadura da garagem, deu-lhe uma forte cutucada com a palma da mão e puxou a porta para cima, abrindo-a.

Não sei o que eu estava esperando. Talvez alguma espécie de arca do tesouro. O tipo de coisa que se vê num desenho da Disney, ouro, joias, dobrões. Mas tudo o que havia eram velhas caixas de papelão empilhadas contra as paredes, cada uma com um número rabiscado na superfície. Estávamos abrindo as primeiras caixas quando Nina chegou de táxi e se juntou a nós.

Ela estava usando um prendedor de cabelo lindo.

Não encontramos a heroína, evidente. Se houvéssemos encontrado, eu juro que já teria dito. Se eu estivesse com um carregamento de heroína avaliado em cem mil libras em cima da mesa da sala de jantar, não estaria discorrendo sobre prendedores de cabelo e fisiculturistas.

Havia todo tipo de coisa nas caixas. Relógios antigos, joias, até umas litografias de Picasso. Elizabeth perguntou se Nina conseguiria dar um bom destino para alguma coisa ali, mas a impressão de Nina era de que provavelmente boa parte era produto de roubo e nossa primeira parada deveria ser a delegacia mais próxima, ao que eu respondi que seria a nossa parada no dia seguinte. Elizabeth perguntou se as litografias de Picasso tinham valor, mas Nina deu uma olhada, afirmou serem falsificações grosseiras e sugeriu que Elizabeth e eu ficássemos cada uma com uma, e foi o que fizemos. A minha é um estudo de uma pomba e, neste momento, se encontra no topo da minha lareira. Tem um homem em Haywards Heath que faz ótimas molduras. Da próxima vez que der um pulo na cidade, levo para ele. Vou fingir que é de verdade, lógico. Imagino que seja assim que os falsários terminam se safando das coisas. Fingir que é de verdade é conveniente para todos os envolvidos.

A propósito, antes talvez eu possa ter passado a impressão de que, embora goste de mulheres fortes, não gosto de fisiculturistas. Não foi a minha intenção, de forma alguma. Fisiculturismo não é para mim, mas eu entendo por que alguém gostaria. É uma diversão sadia, e este é o segundo melhor tipo de diversão que existe.

Vocês podem estar achando que a tarde foi uma decepção só, mas longe disso. Elizabeth afirma que este depósito é nosso trunfo. Tudo o que precisamos fazer é insinuar que ele existe durante o almoço de domingo e em seguida mantê-lo sob vigilância. Qualquer um será capaz de encontrá-lo e todos vão querer dar uma olhada.

E, é claro, se ninguém der uma olhada, podemos partir do pressuposto de que a pessoa já está com a heroína.

Este é o raciocínio de Elizabeth, e ela pediu a Nina que estivesse presente no almoço para ajudá-la a trazer o depósito à tona. Nina pareceu igualmente assustada e animada. Que é bem como eu sempre me sinto desde que conheci Elizabeth.

Portanto, amanhã é dia de visitar a investigadora-sênior Regan. Quanto mais informações tivermos antes do almoço de domingo, mais contente Elizabeth ficará. Não que ela pareça especialmente contente no momento. Houve um funeral hoje, um funeral fora do comum. Eu conto mais para vocês quando tiver definido o que penso.

Perguntei a Elizabeth se estávamos marcadas na agenda da investigadora-sênior Regan para amanhã, e ela disse que lógico que não e que eu não precisava me preocupar com isso. Também a lembrei de que não temos micro-ônibus às terças-feiras, mas ela disse que Ron vai nos levar. Ele andava se sentindo excluído e o Daihatsu já voltou da oficina.

Sinto que esta é a grande semana para descobrirmos quem matou Kuldesh. Até para encontrarmos a heroína, quem sabe. Elizabeth parece estar encaixando todas as peças. Será que ela sabe de alguma coisa?

Alan está amuado porque eu passei o dia inteiro na rua. Não dá para explicar isso de heroína e assassinato para um cachorro. Bem, talvez para um cão farejador. Ele está de mau humor no quarto de hóspedes, soltando suspiros de poucos em poucos minutos só para eu saber que está lá. Mas sei que ele não vai aguentar muito tempo assim. Vou lá chamá-lo.

Pronto, já está aqui, abanando o rabo. Tudo perdoado.

48

— A investigadora-sênior Regan, por favor — pede Elizabeth à sargento na recepção da delegacia de Fairhaven.

— Quem deseja falar com ela? — pergunta a sargento, uma mulher na casa dos cinquenta anos.

— Pode dizer que são Elizabeth e Joyce — diz Elizabeth. — É sobre o assassinato de Dominic Holt.

— É uma confissão? — indaga a sargento, discando o ramal do andar de cima. — Tem aqui uma Elizabeth e uma Joyce à procura da investigadora-sênior Regan. Informações a respeito de Dominic Holt.

Após uma breve espera, a sargento assente e diz:

— Obrigada, Jim. — Vira-se para as duas. — Sinto muito, mas ela saiu. Querem deixar um número de telefone?

— Saiu? — questiona Elizabeth.

— Pois é, infelizmente — diz a sargento. — A confissão vai ter que esperar.

— Mas que coisa peculiar, não é, Joyce? — Elizabeth aponta para a amiga. — Esta é a Joyce.

— É muito peculiar. Nós a vimos entrar às… — Joyce abre um caderno. — … às 10h23 e estamos vigiando a porta da frente desde então e ela não saiu.

— Eles têm carros — retruca a sargento. — E vocês não deveriam ficar vigiando delegacias.

— Ah, mas estávamos em um local público — aponta Elizabeth. — Num banquinho no parque.

— Eu trouxe uma garrafa térmica — complementa Joyce.

— E apenas dois carros saíram da delegacia desde então, e ela não estava em nenhum — diz Elizabeth. — São… que horas são agora, Joyce?

— São 11h04 — diz Joyce.

— Já são 11h04…

— Agora já 11h05 — corrige Joyce.

— E nos pareceu que isso provavelmente teria sido tempo suficiente para a investigadora-sênior Regan chegar, ficar a par dos acontecimentos da manhã e tal. A essa altura, ela já deve estar tomando um café e lendo e-mails.

— E aí pensamos que não haveria hora melhor do que esta — acrescenta Joyce.

— Não haveria hora melhor — confirma Elizabeth. — Então, se você puder ligar de novo e se certificar de que não tenham se enganado… nós gostaríamos demais de falar com ela. O micro-ônibus volta para Coopers Chase às três da tarde e ainda temos mais coisas a fazer hoje.

A sargento se levanta e põe as palmas das mãos no balcão.

— Senhoras, por mais divertido que esteja isso aqui, a investigadora-sênior Regan não se encontra. O prédio possui mais de uma saída…

— Sim, Ron estava na saída dos fundos — diz Elizabeth. — Ela não saiu.

— E eu estou afirmando que saiu — reitera a sargento. — Portanto, se me deixarem um número de telefone, vou garantir que seja repassado para ela. E, nesse meio-tempo, eu as aconselho veementemente a não ficarem vigiando uma delegacia, a menos que queiram ser presas.

Elizabeth pega o celular e tira uma foto da sargento.

— Foto tirada às 11h07 — diz Joyce.

— Se tirar mais uma foto — avisa a sargento, encarando Elizabeth —, vou prender você.

Elizabeth olha para Joyce com uma sobrancelha arqueada. Joyce olha para o próprio relógio, pensa por um instante e faz um discreto meneio.

Elizabeth tira mais uma foto.

49

Sayed contempla a paisagem das montanhas lá embaixo. Tudo no vale é seu, assim como também todas as encostas ao norte. As encostas ao sul já ficam no Paquistão. Quem as controla, Sayed não sabe, mas nunca deram problema. Isso é tudo que se pode desejar. Já há problemas demais atualmente.

Não tem notícias de Hanif desde quarta-feira. Ele estivera na Moldávia investigando e disse que iria à Inglaterra, então deve ter descoberto algo. Sayed não ficará satisfeito até que esteja tudo solucionado. É claro que não. Nem deveria estar ali naquele helicóptero — pode dar azar, basta uma bala perdida para derrubá-lo. Mas ou era isso, ou seis horas de viagem de jipe e a cavalo.

Esta não é uma posição em que já se encontrara antes, e a situação precisava ser resolvida logo. Dará em torno de uma semana a mais para Hanif. Sabe que ele está seguindo a rota que o carregamento fez. Não é como se pudesse simplesmente ligar e bater papo.

Hanif vai falar com Mitch Maxwell, e Mitch Maxwell vai falar com Luca Buttaci. A princípio, com educação. Se não conseguir o que quer, com menos educação. Sayed não gosta de ser enganado ou passado para trás. Este é um caminho mortal.

Hanif terá de ser punido também, evidente, se os dois não descobrirem nada. Para que ao menos se sinta motivado.

Da porta aberta do helicóptero, Sayed vê os campos onde as papoulas logo vão desabrochar, e isso o anima um pouco. Pois todos sabem que campos de papoulas vermelhas em floração plena só podem significar uma coisa.

Lucros.

50

A investigadora-sênior Jill Regan está com cara de poucos amigos.

— E você — aponta para Joyce — esteve no armazém onde Dominic Holt foi morto.

— Estive — confirma Joyce. — Ah, que bom, as pessoas vivem esquecendo o meu rosto. Ou então não sabem dizer de onde me conhecem. Tive pacientes que chegavam pra mim anos depois no supermercado e falavam…

— Por favor — diz Jill. — Me poupe. Eu estou aqui pra comandar uma investigação de assassinato.

— Não está fazendo um trabalho muito bom — comenta Elizabeth. — Se não se importa que eu fale.

— Me importo, sim — retruca Jill. — Alguma de vocês já pegou um assassino?

— Sim — declara Elizabeth.

— Mais de um — acrescenta Joyce.

— Vocês têm cinco minutos — diz Jill. — Que informações têm pra mim? É melhor que seja algo bom.

— Eu poderia perguntar antes — começa Elizabeth — o que você está fazendo aqui?

— Estou sentada numa sala de depoimentos com as Supergatas? — sugere Jill. — Não faço ideia.

— Não — replica Elizabeth. — Você entendeu muito bem o que eu quis dizer. Por que a Agência Nacional do Crime foi convocada a investigar o assassinato de Kuldesh Sharma?

— E o que você tem a ver com isso?

— Nós somos cidadãs e pagamos impostos — afirma Elizabeth. — E também somos observadoras interessadas.

— Vocês conhecem o inspetor-chefe detetive Hudson? — pergunta Jill.

— Sim — diz Joyce. — E a namorada dele. É a Patrice. Você a conhece?

— Foi ele quem mandou vocês aqui, não foi?

— Minha nossa, claro que não — diz Elizabeth, rindo. — Imagino que ficaria horrorizado se soubesse que estamos aqui.

— Não seria o único — diz Jill.

— Eu vou compartilhar com você a minha teoria, pelo menos — declara Elizabeth. — Não creio que você tenha qualquer interesse especial em Kuldesh, ou pelo menos a Agência Nacional do Crime não tem. Eu acho que você tem interesse profissional na heroína.

— Nem tudo precisa ser envolto num véu de mistério — diz Jill. — Isso aqui não é uma série da Netflix.

— Ah, eu vivi uma vida que colocaria a Netflix no chinelo — replica Elizabeth. — Acho que a heroína era parte de uma operação de grande escala da ANC. Vocês planejavam rastreá-la, deixá-la entrar no país e aí aparecer e prender todo mundo. Estou certa?

— Se isso é tudo o que tem, estou voltando para a minha sala — afirma Jill.

— Só que a heroína sumiu — continua Elizabeth. — Heroína que você deixou entrar no país. Que você deu permissão para que passasse em Newhaven. Portanto, a sua operação foi arruinada e a reputação da ANC está correndo um sério risco. E, sejamos honestas, não é a primeira vez. Pior que isso, um inocente foi morto. Bem, quando digo "inocente", um amigo nosso, ao menos. Estou disposta a acreditar que você nunca tinha ouvido falar de Kuldesh Sharma nem se dado conta de que ele estaria envolvido. Assim, embora eu tenha certeza de que você quer solucionar o assassinato, acho que acima de tudo o que precisa é encontrar aquela heroína.

— Ok — diz Jill. — Creio que seu tempo acabou.

— E aí Dom Holt também foi assassinado — prossegue Elizabeth. — Fico pensando: ele seria um informante seu? E alguém o teria descoberto?

— Quem é você? — questiona Jill.

— Finalmente uma pergunta inteligente — declara Elizabeth. — Eu sou alguém que pode te ajudar.

— Me ajudar como?

— Podemos te ajudar a encontrar a heroína — assegura Elizabeth. — Não podemos, Joyce?

— Já fizemos isso antes com diamantes — confirma Joyce.

— Se vocês sabem onde essa heroína está e não estão me...

Elizabeth faz sinal para Jill se calar.

— Não está com a gente, investigadora-sênior Regan, é óbvio. Mas eu estaria disposta a apostar que estamos muito mais perto de achá-la do que você. E, como eu quero descobrir quem assassinou o nosso amigo, o que realmente quero saber de você é: quem trabalha para você? Quem está dentro do esquema e que está sendo protegido por você? Era o Dom Holt?

— Não estou protegendo ninguém — reage Jill.

— Sei — diz Elizabeth. — Planejou a operação sem nenhuma ajuda interna, então? É possível. Fizemos isso em Budapeste em 1968, mas lamento dizer que não engulo essa.

— O que aconteceu em Buda…

— Portanto, Joyce vai dizer quatro nomes a você — continua Elizabeth. — Um deles está ou estava trabalhando para você, e nós vamos saber dizer quem é pela sua reação. Tudo de que precisamos é a mais discreta das contrações musculares.

— Chega — ordena Jill. — Isso é uma palhaçada.

— Mitch Maxwell — diz Joyce.

Jill se levanta para sair da sala.

— Sinto muito, senhoras.

— Luca Buttaci — diz Joyce.

— É assim que você pronuncia o nome, Jill? — pergunta Elizabeth.

— Samantha Barnes — diz Joyce.

— Vou chamar um dos guardas para vir buscar vocês — declara Jill.

— Dominic Holt — diz Joyce.

Jill para junto à porta.

— Se eu vir alguma de vocês duas de novo, é melhor que seja por terem encontrado a minha heroína.

— *A* heroína, sem dúvida — diz Elizabeth, enquanto Jill sai batendo a porta.

Ela se vira para Joyce.

— Ela é boa.

— Não vacilou — comenta Joyce.

— Isso significa uma de duas coisas. Ou ela é uma psicopata…

— Uhh — faz Joyce.

— O que não acredito ser o caso — diz Elizabeth. — Ela retocou o batom antes de vir falar com a gente. Queria causar uma boa impressão.

— Acho que psicopatas também usam batom — opina Joyce.

— A outra alternativa, Joyce — continua Elizabeth —, é ela não ter vacilado porque ninguém da quadrilha está trabalhando para a ANC.

— Então por que eles estariam aqui?

— Talvez porque alguém da ANC esteja trabalhando para a quadrilha?

51

O restaurante de Coopers Chase viu muita coisa ao longo dos últimos anos. Viu um ex-juiz da Alta Corte morrer enquanto esperava uma delícia de banana. Viu um arranca-rabo tão feio que uma mulher de oitenta e nove anos acabou se divorciando do marido com quem vivia há sessenta e oito. Viu até um pedido de casamento, recebido na época com grande estardalhaço e depois discretamente esquecido quando se soube que o homem em questão já era casado. Foi palco de celebrações, velórios, viu amores nascerem, crianças, netos e bisnetos, e até um aniversário de cem anos ocorreu no local, terminando com a chegada da polícia, chamada devido a um incidente com um *gogo boy*.

Mas uma reunião como a que transcorre neste momento ao redor da mesa de almoço no ambiente privativo do jardim de inverno é algo inédito. Dois dos mais prolíficos traficantes de drogas do Reino Unido, uma dona de antiquário multimilionária e seu imenso marido canadense, uma professora de arqueologia histórica na Universidade de Kent, um empreiteiro polonês todo tatuado e, na cabeceira da mesa, os célebres anfitriões, uma ex-enfermeira, uma ex-espiã, um ex-dirigente sindical e um psiquiatra por vezes ainda em atividade.

O assunto em pauta é onde se poderia encontrar uma remessa de heroína. As apresentações já foram feitas. A conversa é interrompida de tempos em tempos por garçons chegando com comida, sob o acordo geral de que, nestes momentos, todos devem fingir fazer parte do comitê organizador de uma festa beneficente de verão.

— Pois bem, cada um de nós tem seus motivos para estar aqui — começa Elizabeth. — Mitch, a sua heroína foi roubada e seu braço direito, morto. Ainda que, claro, possa ter sido você quem matou Dom Holt...

— Não fui eu — afirma Mitch Maxwell.

— Alguém matou — diz Luca Buttaci.

— Bem, é por isso que estamos aqui — intervém Ibrahim. — Para discutir essas questões com franqueza.

— Luca — continua Elizabeth —, você também sofreu perdas financeiras, ainda que, novamente, seja suspeito tanto do desaparecimento da heroína quanto da morte de...

— E um castelo inflável para as crianças — completa Joyce, assim que três jovens garçonetes chegam com as entradas. — O preço é bem em conta. Poderíamos cobrar cinquenta *pence* por cabeça.

— Duas libras por cabeça — diz Samantha Barnes.

— Um e cinquenta — contrapõe Mitch Maxwell. — Peraí. *Duas libras?*

— Não fale assim com a minha esposa — diz Garth, agradecendo à garçonete com um aceno de cabeça.

— O mais importante de tudo é não permitir que se entre com sapatos no castelo inflável — ressalta Ibrahim. — Mesmo tendo seguro, nós precisamos...

— Da morte de Dom Holt — continua Elizabeth após a última garçonete sair da sala.

— Não atirei foi em ninguém — replica Luca.

— Não há necessidade dos dois verbos — diz Ibrahim. — Sempre é melhor...

Ron apoia a mão no braço de Ibrahim.

— Agora não, cara, ele é traficante de heroína.

Ibrahim assente e se concentra em sua muçarela de búfala.

— Samantha e Garth — diz Elizabeth —, vocês estão aqui por uma série de razões. Primeiro, o conhecimento que têm da área. E segundo, porque mentiram para a Joyce e o Ibrahim quando afirmaram que nunca tinham ouvido falar de Dominic Holt.

— Estamos mentindo, então? — questiona Samantha. — De acordo com quem?

— De acordo com a Joyce e o Ibrahim, e pra mim isso basta.

— Sinto muito, mas vocês estavam mentindo com toda a certeza — declara Joyce. — Pena que não pedi os camarões, os de vocês estão com uma cara ótima.

— E o mais importante: o seu celular tem um código 777 de bloqueio, algo que é extremamente raro, e por isso nós suspeitamos que foi para você que o Kuldesh ligou na tarde anterior à morte dele.

— Aposto que o Mitch e o Luca também têm esse código — sugere Samantha.

Os dois homens fazem que não.

— Nós simplesmente jogamos os celulares fora — revela Mitch.

— Por isso queríamos a sua presença aqui, Samantha — reitera Elizabeth. — Apesar de eu ficar na dúvida sobre o motivo de você ter aceitado o convite. O que tem a ganhar com essa nossa reuniãozinha?

— Uma ótima pergunta — responde Samantha. — Estamos todos sendo honestos?

— Estamos, tanto quanto possível em se tratando de uma mesa de mentirosos e trapaceiros — responde Elizabeth.

— Tem cem mil libras em heroína dando sopa por aí e eu estou apostando... — diz Samantha — ... que nós poderíamos ter barracas vendendo geleia e molho chutney.

— E poderia até haver uma competição para escolher o melhor — sugere Joyce. — Com uma celebridade local como juiz. Nós conhecemos Mike Waghorn, o apresentador de noticiário.

A garçonete deposita um novo jarro de água na mesa e vai embora.

— E eu estou apostando que alguém daqui vai achar essa heroína — retoma Samantha. — E Garth e eu queríamos nos sentar, escutar e ver se conseguimos pescar alguma pista de onde ela está.

— E roubá-la nós mesmos — complementa Garth. — Só pela diversão. O dinheiro não faz tanta diferença pra gente. Mas, como eu percebo que somos as pessoas mais inteligentes nessa mesa, acho que as chances são boas.

— Uma vez fiz um teste de QI, na época da escola — comenta Ibrahim. — Eu tinha...

Ron apoia novamente a mão no braço do amigo.

— Deixa ele achar que é o mais inteligente, Ib. É bom pra gente.

— Mas eu sou o mais inteligente — insiste Garth.

Ibrahim faz menção de falar, mas Ron lança um olhar ao amigo.

— Nina está aqui porque temos certeza de que foi a última pessoa a falar com o Kuldesh e, portanto, uma suspeita natural devido às circunstâncias. Sinto muito, querida, mas temos provas.

— Sem problemas — diz Nina. — Eu me sentiria desrespeitada se ficasse de fora.

— E Bogdan está aqui para o caso de algum de vocês tentar nos matar — conclui Elizabeth. — Eu estou armada, mas vocês são muitos, e neste caso é melhor pecar pelo excesso.

— E eu estava com fome — acrescenta Bogdan. — E conhecia o Kuldesh.

— E vocês quatro? — pergunta Samantha Barnes. — Estão aqui por quê? Qual é o interesse de vocês?

— O nosso interesse — responde Elizabeth — é que alguém assassinou o amigo do meu marido e eu apostaria um bom dinheiro que foi um de vocês.

— Portanto nós viemos sentar e ouvir — continua Joyce. — Curtir um bom almoço e ver se alguém se entrega.

— Por mais brilhante que a pessoa possa ser — complementa Ibrahim, sem olhar para ninguém em especial.

— Se vocês encontrarem a heroína — diz Elizabeth —, é toda de vocês, não damos a mínima. Vamos começar pelo começo, então? Ibrahim?

Ibrahim pega uma pasta.

— Sr. Maxwell, o senhor pode ser o primeiro. De onde vem a heroína? Do Afeganistão?

— E uma barraquinha de cerveja — diz Ron. — Cervejas locais. Quem sabe a gente não consegue um desconto?

Os pratos principais chegaram.

52

Hanif está hospedado em um hotel chamado Claridge's. Fica bem na agitação de Londres, e seu quarto é na cobertura. E só há um único quarto na cobertura. Conta com mordomo particular, piscina e piano de cauda. Hanif não sabe nadar nem tocar piano, mas o visual é ótimo para seu Instagram.

É o seu hotel favorito por muitas, muitas razões. A localização não poderia ser melhor, próximo às lojas da Bond Street e da Savile Row e às galerias de arte da Cork Street. O bar e o restaurante representam a essência de Londres: um clima descontraído, porém com elegância e preços altíssimos. Mas o melhor de tudo é a absoluta discrição dos funcionários. Hanif, que é esquecido até nos seus melhores dias, deixara um revólver e oitenta mil libras em espécie em cima da cama ao descer para o café da manhã. Ao voltar, descobrira que a camareira acomodara ambos impecavelmente numa gaveta ao lado da cama. Em hotéis de rede não se consegue um serviço com essa qualidade.

Ele entrou em contato com Mitch Maxwell e lhe deu um ultimato. É encontrar o carregamento até o final do mês ou ser executado. E certificou-se de que a mesma mensagem fosse repassada a Luca Buttaci. O prazo até deveria ser mais curto, mas Hanif estava ansioso para curtir algumas semanas em Londres; não vinha à cidade desde os tempos de universidade, e, além do mais, quer muito assistir ao Coldplay em Wembley. Se matar Mitch e Luca, precisará ir embora de imediato. E não fará mal aos dois terem um pouco de tempo extra. Hanif jamais esteve com Luca Buttaci, mas ele e Mitch haviam se conhecido em um camarote da FIFA na Copa do Mundo do Catar e se dado muito bem. Mitch, no entanto, lhe garante que está tudo sob controle, de forma que Hanif está otimista. Acha que não precisará matá-lo.

A coisa toda, esse carregamento específico, partiu de Hanif, e Sayed está bastante insatisfeito com os desdobramentos. Se o carregamento não for encontrado, aí, claro, Hanif vai matar Mitch e Luca, mas quando voltar ao Afeganistão não há garantia de que Sayed não vá matá-lo. O jogo é esse, é para isso que ele é pago. Esta tarde agendou uma massagem para tentar esquecer o assunto por uma horinha que seja.

Hoje à noite vai a uma festa em Mayfair. Uma simples reunião para os íntimos domingo à noite. Cortesia de um de seus velhos amigos da Eton, que ficara encantado ao descobrir pelo Instagram que Hanif estava em Londres, ainda que um pouco surpreso de vê-lo tocando piano.

Vai ser bom encontrar alguns amigos das antigas, saber o que andam fazendo da vida, mentir sobre o que faz da sua, ver se alguém está a fim de pegar uma piscina.

Hanif faz movimentos circulares com os ombros — está com um nó que não consegue aliviar. Espera que o massagista dê um jeito na situação.

Ele quer muito que seu plano dê certo. Não deseja mesmo ter que matar alguém. E com certeza não quer ser morto. Tem até o fim do mês.

No cômputo geral, seria uma ótima notícia se alguém simplesmente encontrasse aquela caixa.

Seria bom poder curtir a apresentação do Coldplay sem ter que enterrar nenhum cadáver antes.

53

O caso foi debatido e dissecado ao longo da refeição e da sobremesa. Enquanto serviam o café, o debate girou em torno da necessidade de se contratar uma tenda ou de arriscar e confiar no bom tempo britânico de agosto.

— Eu só ouvi falar do Kuldesh depois que ele já tinha morrido — comenta Mitch Maxwell.

— Mesma coisa — diz Luca Buttaci. — Era só um cara que tinha uma loja.

— Mas vocês têm rivais, não têm? — questiona Ron. — Não podem ser as únicas pessoas que vendem heroína na Costa Sul.

— Com sinceridade — diz Mitch —, se mais alguém de repente aparecesse por aqui com heroína para vender, a gente saberia. Pode checar com a amiga de vocês, a Connie Johnson.

— Amiga minha que não é — retruca Ron.

— E vocês continuam a negar que o Kuldesh tenha feito contato, Samantha? — questiona Elizabeth. — Garth?

— Quisera eu que tivesse feito — declara Samantha. — Teria sido um negócio tranquilo. E eu não o teria matado.

— Garth?

— Eu provavelmente teria matado, sim, só pra não deixar pontas soltas. Mas não matei.

— Eu pensei numa coisa — diz Samantha. — Caso possa ajudar.

— Por favor — concede Elizabeth.

— Como é essa caixa da heroína? — pergunta Samantha. — Eu imagino que a droga não tenha ficado muito tempo dentro dela. A caixa deve estar por aí, em algum canto. Quem sabe não aparece um dia na loja de alguém? E aí vocês terão encontrado seu assassino.

— Isso é contar demais com a sorte — diz Nina.

— Pra dizer o mínimo — diz Mitch, rindo. — Eu vou te mostrar como é, aguenta só um minuto. Duvido que alguém vá querer vender isso num antiquário.

— Ainda não mencionamos o assassinato de Dominic Holt. O quem e o porquê — diz Ibrahim, tomando as rédeas da conversa.

Depois de vasculhar o celular, Mitch encontra a foto que estava procurando. Desliza o aparelho pela mesa para Samantha pegar.

— É sério que você colocou o equivalente a cem mil libras em heroína nesse troço? Que falta de classe.

Ela repassa o aparelho para Garth, que faz uma careta.

— De repente aparece em uma loja de sucata. Mas boa ideia, gata. Vamos ficar de olho.

Ele desliza o celular de volta para Mitch.

— No depósito do Kuldesh que não estava — comenta Nina, conforme foi instruída por Elizabeth.

— Onde? — pergunta Mitch.

— É como ele chamava os fundos da loja — desconversa Elizabeth. — A gente deu uma fuxicada por lá.

— Ninguém chama a sala dos fundos de depósito — retruca Luca. — Você está dizendo que o Kuldesh tinha um depósito?

— Desculpa — pede Nina a Elizabeth, novamente cumprindo o papel.

— Tá bem — diz Elizabeth. — Sim, Kuldesh alugava um depósito, não, eu não vou dizer pra vocês onde é…

Garth ergue a mão.

— Não, Garth, nem que você ameace me matar.

Ninguém parece satisfeito com a situação. O que é perfeito.

— Mas falando de forma geral — prossegue Elizabeth —, eu gostaria de encontrar essa heroína antes da investigadora-sênior Ronson.

— Regan — corrige Luca.

— Me enganei — diz Elizabeth. — Mas se todos aqui falaram a verdade, não vai haver problema. Porque temos o mesmo objetivo. Podemos unir forças para encontrar a heroína e a pessoa, ou as pessoas, por trás dos assassinatos.

— Mas se nem todos estiverem dizendo a verdade… — inicia Ibrahim.

— Aí mais cedo ou mais tarde vai haver um banho de sangue — completa Ron. — E talvez passeios de burrinho. Ainda se faz essas coisas ou foi proibido?

Com a chegada das garçonetes para levarem embora as xícaras de café, o almoço chega ao fim. Saem todos, rumo a suas tramas e seus esquemas — Elizabeth apostaria uma boa quantia nisso.

— E agora? — pergunta Nina Mishra, se levantando para ir embora.

— Agora é ver quem sobrevive a esta semana — afirma Elizabeth.

54

Joyce

Ontem almoçamos com alguns tipos bem indigestos. Foi muito divertido. Alugamos o salão privado, e deu para perceber que algumas pessoas ficaram mordidas. Ouvi alguém sussurrar "quem ela pensa que é?" quando fui ao banheiro.

Tinha o Mitch Maxwell, traficante de heroína. Luca Buttaci, do mesmo ramo. O nome pode parecer italiano, mas ele não é. A Samantha e o Garth, que nós conhecemos em Petworth, também estavam. Samantha me deu um beijo no rosto, mas Garth se limitou a dizer "cadê o Alan?" e depois "não era essa a minha expectativa" quando contei que ele estava cochilando em frente a um dos meus aquecedores. Nina Mishra também veio e ficou se derramando toda por Coopers Chase. O sol de inverno deu as caras, e tenho que admitir que o lugar estava lindo mesmo. Ela já está planejando se mudar para cá dentro de trinta e cinco anos.

Não descobrimos nada, mas não descobrir nada era exatamente o objetivo do almoço. Elizabeth só queria reunir todo mundo, sacudir a árvore.

É só dar corda, como se costumava dizer, mas "vamos ver quem vai matar quem agora" foi como Elizabeth preferiu definir.

Tive a sensação de que todos ali conheciam uma parte da história, mas ninguém a conhecia por inteiro, e creio que é nisso que Elizabeth está apostando.

Pois agora é esperar. Deixar que devorem uns aos outros e ver que segredos caem dos seus bolsos quando isso acontecer.

Depois Elizabeth me disse que vai ficar afastada por alguns dias. Fora do ar. Diz que tem coisas a resolver, e talvez tenha.

O que é assunto dela não é assunto meu, e lógico que todos precisamos de um pouco de privacidade de tempos em tempos. Ainda mais por aqui. Às vezes ficamos um pouco grudados demais uns nos outros, e sei que nem todo mundo gosta disso. Eu gosto. Gosto de ter gente ao meu redor. Gosto de bater papo, nem importa muito sobre o que seja.

Mas Elizabeth é diferente, e eu aprendi a respeitar isso. A dar a ela um pouco de espaço e resistir à tentação de espionar. Dito isto, vi da minha janela que Anthony, o cabeleireiro, estava a caminho do bloco dela outro dia e, como ele vive fazendo questão de nos dizer, jamais atende a domicílio, portanto alguma coisa deve estar acontecendo. Talvez mais tarde, quando eu for até a loja, pegue o caminho mais longo só para ver se as cortinas lá estão abertas ou fechadas. Isso em si já conta uma história.

Por que Anthony teria ido até o apartamento de Elizabeth? Conhecendo a peça, ela deve ter algum compromisso no palácio. Vai conhecer o rei, receber uma medalha. Espiões vivem ganhando essas regalias. Enfermeiras, nem tanto. Mas eu juro: se ela conhecer o rei Charles sem me contar antes, terei algumas poucas e boas a dizer. Um amigo do Gerry certa vez foi convidado para um coquetel ao ar livre no palácio de Buckingham. Era presidente do Rotary Club ou algo do tipo e eles haviam arrecadado algum dinheiro para uma clínica de cuidados paliativos. Enfim, ele não foi. Estava jogando golfe. Dá para acreditar?

Creio que a rainha e eu teríamos nos dado bem. Ela me fazia lembrar muito de Elizabeth. Um pouco mais acessível, talvez.

Mas com Elizabeth indisponível, eu fico meio à deriva, e não é algo com que saiba lidar muito bem. Posso ficar de bobeira pela casa por algum tempo, ver *Bargain Hunt* com Alan. Mas, cedo ou tarde, preciso encontrar algo para fazer e alguém com quem fazer. Com Gerry era fácil: podia ajudá-lo nas palavras cruzadas ou dividir minhas opiniões sobre isso ou aquilo. Vivo contando ao Alan o que acho sobre isso ou aquilo e funciona muito bem até você se dar conta do que está fazendo.

Quem sabe não trabalho por alguns dias com os meninos no plano que estão tocando para o golpe de namoro virtual? Poderia oferecer a eles uma perspectiva feminina. Apesar de que, segundo Ron, Ibrahim é perfeitamente capaz de escrever mensagens que fariam "um marinheiro corar".

Eles também vão estar cientes de que Elizabeth deu uma afastada e não ficarão surpresos em me ver. Vou assar algum bolo para eles.

Será que devia visitar o Mervyn também? Fico pensando em como ele está. A gente anda se evitando um pouco, se desencontrando nas caminhadas com os cachorros. Alan às vezes vê Rosie da janela e fica louco. Começa a rolar e mostrar a barriga. De vez em quando ele parece bastante comigo mesma.

Estou contemplando a vista da janela neste momento, olhando para o lugar onde vi Anthony estacionar o carro. Uma das vagas para convidados.

E eu sei o que vocês estão pensando — juro que não sou nenhuma tola. Eu sei o motivo de ele ter ido até lá.

Enterramos Floco de Neve outro dia — não havia mencionado ainda, com tudo o que andou acontecendo. É a raposa com as orelhas de ponta branca que mandava no pedaço por aqui depois que todo mundo ia dormir. Bogdan cavou uma sepultura para ele, "bem fundo, pra ninguém perturbá-lo". Não é a primeira cova que Bogdan precisou abrir nos últimos tempos, então ele já tem prática. Ver Bogdan cavar uma sepultura é uma das poucas coisas que poderiam me fazer mudar de ideia quanto a querer ser cremada depois que morrer.

Bogdan e Stephen encontraram Floco de Neve no fim de semana passado. Agora ele está numa caixa de vime biodegradável, onde as pessoas depositaram flores brancas.

O comparecimento foi surpreendentemente alto. Acho que todos pensávamos que ele era o nosso segredinho particular, mas bastou colocarem os detalhes no quadro de avisos e metade de Coopers Chase apareceu para prestar suas homenagens. Todos o conheciam por nomes diferentes, "Lucky", "Pontinhas", "Branquinho", todo tipo de coisa. "Floco de Neve" era o nome que Stephen usava para ele. Eu sempre o chamava de "Sr. Raposo", então talvez me falte imaginação. Joanna sempre diz isso.

Uma mulher de Ruskin Court, viúva recente, o chamava de "Harold". Foi uma das muitas pessoas que choraram quando cantamos um louvor e o enterramos.

Mas vamos ao que interessa: entre os presentes, aparecendo em público pela primeira vez desde sabe Deus quando, estava Stephen.

Ele e Elizabeth caminharam até o local de braços dados e Stephen cumprimentou a congregação. Foi um tal de "parceiro", "amigão", "chefe" pra lá e pra cá. Ele ganhou um abraço de Ibrahim. Stephen reagiu com um sorriso de alegria e chamou-o de Kuldesh.

Ron lhe deu um aperto de mão bastante formal; abraços são complicados para ele. Ao espiar as tatuagens de Ron, Stephen disse: "Torcedor do West Ham, hein? Melhor tomar cuidado com você." Aí, sim, Ron conseguiu abraçá-lo. Ao me ver, disse: "É a Joyce. Olha ela ali."

Enfim, foi como se Elizabeth estivesse permitindo que nós nos despedíssemos. Quando eu o abracei, não queria largá-lo.

E, é claro, o cabelo de Stephen estava impecável.

Portanto, sim, eu não sou nenhuma idiota. Meu coração me diz que Anthony foi até lá por causa de Stephen. E que Elizabeth estará "afastada" nos próximos dias porque vão viajar para levar Stephen até um lar onde ele possa receber os cuidados de que necessita. Vai finalmente deixá-lo partir. Ela sabe que deveria ter feito isso meses atrás. Mas, enquanto ainda há algo em que se segurar, a gente se segura. Fico pensando no que a teria feito mudar de ideia. Será que eles conseguem conversar sobre isso?

Anthony fez um ótimo trabalho. Elizabeth só quer que Stephen esteja com sua melhor aparência. Para onde quer que vá, Elizabeth vai querer que cause boa impressão, faça as pessoas entenderem como ele é especial e amado.

Não sei como os dois lidarão com a realidade de estar separados. Stephen, claro, vai entrar em um novo mundo, mas faz tempo que ele já está em uma contagem regressiva. Elizabeth o ama de forma tão completa, é amada por ele de forma tão completa, e isto lhe está sendo roubado.

Espero que ela consiga colocá-lo em algum lugar aqui por perto, onde possa visitá-lo com frequência. Os dois terão acertado os ponteiros a respeito disso, na medida do possível. O amor sempre encontra um jeito de se expressar. Elizabeth não me procurou para pedir ajuda ou conselhos, e eu entendo totalmente. Sei por experiência própria que o luto é algo solitário.

Não posso sequer imaginar pelo que ela está passando. Talvez tenha a sensação de que Stephen já partiu. Talvez seja este o estágio em que se encontram. Isto é entre os dois, e tudo o que sei é que vou estar pronta para apoiá-la. É o que me resta fazer.

Dizem que o tempo alivia a dor, mas isso é história da carochinha. Quem é que seria capaz de amar novamente se o anterior fosse sincero pra valer? Sinto dizer que de vez em quando eu ainda poderia rasgar meu peito, arrancar o coração e chorar até não restar mais nada por Gerry. De vez em quando? Todo dia. Esta é a jornada que minha melhor amiga acabou de começar a percorrer.

Portanto, me perdoem se, apenas por um tempinho a mais, eu prefira me permitir imaginar que Elizabeth está a caminho do palácio para conhecer o rei.

55

Ron já esperava pelo toque da campainha. Seria capaz de adivinhar quase o segundo exato em que ocorreria.

Como Elizabeth vai estar fora por alguns dias, Ron sabe que só pode ser Joyce. À deriva, com certeza, e com um bolo a tiracolo, tomara. Deixando Ibrahim e Bob do Computador às voltas com o que estão fazendo, ele se levanta para apertar o botão e permitir que a amiga entre.

— É a Joyce, e trazendo um bolo, Bob — diz Ibrahim. — Tenho certeza.

— Elizabeth foi pra onde, aliás? — pergunta Ron aos dois, com a porta escancarada à espera de Joyce.

Ibrahim dá de ombros.

— Atirar em alguém?

Joyce surge no alto da escada, com um tupperware nas mãos. Alan vem trotando atrás, farejando aventuras.

— Coco e framboesa — anuncia ela, erguendo o recipiente como se fosse uma oferenda. — Olá, meninos.

Bob se levanta quando Joyce entra no apartamento.

— Pode sentar, Bob, não se incomode — pede Joyce.

— Quer um chá? — pergunta Ron.

— Tem leite?

— Não — admite Ron.

— Tem chá?

Ron pensa.

— Não, o chá acabou também. Tem cerveja lager, quer?

— Eu pego um copo d'água — diz Joyce, entrando na cozinha de Ron e perguntando por cima do ombro: — Como estamos indo com Tatiana?

— Seguimos à risca o conselho da Donna — declara Ibrahim.

— Ela não disse pra escrever um poema de amor de quinze estrofes — comenta Ron.

— Eu acrescentei uns toques pessoais — admite Ibrahim. — Mas a isca está lançada e a armadilha, esperamos, a ponto de ser acionada.

Joyce volta da cozinha, pega uma cadeira da mesa de jantar e a posiciona junto à escrivaninha de Ron, sentando-se ao lado de Bob e Ibrahim.

— Curtindo o processo, Bob?

Bob pensa por um momento.

— Sim, acho que estou. Na verdade, só estou aqui para prestar assistência técnica, é o Ibrahim que está fazendo o trabalho duro, as poesias e coisa e tal. Mas de vez em quando o wi-fi sai do ar e eu consigo ser útil. E isso é divertido.

— E batemos um papo sobre o mundo — acrescenta Ron.

— E, sim, batemos um papo sobre o mundo — concorda Bob.

— Me conta uma coisa que o Bob pensa sobre o mundo, Ron — pede Joyce. — A partir das conversas de vocês.

Ron reflete.

— Ele gosta de computadores.

Joyce se volta para a tela. Ibrahim começou a digitar.

— Então, onde estamos?

— Concordamos em pagar a eles mais 2.800 libras — diz Ibrahim. — Mas dissemos para a Tatiana que o nosso banco não autorizou a transferência. Que foi identificada pelo sistema como suspeita.

— Fizeram isso com o meu pagamento quando comprei meu sofá — lembra Joyce. — Foi um parto pra resolver.

— Então perguntamos se eles conhecem alguém na Inglaterra que poderia vir e pegar o dinheiro conosco pra levar até ela.

— Um cúmplice? — pergunta Joyce.

— Vamos orquestrar o encontro — diz Ron. — Uma pessoa de verdade aparece, nós entregamos o dinheiro e Donna vem com uma equipe e prende o cara.

— Então seria um amigo da Tatiana, não a Tatiana em si — aponta Joyce.

— Não existe nenhuma Tatiana — explica Ibrahim.

— Ah, sim — diz Joyce.

— Eu estou me comunicando com esse amigo da Tatiana — conta Ibrahim. — O nome é Jeremmy. Com dois emes.

Joyce lê o que está na tela enquanto a conversa continua.

JEREMMY: Você está com o dinheiro?

MERVYN: Me fale mais sobre a Tatiana? Há quanto tempo você a conhece? Os olhos dela são tão vivos e azuis quanto parecem? Do tipo que nos faz simplesmente mergulhar na sua alma?

JEREMMY: Eu estou livre na quarta-feira.

MERVYN: Nenhum de nós é livre de fato, Jeremmy, todos temos as nossas amarras. Seu nome é muito incomum. De onde veio? Há alguma história por trás dele?

JEREMMY: Você também está livre na quarta-feira?

MERVYN: É você em pessoa quem vai entregar o dinheiro para a Tatiana? Se for, eu o invejo. Precisarei esperar mais de uma semana para ver o rosto dela, para absorvê-lo no meu ser.

JEREMMY: Melhor em Londres. Londres e quarta-feira.

MERVYN: Temo que não seja possível, Jeremmy. A minha mobilidade é limitada, Londres vai ficar difícil demais para mim. E é barulhenta, não acha? Como você aguenta, Jeremmy? Imagino que você seja um homem mais jovem e que se sinta energizado pelo agito da cidade grande. Sinto dizer, mas você vai ter que vir até aqui.

Até o momento, nenhuma resposta.

— Isso vai ser divertido — comenta Joyce. — Se ele vier até Coopers Chase e for preso. Vai parar no jornalzinho.

— Gostaria que o Mervyn o encontrasse — diz Ibrahim. — Talvez o ajude a dar o assunto por encerrado. Como ele está?

— Não tenho visto — revela Joyce.

— Alan deve estar sentindo muita falta da Rosie, não?

Ao ouvir tanto o seu nome quanto o de Rosie, Alan se joga no chão e expõe a barriga. Ron faz as honras da casa.

— O que achou de ontem? — pergunta Ron a Joyce.

— Não confio no Mitch, não confio no Luca, não confio na Samantha e não confio no Garth — diz Joyce. — Apesar de ele ser um homão.

— Eu vi que vocês alugaram o salão privado — comenta Bob. — Só falavam sobre isso no restaurante.

— Mas eu também acho o seguinte — continua Joyce. — Se algum deles estivesse com a heroína, ou soubesse onde estava, não teria aparecido para o almoço. Acho que estavam todos atrás de alguma pista.

— E Kuldesh?

— Eu acho que alguém naquela mesa é o assassino — declara Joyce. — Ao menos uma daquelas pessoas.

— E quanto ao homem que eu vi? — pergunta Bob. — Dominic, o da bala na testa?

— Pode ter sido qualquer um deles — afirma Ron. — Bandidos atiram em bandidos. Quem se importa?

— Obrigado, Ron — diz Ibrahim. — Está ajudando muito com as coisas na ausência da Elizabeth.

— Joycezinha, onde ela tá, hein?

— Eu sei tão bem quanto você onde ela está — responde Joyce. — Eu vi o abraço que você deu no Stephen.

— É — concede Ron, preferindo contemplar o rótulo de sua lager a encarar Joyce. — A gente deveria estar ajudando?

— Não há nada a ser feito — diz Ibrahim. — Ela sabe que nós estamos aqui.

Uma nova mensagem surge na tela do computador.

JEREMMY: Ok, eu vou e encontro você. Tem certeza de que está com o dinheiro?

MERVYN: Ah, que gentileza da sua parte, Jeremmy, obrigado por ter todo esse trabalho. As pessoas muitas vezes não fazem concessões aos mais velhos. Eu sinto a sua bondade e a sua solidariedade. Você fica para o jantar? Eu adoraria conhecê-lo um pouco melhor. Talvez possamos nos tornar grandes amigos assim que Tatiana chegar!

— Eles não notaram que você não soa mais como o Mervyn? — pergunta Joyce.

— Estão tão perto do dinheiro que *querem* acreditar — diz Ibrahim. — É a mesma mutreta que eles fazem. Ficar balançando o que o outro mais quer ali pertinho, mas fora de alcance. Mervyn quer amor; eles querem o dinheiro do Mervyn.

JEREMMY: Eu não posso jantar. Tenho que ser rápido. Você tem o dinheiro vivo?

MERVYN: Tenho. Todas as £ 2.800. Dinheiro bem gasto.

JEREMMY: £ 5.000 agora. Pra despesas.

MERVYN: Não tenho £ 5.000.
JEREMMY: Pede. Senão não posso ir e Tatiana fica brava com nós dois.
MERVYN: Ah, isso não pode ser. Quando você pode vir?
JEREMMY: Amanhã.

— Não — diz Joyce. — Vamos esperar a Elizabeth voltar. Vai fazer bem pra ela. Uma prisão.

MERVYN: Semana que vem. Essa semana tenho que fazer uma operação nos meus testículos.

Ibrahim olha para Joyce.
— Falar em "testículos" encerra qualquer conversa. Homem nenhum vai querer negociar.

JEREMMY: Ok, próxima quarta. Nós temos seu endereço.
MERVYN: Maravilha. Animado para conhecê-lo, Jeremmy.

Joyce bate palmas, acordando Alan.
— Ótimo! E agora, fazemos o quê?
— Nós íamos beber uísque e assistir ao jogo de sinuca — diz Ron. — É o único esporte de que nós dois gostamos.
— Apesar de que eu comecei a ter simpatia por dardos — revela Ibrahim.
— Arremesso de dardos — corrige Ron.
— Eu poderia ficar? — sugere Joyce. — Podemos bater um papo.
— Se estivermos assistindo à sinuca — explica Ibrahim —, o único papo que importa é sobre o jogo. Quantos pontos de vantagem Mark Selby pode ter, por exemplo. Ou as chances de Shaun Murphy acertar uma tacada defensiva particularmente difícil. Não há espaço para assuntos gerais.
— Talvez eu leve o Alan para dar um passeio — diz Joyce. — Bob, quer me fazer companhia?
— É que… eu… — Há algo que Bob não deseja dizer.
— Você curte sinuca, Bob? — pergunta Ron.
— Sim, curto — responde ele. — Eu ia sair daqui pra assistir ao jogo.
— Gostaria de assistir com dois amigos?
— É, eu, sim, seria… seria bem legal — aceita Bob, mais parecendo um menino que acaba de ser convidado para a casa de um amigo depois da escola.

— Mas sem conversa que não seja sobre sinuca — alerta Ron.

— Perfeito — consente Bob.

Joyce se levanta. Alan persegue o próprio rabo em cima do tapete.

— Você nunca vai conseguir pegar, Alan — diz Ron.

— É sempre assim, não é? — declara Joyce, vestindo o casaco. — Sempre tem algo que está um pouco fora de alcance. Amor, dinheiro. O rabo do Alan. A heroína. Todo mundo correndo atrás do que não tem. Perdendo o juízo até conseguir.

— Hum — murmura Ron, ligando a TV na sinuca.

— É assim todas as noites. Eu sonho com o Gerry. Sei que não posso tê-lo, mas nunca desisto de tentar.

Ibrahim e Ron encaram Joyce ao mesmo tempo e se entreolham em seguida. Ibrahim faz um discreto meneio de cabeça e Ron revira os olhos.

— Tudo bem, pode ficar e conversar sobre o que quiser.

— Só se não for incomodar — diz Joyce, já tendo tirado metade do casaco.

56

A verdade é que Nina Mishra não gosta do próprio trabalho. Certamente não gosta do salário. Ontem a insatisfação bateu forte, sentada ao redor daquela mesa com traficantes de drogas e falsificadores de obras de arte, precisando tomar todo o cuidado para não deixar cair nada no vestido, de forma a poder dobrá-lo e devolvê-lo para a loja no dia seguinte.

Não, não é bem assim. Há partes do trabalho de que, sim, ela gosta. Gosta de ler, de se aninhar numa poltrona, de mergulhar na política sexual da Mesopotâmia, isso tudo é divertido. E ela gosta das viagens. Turquia, Jordânia, Iraque, esteve por toda parte. Está também bastante satisfeita com a parte do sexo com colegas em conferências.

O que ela realmente não gosta, salário à parte, é de lecionar. E, para ser específica, dos alunos.

Há um com ela agora, um garoto sem muita personalidade de uns vinte anos, sem dúvida um calouro. Chama-se Tom ou Sam, talvez Josh. Usa uma camiseta do Nirvana, apesar de ter nascido muitos anos após a morte de Kurt Cobain.

Estão debatendo um artigo que ele não escreveu, "A arte romana e a manipulação da memória histórica".

— Gostou da leitura, pelo menos? — pergunta Nina.

— Não — retruca o garoto.

— Certo. Mais algo a acrescentar? Motivos pelos quais não gostou?

— É chato — declara o rapaz. — Não é a minha área.

— Isso apesar de o nome do curso que você faz ser "Clássicos, Arqueologia e Civilizações Antigas"? Qual área você diria que é a sua?

— Só estou dizendo que eu não pago nove mil libras por ano pra ler um bando de acadêmicos de esquerda reescreverem a história de Roma.

— Imagino que quem paga essa quantia sejam os seus pais, não?

— Nem tenta vir me constranger, me acusando de privilégio, que eu te denuncio — ameaça Tom ou Sam ou Josh.

— Hum. — Nina suspira. — Devo entender que não está nos seus planos terminar esse artigo?

— Lê a minha ficha — replica o garoto. — Eu não preciso escrever artigos.

— Ok — diz Nina. — O que você acha que está fazendo aqui? O que e como espera aprender?

— A gente aprende por experiência — diz ele, com o ar vivido de um sábio cansado de ter que explicar as coisas aos idiotas. — Aprendemos interagindo com o mundo real. Livros são pra coitad...

Alguém bate na porta de Nina, apesar do aviso de SUPERVISÃO EM ANDAMENTO. Nina está a ponto de despachar o visitante quando a porta se abre e entra ninguém mais, ninguém menos do que Garth, o canadense colossal que ela conhecera no almoço de domingo.

— Desculpe, essa é uma conversa particular — diz Nina. — Garth, não é?

— Eu preciso de uma coisa — anuncia Garth. — E preciso agora. Você deu sorte de eu me dar ao trabalho de bater na porta.

— Estou dando aula — indica Nina, olhando em seguida para o rapaz. — Até certo ponto.

Garth dá de ombros.

— Então vai ter que esperar — continua ela. — Estamos tentando debater a arte romana.

— Eu não espero — declara Garth. — Fico impaciente.

— Deve ser TDAH — sugere o rapaz, nitidamente feliz por haver um homem na sala.

Garth olha para ele, como se tivesse reparado pela primeira vez em sua presença.

— Usando camiseta do Nirvana?

O rapaz assente, com ar sábio.

— É, essa é a minha vibe.

— Qual sua música favorita?

— "Smells Like...

— E se disser "Smells Like Teen Spirit", te jogo por essa janela.

O rapaz agora parece bem menos feliz por haver um homem na sala.

— Garth, eu estou dando aula — diz Nina.

— Eu também — retruca Garth.

— Há... — diz o rapaz.

— Pergunta fácil — continua Garth. — O Nirvana é a quarta maior banda de todos os tempos. Fala o nome da melhor música deles.

— "The Man Who... há...

— Se está prestes a dizer "The Man Who Sold the World", melhor repensar — alerta Garth. — É um cover do Bowie. Podemos conversar sobre Bowie quando já tivermos terminado o Nirvana.

— Deixa ele em paz, Garth — pede Nina. — É uma criança. E uma criança que está sob a minha responsabilidade.

— Eu não sou criança — diz o rapaz.

— Quer que eu te ajude ou não? — rebate Nina. — Aliás, por que não encerramos por aqui? Se você não fez o artigo, não faz sentido algum continuar.

— Por mim, ótimo — diz o rapaz, se levantando o mais rápido possível.

— Peraí, você não fez o seu artigo? — pergunta Garth.

— Deixa o garoto em paz, Garth — replica Nina.

— Sobre o que era? O artigo.

— Arte romana, uma parada dessas — diz o garoto.

— E você não fez? Não se deu ao trabalho?

— Eu só... não... não tava... interessado.

Garth ruge e bate no peito. O garoto instintivamente se agacha junto a Nina, e ela passa um braço protetor sobre seu ombro.

— Não estava interessado? Em arte romana? Você *surtou*. Está nessa sala linda com essa mulher inteligente, tem a oportunidade de conversar sobre arte romana, mas não está interessado. Não está interessado? Você ainda tem três anos pela frente até o ponto em que vai precisar arrumar um emprego! Tem ideia de como são empregos? São horríveis. Você acha que vai conseguir discutir arte romana quando estiver trabalhando? Acha que vai ter tempo de *ler*? No que você está interessado?

— Eu tenho um canal no TikTok.

— Continua — diz Garth. — Eu tô interessado no TikTok. Andei pensando em criar uma conta. O que você faz lá?

— A gente... faz resenhas de lanchonetes — conta o rapaz.

— Ah, curti — diz Garth. — Resenhas de lanchonetes. Melhor hambúrguer de Canterbury?

— The Yak House — responde o rapaz.

— Anotado — diz Garth. — Vou dar uma olhada no seu canal. Agora preciso dar uma palavra com a srta. Mishra e vou te pedir pra ralar peito daqui.

O rapaz não precisa de mais do que isso para sair correndo em direção à porta. Garth estende um enorme braço para impedir sua passagem.

— Só três coisas antes de você ir. Uma, se esse artigo não estiver feito na semana que vem, eu te mato. Eu tô falando sério. Não é "sua mãe vai te matar se você não arrumar o quarto". Matar de verdade. Acredita em mim?

O rapaz assente.

— Muito bem, para de desperdiçar essa oportunidade, cara, sério. Pois bem, segunda coisa: se contar pra qualquer pessoa que eu te ameacei, eu também te mato. Ok? Nem uma sílaba.

— Ok — acata o rapaz.

— É melhor que seja ok mesmo. Deus chora sempre que alguém mente pra um canadense. E a terceira coisa, a melhor canção do Nirvana é "Sliver" ou "Heart-Shaped Box". Entendido?

— Entendido — concorda o garoto.

— Eu toquei baixo numa banda chamada Mudhoney uma vez, em dois shows durante uma turnê. Já ouviu falar deles? — pergunta Garth.

— Acho que já — finge o garoto.

— Ótimo, pode dar uma checada neles e eu checo os seus TikToks. Vai lá, parça.

Garth despenteia o cabelo do rapaz e o observa sair correndo. Volta-se para Nina.

— Moleque gente fina. Onde é o depósito, Nina?

— Você deixou ele apavorado, Garth — diz Nina. — Uma criança.

— Não dou a mínima. De novo, não é tipo "não dou a mínima pra que filme a gente vai ver". Literalmente, não dou a mínima, e não tem como ser mais enfático do que isso. Onde fica o depósito?

— Não sei — declara Nina.

— Ah, fala sério. Isso vai ser rápido ou vai levar tempo? Garanto a você que rápido é melhor.

Nina não pode hesitar. Tem uma preocupação acima de todas. Eles querem descobrir quem matou Kuldesh, então como conduzir esta situação? Será que este homem vai ajudar ou prejudicar? Isto é exatamente o que Elizabeth planejou: fazer o pessoal sair em busca de uma pista falsa. Ver para onde voava a poeira. Ela se decide.

— Digamos que eu te conte — começa.

— Digamos — concorda Garth.

— O que eu ganho com isso?

Garth ri.

— É bem óbvio. Eu não te jogo dessa janela.

— Garth, você vive ameaçando jogar as pessoas da janela — protesta Nina. — Aposto que nunca fez isso de verdade.

— Pode pensar duas vezes, moça — replica Garth. — Onde é o depósito?

— Quero 10%, caso você encontre — declara Nina.

— Quer 10% da heroína?

— Não quero nem chegar perto da heroína — diz Nina. — Mas quero 10% dos lucros depois que você a vender.

— Hum — murmura Garth, pensando a respeito. — Só que você já deve ter procurado no depósito. Aposto que não está lá.

— Eu não sabia o que eu estava procurando — diz Nina. — Talvez você tenha mais sorte.

— Isso não tem nada a ver com sorte — devolve Garth. — Basta continuar na caça.

— E eles confiam em mim, Elizabeth e a turma. O que quer que me contem, eu posso te contar.

— Por que você não faz esse acordo com eles?

— Eles não vão vender a heroína, concorda? — responde Nina. — Não há lucro nisso.

— Sim, aqueles velhinhos vão entregar tudo direto pra polícia. Ok, fechado — aceita Garth. — Onde é o depósito? Depois vou dar um pulo na Yak House. Por que você acha que não chamaram o lugar de "The Yak Shack"? Rimava...

Fica evidente que Garth quer mesmo uma resposta para aquilo. Ela para de escrever por um momento.

— Infelizmente, eu não sei. Só perguntando pra eles.

— Eu pergunto — diz Garth. — Pode crer que pergunto mesmo.

Nina lhe passa o endereço. Teria sido esta uma ótima ou péssima ideia? Está certa de que será uma ou a outra.

57

Donna bebe seu café e lê em voz alta a mensagem.

Não é urgente, mas se você fosse se casar um dia, acha que seria uma festa grande? Quantos convidados teria em mente? Ontem vi um filme em que uma policial atirava em alguém num estacionamento e pensei em você.

— É da Joyce? — pergunta Chris.

Donna confirma com um aceno de cabeça. Elizabeth pedira a eles que ficassem de olho no depósito depois de um almoço que haviam tido na véspera. "Só para ver se acontece algo interessante", dissera ela.

— O que você respondeu?

— Disse que não estou para me casar e que a polícia ainda não me permite ter uma arma — responde Donna. — E ela respondeu que era uma pena, porque as duas coisas me cairiam muito bem.

Chris leva o binóculo aos olhos por um instante e em seguida os abaixa.

— Alarme falso. Quer dizer que você não se casaria?

— Tenho outras coisas pra fazer primeiro — responde Donna. — Nunca fui à Índia, nunca saltei de um avião. Nunca dei um soco de verdade em alguém.

— Sim, precisa passar por tudo isso antes — diz Chris. — Não seria legal se casar com tudo isso pairando sobre a sua cabeça.

— Você não tem uma lista de desejos? — pergunta Donna.

Chris pensa.

— Bem, eu nunca vi *Titanic*. E gostaria de ir a Bruges. Mas essas são coisas que eu posso fazer com a sua mãe.

— Que mulher de sorte — comenta Donna.

Agora é ela quem pega o binóculo e dá uma checada.

— Nada — anuncia ela. — Você tem noção do tempo que estamos perdendo aqui, não é? Sentados numa colina esperando traficantes de heroína.

— Elizabeth disse que eles vão aparecer — argumenta Chris. — Então eles vão aparecer.

— Ela te enfeitiçou mesmo, hein?

— Sim — concorda Chris. — Escolhi aceitar plenamente.

Donna e Chris estão estacionados bem no alto de uma colina acima da fileira de depósitos perto da avenida à beira-mar de Fairhaven. Já haviam estado antes naquele mesmíssimo lugar, montando guarda perto do QG de Connie Johnson, que atualmente se encontra em uma cela na prisão de Darwell, ainda que os rumores sejam de que continue tão ativa quanto antes.

Na ausência deles, o caso do roubo de um cavalo em Benenden continua aberto. Recentemente, os roubos começaram a se espalhar cada vez para mais longe, chegando até mesmo a Peasmarsh. Nenhum cavalo está a salvo, e as pessoas estão aflitas.

Chris e Donna, contudo, já fazem uma boa ideia da pessoa por trás dos roubos: um homem chamado Angus Gooch, dono de uma cocheira de aluguel de animais próxima a Battle, e cuja ficha já contabiliza uma série de condenações prévias. Ele rouba cavalos por encomenda e transporta-os país afora. Tem um Audi TT, logo o esquema deve render uma boa grana.

Eles levaram cerca de um dia para solucionar o caso e com certeza têm provas suficientes para prendê-lo. Mas não estão com pressa, pois querem parecer ocupados enquanto trabalham na caça à heroína com o Clube do Crime das Quintas-Feiras. Como o sujeito não está matando os cavalos, podem se dar ao luxo de deixá-lo afanar alguns a mais e ficar com a consciência tranquila de que os animais logo estarão de volta aos seus respectivos donos.

Se a investigadora-sênior Regan soubesse o que estão tramando, levariam uma ação disciplinar imediata. Mas Chris e Donna agora estão pianinhos na delegacia, dando-lhe todo o espaço do mundo, sem criarem caso. E ela, em contrapartida, os deixa em paz. Qualquer que seja o problema da investigadora-sênior Regan, neste momento Chris e Donna não fazem parte dele. O que lhes confere certa liberdade.

Se ela em algum momento fosse perguntar aos dois o motivo de estarem de tocaia perto desse depósito específico — algo que não vai fazer, inclusive, pois, para uma policial, é bem pouco curiosa —, diriam que estão investigando uma denúncia sobre alguém de Fairhaven que, do nada, passou a ter posse de uma grande quantidade de selas.

— Agora vai — diz Donna, ao olhar de novo pelo binóculo.

Ela o entrega a Chris para que ele possa ver o que ela acabou de vislumbrar.

Mitch Maxwell, olhando para todos os lados, caminha entre as garagens com um papel na mão. Chega ao nº 1772 e tenta abrir a porta. Ela nem se mexe. Ele retira um pedaço de metal do casaco, enfia-o na fechadura e empurra. Um sutil ruído metálico é ouvido da colina. Mas a porta não abre. Ele tenta de novo.

— Tem um macete — revela Donna.

Na quinta tentativa, a fechadura cede e Mitch abre a porta da garagem.

— Podemos tirar Mitch Maxwell da lista, então — diz Chris. — Se ele soubesse onde a heroína está, não viria procurar aqui. Vou mandar mensagem para a chefe.

— A chefe? — estranha Donna.

— Elizabeth — explica Chris.

— Claro, que bobagem a minha. E a coisa de nadar no mar, como anda?

— Fui uma vez — admite Chris. — Estava congelante. Sim, eu sabia que seria frio, mas pelo amor de Deus. Resolvi que prefiro aprender a tocar trompete.

Mitch está claramente ocupado no depósito. À procura da heroína, que Chris e Donna poderiam muito bem avisar a ele que não está lá.

— Descobriu algo sobre a Samantha Barnes? — pergunta Donna.

— Dei uma ligada para o Departamento de Investigações Criminais de Chichester. Disse que estávamos investigando o roubo dos cavalos e que o nome dela apareceu. Disseram que é muito educada e nunca comete erros.

— Alguma conexão anterior com drogas?

— Conexões com tudo, segundo me disseram. Apesar de o inspetor ter afirmado que roubo de cavalos era novidade na lista.

Chris olha de novo pelo binóculo.

— Pobre Mitch, não pode confiar em ninguém.

— Muito triste quando até mesmo os traficantes de heroína ficam desiludidos — observa Donna. — Elizabeth respondeu?

Chris checa o celular.

— Nem recebeu a mensagem. O que ela está aprontando?

— E você, hein? — pergunta Donna. — Pensando em se casar com alguém?

— Prometo que você será a segunda a saber — diz Chris.

Um Range Rover preto desce lentamente a via entre os depósitos e para do lado do de nº 1772.

58

Mitch é inteligente demais para Elizabeth e, nesta tarde de segunda-feira de céu limpo, já se encontra dentro do depósito, vasculhando caixas de papelão. Mitch tinha visto a cara de Elizabeth quando Nina Mishra mencionou a existência do lugar. Com certeza havia *alguma coisa* ali.

Um funcionário do setor de dados do conselho de Fairhaven com problemas com heroína ajudara de muito bom grado com o endereço. Ainda que tenha ficado um pouco irritado depois, quando Mitch lhe disse que, devido a circunstâncias imprevistas, ele não dispunha de heroína no momento.

Hanif já estava na cidade e dera a Mitch até o fim do mês para encontrar a droga. Mitch lhe assegurou que estaria nas suas mãos dentro do prazo acordado.

Se Dom era mesmo o elo frágil em sua organização, sua morte deverá assentar um pouco a situação. Quem sabe Hanif não seja compreensivo mesmo que Mitch não consiga achar as drogas? Mas ele *vai* achá-las, sabe disso.

Mitch pega um relógio TAG Heuer vintage de uma das caixas e o surrupia, colocando-o no próprio bolso. Um homem precavido vale por dois.

A porta da garagem se abre com um rugido metálico e Mitch saca sua arma. A silhueta agachada de Luca Buttaci adentra o espaço e Mitch coloca a arma de volta na cintura.

— Estava me perguntando quando você chegaria aqui, parceiro — comenta Mitch. — Como encontrou o lugar?

— Estava rastreando o seu carro — revela Luca. — Encontrou alguma coisa?

— Alguns relógios interessantes — responde Mitch. — Nada da heroína.

— Mais alguém esteve aqui? O canadense?

— Se esteve, deixou tudo muito arrumadinho — diz Mitch. — E ele não me parece ser o tipo.

Luca se senta numa pilha de caixas e acende um cigarro.

— Onde diabos esse negócio foi parar?

— Você não ouviu nada a respeito? Eu ainda não confio em Connie Johnson.

— Sumiu no ar. — Luca faz um gesto com os dedos para dar ênfase. — Se esvaiu. Mitch, você está ciente de que em algum momento eu vou precisar encontrar outra pessoa pra me fornecer heroína, né? Se esse tipo de problema continuar a acontecer.

— Eu sei — concede Mitch. — Posso te fazer uma pergunta? E você me responderia com honestidade?

— Depende da pergunta. Tenta.

— Agora estou perguntando ao meu velho amigo John-Luke Butterworth, não ao Luca Buttaci, ok? Você esteve em contato com os afegãos?

Luca faz que não.

— Eu não conheço os afegãos. E nem quero conhecer. Essa é a sua parte do trabalho.

— Ok. Tem certeza?

— Absoluta — afirma Luca. — Não preciso desse tipo de encrenca. Por que você quer saber?

— Um deles está aqui — responde Mitch.

— Aqui?

— É.

— Mas eles nunca vêm pra cá.

— Eu sei. Querem nos encontrar.

— Acabou pra gente — declara Luca. — O que eles querem?

— Parece que vamos descobrir. Mas vai ser mais fácil se acharmos a heroína antes de eles aparecerem. E nesse depósito não está.

— O que nós sabemos sobre esse tal de Garth? O canadense.

— Não o bastante — diz Mitch. — Sabemos sobre a esposa. Ela sozinha já é parada dura.

Mitch sente o peso do relógio no bolso. Será um ótimo presente de boas-vindas para Hanif. Se for para ser morto, vai ser morto de qualquer jeito, mas levar o relógio não fará mal algum.

E, além disso, quem sabe não há uma explicação completamente inocente para Hanif ter voado milhares de quilômetros para ir ao seu encontro?

Mitch sai da garagem junto com Luca, expondo-se à maresia de inverno.

Os dois acenam animadamente para os policiais que os observam da colina.

218

59

Samantha Barnes vai dar uma palestra no Instituto da Mulher de Petworth na semana que vem. Falsificações, como descobrir quando você está sendo enganada. É fácil demais hoje em dia.

Ela já enumerou uma série de fatos relevantes.

A chave, quando se compra uma obra de Banksy, por exemplo, é que é necessário um certificado de autenticidade de uma organização chamada Agência de Controle de Pragas. O documento trará grampeada a metade de uma nota de dez libras. A outra metade fica com a organização. Se a obra não tiver este documento, é falsa. Não compre, em circunstância alguma.

É um sistema inteligente de autenticação, e a própria Samantha passou esta tarde recortando notas falsas de dez pratas e grampeando-as a papel timbrado falso no intuito de replicá-lo para os Banksys que imprime no sótão. Se os seus compradores examinassem a documentação a fundo, descobririam a farsa. Mas quem, tendo acabado de gastar dez mil libras num Banksy assinado, com certificado de autenticidade legítimo, se dispõe a dar uma olhada mais a fundo? Querem é emoldurá-lo e pendurá-lo na sala, onde os amigos possam ver e ficar maravilhados. E, quando se trata de revenda, espera-se que o dono seguinte também não vá prestar tanta atenção. É sempre assim. Se alguém reclamasse, ela devolveria o dinheiro, mas, até o momento, já tendo negociado Banksys, Picassos, Lowrys, Hirsts e Emins aos milhares, nem uma única queixa surgiu, a não ser pela ocasião em que um entregador atirou um Kandinsky por cima do muro do jardim de alguém. Nesse caso, o dinheiro foi devolvido integralmente.

É um crime sem vítima. Assim como é o crime que ela e Garth estão prestes a cometer.

Ela está à espera do retorno de Garth e de que as peças do plano deles se encaixem. O almoço em Coopers Chase mudara tudo. Tudo.

E pensar que eles quase não foram. Que ela tivera de convencer Garth de que o convite poderia valer a pena. "Almoço? Com gente quase morta?"

Mas ela o persuadira, e que bom para os dois. No carro, no caminho de volta para casa, Garth dissera: "Gata, quando você acerta, acerta em cheio."

Samantha entende que quem vê de fora talvez ache seu relacionamento muito peculiar. A senhora inglesa tão distinta e a silenciosa montanha peluda canadense, vinte anos mais nova do que ela. Mas, no instante em que ele apontou a arma para ela, os dois souberam que era amor. Que caminho de fogo haviam trilhado desde então. Samantha com a perspicácia e a perícia, Garth com a inteligência e o porte ameaçador. Às vezes ela olha para as contas bancárias dos dois e ri alto. Instituições de caridade nas redondezas têm faturado muito às custas deles, embora Samantha saiba que isso é pura maquiagem. Não é como se ela pagasse algum imposto, portanto é o mínimo que pode fazer. Sempre que envia uma doação para outra causa da região, Garth revira os olhos e a chama de sentimental. Garth dá dinheiro para o Lar de Cães e Gatos de Battersea e pronto. No ano passado, doou 700 mil libras à instituição.

Samantha está refletindo sobre seu próximo passo.

Não se impressionara muito com Mitch Maxwell e Luca Buttaci. Deviam ser bons naquilo que faziam, imagina, visto que tráfico de drogas é um ramo muito competitivo. Mas ela não confia nos dois para acharem a heroína. Elizabeth, essa sim. Ela e sua turminha. E quando a acharem, Samantha e Garth estarão à espera. Nina já dera com a língua nos dentes sobre a existência do depósito. É por ali que começarão. Garth está pela rua hoje, à procura. Elizabeth Best sabe onde fica, a professora da universidade sabe onde fica, e não vai demorar até ele saber também. Talvez a caixa não esteja por lá, mas Samantha aposta que algo estará, alguma pista a seguir, algo que aquela senhora deixara passar. Será que Mitch e Luca se tocaram da relevância da existência do depósito? Se sim, estarão igualmente à caça e, se encontrarem o local, o virarão de ponta-cabeça para achar a heroína. Garth se certificará de que vençam este jogo em particular. Garth nunca a deixa na mão.

Amanhã eles irão de carro até o depósito, quem sabe ouvindo um podcast sobre *true crime* no caminho. Atualmente estão no meio de um sobre um jogador de hóquei no gelo que morre num banheiro de avião. São catorze episódios.

Samantha começa a ler um artigo sobre Grayson Perry, um artista visual que aparece na televisão às vezes. Sua obra está bastante valorizada no momento, mas, observando-a, é bem difícil de falsificar. Ela não duvida de que poderia encontrar quem o fizesse, mas prefere mil vezes se puder ser ela mesma a realizar o trabalho. Mais lucro, menos coisas que podem dar errado. Damien Hirst é o seu favorito disparado, tanto pela beleza que ela enxerga em seu trabalho quanto pela facilidade de falsificá-lo.

A porta range lá embaixo. Garth deve ter voltado e ela vai encerrar os trabalhos por hoje. Levanta-se, alonga-se, ouve-o caminhar lá embaixo, fazendo um pouco menos de barulho do que o habitual. Será que está perdendo peso? Tomara que não. Seu porte é o que a mantém com os pés no chão. O que a impede de se permitir planar a esmo até reencontrar William.

Descendo os degraus estreitos que partem do ponto mais alto da casa, Samantha chega à grande escadaria. Custara 150 mil, toda de mármore e madeira cerejeira, com um toque de marfim, mas, por favor, não contem a ninguém. Ela grita:

— Garthy, estou aqui em cima!

Mas, caso Garth responda, Samantha não ouvirá, pois um golpe na nuca a faz rolar escada abaixo. As mil lâmpadas do candelabro são a última coisa que vê. Sempre sonhou um dia flutuar pelo éter e ver William de novo, mas a última sensação que tem antes de morrer é a de estar caindo. Despencando cada vez mais.

60

As cortinas estão fechadas, o aquecimento está ligado e o gramofone toca Dvořák. Assim como tinham combinado.

O trabalho está feito. Trabalho? Não tem como a palavra ser essa. De qualquer jeito, não há mais volta. Os dois estavam absolutamente convictos.

Estavam conversando havia horas. Riram, choraram, cientes de que risadas e lágrimas representam a mesma coisa agora. Ele está lindo em seu terno. Bogdan tirou uma foto dos dois antes de ir embora. Antes de abraçar Stephen e dizer que o amava. Stephen disse a Bogdan para deixar de ser bobo. Bogdan também a abraçou ao sair, perguntando a ela se tinha certeza.

Certeza? Claro que não. Ela jamais terá certeza sobre qualquer coisa novamente. Certeza é coisa para jovens e espiões, duas coisas que ela já não é mais.

Mas os dois haviam concordado. Stephen injetara a droga ele mesmo. Insistira para que fosse assim. Elizabeth também o teria feito se fosse necessário.

— A gente encara o tempo de uma forma toda errada, sabe? — diz Stephen, com a cabeça no colo de Elizabeth. — Você sabe disso, não é?

— Não me surpreenderia — responde Elizabeth. — A gente encara a maioria das coisas de forma errada, não é?

— Verdade — concorda Stephen, em voz baixa. — Acertou em cheio e bem no alvo, minha velha. Nós achamos que o tempo anda para a frente, marcha em linha reta, e nós corremos para tentar acompanhar. Rápido, rápido, a gente não pode ficar para trás. Mas não é assim, sabe? O tempo só fica girando ao nosso redor. Tudo sempre está presente. As coisas que fizemos, as pessoas que amamos, as pessoas que magoamos, tudo ainda está aqui.

Elizabeth afaga o cabelo dele.

— É isso o que passei a entender — diz Stephen. — As minhas memórias são como esmeraldas, límpidas, brilhantes, verdadeiras, mas cada novo dia que chega escorre pelas minhas mãos como se fosse areia, sem que eu consiga retê-lo.

A injeção havia sido complicada. Não traumática, não tranquila, não devastadora, apenas complicada. Só mais uma tarefa cotidiana em uma vida inteira de tarefas cotidianas.

— Eu pude ver como a coisa toda é mentirosa — declara Stephen. — Como o tempo é mentiroso. Tudo que eu já fiz e tudo que eu já fui está presente no mesmo lugar. Só que a gente continua a achar que aquilo que acabou de acontecer ou que está para acontecer é a coisa mais importante. Minhas memórias não são memórias, meu presente não é o presente, é tudo a mesma coisa, Elizabeth. Sabe aquele homem?

— Qual? — pergunta Elizabeth.

— O polonês.

— Bogdan.

— É, esse aí — confirma Stephen. — Ele não é… me perdoe se isso parecer óbvio ou se a gente já tiver conversado a respeito. Ele não é meu filho, é?

— Não.

— Achei que não seria, ele é polonês — responde Stephen. — Mas nem tudo se encaixa, não é? Digo, na vida.

Elizabeth tem que concordar.

— Nem tudo se encaixa.

— Fiquei com vontade de perguntar para ele, mas, sendo ou não sendo, eu teria me sentido ridículo. Você tem amigos?

— Tenho — declara Elizabeth. — Antigamente não tinha, mas agora tenho.

— Bons? — questiona Stephen. — Dá pra contar com eles nas horas difíceis?

— Eu diria que sim.

— Essa é uma dessas horas? O que você acha?

— Humm — murmura Elizabeth. — A vida é uma sucessão dessas horas, não é?

— Com certeza. Por que a morte deveria ser diferente? Eles sabem o que nós estamos fazendo? Os seus amigos?

— Não sabem — revela Elizabeth. — Isso é entre nós dois.

— Eles vão entender?

— Talvez — opina Elizabeth. — Podem não concordar, mas acho que vão entender.

— Imagine se nós não tivéssemos nos conhecido — diz Stephen. — Imagine só.

— Mas nos conhecemos — retruca Elizabeth, tirando fiapos do ombro do terno dele.

— Imagine só o que eu teria perdido — comenta Stephen. — Você vai se certificar de que o canteiro seja bem cuidado?

— Você não tem um canteiro — lembra Elizabeth.

— O dos rabanetes.

Os dois passam pelo canteiro todos os dias e Stephen olha para os rabanetes e diz "tira tudo isso daí, planta umas rosas, pelo amor de Deus".

— Eu vou cuidar dele para você — diz Elizabeth.

— Eu sei que vai — afirma Stephen. — Tem um museu em Bagdá, sabe? Nós fomos juntos?

— Não, meu amor — responde Elizabeth.

Todos os lugares a que não irão mais juntos...

— Eu escrevi o nome para você — diz Stephen. — Na minha mesa. Lá tem peças de seis mil anos atrás, dá pra imaginar? E nessas peças é possível ver impressões digitais, dá para ver marcas feitas porque o filho de alguém apareceu e distraiu a pessoa. Você compreende que essa gente ainda está viva? Todo mundo que morre está vivo. Falamos que as pessoas estão "mortas" porque precisamos de um nome, mas "morto" só significa que o tempo parou de seguir adiante para aquela pessoa. Você compreende? Ninguém realmente morre.

Elizabeth beija o topo de sua cabeça. Tenta se impregnar dele.

— O que eu compreendo é o seguinte — diz ela. — Com todas as palavras do mundo, quando eu for dormir esta noite, minha mão não vai estar tocando na sua. É só isso que eu compreendo.

— Agora você me pegou — admite Stephen. — Para isso eu não tenho resposta.

— O luto não precisa de uma resposta, não mais do que o amor precisa — declara Elizabeth. — Não se trata de uma pergunta.

— Você comprou leite? — indaga Stephen. — As pessoas vão querer tomar chá.

— Deixa que com o leite eu me preocupo.

— Eu não sei por que nós estamos nesta Terra — reflete Stephen. — De verdade, eu não sei. Mas se quisesse encontrar uma resposta, começaria com o tanto que eu te amo. A resposta vai estar aí em algum lugar, tenho certeza. Tenho certeza. Ainda tem meio litro de cerveja na geladeira, mas não vai ser o suficiente. Às vezes eu esqueço que te amo, sabia?

— Claro — diz Elizabeth.

— Que bom que agora eu estou lembrado — comenta Stephen. — E que bom que eu nunca mais vou esquecer.

As pálpebras dele começam a cair. Exatamente como Viktor falou que ocorreria. Exatamente como Stephen e ela conversaram. Da melhor forma que conseguiram. Da última vez que leram a carta juntos.

— Está ficando com sono? — pergunta Elizabeth.

— Um pouco — diz Stephen. — Foi um dia agitado, não foi?

— Foi, Stephen. Foi.

— Agitado, mas feliz — afirma ele. — Eu te adoro, Elizabeth. Sinto muito por tudo isso. Mas você viu o meu melhor, não viu? Nem sempre foi como está sendo agora.

— Foi um sonho — diz Elizabeth.

Stephen, nos momentos de clareza, demonstrara muita certeza. Sua trajetória estava cumprida.

— E eles vão cuidar de você? Os seus amigos?

— Vão fazer todo o possível — diz Elizabeth.

Os amigos vão refletir sobre o que fariam se estivessem no lugar de Stephen. Que escolha Elizabeth faria? Ela não sabe. Stephen, porém, tinha certeza.

— Joyce — lembra Stephen. — Joyce é sua amiga.

— Ela é.

— E diz para o Kuldesh que eu vou vê-lo em breve. No fim de semana, caso ele esteja por aí.

— Vou falar para ele, meu amor.

— Acho que vou fechar os olhos por um instante — diz Stephen.

— Faz isso — concorda Elizabeth. — Acho que você merece um descanso.

Os olhos de Stephen se fecham. Ele soa grogue.

— Me conta a história de quando a gente se conheceu — pede Stephen.
— É a minha história favorita.

É a história favorita de Elizabeth também.

— Uma vez eu vi um homem bonito — começa ela. — E soube que estava apaixonada. Então deixei minha luva cair na porta de uma livraria, ele pegou e me entregou, e a minha vida mudou para sempre.

— Era bonito, então?

— Muito bonito — confirma Elizabeth, já com as lágrimas escorrendo pelo rosto. — De um jeito que você não acreditaria. E sabe, Stephen, naquele dia a minha vida não mudou. Ela começou.

— Ele parece um baita de um sortudo — comenta Stephen, semiadormecido. — Você vai pensar em mim nos seus sonhos?

— Vou. E você pense em mim nos seus.

— Obrigado. — Stephen suspira. — Obrigado por me deixar dormir. É bem o que eu estou precisando.

— Eu sei, meu amor — diz Elizabeth, acariciando o cabelo dele até a respiração de Stephen parar por completo.

61

Joyce

Bem, eu não sei o que dizer ou o que fazer. Vocês então permitem que eu simplesmente escreva? Me deixam pensar em voz alta?

A ambulância chegou por volta de cinco da tarde. Sem sirenes, o que geralmente já nos conta tudo o que precisamos saber. Sem pressa.

A gente sempre se pergunta para onde a ambulância estará indo, é natural. Um dia vai ser para você e outras pessoas vão observá-la, outras pessoas vão falar a respeito. É como as coisas são. A funerária usa uma van branca comprida que também não é visão rara em Coopers Chase.

Stephen morreu. Elizabeth foi com ele na ambulância. Desci as escadas correndo assim que me dei conta do que estava acontecendo. Cheguei a tempo de ver o corpo ser levado. Elizabeth estava subindo na traseira da ambulância. Ela me avistou e fez um sinal com a cabeça. Parecia um fantasma ou uma pessoa totalmente diferente. Estendi a mão e ela a pegou.

Falei que arrumaria um pouco a casa enquanto ela estivesse fora e Elizabeth me agradeceu e disse que seria bom. Eu perguntei se havia sido tranquilo e ela me respondeu que, para Stephen, sim.

Vi Ron correr na nossa direção, tolhido pelo joelho e pelo quadril. Parecia tão velho... Elizabeth fechou a porta da ambulância antes que ele conseguisse nos alcançar.

Ron me abraçou enquanto a ambulância saía. Eu deveria ter sabido, não deveria? Deveria ter sabido o que Elizabeth e Stephen estavam planejando. O que teria dito caso soubesse? O que vocês teriam dito?

Não há nada a dizer, mas eu quero dizer uma coisa.

Não é uma escolha que eu teria feito, sei disso. Se eu fosse Elizabeth e Gerry fosse Stephen, teria me agarrado ao seu último sopro de vida. Teria arranjado para ele um lugar agradável em um lar agradável e o teria visitado todos os dias, estando ali enquanto ele me conhecesse, depois me reconhecesse, depois não me reconhecesse, depois nunca tivesse ouvido falar de mim. Teria testemunhado tudo, até o fim. Meu amor não teria permitido outro desfecho. Conheço muita gente com cônjuges em asilos, morrendo lentamente, e é algo que não se deseja ao pior inimigo. Mas dar fim a tudo? Dar fim antes de chegar ao final? Não é uma decisão que eu seria capaz de tomar. Enquanto o amor é vivo, eu jamais escolheria matá-lo.

Mas creio que estou falando do *meu* amor, não é? E se o meu amor estivesse vivo e o de Gerry não estivesse? E se eu estiver simplesmente pensando na alegria que olhar para ele e abraçá-lo traria para mim? Uma alegria que fosse durar muito mais que a dele? Tudo isso sabendo que todas as noites e todas as manhãs ele dormiria e acordaria sozinho, assustado e confuso?

Realmente não faço ideia. A demência não priva todas as pessoas de alegria e amor, ainda que se esforce ao máximo para atingir esse objetivo. Sorrisos e risadas existem, mas, sim, há gritos de dor. Houve um debate sobre eutanásia em Coopers Chase, por volta de uns dois anos atrás. Foi intenso, ponderado, reflexivo, gentil e emocionante, para quem defendia ambos os lados. Não me lembro se Elizabeth se pronunciou. Eu disse algumas palavras, apenas sobre a minha experiência com cuidados paliativos em hospitais. E sobre as ocasiões em que, já bem no fim da linha, havíamos aumentado a dosagem de uma medicação para apressar o processo, só para cessar a crueldade da dor.

Mas Stephen não estava tão no fim da linha assim, estava? Talvez as pessoas definam "o fim" de maneiras diferentes.

Os dois devem ter deliberado muito antes de tomar essa decisão. Imaginem as conversas. Normalmente as pessoas vão à Suíça; recorrem à Dignitas — aqui mesmo houve dois ou três casos. Mas esta decisão costuma ter de ser tomada com muito mais antecedência do que se desejaria. Você precisa estar física e mentalmente capaz de consentir a coisa toda. E tem que conseguir viajar. Portanto, não pode esperar até o último minuto, o que é outra crueldade. Já pesquisei a respeito de tudo, óbvio. Qualquer pessoa da minha idade que jure nunca sequer ter dado uma olhadinha no assunto está mentindo.

Elizabeth e Stephen não teriam precisado da Dignitas, é claro. Elizabeth tem acesso a tudo de que precisa. Quando a ambulância chegou, havia um médico de saída do apartamento, e era alguém que eu jamais vira por aqui antes.

Eu vivo brincando sobre quanto Elizabeth é fria, e às vezes ela pode mesmo ser, é verdade. Mas não é disso que se trata. Ela vai falar a respeito quando estiver pronta, tenho certeza, mas deve ter sido ideia de Stephen, não deve? Ele sempre foi um homem muito forte, muito seguro. Acho que não conseguia suportar o que estava se passando com ele. A vida que estava perdendo. E ainda se encontrava numa posição onde era possível fazer algo a respeito.

Eu deveria ter percebido. O afastamento de Elizabeth por alguns dias. A visita de Anthony. Deveria ter me dado conta de que Elizabeth e Stephen não iam ficar separados, Stephen não a deixaria cuidar dele enquanto seu cérebro era dominado pela demência. Não a forçaria a vê-lo passar por tudo aquilo. Algumas pessoas se pautam por regras diferentes. Eu sempre tive medo demais.

Eu entendo, de verdade. Se Gerry tivesse me implorado, eu também teria aceitado. Não gosto de admitir tal coisa para mim mesma, mas teria. O amor pode significar inúmeras coisas, não é mesmo? E só por ser preciso não significa que não possa ser difícil.

Quando vi Elizabeth na ambulância e segurei sua mão, aquilo foi amor. E quando vi Ron tentando correr até ela, aquilo foi amor. E Ibrahim saiu para passear com Alan para mim, só por meia hora, e isso é amor também.

Estou preparando um empadão de cordeiro; quando passar na casa de Elizabeth, vou deixá-lo na geladeira. Conheço-a bem o suficiente para saber que o lugar estará um brinco, mas não custa nada passar o aspirador e talvez acender uma vela.

Vou sentir falta de Stephen, mas a verdade é que eu já sentia. Talvez Elizabeth sentisse o mesmo. E, o mais importante, é como Stephen devia se sentir. Devia sentir falta de si mesmo todos os dias.

Desejaria algo assim para qualquer um dos dois? Não.

Gostaria que alguém fizesse o mesmo por mim? Não.

Eu vou me agarrar, esperneando e aos berros, a cada segundo que a vida tenha reservado para mim. Quero o pacote completo, para o bem ou para o mal.

Sei que Ron e Ibrahim estarão juntos esta noite, e sei que eu seria muito bem-vinda, mas preciso de um tempo para pensar. Sobre Gerry e Stephen, e Elizabeth e o amor.

Vou me lembrar de Stephen se despedindo de nós outro dia. O marido orgulhoso, com ótima aparência, seu sorriso trazendo o charme de sempre. É como Stephen quis ser lembrado, e ele certamente tem esse direito, não é mesmo?

E é como eu me lembrarei dele. A última mensagem de Stephen para o mundo. "E aí, chefe", "E aí, meu parceiro". Ao sol do inverno, com os pássaros no céu e amor por toda parte.

62

Há um barulho de obras no alto da colina, e lá embaixo a vida segue normal. Cães perseguem cães, entregadores descarregam suas vans. Cartas são postadas.

O sol frio, no entanto, não tem como competir. Coopers Chase veste o manto da morte como a cota de malha de uma armadura.

São onze da manhã de quinta-feira e não há ninguém na Sala de Quebra-Cabeças.

A turma da aula de História da Arte empilhou as cadeiras, como de costume, e assim elas permanecerão até o pessoal da Conversação em Francês chegar, ao meio-dia. Partículas de poeira flutuam e se assentam. Não há sinal do Clube do Crime das Quintas-Feiras. Sua ausência ressoa.

Ron está mandando mensagem para Pauline, na esperança desesperada de que ela finalmente responda. Joyce fez algumas compras para Elizabeth e deixou-as na porta da sua casa. Tocou a campainha, mas não obteve resposta. Ibrahim está sentado no seu apartamento, com os olhos grudados no retrato de um barco na parede.

Elizabeth? Por ora, ela não está presente no tempo nem no espaço. Não está em lugar nenhum, não é coisa alguma. Bogdan está de olho nela.

Joyce desliga a TV — não há nada que queira ver. Alan, deitado aos seus pés, a observa chorar. Ibrahim considera que talvez devesse sair para uma caminhada, mas continua a encarar o retrato na parede. Ron recebe uma mensagem, mas é da companhia de eletricidade.

Ainda há um crime a ser solucionado, mas não será hoje. As linhas do tempo, as fotografias, as teorias e os planos terão que esperar. Talvez nunca se chegue a uma solução. Talvez a morte os tenha derrotado, todos eles, com sua mais recente artimanha. Quem é que vai ter disposição para a batalha?

Eles ainda têm uns aos outros, mas não hoje. Haverá risadas e brincadeiras e discussões e amor novamente, mas não hoje. Não nesta quinta-feira.

Enquanto as ondas do mundo arrebentam ao redor, esta quinta-feira pertence a Stephen.

63

Joyce

A cremação foi em Tunbridge Wells. Fomos todos até lá em uma pequena procissão. O carro fúnebre na frente, depois Elizabeth, Bogdan e eu em um carro preto da funerária. Logo atrás, o Daihatsu consertado de Ron, com ele, Pauline e Ibrahim. Que boa surpresa ver Pauline. Por fim, Chris, Donna e Patrice no carro novo de Chris. Não estou bem certa de qual é a marca, mas é prateado, então se encaixou bem.

Achei que teria muita gente no crematório, mas, ao estacionarmos, só vimos quatro pessoas, três homens e uma mulher, todos parecendo ser tão velhos quanto nós. Abraçaram Elizabeth e se apresentaram para mim. Uma se chamava Marianne, outro, lindo, era Wilfried. Não decorei os nomes dos outros. Wilfried devia ser polonês, porque conversou um pouco com Bogdan. Conhecia Stephen de algum lugar no Oriente Médio — não captei todos os detalhes. Marianne o conhecia da universidade. Dava para perceber que haviam sido namorados.

Então era isso que restara da turma de Stephen. Ou, pelo menos, quem Elizabeth sentiu que precisava convidar. Creio que ela não tenha divulgado mais do que o absolutamente necessário.

O crematório era muito agradável, tanto quanto é possível ser em uma situação dessas. O céu estava azul e o sol, brilhando. Bogdan, Donna e Chris se posicionaram para carregar o caixão junto a um dos funcionários. No último instante, Ron cutucou o rapaz no ombro e assumiu seu lugar.

Eu e Elizabeth fomos logo atrás, de braços dados. Não era o momento nem o lugar adequados, mas eu comentei que ela ficava bem de preto, e é verdade. Em mim já não cai bem, infelizmente. Usei um broche bonito, um sol, que achei que Stephen iria gostar, e que me deu certo brilho. Vi que Wilfried reparou no acessório.

Estes lugares se esforçam para passar uma sensação de gentileza e calma, para parecer protegido do mundo, em que nada pode interferir. Casulos. Mas aí você lê a placa de SAÍDA DE EMERGÊNCIA em cima de uma porta e a realidade se impõe de novo. Alguém havia deixado uma caneta sem tampa em cima de um dos bancos.

Quando o caixão foi depositado em seu lugar, Bogdan veio e sentou-se do outro lado de Elizabeth. Ele chorava; ela, não. Donna sentou-se na fileira de trás e, de vez em quando, se esticava e apertava o ombro dele. Só para Bogdan saber que ela estava ali. Eu fiz o mesmo por Elizabeth, mas não havia ninguém ali para fazê-lo por mim.

Uma moça muito simpática conduziu a cerimônia. Contou histórias sobre Stephen, que Ibrahim havia compilado, e leu algumas passagens da Bíblia — é o comum, eu bem sei. Já fui a muitos funerais a esta altura da vida e um monte de gente já andou pelo vale da sombra da morte. No meu funeral, acho que vou preferir algo mais para cima. Acho muito difícil ser solene, mas creio que seja necessário. A única hora em que parei de chorar no funeral de Gerry foi quando o pároco começou a falar sobre como Deus era bom e piedoso.

Tentei imaginar como Elizabeth estava se sentindo. Sabendo o papel que teve na morte de Stephen. Mas espero que ela estivesse pensando mais no papel que teve em sua vida. Entoaram um cântico que eu não conhecia e o caixão então desapareceu lentamente ao som de uma música clássica. Não a reconheci; nada que tenha sido usado em algum comercial ou algo do tipo. Stephen era um grande apreciador de música. Foi nessa hora que Elizabeth começou a chorar. Bogdan envolvia seus ombros com o braço e eu lhe envolvia a cintura, mas percebia que ela não sentia nenhum dos dois.

Dei uma espiada e tanto Ron quanto Pauline estavam se debulhando em lágrimas. Ibrahim, de cabeça baixa e olhos fechados. Mais para trás, reparei que Marianne fora embora.

Havíamos concordado em reunir as bebidas e os belisquetes aqui em casa — não havia por que alugar um salão e expor Elizabeth. Os amigos de Stephen não vieram conosco; se despediram no crematório. Marianne, na verdade, não havia ido embora; estava do lado de fora, chorando num dos bancos. Wilfried foi confortá-la. Todo mundo tem uma história, não tem? Se seguíssemos Marianne ou Wilfried até em casa, o que poderíamos encontrar?

Coloquei uma foto de Stephen na mesa da sala de jantar. Nela, ele estava fumando charuto e nitidamente contando uma piada. Acendi algumas velas e Bogdan tinha deixado um tabuleiro de xadrez montado. As peças estavam na posição em que haviam ficado na última partida que Stephen vencera. Ele tentou me explicar o jogo, mas eu falei que seria melhor me ater às velas.

Tomamos um espumante inglês trazido por Chris. Patrice o havia comprado na vinícola, mesmo depois de terem encontrado o corpo de Dominic Holt, porque "davam um desconto de 30% para participantes do tour". Ela é das minhas.

Os belisquetes eram coisa do supermercado baratinho, com um ou outro comprado no mais chique para fazer vista.

Sintonizei o rádio na FM Clássicos. Funcionou perfeitamente, a não ser pelos comerciais.

Era importante que mostrássemos a Elizabeth que estávamos lá por ela. Que tinha a sua turma. Não meramente o Clube do Crime das Quintas-Feiras, mas também os desgarrados que fomos pegando pelo caminho. Bogdan, é claro, e Donna. Chris e Patrice. Pauline, agora parecendo um acréscimo permanente. Até Bob do Computador apareceu para prestar condolências. Mervyn não, apesar de eu ter dito a ele que seria bem-vindo. "Eu não conhecia o sujeito", foi sua resposta.

Chris tinha um anúncio a fazer, mas estava na cara que ele não tinha certeza se deveria desembuchar. Cheguei a pensar que fosse propor casamento a Patrice, e acho que teria sido um pouco inadequado naquelas circunstâncias, mas o que ele nos contou, sob o mais absoluto sigilo, foi que Samantha Barnes havia sido assassinada. Falou que aquilo não era um assunto para hoje, mas que achou que nós gostaríamos de saber o quanto antes.

Este foi o momento que Elizabeth escolheu para ir embora. Ela não vai investigar nada por algum tempo. Bogdan foi com ela até em casa e levou mais ou menos uma hora para voltar.

Conversamos sobre Stephen, conversamos um pouco sobre Samantha Barnes, mas sem muito ânimo, pois, sem Elizabeth, será que fazia sentido continuar? Donna falou com os rapazes sobre Mervyn e Tatiana. Eles estão se divertindo. Não importa o que se faça, a vida continua. Passa por cima sem a menor cerimônia.

Todos saíram por volta das nove, e eu me encarreguei da louça. E agora longas noites esperam por nós todos.

Acho que vou ligar para a Joanna. Sei que já está tarde, mas acho que nossos fusos são meio diferentes. Uma vez liguei para ela às nove da manhã de um sábado e tomei um sermão. Eu já estava acordada havia três horas. Espero que ela atenda. Só quero saber como foi o seu dia, nada além do normal. Talvez conversar um pouco sobre o pai dela.

Alan sabe que estou triste. Está deitado junto à minha cadeira com as patas sobre os meus pés, para se certificar de que mais nada de mal me aconteça.

64

Ron envolve Pauline com o braço.

Sentia falta dela, por isso lhe mandou mensagem. Ela sentia falta dele, mas não respondeu. Ele sentia falta dela, por isso mandou outra mensagem, dessa vez uma piada sobre um cavalo jogando críquete. Ela sentia falta dele, e por isso riu, mas não respondeu. Ele sentia falta dela, por isso telefonou mesmo sabendo que não devia. Ela sentia falta dele, mas não atendeu.

Ele sentia falta dela, por isso lhe mandou mensagem avisando sobre o funeral. Disse como se sentia, que a amava e sentia sua falta. E ela então tirou um dia de folga no trabalho, se vestiu de preto, dirigiu até Coopers Chase, bateu na porta dele, lhe deu um beijo e disse que ele não podia ir ao funeral de Stephen com a gravata do West Ham, mas cedeu quando ele lhe contou que era a única que tinha. Ele disse a ela quanto adorava vê-la de preto, ela lhe disse que o comentário era inapropriado, então pegou a mão dele e não a largou mais desde então.

— Você acha que alguém está dormindo? — pergunta Ron.

— Não — responde Pauline. — Elizabeth deve estar chorando, Joyce deve estar com alguma coisa no forno, Ibrahim deve estar caminhando, fingindo que está pensando em outra coisa.

— Você acha que eles tomaram a decisão certa? Stephen e Elizabeth?

— Não existe isso de certo, Ronnie. Nem certo, nem errado. Se é o que eles queriam… Não causaram mal a ninguém, a não ser a eles próprios, e isso não é proibido.

— Tipo mandar mensagens para a ex quando não se deve? — brinca Ron.

— Auxiliar seu parceiro a se suicidar e mandar mensagens para a ex podem não ser exatamente a mesma coisa — aponta Pauline. — Fora que eu não sou sua ex.

— Não?

— Não — afirma Pauline. — Somos ridículos, Ronnie. Mas acho que tudo bem, né?

— Eu não sou ridículo — retruca Ron. — Está pra nascer um homem menos ri...

Pauline tapa sua boca com um dedo.

— Shh! Você é ridículo. É por isso que todos eles te amam, Ronnie. Seus amigos. Você é um homem adorável, grande, forte, ridículo.

— Bem, você não é ridícula — contrapõe Ron.

— Estou na cama com você, não estou? E não é como se eu tivesse passado por uma fila de mulheres sensatas para chegar até aqui — responde Pauline.

Ron sorri, depois se sente culpado por tê-lo feito.

— O que nós vamos fazer com a Elizabeth?

— Só dar tempo a ela — responde Pauline. — Ficar à disposição dela e dar tempo. Ela vai precisar de algumas semanas de...

O telefone de Ron começa a tocar. Ele olha para Pauline, e ela faz um sinal com a cabeça para que ele atenda. No visor, aparece LIZZIE.

65

Ibrahim não consegue dormir. Sabia que não conseguiria. Sabia que passaria a noite em claro, e sabia no que estaria pensando.

Em Marius.

Saiu para dar uma caminhada por Coopers Chase. Há uma luz suave na janela de Ron. Pauline deve estar lá, o que deixa Ibrahim muito satisfeito. É do que Ron precisa esta noite. Ron finge não precisar de nada nem de ninguém. Isso lembra Ibrahim de quem?

Há também uma luz acesa no apartamento de Joyce. Alan está com ela. Vai ficar todo animado por ainda estar acordado no meio da noite. Ela deve estar vendo alguma reprise na TV e pensando em Gerry. Talvez tenha falado com Joanna esta noite. Ele torce para que Joanna tenha entendido o motivo de sua mãe ter desejado conversar com ela.

Dias de morte são dias em que pesamos na palma da mão nossa relação com o amor. Dias em que nos lembramos do que passou e tememos o que está por vir. A alegria que o amor nos traz e o preço que pagamos por ele. É quando agradecemos, mas também quando rezamos por misericórdia. É por isso que Joyce está pensando em Gerry, por isso Ron e Pauline estão nos braços um do outro, e por isso um velho egípcio solitário está andando por Coopers Chase pensando em Marius. Pensando em uma outra vida.

Talvez um dia fale sobre ele, mas também pode ser que nunca fale. Trata-se de uma caixa que, uma vez aberta, não poderá jamais ser fechada, e Ibrahim pondera se o seu coração é forte o bastante para aguentar. E, de qualquer forma, com quem falaria? Elizabeth? Bem, agora ela entenderia. Ron? E ganhar um abraço sem jeito? Joyce? E se ele enxergasse pena no olhar dela? Ibrahim não tem certeza se aguentaria aquilo.

Há outra luz acesa, é claro. A de Elizabeth. Esta ainda vai permanecer acesa por muitas noites. Elizabeth já traz consigo toda a escuridão de que precisa.

Ibrahim pensa nas caixas. A caixa com a heroína, que já causou tantos problemas. A "caixa" com Marius, que contém tanta dor. Imagina que vão parar de procurar a heroína. Quem está com ela? Quem vai saber? Quem matou Kuldesh? Quem quer que seja, vai se safar.

Mas e a caixa que contém Marius? Ele terá coragem de abri-la? Terá coragem de contar *esta* história?

Um dia de morte é um dia de amor. E dos dois assuntos Ibrahim entende de sobra. Talvez seja hora de…

Seu telefone toca.

66

São três da manhã e Bogdan está chorando nos braços de Donna.

Chorando pelo que fez e chorando por quem ele perdeu.

Foi firme e forte diante de Elizabeth. Não chorou na frente dela, a não ser no funeral. Só a ouvia e ajudava.

Ele e Stephen haviam jogado sua partida final de xadrez uma semana antes. Não havia sido exatamente uma partida. Bogdan se oferecera para ensinar Stephen a jogar, e Stephen aceitara. "Sempre quis tentar."

Bogdan tivera a esperança de que o jogo pudesse retornar à mente de Stephen enquanto lhe mostrava os movimentos, mas o amigo apenas balançou a cabeça. "Não estou entendendo, compadre." Mas estavam cada um do seu lado do tabuleiro, e jogaram conversa fora, e Bogdan podia fingir. Stephen sempre soube que estava seguro com Bogdan, mesmo quando não tinha muita certeza de quem ele era. E Bogdan sempre se sentiu seguro com Stephen.

Stephen lhe contou o plano. Elizabeth já havia falado com ele, mas Bogdan ficou satisfeito por também ouvi-lo de Stephen. Por sentir a certeza. Stephen não queria sumir aos poucos, ficar girando pelo espaço até desaparecer de vista. Queria estar no controle, e Bogdan não lhe teria negado este direito.

No funeral, Bogdan havia se sentado junto a Elizabeth, e ficara muito feliz por isto. Donna se sentara atrás dele, por perto, e isso o deixara igualmente feliz.

Donna beija suas lágrimas.

— Me fala sobre outra coisa — pede Bogdan, deixando a voz interromper as lágrimas. — Qualquer coisa para me distrair.

Donna enterra o rosto em seu pescoço e sussurra:

— Samantha Barnes foi golpeada com um objeto contundente. Mas foi a queda escada abaixo que a matou.

— Obrigado — diz Bogdan, fechando os olhos.

— Garth sumiu — continua Donna. — Ou foi ele quem a matou, ou talvez esteja fugindo do assassino.

— Mas pra que matar ela? — questiona Bogdan. — A não ser que ela estivesse com a heroína. Você acha que estava?

— Vai saber? — diz Donna. — Tanto Mitch Maxwell quanto Luca Buttaci estiveram no depósito e saíram de mãos abanando. Será que foram fazer uma visita a ela? E o Garth não foi ao depósito. Talvez seja ele quem esteja com a heroína.

— Humm — murmura Bogdan. — Não acho que a Elizabeth vai ter disposição pra continuar com a investigação.

— Ela precisa de tempo. Você acha que ela teve algo a ver com a morte do Stephen? Acha que... você entendeu.

— Não — declara Bogdan. — Seria ilegal.

— Ah, peraí — rebate Donna. — Estamos falando da Elizabeth e não estou a culpando. Eu entenderia se ela tivesse feito. Ilegal, para ela, não significa nada.

— Seria ilegal ela ajudar o Stephen — insiste Bogdan. — E seria ilegal outra pessoa saber se ela ajudou. Seria ilegal eu saber, seria ilegal você saber.

— Entendo — diz Donna. — Hipoteticamente, você a teria ajudado?

— Eu teria ajudado a Elizabeth e teria ajudado o Stephen — afirma Bogdan.

— Eu sei que teria.

— Você acha então que o Garth pode estar com a heroína? Acha que ele deu um jeito de encontrar?

— Acho que vale a pena conferir — diz Donna. — Acho que você tem razão, Elizabeth está fora de combate por ora. Não seria legal a gente desvendar esse caso sozinhos? Um presentinho nosso pra ela?

— Seria um presente diferente — comenta Bogdan.

— Ela é uma mulher diferente — responde Donna.

— Você acha mesmo que consegue enc...

O celular de Bogdan começa a vibrar na mesa de cabeceira. São três e quinze da manhã. Ele olha para Donna, que faz um sinal com a cabeça para que atenda. A tela do celular lhe diz que é Elizabeth.

— Elizabeth — diz Bogdan. — Tudo bem? Precisa de mim?

— Preciso de você — diz Elizabeth. — Donna está com você?

— Está — confirma Bogdan.

— Traz ela junto — pede Elizabeth. — Eu sei onde está a heroína.

67

Será que ela um dia conseguirá dormir de novo? Deitada na cama, Elizabeth pondera como um coração partido pode bater tão rápido.

São cinco para as três da manhã. Qualquer pessoa que já tenha trabalhado noite adentro ou tenha sido mantida acordada noite após noite estará de acordo sobre o intervalo entre três e quatro ser a hora mais longa de todas. A hora em que a solidão brutal assume o controle. Em que cada segundo é uma agonia.

Precisava ser feito, é o que repete sem parar para si própria. Stephen dera a ordem, e Elizabeth sabe cumprir ordens. Fora o certo, e indolor, Stephen estivera à frente do processo e tivera o controle de tudo, o que conferira dignidade aos instantes finais de um homem que sempre valorizara e merecera esse tipo de decência.

Depois que Viktor havia conversado com Stephen, ele tinha entrado em contato. Estamos de acordo. Stephen sabe o que quer.

Viktor entregara a ela uma caixinha de surpresas. Onde ele a conseguira, Elizabeth não se dera ao trabalho de perguntar. Tudo o que quis saber era se seria rápido e indolor. E, sim, indetectável. Este sendo o único e último aspecto prático a se considerar. Stephen não iria querer que ela fosse presa e, verdade seja dita, a maioria dos tribunais do país também não, só que não teriam escolha. Assistir e não interferir faz de alguém cúmplice. Não matarás.

O médico era um velho amigo do Serviço. Ela informara a ele hora e local e ele aparecera. Suas credenciais eram impecáveis, caso alguém se desse ao trabalho de checá-las. Às vezes acontece, vai saber. A hora da morte, a causa da morte, um abraço e palavras de conforto para a viúva, e ele logo se retirou. Sem necessidade de uma viagem até a Suíça, sem necessidade de tirar Stephen de seu lar.

A dor dele chegou ao fim. Stephen não é mais um prisioneiro da estática em sua mente. Atormentado por golpes de clareza, como alguém que está se afogando, cuja cabeça emerge das ondas para logo em seguida ser novamente engolida por elas. Não há mais declínio. Daqui para a frente, só existirá o dela. A dor será toda dela. Ainda bem. Ela merece. Parece uma penitência.

Penitência por ajudar a matar Stephen? É isso mesmo? Não. Elizabeth não sente culpa pelo ato. Ela sabe em seu íntimo que foi um ato de amor. Joyce saberá que foi um ato de amor. Por que ela se preocupa com o que Joyce vai pensar?

É penitência por tudo o mais que fez na vida. Tudo o que fez em sua longa carreira, sem questionar. Tudo o que autorizou, tudo o que deixou acontecer. Ela está pagando o imposto pelos seus pecados. Stephen lhe foi enviado, e então tirado dela, como punição. Vai conversar com Viktor a respeito; ele sentirá a mesma coisa. Por mais nobres que tenham sido as bandeiras de sua carreira, não eram nobres o suficiente para compensar o desprezo pela vida. Dia após dia, missão atrás de missão, libertando o mundo do mal? No aguardo do último demônio a morrer? Que piada. Vão sempre surgir novos demônios, como narcisos na primavera.

A troco de quê foi tudo aquilo, então? Todo aquele sangue?

Stephen era bom demais para a alma corrompida dela. E o mundo sabia, por isso o mundo o levou.

Mas Stephen a conhecera, não conhecera? Vira o que ela era e quem era. E ainda assim a escolhera. Ela havia sido feita por ele, esta era a verdade. Ele a emendara.

E aqui estava ela. Desfeita. Desmembrada.

Como é que a vida vai continuar agora? Como é possível? Ela ouve um carro numa estrada distante. Por que diabos alguém estaria dirigindo? Ir para onde agora? Por que o relógio no corredor continua a bater? Não foi informado de que o tempo parou dias atrás?

A caminho do funeral, Joyce havia se sentado ao seu lado no carro. Não falaram nada, pois havia coisas demais a dizer. Elizabeth olhou pela janela em dado momento e viu uma mãe recolher um brinquedo de pelúcia que seu filho deixara cair do carrinho. Quase começou a rir com a audácia da vida em continuar. Essa gente não *sabe*? Não *ouviu*? Tudo mudou, tudo. E, no entanto, nada mudou. Nada. O dia transcorre normalmente. Um senhor no sinal de trânsito tira o chapéu com a passagem do cortejo, mas, de resto, a rua principal está a mesma. Como podem estas duas realidades existirem juntas?

Talvez Stephen estivesse certo quanto ao tempo. Do lado de fora da janela do carro, ele avançava, em marcha constante, sem titubear. Dentro do veículo, já estava se movendo na direção oposta, retornando ao casulo.

A vida que teve com Stephen sempre significará mais para ela do que a vida que terá daqui para a frente. É onde passará mais tempo, naquele passado; sabe disso. E, à medida que o mundo acelera, ela fica cada vez mais para trás. Chega um momento em que você olha seus álbuns de fotografias mais do que assiste ao noticiário. Um momento em que você escolhe desembarcar do tempo, deixa ele seguir viagem enquanto você cumpre a própria trajetória. Você simplesmente para de acompanhar o ritmo da música.

É algo que ela enxerga em Joyce. Com toda a sua animação, toda a sua vivacidade, há uma parte dela, a mais importante, que permanece guardada. Há uma parte de Joyce que sempre estará em uma sala de estar arrumada, com Gerry sentado com os pés para cima e Joanna criança abrindo seus presentes, toda feliz.

Viver no passado. Algo que Elizabeth jamais entendeu, mas que agora entende, e com uma clareza avassaladora. Seu passado sempre havia sido sombrio demais, infeliz demais. Família, escola, o trabalho perigoso, comprometedor, os divórcios. Mas, três dias atrás, Stephen se tornou seu passado, e é lá que escolherá viver.

Não havia muitos amigos no funeral, embora ela tenha conseguido reunir alguns. Pondera se Kuldesh teria ido, em outras circunstâncias. Stephen falou muito dele em suas últimas semanas.

Elizabeth acende de novo a luz da cabeceira. Não vai dormir. Quem sabe não sai para dar uma caminhada? Enquanto não há ninguém para vê-la, ninguém para dar-lhe os pêsames. Chega a pensar que talvez se depare com Floco de Neve indo dar suas exploradas, mas é quando se lembra. Pobre Floco de Neve. Elizabeth começa a chorar. Por Floco de Neve, por Kuldesh. As lágrimas por Stephen ficarão guardadas por ora. Serão totalmente de outra natureza.

A pobre raposa. Enterrada junto ao canteiro, aos rabanetes com que Stephen andara obcecado em seus últimos dias. Nunca havia sido jardineiro, era só o cérebro a lhe pregar mais uma peça.

Consegue imaginá-lo, m...

Elizabeth nunca soube de onde vêm realmente os momentos de inspiração. Um pensamento repentino que traz explicações, que joga luz onde antes havia apenas escuridão. O mais próximo que pode chegar de descrevê-lo é dizendo que a inspiração bate quando dois pensamentos muito diferentes se encaixam e, de repente, um atribui sentido ao outro.

Stephen falando tanto de Kuldesh em seus últimos dias. "Estive com ele outro dia mesmo." Falando do canteiro e dos rabanetes. "Promete que vai tomar conta do canteiro."

Ah, que homem brilhante você era, pensa Elizabeth. *Mesmo em meio à névoa, estava iluminando o caminho para mim.*

Desde que Elizabeth deixou o Serviço, faz uso de determinadas proteções. Botões de pânico, linhas diretas, para o caso de seu passado algum dia querer vir prestar contas com ela. E, como percebe agora, ela própria quase que certamente possui um número não rastreável. Um código 777.

Que estúpida. A segunda ligação feita por Kuldesh naquela tarde havia sido para o telefone fixo dela. Para o seu lindo Stephen.

Stephen é agora o passado de Elizabeth, e talvez um dia ela encontre uma forma de tornar este fato suportável. Mas, quem sabe, só por mais alguns dias, Stephen possa também ser o seu futuro.

Elizabeth se pergunta se seria tarde demais para ligar para Bogdan. E então se lembra de que o tempo parou por completo e Bogdan, tanto quanto ela, não conseguirá dormir. E decide ligar.

Mas antes ela calça os sapatos, veste um casaco e sobe a colina só para ter certeza absoluta. Arromba o cadeado do paiol de jardinagem e, justiça seja feita a Ron, uma pá novinha em folha a aguarda.

PARTE TRÊS

Nada como o nosso lar

68

Joyce recebeu o telefonema faz cerca de vinte minutos e já está no topo da colina, usando seu casaco de inverno. Elizabeth, Bogdan e Donna estavam à sua espera e, logo abaixo, ela vê Ibrahim, Ron e Pauline iniciando a subida.

— Espero não ter te acordado — diz Elizabeth.

— Você sabe que não acordou — responde Joyce. — Eu estava vendo *Antiques Road Trip* e chorando. Bogdan, você realmente deveria colocar um casaco.

— Bogdan acha que casacos são sinal de fraqueza — explica Elizabeth.

— Sim — confirma ele.

— Eu teria trazido uma garrafa térmica, se soubesse — diz Joyce no momento em que Ibrahim, Ron e Pauline os alcançam. — Posso dar um pulo em casa e voltar.

— Que bela manhã para isso — comenta Ron, dando um abraço em Elizabeth.

Ela o aceita com relutância.

— Não façamos disso um hábito — pediu Elizabeth, se soltando. — Obrigada a todos por terem vindo.

— Achei que íamos desistir da heroína — diz Joyce. — Depois do que você falou.

— Eu também — concorda Elizabeth. — Mas estava desperta, como é de se imaginar. Pensando no Stephen.

— É claro que estava — diz Joyce. — Eu também. Bem, no Stephen e no Gerry.

— Fiquei pensando em todo tipo de coisa, me martirizando com tudo o que aconteceu. Aí comecei a pensar no Kuldesh — contou Elizabeth. — Como teria sido bom tê-lo ali. O Stephen andou falando muito dele.

Joyce repara que Ron, ao dar uma olhada em Bogdan, começa a tirar o casaco. Não vai deixar alguém parecer mais macho que ele.

Elizabeth continua.

— Mas então minha cabeça começou a ficar a mil. Por que Stephen teria falado tanto dele ultimamente? Ele disse que havia visto Kuldesh há pouco tempo e todos presumimos que ele estava falando da visita à loja, com Bogdan e Donna.

— Não era? — pergunta Bogdan.

— Só me ocorreu que talvez eu tivesse deixado passar alguma coisa — diz Elizabeth. — E se Stephen tivesse visto Kuldesh mais recentemente?

— Como assim? — questiona Ron, fingindo não tremer.

— E se ele viu o Kuldesh depois do Natal?

— Depois de o Kuldesh desaparecer? — indaga Joyce.

— Bem, nós sabemos que o Kuldesh estava encrencado — argumenta Elizabeth. — Ele ligou para a Nina e contou. E, se a Nina não podia ajudar, para quem ele ligaria em seguida?

— Stephen — diz Ibrahim.

— Kuldesh estava com um dilema — prossegue Elizabeth. — Havia se deparado com um carregamento de drogas pesadas e, com toda a sua sabedoria, decidido roubá-las.

— E precisava de alguém em quem pudesse confiar? — sugere Donna.

— Isso mesmo — diz Elizabeth. — Um velho parceiro de artimanhas. Alguém que vira há não muito tempo. Alguém em quem pudesse confiar sem restrições. Alguém que vivesse em um lugar afastado.

— Mas Stephen teria recusado no ato — opina Joyce.

— Talvez tivesse — pondera Elizabeth. — Mas acho que não. Acho que Kuldesh veio até aqui no dia 27, enquanto estávamos com Donna e Mervyn. Dois velhos, uma fortuna em drogas e encrenca à vista. Que lugar mais seguro para esconder a caixa do que em Coopers Chase?

— Quando a gente encontrou o Floco de Neve, Stephen disse que o solo aqui é muito duro para cavar — lembra Bogdan. — Eu nem me toquei na hora.

— E ele me pediu para tomar conta de um canteiro que nunca teve — acrescenta Elizabeth. — Não parava de falar nisso. Kuldesh e o canteiro. Kuldesh e o canteiro.

— Então foi aqui que enterraram? — pergunta Donna. — Essa é a teoria?

— Estamos prestes a descobrir — diz Elizabeth. — Bogdan, pode fazer as honras?

Bogdan ergue a nova pá e começa a cavar, tão próximo dos rabanetes quanto é possível.

— Precisa de uma ajuda, Bogdan? — oferece Ron.

— Tô bem, Ron. Valeu.

Enquanto Bogdan continua a cavar e o metal raspa a terra implacável, Ibrahim ergue a mão como um aluno de escola.

— Perdoem-me — começa Ibrahim. — Talvez eu esteja falando bobagem, mas por que Stephen ajudaria Kuldesh?

— Amigos, né? — diz Ron. — Eu ajudaria você.

— Se eu estivesse enterrando heroína, você me ajudaria? Não diria "Não enterra heroína, Ibrahim"? "Leva pra polícia, Ibrahim"? "Devolve pros gângsteres antes que te matem, Ibrahim"?

— Bem, eu não diria pra você levar pra polícia — diz Ron.

— Muito bem — elogia Pauline.

— Mas eu entendi o que você quis dizer — concede Ron. — Por que ele faria isso, Lizzie? Se meter com drogas. Não é a cara do Stephen.

— Possivelmente por amizade, Ron — sugere ela. — Possivelmente por imprudência. O mais provável é que ele não tenha compreendido por completo o que estavam lhe pedindo para fazer.

A resposta arrefece um pouco o grupo. Os únicos sons que se ouvem na escuridão da colina são o da pá de Bogdan batendo contra o solo e o de Ron recolocando o casaco.

Bogdan atinge algo sólido.

— Vamos lá — diz ele, afastando a terra fofa em torno do que quer que seja o objeto.

Por fim, se ajoelha e puxa do buraco uma caixa pequena, atarracada, feia. Coloca-a no chão.

— Stephen, seu velho safado — diz Ron.

A tampa da caixa tem uma discreta aba. Todos a fitam por um momento.

Joyce decide que está frio demais para esperar. Ajoelha-se junto à caixa e olha para os demais.

— Posso?

Quando os outros assentem, ela reage colocando os dedos delicadamente sob a aba, que começa a ceder. Tem certeza de que estará vazia. Não sabe por quê, mas tem certeza. Ergue a tampa.

A caixa não está vazia. Está cheia de um pó branco.

— Sabemos se isso é heroína? — questiona Ron. — Não poderia ser sabão em pó?

Pauline se curva sobre a caixa, pega suas chaves e corta o invólucro de plástico. Molha a ponta do dedo, enfia no pó e prova.

— É heroína — confirma.

— Bom ter você na equipe, Pauline — diz Elizabeth.

— Cem mil pratas em heroína — comenta Ron.

— E muita gente que já morreu por causa dela — lembra Ibrahim, olhando ao redor, como se procurasse por atiradores de elite escondidos em meio às árvores.

Joyce fecha a tampa da caixa e a acomoda sob o braço.

— Posso dizer uma coisa? Pra que fique registrado?

Os outros indicam que são todos ouvidos. Joyce não sabe direito como expressar o que quer dizer. Mas lá vai.

— Este é o tipo de momento em que normalmente Elizabeth tomaria o comando. Mas eu não vou deixar. Elizabeth tem coisas mais importantes com que se preocupar. Portanto, me desculpe, Elizabeth, mas eu vou assumir o comando de novo, e o que eu digo é... — Ela faz uma pausa. — Bogdan, *por favor*, bota um casaco? — Então retoma: — Nós agora temos nas mãos o que todo mundo está procurando. O motivo pelo qual está rolando essa matança toda. Essa caixinha. Kuldesh, Dominic Holt, Samantha Barnes, sabe-se lá Deus quem mais. E ninguém tem ideia de que está conosco, o que nos deixa numa ótima posição.

— Muito bem colocado — elogia Ibrahim. — Bem típico de Elizabeth.

— Obrigada — diz Joyce. — Então, eu sugiro o seguinte. Elizabeth, pode decidir quanto quer se envolver, ou não, estamos aqui para você. Quanto aos demais, quem conseguir dormir, que durma um pouco. E em breve vamos anunciar que achamos a heroína. Não onde nós a achamos, nem onde está, mas que está conosco. E aí esperamos.

— Esperamos eles nos matarem também? — pergunta Ron. — De fato, bem típico de Elizabeth.

— Exato — diz Joyce. — Esperamos pra ver quem vem nos matar. Usamos a heroína como armadilha pra ver se ela nos leva a quer quem que tenha assassinado o Kuldesh. Nunca se sabe, não é? A gente tem que fazer as coisas acontecerem.

Ela oferece à turma seu olhar mais severo. Não vai permitir discordâncias.

— Esse é o nosso presente para o Stephen. Combinado, Elizabeth?

Elizabeth faz que sim para a amiga.

— É *quem quer* que tenha assassinado o Kuldesh, mas, fora isso, tudo certo.

69

Ele nunca foi o anfitrião antes. Será que isto se caracteriza como ser anfitrião? Servir curry vegetariano em um almoço de domingo?

— Diminui o aquecimento? — pede Patrice a Chris antes de servir uma taça de vinho a Joyce.

Chris imagina que se trate de uma ocasião em que ele seja o anfitrião, sim. Mais ou menos. Donna e Bogdan. Joyce e Ibrahim. Chris e Patrice. A heroína foi encontrada — bem, é claro que foi, por que Chris sequer chegou a duvidar? —, e agora só precisam usá-la para pegar um assassino. Simples.

— Criei um grupo de WhatsApp chamado "Quem matou Kuldesh?" — informa Ibrahim. — Naturalmente, todos aqui estão incluídos. Estou anexando uma planilha, já que deixei de usar papel.

— Você sabe que garimpam cobalto para produzir esses celulares, não sabe? — questiona Patrice.

— Por favor — diz Ibrahim. — Uma luta de cada vez.

Vários celulares sinalizam a chegada do arquivo, com toques diferentes.

— Ron e Elizabeth também estão no grupo — anuncia Ibrahim. — Mas eu creio que neste momento não devamos esperar muito de Elizabeth. Concorda, Bogdan?

— Concordo — responde Bogdan. — Sim.

— E Ron está de teimosia e se recusando a entender como usar o WhatsApp — acrescenta Ibrahim.

Donna acaba de abrir o anexo no celular e lê em voz alta.

— "Quem está morto?" É um início ousado.

— Obrigado — agradece Ibrahim. — Quem está morto? Kuldesh está morto. Dominic Holt está morto. Samantha Barnes está morta. Segundo a Donna, o homem chamado Lenny está morto.

— Trabalhava para o Mitch — explica Donna. — Foi morto em Amsterdã. Fiquei sabendo ontem quando fui pegar café. Agente da ANC querendo se mostrar pra mim.

— Me dá o nome dele — diz Bogdan.

— Era uma mulher — responde Donna. — Deixa de ser tão binário.

— Deixem eu acrescentá-lo à lista — diz Ibrahim. — Esse curry está com um cheiro delicioso, Chris.

— Não posso ajudar em nada mesmo? — pergunta Joyce.

— Tudo já está picado, descascado e cozinhando — afirma Chris, junto ao fogão. — Pode beber o seu vinho e conversar sobre assassinatos ligados ao tráfico de drogas e a cantada que a Donna tomou.

— Ok, acrescentei Lenny ao "Quem está morto?" — diz Ibrahim.

— "Então quem ainda está vivo?" — lê Bogdan em sua tela.

— Mitch Maxwell continua vivo — responde Ibrahim. — Luca Buttaci também, e provavelmente Garth, ainda que não tenha sido visto desde o assassinato da esposa. Eu sugeriria que um dos nomes da nossa lista de "Quem está vivo?" é o assassino de ao menos alguns dos nomes da nossa lista de "Quem está morto?". Nós também precisamos acrescentar Nina Mishra e Jonjo Mellor ao "Quem está vivo?", considerando que eles estão envolvidos no caso desde o início. Joyce, por que você não está olhando para o celular?

— Não consegui abrir a planilha — revela Joyce. — Mas juro que estou acompanhando tudo. Nina Mishra seria uma assassina das mais glamourosas. Já o Jonjo Mellor não é meio mosca-morta? Ainda podemos chamar as pessoas de mosca-morta?

— Devemos acrescentar a mulher de meia-idade que visita a Connie Johnson na prisão? — sugere Donna.

— O rango tá saindo — avisa Chris, levando para a mesa uma panela fumegante de curry.

A mesma mesa que, por tantos anos, jazia mal-amada, cheia de menus de delivery, jornais velhos e, vez ou outra, fotografias de cenas de crimes. Agora olhem só. Gente sentada ao seu redor com garfos e facas, servindo-se de arroz com uma concha. Quanto progresso. Ele não deixa de notar, porém, que há uma foto grande do cadáver de Samantha Barnes bem ao lado do quiabo, ou seja, algumas coisas nunca mudam.

— Está muito bom, considerando que são legumes — elogia Donna.

— Muito, de fato — concorda Joyce. — Ron odiaria.

— Cadê ele hoje? — pergunta Patrice.

— Foi à aromaterapia com a Pauline — explica Ibrahim.

— Ah, voltaram, então? — indaga Patrice. — Aqueles dois mais parecem aquele programa *Love Island*.

— Na Polônia, se chama *Love Mountain* — revela Bogdan. — E uma vez alguém morreu congelado.

— Podem pegar mais — diz Chris.

Ele sempre quis dizer essa frase. A conversa flui, e a comida realmente não está ruim. Donna está certa: não dá nem para reparar que é berinjela.

— Como vocês estão se saindo com os roubos de cavalos? — pergunta Joyce.

— Nosso caso mais difícil até hoje — diz Donna. — Estivemos por toda parte. Nada de cavalos.

— Cadê a heroína agora? Só por curiosidade? — pergunta Chris.

— Em um lugar seguro — responde Joyce.

— Isso geralmente quer dizer na sua chaleira, Joyce — rebate Donna.

— A quantidade era demais para a chaleira — afirma ela. — Coloquei no micro-ondas.

— Não está mais naquela caixa, certo? — cobra Ibrahim. — Era imunda.

— Não, dei uma boa esfregada na caixa e ela ficou perfeita para as coisinhas de cozinha que eu guardo debaixo da pia.

— Uma mulher precavida vale por duas — diz Ibrahim. — Chris, sabia que berinjela é na verdade uma fruta e que os americanos chamam literalmente de "planta-ovo" porque as primeiras variações eram brancas e tinham forma oval?

— Não, não sabia disso — responde Chris.

— Eu te mando um artigo — diz Ibrahim. — Donna, eu preciso também te colocar a par do nosso esquema da Tatiana. Creio que obtivemos um avanço.

Novos apitos nos celulares. Mensagem no grupo. Chris dá uma olhada. Foi enviada por Ron e, sabe-se lá por qual motivo, é uma foto de um panda de chapéu. Eles veem Ibrahim redigir uma resposta. Envio sinalizado pelos apitos. *Obrigado, Ron.*

— Como vão fazer para todos ficarem sabendo que vocês estão com a heroína? — pergunta Patrice. — Como montar a armadilha?

Todos parecem estar se dando bem, pensa Chris, a conversa está fluindo. Pode-se descrever aquilo como um sucesso? Ele acha que sim.

— É muito simples — explica Ibrahim. — Amanhã farei outra visita a Connie Johnson. Vou dizer a ela que encontramos as drogas e que ela não pode contar para absolutamente ninguém.

— E aí esperamos ela contar para todo mundo — completa Joyce. — Patrice, eu não recusaria mais um pouquinho desse vinho. Então nós esperamos e vemos se alguém vai tentar nos matar.

70

Desta vez, Ibrahim foi um pouco mais profissional. Esperou acabar o horário da sessão de Connie, dando a ela aquilo pelo que pagava. Estiveram conversando sobre dor. Sobre como nos transformamos ao tentar evitá-la.

Já indo embora, Ibrahim solta a bomba:

— Vocês simplesmente desenterraram? — pergunta Connie. — Cem mil?

— É o que me disseram que vale, sim — confirma Ibrahim. — Não estou tão por dentro dos valores de mercado quanto deveria estar.

— Quanto pesava?

— Um quilo e duzentos gramas — diz Ibrahim. — Segundo a balança da cozinha da Joyce.

— Um e duzentos, vindo direto do Afeganistão — repete Connie, fazendo um cálculo mental. — Umas cento e dez mil libras. Pura?

— Não sei — admite Ibrahim. — Posso perguntar para a Pauline.

— Quão branca ela é?

— Muito branca.

— Provavelmente é pura, então — declara Connie. — Pode chegar a valer cerca de quatrocentos mil no final da venda.

— Pensei que você só entendesse de cocaína — comenta Ibrahim.

— Um pescador precisa saber o preço da batata. O que vocês vão fazer com ela?

— Não sabemos — responde Ibrahim. — O que você faria?

— Eu venderia, Ibrahim — retruca Connie. — Sou traficante de drogas.

— Sim, eu sei — concorda ele. — Mas se você fosse uma de nós, o que faria?

— Ibrahim, o mais simples a fazer é entregar à polícia — diz Connie. — Mas desde quando vocês fazem o que é simples?

Ibrahim assente.

— Sim, eu creio que, se tivéssemos a impressão de que isso nos levaria a descobrir quem matou Kuldesh, nós entregaríamos às autoridades. Mas não acho que Joyce e Elizabeth tenham lá muita confiança na investigadora-sênior Regan, e elas acreditam que nós talvez estejamos em melhor posição para desvendar o caso.

— Vocês estão mais perto de uma solução? — pergunta Connie.

— Bem, Mitch Maxwell e Luca Buttaci continuam a procurar a heroína — diz Ibrahim. — Eles parecem bastante motivados.

— Com heroína costuma ser assim — afirma Connie.

— E há Samantha Barnes, que também foi assassinada. Mas o marido dela, Garth, está foragido. Ou quem sabe morto. Embora ele não me pareça ser do tipo que morre. Então provavelmente foragido.

— Eles sabem que vocês estão com a heroína?

— Não contamos pra ninguém — responde Ibrahim. — Estamos orquestrando nosso próximo passo.

— Bem, de mim não vão ficar sabendo — declara Connie.

— Estou contando com isso, Connie. Acho que nós confiamos um no outro.

— Mas posso fazer uma observação? — pergunta Connie. — Como profissional?

— Por favor — concede Ibrahim. — Você sabe que eu incentivo uma troca sincera de pontos de vista.

— Um quilo e duzentos não é uma quantidade tão grande de heroína. Não nesse ramo.

— Parece muita coisa quando se vê no micro-ondas da Joyce — comenta Ibrahim.

— É só pra você saber — diz Connie. — Mitch e Luca não iriam matar ninguém por causa de um quilo e duzentos de heroína.

— E, no entanto, várias pessoas estão morrendo — argumenta Ibrahim.

— Gente demais — concorda Connie. — Todo mundo atrás de um pote de ouro no fim do arco-íris, e um dos afegãos veio pra cá. Isso tem a ver com algo mais importante. Ou alguém mais importante, vai por mim.

— Mas nada disso soluciona a questão de quem matou Kuldesh.

— Bom, aí é o seu trabalho, não o meu. Ando bastante ocupada, sabe? — diz Connie. — Mas o Kuldesh roubou dois dos maiores traficantes do sul da Inglaterra. E no dia seguinte aparece morto. Não precisa ser nenhum gênio pra entender.

— Você acha, então, que Luca ou Mitch mataram o Kuldesh? Atraíram ele até aquela viela no campo e o mataram?

— É o que eu teria feito — declara Connie. — Com todo o respeito ao seu amigo.

— Mas qual deles? — pergunta Ibrahim.

Connie vai até a porta e abre-a para Ibrahim.

— Diria que o último a morrer deve ser o assassino. Não acha?

— Os dois ainda estão vivos, Connie — lembra Ibrahim.

— Bem... vamos ver por quanto tempo isso vai durar, não é?

— Quer sair da sala comigo? — pergunta Ibrahim.

— Vou ficar — diz Connie. — Tenho outro compromisso.

Connie toca o braço de Ibrahim quando ele sai. É a primeira vez que faz isso. É um momento tão íntimo, tão pouco típico de Connie. O que significa? Confio em você? Estou preocupada com você? Gosto de você? Cada uma das opções representaria um avanço.

Ibrahim sai rumo à liberdade; vai pensar a respeito no caminho de casa.

Ao entrar no carro, avista uma mulher de meia-idade entrando na prisão.

71

A vista do alto do edifício-garagem é de cair o queixo. O Canal da Mancha se estende até o infinito. Seria possível converter tudo isso em apartamentos, pensa Mitch ao avistar os carros logo à frente. Mercado imobiliário, é aí que se deve investir. É só subornar alguns vereadores, ninguém tenta te matar, você trabalha decidindo esquemas de cores para decoração. É algo a se pensar quando tudo isso acabar. Se sobreviver.

Mitch para seu Range Rover preto ao lado do Range Rover preto de Luca Buttaci. Ao lado do carro de Luca há um pequeno Fiat Uno amarelo, de dentro do qual Garth está saindo. Parece que passou por algumas noites maldormidas recentemente.

— Tá dormindo mal, parceiro? — pergunta Mitch.

— Tô — diz Garth, alongando os braços para cima. — Obrigado aos dois por terem vindo.

— Você mandou uma mensagem com o meu endereço e disse que iria botar fogo na casa e na minha família se eu não viesse — lembra Mitch, espanando farelos de folheado de linguiça do casaco.

— E jogou um tijolo pela janela da frente da minha casa — acrescenta Luca.

— Bom, vocês vieram — diz Garth. — Isso é o que importa.

Bem acima do nível das ruas de Fairhaven, o vento frio é cortante. O que Garth quer com eles? Teria a mesma informação de que os dois dispõem?

— Sinto muito pela sua esposa — oferece Luca.

O que houve com a esposa de Garth? O próprio Garth parece não entender.

— Como? — diz ele.

— Sinto muito pela sua esposa — repete Luca.

— O que aconteceu com a esposa dele? — pergunta Mitch.

— Alguém matou ela — responde Garth.

— Deus do céu — diz Mitch. Quantos mais ainda vão morrer? Torce para que mais ninguém. Ou ao menos torce para que não seja ele. — Sinto muito, parceiro.

— Foi você? — pergunta Garth a ele.

— Não — declara Mitch.

— Então sente muito por quê? Agora fiquei sabendo que a heroína está lá no retiro dos velhos. Também estão por dentro disso?

— Aham — confirma Luca.

Mitch assente. Descobrira na noite anterior, por alguém da gangue de Connie Johnson.

— E como a gente consegue botar a mão nesse negócio sem matar eles todos? — pergunta Garth.

— Quem sabe a gente pede com jeitinho? — propõe Luca.

— Ou faz um acordo — sugere Mitch.

Pensa só: chegar à reunião com Hanif com as drogas na mão. Ou dentro de uma bolsa, é óbvio, mas pensa só. Se tiver que subornar quatro aposentados para isso, que seja. Prefere morrer numa grana do que ele próprio morrer. Dar as drogas a Hanif, um aperto de mão, um pedido de desculpas e cair fora de vez desse ramo. Embarcar direto no mercado imobiliário. Ou em espumantes.

— Eu não faço acordos com ninguém — declara Luca.

— Isso tá dando supercerto pra você, né? — provoca Garth. — A minha sugestão é a seguinte: vocês dois conseguem duzentos mil. Nós vamos de novo a Coopers Chase com armas e uma mala de dinheiro. Eles nos dão a heroína, vocês dão cem mil pra eles e a gente cai fora de lá.

— E os outros cem mil? — pergunta Luca.

— Vocês me dão — responde Garth. — Pela minha ajuda e por todo o meu sofrimento.

— Deixa eu te propor o seguinte — rebate Luca. — Por que não vamos lá eu e Mitch, sacamos as nossas armas e saímos de lá com a heroína? Eles não ficam com nada e você também não. Que tal?

— Não recomendaria — diz Garth.

Luca ri.

— Garth, nós somos traficantes de drogas. Você é um dono de antiquário metido a besta. Portanto, corre pra casa, enterra tua esposa e vai vender uns relógios.

Mitch tem suas dúvidas em relação a esta abordagem. Garth tem cara de que poderia ser um monte de coisas, mas com certeza não é um simples lojista. E Mitch também já lidou com aqueles velhos antes. E eles não lhe parecem assustados nem estúpidos.

— Garth — começa Mitch —, a gente te dá cinquenta mil, damos a eles cinquenta mil. E sem armas.

Luca faz que não.

— Ah, pera lá, Mitch. Vamos matar esse cara e ir embora.

— Chega de matança — declara Mitch. — Por favor.

Ouvem uma sirene lá embaixo, na rua. Todos congelam feito suricatos até ela se esvair ao longe, e então retomam a conversa.

— É a última vez, prometo — diz Luca, puxando uma arma guardada nos fundilhos da calça e apontando-a para Garth.

Houve um jogador de rúgbi, Jonah Lomu, um maori neozelandês, que reescreveu as regras do jogo devido ao seu tamanho e à sua velocidade. Ninguém jamais vira nada parecido antes. Um brutamontes, um tanque enorme, e se movia com bastante graciosidade e ritmo. É Jonah Lomu quem vem à mente de Mitch quando Garth se lança contra Luca, o agarra pela cintura e o atira pelo parapeito do estacionamento. Segue-se um longo e embasbacado silêncio, depois um baque alto, mas distante, e o uivo do alarme de um carro. Mitch encara Garth, que está penteando o cabelo.

— Como ele sabia que a minha esposa tinha morrido? — pergunta Garth.

— Hã? — diz Mitch. Pretendia dizer mais, porém foi tudo o que saiu.

— Como ele sabia que a minha esposa tinha morrido? — repete Garth. — Só quem sabia eram os policiais e o assassino.

— Então ele… — começa Mitch.

— Ele matou a mulher que eu amava — completa Garth. — Sei que não pareço fazer o tipo sensível. Mas eu sou.

— Estou vendo — concede Mitch, tentando recuperar a compostura. — E agora?

— Calculo que a gente tenha uns sete minutos pra dar o fora daqui — diz Garth. — Vamos pegar o seu carro.

— Estamos indo pra onde? — pergunta Mitch.

— Coopers Chase — afirma Garth. — Pra ver se conseguimos recuperar a sua heroína.

— Sem matança — pede Mitch. — Sério agora. Chega.

— Não posso prometer nada — diz Garth. — Mas se eles forem razoáveis, vão ficar todos bem.

Mitch ouve a gritaria das pessoas lá embaixo e sente um embrulho no estômago. Por que está todo mundo morrendo? O que ele não está enxergando?

Por favor, que isso termine logo. E, por favor, que ele saia dessa vivo.

72

Ibrahim sabe que agora é apenas uma questão de tempo. Alguém certamente virá a Coopers Chase atrás da heroína. Cada carro desconhecido que cruzar os portões pode estar trazendo a morte.

Portanto, só por hoje, é muito bom ter algo para distrair a cabeça de todo mundo.

"Jeremmy", o amigo de Tatiana, vem esta noite receber seu dinheiro. Ou é isso o que ele acha. Com toda a honestidade, ele está para levar um susto daqueles. Joyce, no que está se tornando cada vez mais um hábito seu, tem um plano para ele.

Todos vão se encontrar às seis da tarde no apartamento dela. É onde Donna está agora, aproveitando a hospitalidade de Joyce. Se alguém tentar roubar a heroína hoje, pelo menos o grupo estará em maior número para resistir.

Ibrahim marcou com Bob um horário um pouco mais cedo do que o necessário, sem saber muito bem por que fez isso. Na verdade, talvez saiba, *sim*, por quê. O tempo dirá.

— Fico me perguntando o que você acha de nós, Bob — comenta Ibrahim, servindo duas xícaras de chá de hortelã.

— Nunca achei que me coubesse achar nada de ninguém — responde Bob. — Nunca fui muito bom com pessoas. Quase todo mundo é um mistério para mim.

— Toda verdadeira alma é incognoscível.

— Quem diz isso? — pergunta Bob.

— Eu, Freud, Jung, alguns outros. É por isso que eu gosto do meu trabalho. Há um limite para o que nós podemos saber. Continuamos fora do alcance uns dos outros.

— Continuamos, certamente — concorda Bob.

— Eu conheço uma mulher — começa Ibrahim. — É traficante de cocaína, com a capacidade de matar alguém em um estalar de dedos. E, no entanto, na última segunda-feira, ela colocou a mão no meu braço como se fosse uma amante.

— Não creio que isso a absolva de matar gente — sugere Bob. — A não ser que eu tenha entendido errado.

— Não, meu Deus, claro que não — diz Ibrahim. — E hoje ela me mandou um buquê lindo de flores. Estão na pia.

— Eu gosto de flores — afirma Bob. — Mas nunca me lembro de comprar para mim mesmo. Me sinto um bobo. Comprei umas orquídeas uma vez, já faz alguns anos, e na hora de pagar falei ao vendedor que eram para a minha esposa. Não sei por quê. Enfim, eu as esqueci no trem.

— Gostei de trabalhar com você, sabe, Bob — comenta Ibrahim. — Nas últimas semanas.

— Não sei se ajudei muito — retruca Bob. — Depois dos estágios iniciais.

— Mas se divertiu?

— Sabe que sim? — diz Bob, tomando o primeiro gole do seu chá. — Em geral, eu fico só fazendo testes on-line, lendo sobre várias coisas, esperando a hora do almoço, e isso me deu algo mais para fazer. Acho que passo tempo demais sozinho.

Ibrahim assente.

— É bom poder escolher, não é?

— E teve a partida de sinuca que nós vimos — complementa Bob. — Eu gostei daquilo. Até de responder às perguntas da Joyce.

Parece um bom momento? Será? Ibrahim imagina que nunca vai haver exatamente um bom momento.

— Sabe, Bob, quando eu tinha vinte anos, estudei medicina.

— Não sabia — diz Bob. — Eu era engenheiro na fábrica onde meu pai trabalhava.

— Ah, consigo imaginar — comenta Ibrahim. — Me conte um pouco mais.

— Não, não — refuta Bob. — Me conta mais sobre você, Ibrahim.

— Quer mesmo?

— Nós ainda temos uma meia hora — ressalta Bob.

— De fato — concorda Ibrahim, acomodando-se de novo em sua cadeira e optando por não olhar diretamente para Bob. Em vez disso, se concentra no quadro com o barco na parede, um quadro que carregou consigo de consultório para consultório ao longo de muitos anos. — Eu morei em Earls Court, você conhece?

— Sim, fica em Londres — confirma Bob.

— Isso — diz Ibrahim. — Eu tinha muito pouco dinheiro, mas tinha uma bolsa de estudos que me ajudava a segurar as pontas quando as coisas apertavam. Estudava o dia todo e à noite ia para casa, um quarto de pensão minúsculo. Acho que era 1963.

— Os Beatles — lembra Bob.

— Os Beatles — concorda Ibrahim. — Meu inglês era bom. Eu tinha aprendido na escola. Me dava bem com os outros alunos, gostava de sair para comer em cafés e às vezes saía para ouvir jazz. Se fosse de graça.

— Deve ter sido bacana — comenta Bob. — Posso pegar um biscoito?

— Por favor — oferece Ibrahim, indicando o prato. — Certa noite, eu conheci um homem chamado Marius.

— Certo — diz Bob, mastigando um biscoito de chocolate.

— Ele gostava de jazz. Não tanto quanto eu gostava, mas curtia, e o conheci num pub logo depois da esquina da Cromwell Road. O nome era Cherries.

— Uhum — murmura Bob.

— Não existe mais — revela Ibrahim. — Agora é um mercado.

— Todos os lugares viraram mercados — comenta Bob.

— Eu sempre me sentava sozinho. Levava o jornal comigo, apesar de sempre já ter lido, mas era só para me sentir menos constrangido por estar sozinho. E o Marius estava na mesa ao lado, também com o jornal. Acha que talvez já seja hora de a gente se encaminhar para o apartamento da Joyce?

Bob olha para o relógio.

— Temos bastante tempo.

Ibrahim assente.

— Sim, creio que sim, Bob. Marius era alemão, como vim a descobrir. Não dava para saber. Não tinha jeito de alemão. Parecia finlandês, algo assim, e ele me disse, as primeiras palavras dele para mim: "Acho que você já leu esse jornal." E as minhas primeiras palavras para ele foram "a verdade é que eu não me lembro", mas ele me pagou uma bebida assim mesmo. Eu nem bebia naquela época, mas pedi uma cerveja, porque é bom se enturmar, não é?

— É — admite Bob. — As pessoas gostam quando você se enturma.

— Levei muito tempo bebendo aquela cerveja — lembra Ibrahim. — Ele bebia bem rápido. Ou o rápido normal, imagino. Enfim, sabe como é.

— Sim, só comparando — diz Bob.

— Sim — repete Ibrahim. — E nós conversamos, e ele me disse que estudava química no Imperial College, que também fica em Londres.

— Eu sei — diz Bob, inclinando-se para pegar outro biscoito. — A gente nunca consegue comer um só, não é?

— É a combinação de açúcar e gordura — ressalta Ibrahim. — Nos deixa loucos. A banda de jazz então começou a tocar. Era um quarteto, um som muito suave, mas eram bons no que faziam, e eu comecei a ouvir, e o Marius começou a ouvir e, quando nos demos conta, estávamos ouvindo juntos.

— Parece ter sido agradável — diz Bob.

— Foi muito agradável. Esta é a palavra. Eu não me lembro de ter feito nada nesta vida *junto* com alguém antes daquilo. Quando Marius saiu do assento para utilizar o lavabo… para ir ao banheiro, quer dizer, eu tomei de um gole o resto da cerveja e, quando ele voltou, eu já tinha pedido mais duas para nós, e ele agradeceu e perguntou se eu já havia comido no restaurante italiano ao lado do metrô de Earls Court. Eu nunca tinha ido lá, mas respondi que sim porque não sabia bem qual seria a melhor resposta para dar, e ele sugeriu que fôssemos jantar quando o show terminasse, ao que eu disse que já tinha outros planos, e ele falou para que eu "cancelasse".

— Você tinha outros planos?

— Eu nunca tinha outros planos na época — diz Ibrahim. — Eu pedi espaguete ao vôngole e Marius acabou pedindo o mesmo.

— E o que aconteceu depois? — pergunta Bob.

— Essa é uma ótima pergunta — responde Ibrahim. — Toda história precisa de um "o que aconteceu depois". Ele caminhou comigo até em casa, demos boa-noite um para o outro, e ele disse que, caso fosse do meu interesse, estaria no mesmo pub na mesma hora na semana seguinte.

— E foi do seu interesse?

— Foi — confirma Ibrahim. — E eu voltei lá, ainda levando o jornal, sabe como é, pelo sim, pelo não.

Bob assente.

— Hum.

— E desta vez pedi uma taça de vinho — conta Ibrahim. — Porque senti que podia ser honesto. E era o mesmo quarteto tocando, fomos ao mesmo restaurante e falamos da Alemanha, falamos do Egito, falamos do porquê de estarmos tão longe das nossas casas, e eu falei um pouco sobre o meu pai, algo que ainda não havia feito antes e nunca mais fiz de novo, e, debaixo da mesa, ele pegou a minha mão. Era preciso ter cautela, claro.

— Claro — diz Bob.

— Fomos morar juntos depois de mais ou menos um mês, num apartamento de dois quartos — continua Ibrahim. — Em Hammersmith. Conhece?

— Já ouvi falar — diz Bob.

— E Marius conseguiu um emprego fazendo entregas de bicicleta para um jornal, e eu, um trabalho em uma loja, vendendo guarda-chuvas, para podermos pagar as contas. E continuei meus estudos, e ele os dele. Havia um emprego à espera dele. Na Bayer. Era uma empresa química, talvez ainda exista. Ele era tão forte e tão vulnerável, e eu fui eu mesmo, o que não achava que seria possível. E, Bob, eu às vezes falo um monte de bobagens sobre amor, mas nós estávamos apaixonados. Acho que eu nunca tinha falado isso em voz alta.

— Não — afirmou Bob. — Não falou.

— O curso dele estava para terminar — relata Ibrahim, com os olhos fixos no barco na parede — e ele teria que morar em Manchester por causa do emprego. Uma decisão teria que ser tomada. Era pegar ou largar. Eu não conseguia enxergar o que o futuro poderia reservar para nós. Não era como hoje. Não estou reclamando, você nasce quando tem que nascer. Cogitei mudar de curso para uma universidade no Norte e me disseram que não seria problema. Eu tinha boas notas. E aí pensei... sabe?

— Em dar uma chance — completa Bob. — Às favas com as consequências.

— Às favas com as consequências — concorda Ibrahim. — Eu sempre agia antes com base no medo. Mas me joguei, decidi agir por amor. Pra tudo há uma primeira vez.

— Sim — diz Bob.

— E aí veio a batida na porta — lembra Ibrahim. — Deviam ser umas nove e meia. Era maio, estava escurecendo. Eu estava cozinhando bifes no vinho tinto. Era um policial, e ele me informou que o rapaz que dividia apartamento comigo tinha sido derrubado da bicicleta e morrido numa transversal da Strand, e ele queria saber se eu tinha o contato dos pais dele.

— Estou te acompanhando — diz Bob.

— E eu não tinha o contato deles, eles nunca falavam com o Marius, mas eu disse que iria falar com eles, e deu para ver o alívio do policial por tirarem a responsabilidade dos ombros dele. E assim eu consegui fazer os preparativos, fingindo estar agindo em nome dos pais, e ele foi cremado em St. Pancras. Eu me ofereci para ficar com as cinzas.

— Onde estão? — pergunta Bob.

— Eu tenho um cofre — revela Ibrahim. — Atrás da pintura de um barco.

Bob olha para a pintura.

— Você prefere não pôr o Marius à vista de todos?

— Difícil se livrar de hábitos antigos, acho — responde Ibrahim. — Guardo o meu amor a sete chaves. E nunca mais ninguém pegou minha mão por baixo da mesa.

Bob assente.

— Acho que está na nossa hora — declara Ibrahim. — Você foi muito gentil em me ouvir.

Bob olha para o relógio.

— Sim, hora de irmos.

Os dois homens se levantam juntos.

— Obrigado, Bob — diz Ibrahim.

— De nada — devolve Bob. — Mal posso esperar para ouvir o resto da sua história.

— Você já a ouviu por completo — diz Ibrahim.

— Sim, verdade — concorda Bob. — Exceto a parte do que acontece depois.

73

Garth dirige do mesmo jeito que vive. Com a mais absoluta e tranquila certeza de que as regras não valem para ele.

Não quer dizer que seja imprudente, longe disso. Sim, avança o sinal vermelho, mas não sem antes olhar para os dois lados. Sim, dirige quase subindo na calçada ou em cima dela para escapar do trânsito, mas se houver alguém andando na calçada, Garth baixa o vidro da janela e se desculpa pelo incômodo. Chegou a dar uma carona até um vilarejo das redondezas para uma mulher que aguardava o ônibus no ponto e que ele mesmo quase atropelou.

A escuridão é total, mas ele só liga os faróis quando é absolutamente necessário.

— As luzes poluem demais esse país, Mitch — diz ele. — No Canadá, ainda dá para ver as estrelas.

Mitch descreveria seus próprios sentimentos neste momento como conflitantes. Acabou de ver um de seus amigos mais antigos ser arremessado do quinto andar de um edifício-garagem. Mas está prestes a resgatar a heroína e salvar a própria vida. Uma no cravo, outra na ferradura. Vida de empresário é assim.

— Você acha que está lá com certeza? — pergunta ele a Garth de novo.

— A heroína? Pode apostar. Nem esquenta com isso.

— Não esquentar com isso? — repete Mitch. — Está ciente de que eu vou morrer essa semana se não recuperar o pacote?

— Você acha?

— Se eu acho? Eu sei — responde Mitch.

— Você não acha esquisito? — questiona Garth, que agora dirige na contramão sem que Mitch identifique qualquer motivo para isso.

— Acho que essa situação toda é esquisita. Por que você está na contramão?

— Quando não vem ninguém, eu dirijo onde eu quero — afirma Garth.

— Mas você não acha esquisita essa comoção toda só por causa de cem mil?

— Já vi de tudo nesse ramo — declara Mitch.

— Você é inteligente, Mitch? O que você diria?

Era um questionamento válido. Mitch costumava se achar inteligente. Antes de tudo isso. Antes de os carregamentos começarem a ser retidos e de pessoas começarem a ser mortas. E se tivesse apenas dado sorte até ali? Quem é implacável e sortudo vai longe. Mitch percebe que perdeu parte de sua autoestima. Seu sogro lhe dissera certa vez que as três primeiras coisas a irem embora na vida são os joelhos, a vista e a autoestima. Mitch volta a olhar para Garth — aquela montanha humana que parece ao mesmo tempo se importar e não se importar, em medidas iguais e gigantescas.

— Realmente sinto muito pela sua esposa — diz Mitch.

— Obrigado, cara. Eu não deixo muita coisa me abalar, mas estou bem abalado com isso.

— Quer falar a respeito?

— Não — diz Garth. — Ao menos não com você.

— Acha mesmo que foi o Luca quem a matou? — pergunta Mitch. — Me parece que talvez…

— Eu disse que não com você — declara Garth, encerrando a conversa.

Eles seguem rumo a Coopers Chase, Mitch consciente de que é Garth quem está no comando. A heroína pode ser de Mitch, mas a esposa de Garth acabou de ser assassinada, o homem acabou de atirar Luca Buttaci da cobertura de um edifício-garagem e Garth provavelmente tem uma arma bem maior. Por ora, Mitch está mais do que contente em ser coadjuvante. Mas parte do princípio de que os dois sabem que, uma vez localizada a heroína, qualquer coisa pode acontecer.

74

Há cinco pessoas no apartamento de Joyce. Joyce, Elizabeth, Ron e Ibrahim estão lá, como esperado, assim como seu mais novo amigo Bob do Computador. Ibrahim percebe que Bob se sente como se fosse o quinto Beatle. Fica contente pela felicidade dele e porque enfim contou a alguém sobre Marius.

Até há pouco havia seis pessoas, mas Joyce acaba de mandar Donna lá para fora, para se esconder atrás de uma moita.

Joyce planejou tudo desde o instante em que desenterraram a heroína. Ibrahim tem muito orgulho de ser amigo dela.

Quando soa a campainha pelo que eles sabem ser a última vez naquela noite, o laptop está aberto e preparado, o chá, servido, e as cadeiras da mesa de jantar de Joyce, dispostas na sala. A esta altura, Alan já escutou a campainha tocar três vezes e está numa alegria indescritível.

Joyce abre a porta para um rapaz, que claramente não espera a presença de um comitê de boas-vindas como aquele.

— Pode entrar — diz Joyce. — Você deve ser o Jeremmy.

— Cadê o dinheiro? — pergunta Jeremmy.

"Jeremmy": supostamente o emissário de "Tatiana". Para o seu azar, ele não é tão inteligente quanto parece. Bob do Computador descobriu que tanto as mensagens de "Tatiana" quanto as de "Jeremmy" têm como origem o mesmo endereço de IP.

Jeremmy, portanto, não trabalha para quem está dando o golpe de namoro virtual nem está fazendo um favor para o autor do golpe. Jeremmy *é* o golpista. O homem que roubou cinco mil libras de Mervyn e está ali para roubar outras cinco mil.

Mas é possível que sua boa sorte tenha chegado ao fim.

— Meu Deus, que pressa, querido — comenta Joyce, sem lhe dar outra opção senão a de segui-la para dentro do apartamento.

Jeremmy olha ao redor.

— Quem é o Mervyn?

— Ele não pôde vir — responde Ibrahim. — Sente-se um minutinho. Nós temos uma proposta a lhe fazer.

— Eu preciso voltar — avisa Jeremmy.

— Que nada — retruca Ron. — A noite é uma criança. Senta aí e ouve.

— Vai ter que ser numa cadeira da sala de jantar — diz Joyce. — As melhores foram por ordem de chegada.

Jeremmy se senta, com os olhos no grupo e os braços em torno da bolsa que trouxe.

— Vamos começar pelo começo — diz Ibrahim. — Lamento, mas você não vai sair daqui com dinheiro nenhum.

Jeremmy balança a cabeça devagar.

— Cinco mil — diz ele. — Aqui nessa bolsa. Ou alguém vai levar um tiro.

Ibrahim olha para Elizabeth, por força do hábito.

— Não olhe para mim — reage ela. — Hoje é tudo com a Joyce.

— Tem uma arma na bolsa, é? — pergunta Ron.

Jeremmy faz que sim.

— Você veio de trem pra fazer um favor a uma amiga, pra encontrar um velho, e trouxe uma arma?

— Sou precavido — diz Jeremmy.

— Não engulo, mas tá bem — devolve Ron. — Ok, ok. Vamos brincar de "levante as mãos se você tiver uma arma na bolsa".

O homem ergue a mão e observa Elizabeth fazer o mesmo. Ron parece agradavelmente surpreso.

— Não tinha certeza se hoje você traria a sua, Lizzie.

— Estou de luto, Ron — responde ela. — Não estou morta.

Ron assente e se volta para o homem.

— Então, ainda que você estivesse armado, e não está, nós também temos uma arma. Portanto, cala essa boca, presta atenção e você sai daqui o mais rápido possível.

Ibrahim vê Joyce assentir, satisfeita.

75

Chris pede batata-doce frita. Está se convencendo de que é tão boa quanto a normal. É claro que não é. Mas temos que nos convencer de todo tipo de coisa só para aguentar o dia a dia, não é? Patrice o observa empurrá-las para o canto do prato.

— Eu sei, amor — diz ela. — Estou comendo o peixe no vapor, sei como dói.

O Le Pont Noir está cheio, nada mal para uma noite de quarta-feira. Chris já prendeu um dos sócios do lugar. Estava dirigindo bêbado numa estrada. Um belo Porsche, pelo que se lembra. Claramente funcho e chouriço dão dinheiro.

Chris avista a investigadora-sênior Jill Regan assim que ela entra. Jill vasculha o ambiente com os olhos, à procura de alguém.

— Finge que a gente está conversando — pede ele a Patrice.

— Achei que a gente estava conversando.

— Jill Regan acabou de entrar — avisa Chris. — Finge que eu disse algo engraçado.

Patrice bate ruidosamente na mesa três vezes e finge enxugar os olhos.

— Era só pra rir — diz Chris.

Para seu horror, ele vê que o barulho chamou a atenção da investigadora-sênior Regan. Para um horror ainda maior, ela o vê e então, cereja do bolo, torna-se aparente que a pessoa que ela buscava era Chris, e ela vem em sua direção.

— Ela está vindo pra cá — declara Chris. — Não se esqueça, roubo de cavalos.

Jill puxa uma cadeira de uma mesa próxima e se espreme entre Chris e Patrice. Sorri para Patrice.

— Você deve ser a Patrice. Meu nome é Jill Regan.

Elas trocam um aperto de mão.

— Peço desculpas por incomodar vocês dois — diz Jill. — Preciso de uma ajuda e todo mundo com quem eu trabalho me odeia.

— Você sabe que nós trabalhamos no mesmo prédio, não é? — aponta Chris. — Não tem necessidade de vir me procurar num restaurante.

Jill faz um gesto de dispensa.

— O que você descobriu ao seguir Mitch Maxwell e Luca Buttaci?

— Eu não estive seguindo eles — retruca Chris, espetando uma batata-doce frita. — Estive investigando roubos de cavalos.

— Chris, não tenho tempo pra isso. Luca Buttaci está morto.

— Que pena — comenta Chris.

— É uma pena mesmo — rebate Jill. — Porque ele estava trabalhando pra gente.

— Achei que fosse traficante de heroína — comenta Patrice. — Sei que a ANC se mete em todo tipo de coisa, mas ainda assim.

— Ele era traficante de heroína — confirma Jill. — Até que nós o pegamos no hotel Claridge's com um saco de coca, duas prostitutas e a irmã da esposa. Desde então, ele trabalha pra mim.

— Quem matou? — pergunta Chris.

— E como? — pergunta Patrice. — Pode pegar um pouco de brócolis.

— Conhece um homem chamado Garth, Chris?

— Não — diz Chris.

— Não esbarrou com ele enquanto rastreava os tais cavalos?

Chris balança a cabeça.

— Mas sério — retoma Patrice —, como ele matou o outro?

— Jogou do alto de um edifício-garagem — revela Jill.

— Nossa — solta Patrice, fazendo um movimento solene com a cabeça. — Qual edifício-garagem?

— Botando as cartas na mesa… — diz Chris. — Vamos supor que eu saiba de quem você está falando. O que te trouxe aqui?

Uma mulher acaba de começar a tocar "Tiny Dancer" baixinho ao piano num canto do restaurante.

— "Tiny Dancer" — aponta Patrice.

— Eu estou ferrada — responde Jill. — E todo mundo na ANC está nas nuvens por causa disso.

— Você não é popular? — pergunta Chris.

— Fala sério, você já viu como eu sou — diz Jill.

Chris sorri e assente.

— Você me parece ok. Não curti ser expulso da minha sala, mas você parece ser uma policial séria.

— Nossa, casa com ela, então — replica Patrice.

— Olha, era eu quem estava encarregada de lidar com Luca Buttaci — diz Jill. — Ele era meu informante. Essa operação toda era minha. A heroína.

— Estavam montando um flagrante?

Jill assente.

— Nós vínhamos minando o esquema do Mitch Maxwell já fazia alguns meses. Apreendemos muita heroína, prendemos alguns aviõezinhos, pusemos à prova a lealdade do Luca e as informações que ele trazia.

— E essa era a operação principal?

Jill assente novamente.

— Posso pegar uma dessas batatas?

— Sinto informar que é batata-doce — avisa Chris.

— Ah, então deixa pra lá — diz Jill. — Recebemos autorização para deixar que esse carregamento passasse pela alfândega e para segui-lo passo a passo.

— E pegar o Maxwell com a boca na botija? — sugere Chris.

— Exatamente — confirma Jill. — Acompanhar cada passo, fotografias, vídeos, o esquema todo, e quando a heroína tivesse chegado sã e salva às mãos do Luca, e portanto às minhas mãos, nós iríamos aparecer e prender o Maxwell.

— Só que ela jamais chegou às mãos do Luca. Ou às suas.

— O pior que poderia ter acontecido — confirma Jill. — O intermediário, Sharma.

— Kuldesh — diz Chris.

— Fugiu no meio da noite, acabou sendo morto e a heroína sumiu.

— Cem mil em heroína dando sopa por aí e você sem sequer uma prova de que esse carregamento existiu?

— A caixa poderia estar cheia de sabão em pó — diz Jill. — Até conseguirmos testar e provar que é a nossa heroína.

— Então mandaram vocês de Londres para cá com a desculpa de investigar o assassinato, mas na realidade era para descobrir onde estava a heroína?

— Bom, daria para ter feito os dois — pondera Jill. — Mas, sim. O Luca achava que estava seguindo a pista certa. Tinha informações novas e ia confirmá-las hoje.

— Até ser jogado do alto de um edifício-garagem — diz Patrice. A pianista logo a distrai. — "Careless Whisper"!

— Portanto, estou às voltas com um desastre, para não falar em um inquérito — explica Jill. — E estou trabalhando numa sala cheia de gente em quem não confio, todos ali sabendo que é o meu que está na reta e que o meu cargo pode ficar vago a qualquer momento.

— Que merda — diz Chris.

— Que merda — concorda Jill. — E a merda é toda minha. É por isso que eu estou te perguntando, de policial pra policial, se consegue me ajudar. Você sabe o que o Luca sabia?

Chris pensa.

— Digamos que Donna e eu vínhamos averiguando o caso.

— Chris, disso eu sei — diz Jill. — Eu deixei vocês agirem.

Chris ergue as sobrancelhas.

— Achei que a ANC não confiava na gente.

— Não confia — concorda Jill. — Mas eu não confio na ANC e resolvi arriscar.

— E se eu te ajudar nisso? — questiona Chris.

— Ah, aí… sei lá — diz Jill. — Assim, sem ter que pensar muito… eu não mostro nunca a ninguém os vídeos das câmeras de segurança em que você aparece invadindo o hangar no dia em que Dom Holt foi assassinado.

Chris baixa os olhos para o prato de batata-doce frita, assente discretamente e volta a encarar Jill.

— Você sabia que eu tinha entrado lá?

— Eu sabia que você tinha entrado lá, eu sabia que a Donna tinha ido à partida de futebol… — Jill começa a contar os itens nos dedos das mãos. — Sei que um homem chamado Ibrahim Arif visita Connie Johnson na prisão uma vez por semana. Sei que ele também foi visitar uma mulher chamada Samantha Barnes com uma outra mulher chamada Joyce, que, por coincidência, estava do lado de fora do hangar quando você encontrou o corpo do Dom Holt. Sei que ela tirou fotos dos arquivos dele com o cadáver bem ali ao lado. Eu sei também que ela teve a ajuda de um homem chamado Ron Ritchie, que é pai do Jason Ritchie, pessoa que você visitou duas semanas atrás.

— Ok — diz Chris, mas Jill ainda não acabou.

— Eu sei que Samantha Barnes, Luca Buttaci e Mitch Maxwell foram até uma comunidade de aposentados há dez dias e que agora dois deles estão mortos. Eu sei que a Donna encontrou o celular do Kuldesh Sharma, mas não tenho como provar, portanto espero que estejam fazendo bom uso dele. Mas, acima de tudo, eu sabia que quanto mais você me odiasse, mais investigaria só para me contrariar. E sabia que você, a Donna e esse grupo com que vocês andam eram a minha melhor chance de salvar o meu emprego.

— Hum — murmura Chris. — Eu falei mesmo que você era boa policial.

— Então, vocês encontraram? — pergunta Jill.

— A heroína? — questiona Chris. — Sim, encontramos.

— Você me entregaria? — pergunta Jill. — Pode ser?

— Depende. Você nos ajudaria a encontrar quem matou o Kuldesh? — devolve Chris. — Pode ser?

— Hum — responde Jill Regan. — Bem, posso te revelar algumas pessoas que com toda a certeza *não* mataram ele. Ajudaria?

— Certamente seria um começo — diz Chris.

76

Jeremmy só precisa se certificar de ter ouvido direito o que Ibrahim disse.

— Heroína? — pergunta ele.

— Veja, nós não sabemos o que fazer com isso — diz Joyce. — Mas pensamos: olha que sorte, você parece ser um criminoso e está vindo nos visitar.

— Onde vocês conseguiram? — questiona Jeremmy.

— Desenterramos num canteiro — explica Elizabeth. — Acredite se quiser. Sabe Deus o que estava fazendo lá.

— E aí pensamos — começa Ibrahim —, em vez de entregar para a polícia…

— Muita burocracia — intervém Joyce.

— … poderíamos diversificar nossas atividades e conseguir um bom dinheiro — continua Ibrahim.

— Aposentados não são cheios da grana, rapaz — argumenta Ron.

— Então, o que acha? — propõe Elizabeth. — Nós te entregamos este saco com heroína, você vende e dividimos o lucro.

Jeremmy reflete, porém ainda não está convencido.

— Não gosto da ideia, não conheço vocês. Me dá meus cinco mil e eu meto o pé.

— Ele está se fazendo de difícil — comenta Joyce. — É sempre assim no *Bargain Hunt*. Tá bem, Jeremmy, a gente já pesquisou no Google pra ver quanto heroína custa. É *muito*.

Elizabeth oferece a heroína a Jeremmy, que molha o dedo e o enfia no pó.

— Nós não somos idiotas — diz Joyce. — Ainda que possamos parecer. Já sabemos que temos cerca de vinte e cinco mil libras em heroína aqui.

Ibrahim percebe que Jeremmy estremece. Ele sabe que há naquele saco muito mais do que vinte e cinco mil libras em heroína. A ganância sempre prevalece.

— Isso aí vale no máximo uns quinze mil — diz Jeremmy.

— Eu acabei de te dizer que não somos idiotas — responde Joyce.

— O que acha, garoto? — insiste Ron. — Que tal ajudar uma turma de anciãos caquéticos a viver um pouco melhor?

— Digamos que você nos dê cinco e fique com os outros vinte mil pra você — sugere Ibrahim.

Jeremmy estuda todos mais uma vez. É um baita mestre do crime.

— Cinco mil por esse saco de heroína?

— Se você estiver de acordo — diz Ibrahim.

Jeremmy está de acordo, o que não surpreende Ibrahim. O rapaz veio receber cinco mil e vai sair dali com noventa e cinco mil de lucro.

— E, querido, não é que não confiemos em você — completa Joyce —, mas poderia nos fazer uma transferência bancária de cinco mil antes de ir embora? Só por garantia.

Jeremmy guarda a heroína no valor de cem mil libras em sua bolsa, nitidamente exultante por ter dado o golpe do século. Bob lhe passa um número de conta e Jeremmy abre o aplicativo do banco.

Joyce fecha a bolsa para ele.

— Quer um pedaço de bolo Battenberg para comer no trem? O bufê na estação nem sempre está aberto.

— Não, obrigado — diz Jeremmy, completando a transação.

— Você é quem sai perdendo. — Joyce olha para Bob, que está encarando a tela do seu computador.

Ibrahim tem de reconhecer a perspicácia de Joyce. Ela pedira permissão a Donna, é claro. Enquanto a heroína estivesse em seu apartamento, poderia se aproveitar dela? "Eu sei que em algum momento você vai querer levá-la", dissera Joyce, "mas, se não for um grande incômodo, podemos pegá-la emprestada um bocadinho?".

— O dinheiro caiu — confirma Bob, fechando o laptop.

O que significa que Jeremmy acaba de transferir cinco mil libras, cada centavo que havia roubado de Mervyn, direto para a conta bancária do próprio Mervyn.

— Pode picar a mula — diz Ron.

Não é preciso de mais do que isso, pois Jeremmy sai porta afora de imediato com seu grande carregamento de heroína.

Joyce pega o celular e liga para Donna.

— Ele já saiu. Sim, o carregamento está todo na bolsa dele. Espero que não esteja frio demais atrás dessa moita.

77

— Sua casa é linda — elogia Garth, com a arma apontada direto para Joyce.

Ele já esteve ali, é claro. Deviam ter chegado muito antes, mas, assim que tentaram entrar na comunidade, acabaram em uma longa discussão com uma mulher que dizia ser do comitê de estacionamento de Coopers Chase, e Garth, ciente de ter finalmente encontrado uma oponente à altura, fora forçado a estacionar longe, na rua principal.

— Obrigada — diz Joyce. — Vem uma faxineira por duas horas toda terça de manhã. Eu resisti por tanto tem…

— Cadê? — questiona Mitch Maxwell, cuja arma também está apontada para Joyce.

— Será que algum de vocês pode apontar a arma para uma outra pessoa? — pergunta Joyce. — Não para Elizabeth, ela acabou de perder o marido. Quem sabe para o Ron?

— Eu acabei de perder a minha esposa — diz Garth para Elizabeth. — Meus pêsames.

Joyce volta a se dirigir a Mitch.

— Sinto em informar, mas vocês chegaram um pouco tarde, Sr. Maxwell. Meia hora atrás estava aqui.

— Como é que é? — diz Mitch. Ele começa a tremer visivelmente. — Quem levou?

— Você não parece nada bem — comenta Ibrahim. — Se não se importa que eu diga.

— Pelo amor de Deus — reage Mitch. — Só me digam onde está.

— Com a polícia — anuncia Ron. — Levada como prova.

Mitch baixa a arma.

— Vocês deram para a polícia? A minha heroína?

— Lamento dizer que sim — confirma Ibrahim.

— Eu sou um homem morto, vocês entendem? — diz Mitch. — Vocês me mataram.

Garth começa a rir. Sua gargalhada é contagiante, e logo Joyce está rindo com ele, apesar de a arma continuar apontada para ela. Ele se acalma e se vira para Mitch, que está enfurecido.

— Você não entendeu até agora, Mitch? Esse tempo todo e você ainda não faz a menor ideia do que está acontecendo aqui?

78

O rapaz que acabaram de interrogar se chama Thomas Murdoch. Ele respondeu "nada a declarar" para todas as perguntas, a não ser quando Jill questionou sobre quem lhe vendera a heroína. Ele disse "cinco aposentados", mas até seu advogado pareceu duvidar.

Thomas Murdoch pode não ter "nada a declarar" o quanto quiser. A sua ficha criminal é extensa e ele foi encontrado com uma bolsa cheia de heroína. Vai passar um longo tempo na prisão.

Quanto aos cinco aposentados, Jill suspeita de que Thomas Murdoch não vai revelar esta informação ao tribunal.

Jill, por dever profissional, perguntara a Donna qual era a verdadeira história por trás de tudo. Donna contara que Thomas Murdoch aplicava golpes de namoro virtual, roubando dinheiro de pessoas idosas e solitárias, e isso era resposta o suficiente para que Jill não tivesse mais perguntas a fazer.

Ela recuperou a heroína; seu emprego está salvo. Está ainda de luvas e casaco, pois neste momento divide uma garrafa de vinho com Chris e Donna no frio congelante da sala temporária.

— Mitch Maxwell não foi, nem Dom Holt — explica ela. — Os dois estavam sendo seguidos o tempo todo. E isso inclui a noite do assassinato do Kuldesh.

— Luca Buttaci? — pergunta Donna.

— Não foi Luca Buttaci — responde Jill, bebendo o vinho de uma golada só.

— Tem certeza disso?

— Absoluta — afirma Jill. — Ele estava lá em casa comigo.

— Minha nossa — diz Donna.

— Minha nossa — repete Jill.

— Mas até que dá pra entender — admite Donna, e Jill consegue sorrir de leve.

— Bom, você invadiu um armazém — argumenta Jill, fazendo um gesto com a taça de vinho. — Você ajudou e encorajou a violação de uma cena de crime e ocultou provas de uma investigação criminal. Eu estava transando com uma testemunha-chave. Diria que estamos quites.

— Como se sente em relação a ele ter sido jogado de um edifício-garagem? — pergunta Donna.

— Acho que consigo superar — afirma Jill. — Obrigada a vocês dois por salvarem o meu emprego.

— Senhora — diz Donna, fazendo uma breve saudação.

— E você vai nos ajudar? — pergunta Chris.

— Acho que é o justo — responde Jill.

— Você deve ter estudado os traficantes rivais — diz Chris. — Há alguém que fosse querer botar as mãos na droga?

— Mitch e Luca não têm rivais por aqui — afirma Jill. — Não com heroína, ao menos.

— Alguém novo tentando meter o pé na porta? — sugere Chris.

— Eu só não sei quem mais saberia sobre o carregamento — diz Jill.

— E os afegãos estão à caça também? — pergunta Donna.

— Sinceramente, não faço ideia do porquê — responde Jill. — Talvez estejam preocupados com a polícia na cola deles.

— Esse negócio causou um monte de mortes — lembra Chris. — Kuldesh, Dom Holt. Luca jogado do alto do edifício-garagem, Samantha Barnes empurrada escada abaixo. Alguém matou todos. E tudo por causa daquela caixinha de heroína. Ridículo.

79

É justo dizer que Garth tem a atenção de todos. Ele abaixa a arma e se acomoda em uma cadeira.

— Senta aí, Mitch — ordena ele. — Deixa eu fazer uma pergunta a todos.

Mitch se senta.

— Eu perguntei mais cedo ao Mitch — diz Garth — se ninguém achava esquisito esse negócio de todo mundo estar correndo atrás da heroína.

— As pessoas não correm atrás de heroína? — pergunta Joyce.

— Mas são cem mil — argumenta Garth. — Vale esse esforço todo, essa quantidade de mortes?

— Eu precisava... — começa a dizer Mitch.

— Eu sei por que *você* precisava encontrá-la — interrompe Garth. — Seu esquema estava desmoronando e um afegão vai te matar. Óbvio que você queria a heroína de volta. Mas e eu? Por que eu queria tanto? E minha esposa? E o afegão de quem você quer fugir? Por que estávamos todos tão loucos atrás de cem mil? Nós somos ricos.

— Imaginei que... ganância? Sei lá — sugere Mitch. — Não parei pra pensar muito a respeito.

— Então por que *vocês* queriam a heroína? — questiona Ron. — Estavam todos se descabelando atrás dela.

— Alguém arrisca um palpite? — pergunta Garth, percorrendo a sala com o olhar.

Elizabeth ergue a cabeça.

— Eu arrisco.

— Diga — pede Garth.

— Teve um aspecto fundamental que eu honestamente não conseguia entender — começa Elizabeth. — Por que diabos o Stephen concordou em ajudar o Kuldesh? Pra vender heroína? Kuldesh não teria pedido isso, e Stephen não concordaria. E como o Kuldesh de repente resolveu vender drogas? Foi outra coisa que me deixou confusa.

— Aposto que sim — diz Garth.

— Aquela caixinha de heroína entrou no país e destruiu tudo e todos que estavam no caminho — continua Elizabeth. — As pessoas estavam tão desesperadas atrás dela, o Kuldesh tão desesperado para escondê-la, e eu só consigo pensar numa razão. Nunca teve a ver com a heroína.

Garth assente e a deixa terminar.

— Era a caixa.

— É isso! Acho que ela entendeu — diz Garth.

— A caixa? — pergunta Ron.

— Você viu a caixa no nosso almoço, não viu, Garth? — lembra Elizabeth. — No celular do Mitch.

— A gente quase não veio ao almoço — revela Garth. — Mas Samantha estava com um *feeling* a respeito de vocês, e tinha um certo interesse na heroína. Mas no instante em que vimos aquela caixa, esquecemos por completo da heroína. É a coisa mais linda que eu já vi. Que bom que a Samantha conseguiu ver antes de morrer. Seis mil anos, dá para acreditar? Feita de osso, e não de terracota. E talhada com o olho do demônio.

— Eu realmente notei que tinha umas marcas — comenta Joyce. — Agora que você mencionou.

— Conta outra, Joyce — diz Ron.

— Esses objetos foram roubados — afirma Garth. — Centenas de anos atrás. Do Egito…

— Uau — solta Ibrahim.

— Do Iraque, do Irã, da Síria. Eles saqueavam templos. Alguns eram arqueólogos, todos eram ladrões. Contrabandeavam essas coisas para fora dos países de origem. Vi algumas aparecerem de tempos em tempos, objetos que não deveriam estar à venda, coisa que fariam alguém pegar muitos anos de cadeia. Mas nunca tinha visto algo como aquilo. Rapaz… nunca. Mitch, esses garotos afegãos espertos estavam contrabandeando para cá uma caixa que valia dezenas de milhões e nem chegaram a te contar. É por isso que está todo mundo se matando. Ninguém está nem aí pros teus cem mil.

Mitch agora aponta a arma para Joyce.

— Me dá a caixa. Agora!

Garth aponta a arma para Mitch.

— Não, Joyce, dá essa caixa agora pra mim.

— Ninguém mais precisa se machucar — diz Mitch. — A caixa é minha, é o justo. Eu pego, devolvo pro Hanif e chega de armas, chega de problemas.

— Cara, minha esposa morreu — lembra Garth, com a arma ainda apontada. — Eu vou ficar com essa caixa.

Mitch se vira rapidamente e aponta a arma para Garth.

— Quem sabe ainda não falta uma morte?

— Quem sabe? — responde Garth.

Mitch solta a trava de segurança de sua arma. Garth solta a trava da sua.

— Meninos — começa Joyce —, não quero estragar a diversão de vocês, mas a caixa não está mais comigo.

— Não, não — diz Mitch. — Não quando eu estou tão perto.

— Passou alguns dias debaixo da minha pia, mas começou a ficar com um cheiro forte de mofo. Alan não gostou nada disso e ontem eu deixei lá fora pro pessoal da coleta — revela Joyce. — A essa altura, deve estar no lixão de Tunbridge Wells.

Joyce

Que dia tivemos. Alan e eu estamos só o pó da rabiola. Ele está com a cara estatelada no tapete e a língua para fora, e eu vou só registrar tudo no papel antes de ir para a cama. Vou fazer em formato de lista, na ordem dos acontecimentos de hoje, porque estou caindo de sono.

Lá vai:

1. Já faz um tempo que a loja daqui tem leite de amêndoa, mas eu nunca prestei muita atenção até ter minha discussão com a Joanna. Mais cedo, eu dei uma passada lá e, enquanto fingia olhar as prateleiras, vi duas pessoas pegarem a embalagem e a colocarem de volta no lugar. Dá para perceber que essa moda vai pegar. Mandei para Joanna uma foto minha de polegar erguido ao lado da embalagem, mas até agora nada de resposta. Acho que ela está na Dinamarca a trabalho, então talvez a mensagem não tenha sido entregue.
2. Alan foi perseguido por um esquilo. Sinceramente, às vezes eu queria que ele se defendesse. Ficou escondido no meio das minhas pernas enquanto o esquilo o encarava, parado a uns cinco metros de nós.
3. Estreou um programa novo de perguntas e respostas à tarde na ITV. Chama-se *Qual é a pergunta?*. Não entendi nada, mas adivinhem quem é o apresentador? Mike Waghorn! Como está se saindo bem, não é? Uma mulher de Aberdeen ganhou um kit de churrasco e amanhã vou assistir de novo.
4. O homem que dizia se chamar Jeremmy veio de Londres nos visitar, trazendo uma bolsa grande na esperança de que alguém fosse lhe dar cinco mil libras. Como sempre acontece quando as pessoas acham que vão conseguir extrair algo de nós, saiu decepcionado. Chá, biscoitos, uma boa fofoca? Sim, isso nós fornecemos. Dinheiro, heroína, diamantes? Não. Em todo caso, lançamos mão da heroína que desenterramos outro dia e, resumindo, Mervyn recuperou seu dinheiro e Jeremmy foi preso.

5. Havia algo diferente em Ibrahim. Não me perguntem o quê, mas vou descobrir quando não houver tantas distrações.
6. Mitch Maxwell e Garth (infelizmente, me dei conta de que não sei o sobrenome dele) vieram armados para pegar (como imaginávamos) a heroína. Contamos para eles que está nas mãos da polícia, e deu para ver como Mitch ficou arrasado (não sei se ele gosta muito do trabalho que faz), mas Garth riu, e logo descobrimos o motivo.
7. A questão não era a heroína, afinal. Era a caixa. Ela tem seis mil anos e protege seu dono do mal ou algo nesse estilo. Apesar de que, se é isso, eu diria que está fazendo um péssimo trabalho. Elizabeth disse que já tinha matado a charada, mas, sinceramente, acho que matou naquele instante, porque, até então, não tinha comentado nada com a gente. Mas como foi bom vê-la tomar a dianteira de novo! Fiquei na minha e só falei "muito bem".
8. Eu disse a eles que tinha deixado a caixa lá fora para o pessoal da coleta e Mitch Maxwell ficou branco igual a um fantasma — dava para enxergar através dele, de tão transparente. Saiu correndo. Creio que foi para salvar a própria pele. Garth levou na esportiva, disse "não tem tu, vai tu mesmo", que acho uma expressão divertida, e então todos tomamos um pouco de chá. Ele nos disse ter achado que conduzimos muito bem a situação toda e que, se precisássemos de emprego algum dia, era só falar com ele. Então ele e Elizabeth conversaram um pouco e eu os deixei a sós.
9. Quando Garth estava de saída, viu o "Picasso" que eu tinha pegado no depósito do Kuldesh. Enquanto ele olhava, eu lhe disse que sabia que era falso, mas gostava de qualquer maneira, só que ele fez que não e garantiu que era genuíno. Pelo visto, era a esposa dele que produzia a maior parte das falsificações no Reino Unido. "Isso é Picasso, não é da minha esposa" foram suas palavras exatas. Então sou dona de um Picasso. Também mandei uma mensagem para Joanna contando sobre isso, mas, de novo, acho que talvez a internet seja ruim na Dinamarca. Mas lá *tem* internet, isso eu sei porque olhei no Google.
10. E uma última coisa antes de eu me recolher. Elizabeth depois me deu parabéns por pensar rápido, o que me fez abrir um sorriso enorme. Acho que, ao me colocar na dianteira das coisas desde a morte do Stephen, eu fiquei surpresa com o que sou capaz de fazer. Elizabeth me influencia de uma forma muito positiva. Espero que eu tam-

bém seja uma boa influência para ela. De qualquer forma, ficou bem impressionada. "Uma reação muito calma numa situação de grande pressão, se você não se importa que eu diga." Eu disse que não, que não me importava nem um pouco. Porque, quando o Garth nos revelou o segredo da caixa — o fato de a caixa que eu estava guardando debaixo da pia ser tremendamente ilegal e valer milhões e milhões de libras —, é verdade mesmo que eu pensei muito rápido. E disse para eles que a havia deixado para o pessoal da coleta.

Porque, vejam, eu não a havia deixado para o pessoal da coleta. A caixa ainda está debaixo da minha pia. Embora eu tenha tirado de dentro dela a garrafa de desentupidor de pia.

Elizabeth diz que agora tem uma boa ideia de quem assassinou o Kuldesh, e a caixa vai ajudar a provar. E que também tem um outro plano para ela.

81

— Estava me perguntando se não seria da Mesopotâmia — sugere Elizabeth, enquanto Jonjo examina a caixa em sua mesa.

O escritório de Jonjo Mellor é exatamente o que se poderia esperar. Duas paredes com livros do chão ao teto, outra com janelas gradeadas com vista para o campus da universidade de Kent e cada superfície coberta por vasos, crânios, cachimbos e uma caneca de "Melhor tio do mundo".

No intuito de inspecionar a caixa, ele abriu o máximo de espaço que conseguiu na escrivaninha. Agora há pilhas de papéis nas cadeiras e no chão. Seu computador está no parapeito, ao lado de uma vaca de bronze.

— Se é um palpite, é dos bons — comenta Jonjo. Ele retira partículas de poeira da caixa com um pincel fino. — Eu diria que acertou em cheio.

— Stephen falou de um museu em Bagdá — lembra Elizabeth. — Ele não era de jogar palavras ao vento, mesmo que não tivesse dificuldade de se expressar. Ele e o Kuldesh devem ter identificado esta caixa.

— É uma descoberta extraordinária; vou ter que reportá-la — diz Jonjo.

— Mas será que podemos ficar um pouco aqui com ela? Só por uma hora ou duas? Eu nunca vi uma peça como essa.

— Stephen falava sobre objetos onde se viam digitais e marcas de arranhões — continua Elizabeth.

— Bem, era disso que ele estava falando. Tudo bate direitinho. E ela foi contrabandeada pra cá por traficantes de heroína?

— Acredito que de maneira involuntária. Eles pensavam estar importando apenas a heroína. Portanto, deve ter vindo do Afeganistão.

— Faz sentido — concorda Jonjo. — Onde há conflitos, as pessoas tentam proteger os seus objetos de valor. Ou vendê-los.

— E era religioso? — pergunta Elizabeth.

— Naqueles tempos remotos, tudo era religioso — diz Jonjo. — Todos os deuses e demônios estavam à solta. Isto aqui eu diria ser uma caixa do pecado. Algo colocado em frente a um túmulo importante para afastar os espíritos. Deve ter sido roubado há muitos anos. Os iraquianos saberão com certeza.

— Qual é o próximo passo, então? — questiona Elizabeth.

— Eu informo o Ministério das Relações Exteriores sobre o que temos aqui — responde Jonjo. — Eles vêm, recolhem, autenticam, fazem o contato com os iraquianos e estará em Bagdá até o fim do ano. Podemos perguntar a eles se nos deixam expô-la por algum tempo.

— Eu não vou esperar um ano — afirma Elizabeth.

— Como é? — replica Jonjo.

— Não vou esperar. Vou abrir o jogo com você, Jonjo. Tenho uma proposta e me recuso a aceitar um não.

— Minha nossa.

— Eu quero que a caixa vá para Bagdá — anuncia Elizabeth. — E levando dentro as cinzas do Stephen.

— As cinzas dele?

— Ele basicamente me pediu — explica Elizabeth. — Agora estou me dando conta disso. Portanto, terminada esta reunião, vou levar a caixa de volta e guardá-la até que os preparativos estejam finalizados de forma aceitável para os dois lados.

— Eu acho que você não deveria levar a caix...

— Não estou nem aí para o que você acha — declara Elizabeth. — E espero que não entenda isso como desrespeito. Mas é assim que as coisas vão acontecer. Você acha que consegue organizar os trâmites?

— Posso tentar — diz Jonjo, soando bem pouco confiante.

— Excelente — afirma Elizabeth. — É tudo o que peço. Que tente. A única razão para essa caixa estar conosco é porque Kuldesh e Stephen decidiram protegê-la. Kuldesh, não se esqueça, perdeu a vida tentando fazer isso.

— Vocês ainda não conseguiram descobrir o que aconteceu? — pergunta Jonjo.

— Estou na expectativa de que essa caixa ainda possa ter uma última história a contar — diz Elizabeth. — Que ainda esteja no encalço de um último mau espírito.

— Bastante enigmático — comenta Jonjo.

— Será que poderia haver uma alternativa menos tradicional que nós possamos explorar? — pergunta Elizabeth. — Para que a caixa chegue mais rápido a Bagdá?

— Bem... não seria o procedimento mais correto — declara Jonjo.

— A coisa certa a se fazer raramente é a mais correta — retruca Elizabeth.

— Mas existem maneiras, sem dúvidas — pondera Jonjo. — Você teria problemas em deixar este assunto em minhas mãos por alguns dias? Assim como a caixa?

— Claro que não — diz Elizabeth. — Sei que está em boas mã...

A pulsação insistente e estridente de um alarme de incêndio se apossa do recinto.

— Que droga! — exclama Jonjo. — Às vezes ele para depois de alguns segundos.

Eles aguardam esses segundos, mas o alarme continua. Jonjo olha para a caixa e depois para o lado de fora.

— Vamos lá — diz ele. — A caixa vai estar segura aqui. Se for um incêndio de verdade, a gente corre pra cá e a salva.

Jonjo dá um tapinha na caixa; Elizabeth dá uma última olhada pela janela. Vê Joyce saindo de fininho do campus. Elizabeth também dá um tapinha na caixa e acompanha Jonjo para fora da sala.

— Pode ir até o pátio — indica ele. — Eu vou checar o que foi isso.

— Como quiser — diz Elizabeth.

Ela desce uma escadaria de pedra em espiral, que vai dar no espaçoso gramado do pátio, neste momento abarrotado de alunos em êxtase com toda a agitação e o breve respiro de liberdade proporcionado pelo alarme de incêndio.

Como são jovens, embora muitos devam se sentir velhos. Como são belos, embora muitos devam se sentir feios. Elizabeth se lembra de quando se deitava na grama em pátios como aquele, quase sessenta anos atrás. Ainda que, é claro, não tenham se passado sessenta anos, pois ela ainda está lá, ainda sente o cheiro da grama e dos cigarros, além do esbarrão de uma pessoa usando tweed. Sente o gosto do vinho e dos beijos, duas coisas que na época ela ainda não aprendera a apreciar. Ouve as vozes dos meninos em busca de atenção. Dá para sentir no ar. Como ela era linda e jovem, como se sentia feia e velha. Sente-se linda e jovem agora — Stephen se certificou de que fosse o caso. Certificou-se de que Elizabeth entendesse quem ela era. Hoje, ou há sessenta anos, Stephen estava certo, como ocorria com frequência: as nossas memórias não são menos reais do que qualquer momento que estejamos vivendo. Sim, o grande relógio à esquerda do pátio tem um trabalho a fazer. Mas ele não conta a história por completo.

Duas meninas se beijam à sua esquerda. Para uma delas, beijar é uma novidade, e esse momento viverá para sempre. As coisas que acontecem não desacontecem. A morte de Stephen não vai desacontecer. A infância de Elizabeth não vai desacontecer, mas o vinho, os beijos, o amor e o riso livre também não vão. Os olhares trocados em jantares, a pista final das palavras cruzadas, a música, os pores do sol, as caminhadas, nada disso vai desacontecer.

Nada vai desacontecer até que tudo desaconteça.

E Joyce, Ron e Ibrahim? Não desacontecerão tão cedo. Elizabeth sabe que está fundamentalmente sozinha, mas sabe também que não está. Acredita que vai existir neste estado por algum tempo. A garota experiente se apoia num cotovelo enquanto a inexperiente olha para o céu e imagina se esta será a sua vida a partir de agora.

Elizabeth se deita e também olha para o céu. Para as nuvens. Stephen não está lá, mas está em algum lugar, e é um lugar tão bom quanto qualquer outro para encontrá-lo. Para encontrar seu sorriso, seus braços, sua amizade e sua coragem. Elizabeth começa a chorar e, em meio às lágrimas, dá o primeiro leve sorriso pela primeira vez desde aquele dia terrível.

O alarme de incêndio para e os alunos começam a voltar relutantemente para as salas de aula e bibliotecas. Elizabeth se ergue num impulso e limpa a grama e a terra da saia.

Ao retornar para a escadaria de Jonjo, encontra o próprio, saindo de uma porta nas proximidades.

— Alarme falso — avisa ele. — Espero que não tenha ficado muito entediada.

— Nem um pouco — diz Elizabeth. — Foi a maior diversão.

Chegam ao andar da sala de Jonjo, que abre a porta. Elizabeth o segue.

Duas paredes tomadas por livros. Outra com vista para o pátio. Mesas com vasos, crânios, cachimbos e uma caneca com a frase "Melhor tio do mundo".

Mas a caixa desapareceu.

Como Elizabeth sabia que aconteceria.

Porque a caixa ainda tem uma última história a contar.

Um último demônio a capturar.

82

O posto de gasolina na estrada inglesa sob o céu cinzento e chuvoso de janeiro. Ninguém escolheria estar em um lugar como este. O que acaba por torná-lo perfeito.

Sendo que, nesta ocasião, há compensações.

A caixa tem o quê? Seis mil anos de idade? E está ali, largada no porta-malas do carro. Vale milhões, é claro, se for levada à pessoa certa. E há pessoas certas aos montes quando se sabe o que se faz. Uma delas está para aparecer a qualquer momento. Um cafezinho, a entrega e depois o quê? Sair do país, sem dúvida. Líbano, talvez?

Seis mil anos de idade. E as pessoas ainda se achavam importantes.

Uma olhada ao redor. Um homem com uma valise e expressão triste joga fliperama. Uma jovem mãe de olhos vermelhos empurra um carrinho de bebê para lá e para cá, na tentativa de fazer o dia passar mais depressa. Uma adolescente não consegue acreditar no que acabaram de lhe contar ao telefone, e um velho de sobretudo se curva sobre uma mesa de plástico com um café intocado à sua frente.

Dá o que pensar.

Somos todos minúsculos lampejos insignificantes na História, em um mundo que está se lixando se vamos viver ou morrer. Será que a pessoa que fez esta caixa, seis mil anos atrás, se importa se estamos ou não indo à aula de pilates, se estamos nos alimentando de forma saudável cinco vezes ao dia? Reclamamos interminavelmente da vida, e com muito amargor, e, no entanto, nos agarramos a ela como podemos. Não faz o menor sentido, de verdade.

Uma passarela coberta cruza a rua. Devia parecer glamourosa, elegante e futurista demais nos anos 1960. Devia ter a cara do futuro. Bem, vejam só: estamos no futuro e ele é tão cinzento e abatido quanto o passado. Qualquer que fosse a expectativa que tinham quanto à passarela, qualquer que fosse sua visão ambiciosa, deu errado. Tudo dá errado, todo mundo dá errado.

Naquele momento, o porte inconfundível de Garth surge na ponte. Lá vem ele. Mais uma pessoa que entende.

O frio na barriga se intensifica.

A humanidade considera a futilidade algo muito difícil de engolir. As pessoas buscam um sentido para as suas breves vidas em todo tipo de coisa: religião, futebol, astrologia, redes sociais. Todos esforços válidos, mas, no fundo, bem lá no fundo, todo mundo sabe que a vida é aleatória e uma batalha perdida. Nenhum de nós será lembrado. As areias do tempo soterrarão os nossos dias. Até mesmo os cinco milhões de libras que Garth vai pagar pela caixa virarão poeira. É curtir enquanto dura.

Estes podem não ser pensamentos inéditos, mas são tranquilizadores. Pois, uma vez que se aceita verdadeiramente o vazio de tudo, fica bem mais fácil matar alguém.

Matar Kuldesh.

83

Ron quase nunca se aventura pelo Norte do país, mas se diverte sempre que faz isso. Todas as noitadas que compartilhou com os mineiros de Yorkshire em 1984. Os metalúrgicos do condado de Durham. Quando o assunto era beber, deixavam os londrinos no chinelo. Três policiais lhe quebraram as costelas certa vez numa delegacia de Nottingham. Cada um quebrou uma. Nottingham conta como Norte? Para Ron, conta. Estão neste momento a caminho de um posto de gasolina de estrada perto de Warwick, e, para ele, ali já é Norte. Por precaução, veste um grosso suéter por cima da camisa do West Ham. Ultimamente Pauline tem comprado roupas para ele, pois, nas palavras dela: "Eu sou obrigada a ser vista em público com você, não sou?"

— Não dá pra contar com a comida — afirma Joyce, abrindo um tupperware com brownies de chocolate com avelã.

Ela, Elizabeth e Ibrahim se espremem no banco de trás. Bogdan está dirigindo. Mantém um ritmo constante de 150 km/h.

Elizabeth está dormindo? Está de olhos fechados, mas Ron duvida.

Donna e Chris estão a caminho em outro veículo. Com a investigadora-sênior Regan. Parece que são todos amigos agora. Com policiais, nunca se sabe. Fazem o que querem.

Elizabeth disse à polícia para chegar às três da tarde. Mas tudo estará encerrado às duas, e Elizabeth aceitará as consequências quando a polícia descobrir que ela mentiu.

Ron começa a refletir que, para Elizabeth, parece nunca haver consequências, mas então pensa melhor. A tristeza o assusta, em particular a de Elizabeth. Vê-la tão derrubada. Ver que havia, afinal, um iceberg capaz de afundá-la. Ron sempre achou que era preciso tomar muito cuidado com o amor. Primeiro, elas compram um suéter e fumam maconha com você na quadra de bocha. Depois, quando vê, você já está envolvido, e aí seu coração não é mais seu. Ele baixa os olhos para o suéter e sorri. Nem morto teria escolhido aquilo ele mesmo, mas fazer o quê?

— Quer um brownie, Ron? — oferece Joyce, no banco de trás.

— Estou bem — responde ele.

Está guardando espaço no estômago para se entupir de ovos com bacon no posto de gasolina. Espera que haja tempo para isso.

— É verdade que a Pauline coloca maconha nos brownies dela? — pergunta Joyce.

— Coloca — diz Ron. — Maconha e coco.

— Fico pensando se eu devia experimentar maconha — comenta Joyce.

— Faz a pessoa falar muito — intervém Ibrahim.

— Ah, então melhor não — diz Joyce. — Nem preciso de maconha para mal deixar vocês falarem.

Ron avista mais à frente a longa passarela coberta que vai de um canto a outro da autoestrada. Janelas sujas, listras primárias esmaecidas há muito tempo. Bogdan sai da faixa de alta velocidade pela primeira vez em mais de 140 quilômetros e direciona o carro para a pista de acesso ao posto de gasolina.

— Chegamos! — exclama Joyce.

Elizabeth abre os olhos.

— Que horas são? — pergunta.

— São 13h52 — informa Bogdan. — Como eu disse que seria.

Bogdan leva o carro até uma vaga distante o suficiente da saída para ser discreta e com vista para a passarela coberta. Ron sente o cheiro dos ovos com bacon. Sabe que foram até ali por outras razões, mas nada o impede de ter o que Pauline chamaria de "projetos paralelos". O dela é vender baquetas usadas do Iron Maiden no eBay. Ela as compra em caixas com cinquenta cada na loja de instrumentos musicais de Fairhaven.

Enquanto isso, e por falar em caixas, a silhueta inconfundível de Garth aparece em meio às janelas imundas da passarela.

— Vai começar — diz Ron.

— Boa sorte a todos — deseja Bogdan.

84

Garth sente a passarela balançar sob seus passos. Está enferrujada e esquecida. Faz o seu estilo. Já apertou o botão de gravar no seu celular. Sabe como vão ser as coisas.

Desde que jogou Luca Buttaci do topo do edifício-garagem, a polícia está à sua procura. Garth entende o motivo. Não será nesta vida que conseguirão capturá-lo, mas não estariam fazendo o trabalho deles se nem ao menos tentassem. Chega aos degraus no final da passarela. Sente o cheiro de fritura barata e de urina. O lado ruim de nunca reclamar é que os ingleses terminam aturando muita coisa. Imagine uma coisa destas no Canadá. Ou na Itália.

A Itália pode vir a ser a próxima parada de Garth. Um bom lugar para lamber suas feridas, e ele agora as têm, pela primeira vez desde a infância. Estava pronto para partir na noite passada, antes de Elizabeth encontrá-lo na casa escondida no meio do bosque.

Como diabos ela o encontrou? Garth não faz ideia, mas fica feliz que tenha encontrado. Ela lhe contou o que sabia e lhe contou o que queria. Contou quem havia matado a esposa dele e como conseguir se vingar.

Garth passa pelos banheiros, passa por um homem de expressão triste com uma valise jogando fliperama, passa por uma mulher de olhos vermelhos que empurra um carrinho de bebê. Apoia uma das mãos no ombro dela, diz "vai melhorar, você está se saindo muito bem" e continua andando. Um senhor se senta curvado perante um copo de papel com café. Garth enfia a mão no bolso, tira uma nota de dez libras e dá ao homem. "Compra uma comida, tio", diz ele. Garth acha bondade uma coisa interessante. Não faz muito o seu estilo, mas Samantha teria falado com a jovem mãe e teria dado ao velho dinheiro para comprar comida e, portanto, Garth de agora em diante também fará esse tipo de coisa.

E então ele avista a pessoa que matou sua esposa. Senta-se em frente a ela.

— E aí, Nina? — cumprimenta.

— Garth — devolve Nina. — Obrigada por vir me encontrar.

— Você está com algo que eu quero — diz ele. — Vamos ser rápidos com isso. Eu preciso sair do país e imagino que você também, não?

— Eu não tenho que ir para lugar nenhum — retruca Nina. — Ninguém sabe que a caixa está comigo, a não ser você. Ninguém me viu roubá-la. E você não me parece do tipo que sai contando as coisas. Portanto estou tranquila.

Elizabeth contara a Garth sobre o roubo. Desde que descobrira sobre as origens da caixa, passara a ter apenas dois suspeitos: Nina e seu chefe, um professor. Uma amiga de Elizabeth havia disparado um alarme de incêndio, outro amigo, um cara que entendia de computadores, havia improvisado uma câmera, e Nina caíra na armadilha feito um patinho. Um sujeito da KGB a seguia desde então. Sabiam que a caixa estava com ela, mas não tinham como provar que Nina assassinara Kuldesh para obtê-la. E é por isso que Garth está aqui.

Ele ligou para Nina na véspera. Disse que não conseguia achar a caixa por nada nesse mundo, mas que, caso Nina esbarrasse com ela, Garth tinha um cliente disposto a pagar uma baba pelo objeto. O que, aliás, é verdade, mas Garth sabe que ele não ficará com a caixa. Elizabeth a quer e, quando ela lhe disse o motivo, ele concordou sem criar caso. Para Garth, a recompensa é ver a assassina de sua esposa na cadeia. O ideal seria matá-la, mas Elizabeth é um pouco astuta demais para deixá-lo se safar. É preciso reconhecer quando se encontra alguém à sua altura.

— Você trouxe? — pergunta Garth.

Nina abre uma sacola azul-clara da IKEA aos seus pés. Nela está a caixa.

— Posso tocar nela? — pergunta Garth.

— Claro — concorda Nina. — Mas se tentar alguma coisa, ela vai embora comigo.

Garth não tem como não rir. Toca na caixa. Dá um certo frisson. Samantha a teria amado, disso ele sabe. São todos uns malucos, Samantha, Nina, Kuldesh. Quanta infantilidade, ficar desse jeito por causa de uma caixa. Garth ficara alvoroçado ao saber o valor da caixa, lógico, mas não pela caixa em si. Alguém a fez muito tempo atrás, é? Ah, deixa disso. Ela tem o olho do diabo? Essas coisas não existem, Garth sabe. Os demônios caminham entre nós.

Mas Kuldesh sacrificara a sua vida pela caixa, e Nina matara por ela. Samantha provavelmente também teria matado, é algo que Garth precisa aceitar, mas Nina chegou primeiro. No instante em que Nina entendeu que

Garth sabia o que era a caixa, ela assinou ali mesmo a sentença de morte de Samantha. E ele havia ido comer um hambúrguer enquanto ela matava a sua esposa.

Apesar de que, pensando agora a respeito, *como* Nina havia se dado conta? Garth se preocupa com a possibilidade de ele próprio ter dado bandeira sem saber. Não seria do seu feitio ter uma fraqueza. Fora que, se a pessoa responsável pela morte de Samantha não tivesse sido Nina, então quem mais seria?

Ele imagina que Nina também o teria matado se pudesse, mas Garth não é fácil de matar. Muitos já tentaram.

— Você criou a empresa como eu te disse pra fazer? — perguntou Garth, pegando o próprio celular.

Nina assente.

— Então vai receber um alerta no instante em que os cinco milhões baterem na sua conta — informa Garth. — Daí pra frente é com você. Nunca vão rastrear essa conta, mas como você vai fazer o dinheiro passar para as suas contas normais é problema seu. Dá pra pesquisar uns jeitos na internet.

— É só o que eu tenho feito — diz Nina.

— Por que você teve que matar o homem? É a única coisa que eu não teria feito.

— Eu não matei ninguém — afirma Nina.

— Nina — começa Garth —, eu não penso como as outras pessoas, você entende?

— Entendo.

— Então não mente pra mim — alerta Garth. — Não precisa. Eu respeito o que você fez. Você viu uma oportunidade, vai faturar cinco milhões enquanto os outros ficam feito barata tonta, perdidos.

— Obrigada.

— Mas continuo sem entender por que matar o sujeito. Por que não se limitar a assustar o cara e pegar a caixa?

— Ele tinha oitenta anos, Garth — lembra Nina.

— Certo.

— Essa caixa tem seis mil anos — diz Nina. — Você consegue ao menos vislumbrar o que é isso? Nenhum de nós importa, Garth. A gente finge que importa, finge ter um propósito, mas esse planeta existiu sem nenhum de nós por milhões de anos e continuará a existir por mais outros tantos sem nenhum de nós. Cada vez que respiramos pode ser a última. A vida humana não é sagrada.

— Esse papo é muito conveniente para você — replica Garth. — Admite logo pelo menos que foi gananciosa e que não estava nem aí. Você poderia ter simplesmente roubado a caixa.

— Ele ficou me pedindo pra entregá-la para um museu. Ele confiava em mim. Confiava que eu a entregaria para as pessoas certas. Me conhecia desde que eu era criança, conhecia os meus pais. Acha que ele teria ficado quieto quando eu vendesse a caixa?

— Podia ter oferecido um milhão pra ele — sugere Garth. — Poderia ter comprado o silêncio do cara dessa forma.

— Ele teria recusado — declara Nina. — Mas veja por esse lado: ele era velho, já tinha se divertido, vivido uma vida plena, o que quer que as pessoas queiram dizer com isso. Ele me liga, confia em mim, me diz o que tem em mãos. Eu lhe digo pra não ficar assustado, que a gente dá um jeito, que eu vou ajudar. Eu ajo com calma e isso o tranquiliza. Nós marcamos um encontro...

— No bosque?

— O mais longe possível de olhares curiosos — continua Nina. — Eu percebi no instante em que a gente terminou de conversar que até ele estava ficando um pouquinho animado.

— É de animar mesmo — comenta Garth.

— Ele pega o carro até Kent, entra na viela pra se encontrar com alguém em quem confia. Eu vou até ele, dou um tiro. Ele não vê, não sente, não passa por qualquer momento de medo. A vida dele teve um fim rápido, e é tudo o que se pode desejar, não é? Uma vida longa e uma morte rápida, que sonho. Eu fiz um favor pra ele.

— Uma morte indolor pra ele, cinco milhões pra você?

— Todo mundo sai ganhando — diz Nina. — É exatamente o tipo de coisa que os meus pais nunca teriam feito. Eu não tenho a menor intenção de voltar a ser pobre.

— Você atira muito bem. É difícil matar um cara do outro lado de uma janela com uma bala só. Acredite, eu sei.

— Vídeos no YouTube — revela Nina. — Eu aprendo rápido. Queria que fosse indolor, por isso assisti a vídeos de veterinários sacrificando cavalos.

— Meu Deus — diz Garth. — E depois sou eu o psicopata.

— Eu não sou psicopata. Não tinha dinheiro, tenho dívidas, tenho um trabalho que odeio. Meus pais não estão mais vivos. De repente caiu do céu uma oportunidade de nunca mais precisar trabalhar.

— Essa caixa não veio do céu — devolve Garth. — Veio direto do inferno.

— É só uma caixa — diz Nina.

Garth balança a cabeça.

— Fiz o que era racional — afirma Nina. — Só isso.

Garth reflete. Acha filosofia interessante. Mas, por qualquer ângulo que encare o assunto, não consegue concordar com Nina. Tudo bem matar gente, claro, caso a pessoa tenha feito algo de errado. Caso mereça. Mas por lucro? Não. Ele só compreendeu quando Elizabeth lhe explicou que Luca Buttaci não matara Samantha. Luca sabia de sua morte porque estava colaborando com a polícia. O que é quase tão ruim quanto.

Mas Luca havia matado várias pessoas. E quem mata várias pessoas não pode se surpreender de um dia ser atirado de um edifício-garagem. O mesmo vai ocorrer com Garth em algum momento, ou então será atropelado por um caminhão. E não terá do que reclamar. Mas Kuldesh não merecia morrer.

— Dava pra não ter matado ele — desafia Garth. — Você podia ter metido a cara no trabalho, sabia? Seguido com sua vida, pagado as dívidas, assumido a responsabilidade pelos seus próprios problemas.

Nina assente.

— Podia, mas assim foi muito mais fácil.

— Péssima atitude — declara Garth.

— Minha atitude foi ótima a vida inteira e sempre fui pobre — retruca Nina. — Agora ela é péssima e, de repente, fiquei rica.

— E matar a minha esposa foi racional também?

— Sua esposa? Samantha? Eu não a matei.

— Não mente pra mim — diz Garth.

— Eu matei o Kuldesh — declara Nina. — E ele nem sentiu. Não matei a sua esposa. Por que você me daria cinco milhões de libras se achasse que eu matei sua esposa?

— Foi você — afirma Garth. — Não tem nada de cinco milhões. O acordo era que eu te faria confessar e eles me deixariam desaparecer.

— Quem deixaria você desaparecer? — pergunta Nina.

— Quem você acha? — diz Joyce, sentando-se à mesa junto a Elizabeth e Bogdan.

— Não, isso é… O que vocês estão f… — Nina não consegue completar as frases.

— Venha com a gente, por favor — pede Elizabeth. — Sem resistir, sem criar caso. Garth, você tem vinte minutos para desaparecer.

— Disponha — diz ele, entregando o celular a Elizabeth. — Está tudo aí.

— Vocês não podem fazer isso — declara Nina.

— E, no entanto, aqui estamos nós, querida — devolve Elizabeth.

Ela se volta para Garth.

— E pra onde você vai agora?

— Espanha — diz Garth. — Adoro tapas. Fica de olho no seu luto, respeita o seu tempo.

— Pode deixar — assegura Elizabeth. — E você, vê se para de matar gente.

— Prometo que só canalhas, senhora — garante ele.

Garth lhes dá as costas e o grupo o observa se afastar, acompanhado por sua sombra descomunal.

— Vão deixar ele escapar assim, sem mais nem menos? — pergunta Nina, a quem Bogdan conduz até o estacionamento.

Elizabeth e Joyce vão logo atrás.

— Sim, o acordo era esse — declara Elizabeth.

— Podemos fazer um acordo? — sugere Nina.

— Não, querida — diz Joyce.

Nina olha ao redor.

— E se eu começar a gritar?

— Aí eu começo a gritar junto — afirma Elizabeth. — E, pode acreditar, talvez não pare nunca.

85

Congelante é pouco para definir a temperatura. Chove torrencialmente e Mitch Maxwell escala uma gigantesca pilha de detrito no lixão de Tunbridge Wells. Uma montanha de metal e limo cujo cheiro o deixa impregnado conforme ele a sobe e escorrega por ela. Secar o incômodo suor da testa é impossível por causa das manchas nojentas em suas luvas. Enquanto isso, ele vasculha, cavuca as profundezas à procura da caixa que vai salvar a sua vida. Neste momento, ele é um animal assustado, fuçando a carniça para sobreviver. Pensa no seu iate, atracado no porto de Poole, onde certa vez recebeu o jogador de futebol Jamie Redknapp em um churrasco. Pensa nos estábulos de sua casa, no cavalo da filha, na viagem para esquiar que planejaram para as férias do meio do ano escolar. Pensa em televisões de touch screen e suéteres de caxemira, em vodca de primeira qualidade em garrafas de ouro e assentos na primeira fileira das lutas de boxe. Pensa na primeira classe da British Airways, em jantar no Scott's, em tirar medidas para ternos na Oliver Brown da Sloane Street. Em castelos com helipontos e doses de bebida para ajudar no sono. Pensa em sossego, em conforto e em luxos dispendiosos e discretos.

Pensa nos filhos, em suas escolas e nos amigos deles com piscinas. Um fragmento de metal rasga seu casaco e corta seu braço. Ele solta um palavrão, escorrega e cai. Ao voltar a subir a pilha, o sangue já começa a escorrer. A massa fedorenta da vida de outras pessoas. Em algum lugar desta pilha está a caixa. Em algum lugar desta pilha está sua salvação.

Vai encontrar Hanif às duas da tarde, num hotel nas proximidades do aeroporto de Gatwick. Hanif pediu que levasse a caixa e disse que, se Mitch não estiver lá, vai encontrá-lo e matá-lo.

Mas Mitch não vai morrer hoje. Não depois de tudo pelo que passou. Depois da vida que construiu para si, da diferença da casa onde cresceu para aquela de que os seus filhos aproveitam. Gostaria que não tivesse sido heroína a torná-lo tão bem-sucedido, mas não tivera muita escolha, considerando suas origens. Foi com isso que cresceu, era nisso que era bom.

Mas, após dar um ponto-final nesta situação, se encontrar a caixa, *quando* encontrar a caixa, chega. Luca está morto e os afegãos não confiarão mais nele. Hora de diversificar. Anda falando com o povo do espumante inglês. Há um terreno em Sussex, em Ditchling, uma encosta voltada para o sul, solo calcário, tudo o que tem direito. Mitch vai comprá-lo, eles vão administrá-lo. Um negócio legítimo.

E se ele não encontrar a caixa? Bem, aí haverá uma mudança de planos. Ainda irá a Gatwick, mas, em vez de se dirigir ao piano-bar do Radisson, vai direto até o check-in e, quando se derem conta, já estará a bordo do voo das três da tarde para o Paraguai. Conhece algumas pessoas por lá.

Sua esposa e seus filhos já pegaram o voo de hoje cedo. Kellie está nessa há tempo suficiente para saber que, se Mitch lhe diz para fazer as malas e tirar as crianças do país, há uma boa razão. Ela mandou uma mensagem para ele quando estava prestes a decolar. Os afegãos não o pegarão no Paraguai, isso é certo. Precisariam passar antes pelos colombianos, e não teriam disposição para isso.

Mitch continua a escalar a encosta de entulho, braço sangrando, roupa ensopada, pernas latejantes e com hematomas. Ao sair do apartamento de Joyce, fora direto para lá, só que não é permitido escalar pilhas de entulho. Alguns telefonemas e um contato no Conselho do Condado de Kent bastaram para conseguir ter noventa minutos de busca. Um grupo de homens de casacos fosforescentes, todos abrigados dentro de uma edificação temporária com as janelas embaçadas pelo vapor do chá, se questiona sobre as motivações daquele liverpudliano de casaco acolchoado. Um dos mais proativos até se ofereceu para ajudar, mas Mitch quer dar conta da tarefa sozinho. Nenhum deles se lembrava de ter visto uma pequena caixa de terracota que teria chegado num caminhão de lixo de Kent.

Mitch pisa numa boneca que diz "Me ama" na voz vagarosa e profunda de um brinquedo com a bateria fraca. O vento arremessa uma embalagem do KFC no seu rosto. Ele a afasta com um safanão e continua a escalar. Já está quase no topo, o vento uiva ao seu redor, trazendo os cheiros de tudo o que foi deixado para trás, tudo o que foi descartado. E nada da caixa. Mitch sabe que não vai encontrá-la. Sabe que terá que fugir. Afastar a esposa do emprego dela, afastar os filhos dos amigos e começar de novo em algum lugar desconhecido. Ele sente o fedor e se regozija. Seu coração para por um momento ao avistar uma caixa. Cava fundo, entre fraldas e torradeiras, ampliando o seu campo de visão. Imagina, por um momento fugaz, alguma espécie de glória, mas, ao tirar de cima um emaranhado de cabides, percebe que se trata somente de um velho engradado de laranjas. Óbvio. Mitch começa a rir.

Ele continua a escalar, já sem procurar nada, meramente ansioso para chegar ao topo. Por quê? Vai saber. Todos queremos chegar ao topo, não é?

Engatinha para cima de um freezer esverdeado pelo limo. É o fim da linha. O topo do topo, não há mais o que escalar. Com cuidado, se apruma e fica de pé. Um homem arruinado, ensanguentado, ensopado, no topo do mundo. Contempla a vista. Nada. Só nuvens cinzentas, chuva cinzenta, uma neblina cinzenta.

O Paraguai será mais ensolarado, e ele arranjará um trabalho. Construirá um negócio. Algo legítimo. Frutas ou algo do tipo. Se algum dos colombianos desejar aparecer para dar um oi, tudo bem. Ele lhes dirá que largou essa vida. Que fiquem com a cocaína deles, e ele ficará com as suas bananas. Caso se cultive banana no Paraguai.

Mitch limpa uma mancha marrom do seu Rolex. Uma da tarde. Hora de começar a se dirigir ao Gatwick. Ele repousa as mãos nos joelhos por um momento, para se recuperar do esforço da subida e se preparar para a descida. Se o trânsito estiver tranquilo, poderá...

Uma dor se projeta pelo braço esquerdo de Mitch Maxwell. Ele o agarra. Sente a chuva jorrar sobre seu rosto até se dar conta de que não está mais chovendo. Mitch se agacha, mas seus joelhos logo cedem sob seu peso no limo do freezer. Ali ele jaz por mais alguns instantes, até Mitch Maxwell, no alto da pilha, com o coração em brasas e sufocando de dor, cercado por imundície e tons acinzentados por todos os lados, fechar os olhos pela última vez.

86

Ibrahim apoia o cotovelo no teto da viatura e ouve o tráfego ribombar ao longe.

Chris e Donna chegaram com a investigadora-sênior Jill Regan cerca de quinze minutos depois de Joyce e Elizabeth irem embora. Ron teve apenas tempo suficiente para dar conta do seu café da manhã britânico completo, e Ibrahim lembra de poucas vezes em que o viu tão feliz. Está agora do outro lado do carro, afagando satisfeito o estômago sob seu suéter novo, cuja cor, por sinal, lhe cai maravilhosamente bem.

— Que nome está se dando a isso? Cereja? — pergunta Ibrahim.

— Vermelho — diz Ron.

Os três policiais ouvem a gravação no banco de trás da viatura. Um a um, saem de dentro do veículo. Jill ergue o celular.

— A outra voz nesta gravação — começa ela. — Seria o Garth?

— É inconfundível — responde Ibrahim.

— Cadê ele? — pergunta Chris.

— Fugiu — anuncia Ron. — Não deu pra segurá-lo, o cara é grandão.

— Vocês nos disseram pra chegar às três — diz Jill. — E a gravação desse celular começa um pouco antes das duas.

— Não é problema meu — afirma Ibrahim. — Você teria que falar com a Elizabeth.

— E cadê a Elizabeth? — questiona Chris.

— Voltou para Coopers Chase — revela Ibrahim. — Até onde eu sei. Estamos tentando dar um pouco de espaço para ela.

Neste momento, Elizabeth e Joyce estão sendo levadas para casa por Mark, da Robertsbridge Táxis. Foi explicado a ele que tinham pouco tempo para a jornada e ele não poderia usufruir do café da manhã britânico completo como Ron. Ainda que tenha ficado desanimado, ele é, em essência, um profissional.

— Você e o Ron organizaram isso tudo sozinhos, então? — pergunta Chris.

— Somos homens capazes — afirma Ibrahim, enquanto Ron solta um pequeno arroto e se desculpa.

— Só pra entender — começa Jill. — Vocês nos disseram pra chegar às três, prometendo nos entregar Nina Mishra, Garth e a caixa. A Mishra eu estou vendo, mas cadê o Garth e a caixa? Vocês nos falaram pra confiar em vocês.

— Eis o que eu diria — explica Ibrahim. — Em nossa defesa, nós já entregamos para vocês a heroína. E estamos entregando agora a assassina de Kuldesh Sharma e Samantha Barnes.

— Mas o homem que provavelmente matou Luca Buttaci sumiu misteriosamente. E que talvez tenha matado Dom Holt — diz Jill. — E cadê a caixa?

Ron dá de ombros.

— Chefe, eu juro que é mais fácil aceitar logo — sugere Donna. — Com toda a sinceridade, poupa bastante tempo.

— Tenho certeza de que a caixa vai aparecer — declara Ibrahim. — E quanto ao Garth, a justiça um dia será feita em relação a ele. Mas suspeito que seus superiores ficarão encantados vendo dois assassinatos serem elucidados e a heroína, recuperada. Imagino que a essa altura vocês já a tenham testado, não?

— É puríssima — revela Chris.

— E, portanto, vocês poderão prender também o Mitch Maxwell — aponta Ibrahim.

— Diria que é um resultado e tanto — comenta Ron.

Ele se dirige ao Daihatsu, de onde Bogdan sai para entregar Nina aos policiais. Jill os alcança na metade do caminho, lê para Nina os seus direitos, a algema e a conduz à viatura.

Chris olha para Bogdan.

— Esses aqui mentirem para a gente, eu entendo. Mas você também devia saber que era para chegar aqui às duas.

— Às 13h52 — diz Bogdan.

— E mentiu pra nós assim mesmo? — continua Chris. — Mentiu pra Donna?

Bogdan olha para Donna.

— Ele não mentiu pra mim — declara Donna. — Eu também sabia. Garth era o único a quem Nina confessaria. E sem a confissão não teríamos nada. Eu teria feito qualquer coisa para pegá-la. Kuldesh foi a primeira pessoa a saber que Bogdan estava apaixonado por mim.

— Eu também comentei com um cara da academia — diz Bogdan.

— Amor, não estraga — pede Donna.

Chris observa a turminha do barulho à sua frente. Ron e Ibrahim, Donna e Bogdan. Ele balança a cabeça.

— E cadê a caixa? — pergunta.

— Elizabeth precisa dela — diz Ibrahim. — Espero que baste para você nos perdoar.

87

Hanif olha para o relógio e termina seu café. Mitch Maxwell não vai aparecer. Não surgirá de repente porta adentro no Radisson com a caixa em mãos.

Que seja. Hanif havia bolado todo o esquema. Sayed recebera uma oferta pela caixa, de um sueco que vivia em Staffordshire e tinha dez milhões dando sopa na conta. Em vez de se dar ao trabalho de criar uma nova rota intrincada para contrabandear a peça, por que não enviá-la simplesmente pela cadeia habitual? Se tivessem dito a Mitch e a Luca do que se tratava, eles iam ter pedido uma parte dos lucros. Aliás, Hanif deveria tê-la oferecido; em retrospecto, talvez tivessem tomado um pouco mais de cuidado, embora tenha chegado aos ouvidos de Hanif que eles vinham tendo problemas com remessas, ou seja, ele não deveria ter confiado na dupla para começo de conversa.

Um jovem primo de Hanif havia sido encarregado de seguir a caixa passo a passo e recuperá-la com Luca Buttaci. Hanif até comprara uma moto para o rapaz para compensá-lo. Mas a caixa sumira e seu primo se limitara a correr atrás do prejuízo.

Em resumo, Hanif tinha feito besteira. Achou que estava sendo inteligente, só que não se precaveu. Todo mundo perdeu dinheiro, todo mundo morreu, e tudo por causa dele.

Ainda assim, não dá para sair por aí pedindo desculpa por cada errinho, não é? Isso não leva a nada. O caos que se seguiu não é sua responsabilidade.

Se voltar para o Afeganistão, ele também será morto; portanto, depois de refletir, Hanif decidiu que vai ficar em Londres, longe do alcance de Sayed. Traficar heroína foi um batismo de fogo, além de muito, muito lucrativo, mas talvez tenha chegado a hora de aplicar o que aprendeu em algo novo. Um recomeço, ficha zerada, sem arrependimentos.

Um amigo dos tempos de universidade lhe ofereceu um emprego em um fundo de cobertura, e alguém que ele conheceu na festa sugeriu que entrasse para a política e se ofereceu para apresentá-lo a algumas pessoas.

É bom ter opções.

88

Caroline mata gente para Connie desde sempre. Quem precisar dela tem que ligar para o número de uma lavanderia em Southwick e pedir serviço completo: lavar, secar e passar. É rápida, confiável e uma ótima alternativa para clientes acostumados a uma indústria dominada por homens.

Connie está lhe mandando um e-mail com boas notícias. Alguém lhes poupou o trabalho de matar Luca Buttaci. Os e-mails de Connie são sempre criptografados através de um software altamente sofisticado, ilegal no mundo inteiro à exceção da Venezuela. Evidente que Caroline ficará com o sinal de 50% pelo trabalho, como de praxe entre as duas.

Connie e Caroline andaram muito ocupadas nos últimos tempos.

É preciso identificar uma oportunidade quando ela cai no seu colo. Foi assim que Connie chegou onde está hoje. Não à prisão, nessa parte ela deu azar, mas ao posto de principal traficante de cocaína da Costa Sul da Inglaterra.

E agora, como Connie lê em outro e-mail enviado do Afeganistão por Sayed, também ao posto de principal traficante de heroína.

Mas Connie se sente culpada. E tem dificuldades de entender o porquê. Ela sente culpa e reconhece nisso uma emoção que lhe é inédita. Não gosta nem um pouco dela, mas uma vez na vida não vai se esconder do sentimento. Faz como Ibrahim lhe disse, se deixa ser dominada. Senta-se com a emoção, por mais dolorosa que seja. E a culpa dói.

Tudo começou quando Ibrahim lhe contou sobre Kuldesh.

Connie ficou muito satisfeita por terem pegado a mulher que matou Kuldesh, mesmo. Ele não era do ramo, era? Quando a pessoa é do ramo, é de se esperar que um dia leve um tiro de alguém. Ossos do ofício. Mas Kuldesh apenas se envolveu com algo que não deveria. Connie se orgulha de saber de tudo, mas nem mesmo ela sabia quem havia matado Kuldesh. Ninguém no mundo das drogas parecia saber de nada, e agora ela entende o motivo. Porque não tinha nada a ver com drogas.

Mas, no momento em que Ibrahim lhe contou sobre Kuldesh, ela começou a fazer planos. Mitch e Dom já estavam encrencados e tudo aquilo os desestabilizara ainda mais. Connie percebeu que estavam fragilizados, percebeu a oportunidade de tomar o negócio dos dois e foi ao ataque. Decidiu matar Dom Holt no momento em que Ibrahim lhe contou a história. Duas horas depois, estava ligando para aquela lavanderia em Southwick.

Ela se lembra de quando havia debatido com Ibrahim se matar alguém ou pagar outra pessoa para fazer isso dava no mesmo. Os dois haviam concordado em discordar, mas talvez Ibrahim estivesse certo.

Caroline matara Dom Holt para ela; havia terceirizado a morte do nº 3 de Maxwell, Lenny Bright; e Luca Buttaci era o próximo da lista.

Samantha Barnes fora visitá-la. Com a mesma ideia de Connie. Havia sugerido uma parceria. Connie a ouvira, reconhecera alguns dos benefícios que Samantha e Garth poderiam trazer ao negócio e prometera a Samantha que pensaria a respeito. Um aperto de mão e, minutos depois, Connie estava novamente ao telefone com a lavanderia. O que se comenta é que a polícia acha que Nina Mishra também matou Samantha. Pobre Nina. Apesar de que, a julgar pela experiência de Connie, quando você começa a matar gente, tende a ser estereotipada. Faz parte do pacote.

Quando Caroline matou Samantha, a ideia era matar junto Garth, mas ele não tinha aparecido em casa. Algo devia tê-lo assustado. Tudo bem, o canadense claramente tem instinto de sobrevivência. Agora saiu do país. É uma ponta solta que um dia precisará ser amarrada.

Mas por que a sensação de culpa?

Todos os que Caroline matou eram do ramo. Não é por isso que Connie se sente culpada. Todos a teriam matado se a situação fosse a inversa.

Os contratos com Sayed estão assinados e ela é agora uma grande importadora de heroína, mas a sensação de culpa também não se deve a isso. Alguém vai importar heroína, então por que não ser ela?

Na verdade, ela sabe. É claro que sabe. Ela mentiu para Ibrahim. Pior do que isso, ela o usou. Teve vontade de se desculpar no outro dia mesmo, na hora em que ele foi embora, mas ainda não encontrou as palavras para tal. Connie não tem certeza se algum dia pediu desculpas por algo de coração. A florista dela fizera um buquê para ele, mas isso também não é o mesmo que pedir desculpas.

Connie fecha os olhos. Tenta pensar em Garth, à solta. Ele descobrirá em algum momento que Connie encomendou a morte de sua esposa e virá em seu encalço. Tudo bem — Connie gosta de pensar neste tipo de coisa. Garth versus Connie, está aí uma batalha digna de assistir.

Mas as imagens de Garth teimam em dar lugar às de Ibrahim, com seus olhos bondosos e sua alma gentil. Sua fé nela. Connie tenta se concentrar em armas, drogas e no caos, mas a bondade de Ibrahim é mais forte.

Um dia, Connie descobrirá uma forma de pedir desculpas.

89

Joyce

A caixa, aquela caixinha tão simples, que já guardou os espíritos de demônios, já guardou um grande saco de heroína e depois passou a conter meu desentupidor de ralo, produtos de limpeza multiúso e saquinhos de lixo, agora guarda as cinzas de Stephen. Jonjo a levou de avião até o Iraque. Está no Instagram dele. Nem sabia que professores universitários podiam ter uma conta no Instagram.

Bagdá é o lugar certo para a caixa, e temos um convite permanente para visitá-la se algum dia estivermos nas redondezas. O Ministério das Relações Exteriores chegou a entrar no circuito, mas Elizabeth resolveu tudo com um telefonema.

Ela vai voar para lá mês que vem. Prometeu a Stephen que um dia iriam juntos a Bagdá. Vai com Viktor para Dubai em breve, para seguir algumas pistas do caso Bethany Waites, e, pelo visto, de Dubai para Bagdá é um pulo, indo de avião.

O que exatamente faremos com ela quando voltar é que não está claro. Bogdan vai redecorar a casa em sua ausência. Não por completo. A nova camada de pintura não deve encobrir tudo.

Coopers Chase está cheia de viúvas e viúvos. Adormecendo com seus fantasmas, acordando sozinhos. É preciso seguir em frente, e Elizabeth vai fazer isso. É claro que nem todos aqui ajudariam com a morte do próprio companheiro, mas só aqui entre nós e o portão de entrada: mais gente do que vocês imaginariam já fez isso. O amor tem as próprias leis.

Ficamos sabendo que Mitch Maxwell morreu procurando a caixa no lixão. Quem com ferro fere com ferro será ferido. Ron está com o quadril incomodando até hoje.

A gente imagina que, quanto mais a morte se aproxima, mais importa, porém estou descobrindo que é o contrário. Eu não tenho medo dela. Tenho medo da dor, mas não da morte. Creio ter sido essa a escolha que Stephen teve que fazer.

O que mais posso contar? Joanna me deu uma *air fryer* de presente. Ainda estou no processo de testá-la no momento — espaguete à bolonhesa e uns folheados de linguiça —, mas por enquanto tudo bem. Percebo que só nos últimos tempos já enchi uma chaleira de diamantes e um micro-ondas de heroína. Nunca se sabe o que pode vir a calhar um dia.

Mervyn ficou satisfeito em recuperar suas cinco mil libras, mas, de resto, está de coração partido. Eu diria que ao menos aprendeu uma lição, mas a última coisa que ouvi dizer foi que ele planejava investir a grana toda com um corretor que havia mandado um e-mail do nada sobre compra de cotas de um fundo secreto que "os experts não querem que você conheça". Donna teve que vir aqui e ter uma conversinha com ele.

Ron e Pauline acabam de voltar de um fim de semana em Copenhague. Perguntei ao Ron o que ele tinha achado e ele disse que era igual a todos os outros lugares no estrangeiro. Quando Ron morrer, creio que não vamos precisar levar suas cinzas para Bagdá.

Outra coisa. Juro que é verdade. Ron estava de camisa polo lilás. Valoriza muito os olhos dele.

Ibrahim anda quieto. Acho que para ele a tristeza ao redor é muito difícil. Acho que leva para um lado muito pessoal, deposita o peso sobre os próprios ombros. Eu fico triste quando os outros estão tristes, claro que fico, mas a vida nos dá doses suficientes da nossa própria tristeza para carregarmos, e é preciso ter cuidado. Às vezes há que se tirar o casaco de inverno, não é?

Eu o vi almoçar com Bob do Computador no sábado. Fiquei feliz. Ibrahim às vezes depende demais do Ron para ter companhia, e acho que ele e Bob têm muito em comum.

Os narcisos desabrocharam bem cedo este ano. Já faz quase oitenta anos que os vejo darem flores, e ainda me parece um milagre. Continuar aqui, ver as flores que tantas outras pessoas não verão. Vê-las pondo a cabeça para fora todos os anos, para ver quem ainda está por aqui, curtindo o espetáculo. Se bem que desabrocharam *muito* cedo este ano, e eu sei que é provavelmente por causa do aquecimento global e que vamos todos acabar morrendo. Mas ainda podemos apreciar uma flor, não é mesmo? Dá uma sensação de esperança, apesar do apocalipse.

Alan esteve no veterinário depois que um gato arranhou o focinho dele. Ron foi muito maldoso, disse que não conseguia acreditar que Alan havia perdido uma luta contra um gato. Mas Alan é do amor, não da guerra. O veterinário disse que ele estava em ótimo estado e que eu obviamente cuidava bem dele. Eu respondi que Alan também cuidava bem de mim.

Acho que fazemos por merecer um período de paz e tranquilidade agora, não é? Alguns meses sem assassinatos e cadáveres, sem diamantes e espiões, sem armas, sem drogas, sem gente ameaçando nos matar. Algum tempo para Elizabeth se reerguer.

Querem saber o que eu bem gostaria? Alguns casamentos. De quem, não faz diferença. Donna e Bogdan, Chris e Patrice, Ron e Pauline, talvez Joanna e o dirigente do clube de futebol. É isso que acontece quando a gente fica mais velha. Funerais demais, casamentos de menos. E eu adoro um casamento. Que venham eles. Que venha o amor.

Tem algo que esqueci de mencionar. Lembram que, algumas semanas atrás, antes de todo esse fuzuê, eu havia comentado sobre um homem chamado Edwin Mayhem? Novo vizinho, prestes a se mudar?

Eu tinha me animado por causa do nome e imaginado várias coisas maravilhosas a respeito dele. Um dublê motociclista ou lutador de luta livre na TV.

Pois é, no fim das contas não passava de um erro de digitação. Seu nome real é Edwin Mayhew, o que faz muito mais sentido. Quando fui vê-lo, ele estava apenas de suéter e com uma calça velha de veludo. É de Carshalton e era orçamentista. Sua esposa morreu há cerca de quatro anos — um intervalo bastante honesto, me parece — e sua filha, que tem a mesma idade de Joanna e também mora em Londres, o convenceu a se mudar para cá. Perguntei se a filha dele ainda bebe leite de verdade e ele disse que não. Disse que ela havia feito um latte de cúrcuma para ele na semana anterior e que lhe caíra mal.

Mas enfim, Emma, a filha do Edwin — que nome lindo, eu teria gostado de ser uma Emma —, achou que Coopers Chase poderia lhe dar um novo sopro de vida. Eu sei que dará, mas a gente vê que ele tem suas dúvidas. "Sem querer ofender", disse ele, "mas acho que o ritmo da vida aqui talvez seja meio lento demais para mim". Como se Carshalton fosse Las Vegas.

Mas ficou muito grato pelo meu merengue de limão e disse que, se eu um dia precisasse de algum conserto, nisso ele era bom. Torneiras, prateleiras, o que for, disse ele. Respondi que tinha um Picasso que precisava ser pendurado. Ele riu.

Ele preparou chá pra gente e veio para a sala com o abafador de bule na cabeça, fingindo não conseguir encontrá-lo. Alan ficou todo ouriçado. Prometi lhe fazer as honras e lhe apresentar a algumas pessoas por aqui. Ele vai se enturmar logo, dá para ver de cara. Um dia eu conto pra ele que achava que seu nome era Edwin Mayhem. Hoje não, mas um dia.

Este é o barato de Coopers Chase. Seria de se imaginar que fosse um lugar dominado por silêncio e pelo sossego, como o laguinho de um vilarejo num dia de verão. Mas na verdade a vida aqui não para, está sempre em movimento. Movimento que inclui envelhecimento, morte, amor, luto, últimos momentos arrebatados e oportunidades agarradas. A urgência da velhice. Nada faz alguém se sentir mais vivo do que a certeza da morte. Aliás, lembrei de uma coisa.

Gerry, eu sei que você nunca vai chegar a ler isso, mas vai que um dia lê. Pode até estar lendo por cima do meu ombro agora. Caso esteja, saiba que aquela molheira que você comprou do bazar na mala do carro de alguém está muito em voga agora. Portanto, você é que estava certo, e eu, errada. E também, caso esteja lendo isto, eu te amo.

Eu não quis soar mórbida, por sinal, só me sinto cansada, como se precisasse de férias, de um descanso em algum lugar. Joanna está comprando uma casinha nas Cotswolds e talvez isso já sirva. Sinto muito orgulho de tudo o que ela construiu. No fim das contas, ela respondeu a minha mensagem sobre o leite de amêndoa e me disse que eu agora havia me tornado oficialmente uma hipster. Contei ao Ron, que disse que um dia desses ele iria ser um hipster artificial.

Mais tarde vou fazer uma pavlova, mas usando mangas. Aposto que ficaram surpresos, não é? Vi essa ideia no *Saturday Kitchen*. A quantidade vai ser suficiente para Ibrahim, Ron e Elizabeth. E talvez, quem sabe, sobre um pouco para Edwin Mayhew.

A propósito, quando fui visitar Edwin, ele perguntou se eu fazia parte de algum dos clubes de Coopers Chase.

Se faço parte de algum dos clubes de Coopers Chase?

Imagino que essa seja uma conversa para outro dia, não é mesmo?

Hora de me recolher. Sei que soa bobo, mas eu me sinto menos sozinha quando escrevo. Portanto, obrigada por me fazerem companhia, sejam vocês quem forem.

Agradecimentos

Tenho muitas pessoas a quem agradecer pelo papel que exerceram em *O último demônio a morrer*, mas gostaria de começar por vocês, leitores. Gostaria simplesmente de ecoar as palavras finais de Joyce no livro. Obrigado por me fazerem companhia. Este relacionamento que nós temos me faz muito feliz. Que ainda continue por muitos anos.

Este foi o quarto livro do Clube do Crime das Quintas-Feiras, e prometo que não será o último. Mas vou fazer vocês esperarem um pouco, porque antes vou escrever algo novo, sobre uma dupla de detetives formada por um padrasto e a enteada. Juro que vocês vão gostar deles, mas, como já disse, garanto que Joyce, Elizabeth, Ibrahim e Ron continuarão por aí por muito tempo ainda.

Seguem os agradecimentos, e, como qualquer um que já tenha tido que fazer um livro nascer a fórceps sabe, são de coração.

Obrigado à minha maravilhosa agente, Juliet Mushens, e bem-vindo ao mundo, Seth Patrick-Mushens. Você tem uma mãe incrível, Seth, seu menino de sorte.

A equipe de Juliet é cem por cento nota dez e cuida de mim com habilidade, delicadeza e muito humor. Obrigado, Liza DeBlock, Rachel Neely, Kiya Evans, Catriona Fida e toda a equipe da Mushens Entertainment, é um grande prazer trabalhar com todas vocês. Um enorme agradecimento também à minha agente nos EUA, Jenny Bent.

Obrigado à minha incrível editora no Reino Unido, Harriet Bourton, por, entre várias outras coisas, me convencer de que *A caixinha da morte* não era um bom nome para um livro. Obrigado também à incrível equipe do Clube do Crime das Quintas-Feiras na Viking: Amy Davies, Georgia Taylor, Olivia Mead, Rosie Safaty e Lydia Fried. Obrigado à minuciosa Sam Fanaken e sua incrível equipe comercial no Reino Unido, e a Linda Viberg e à maravilhosa equipe de vendas internacional. E um enorme agradecimento à incrível equipe de áudio da Penguin, que sempre tem tanto carinho pela edição em audiolivro. Donna Poppy também fez seu trabalho exemplar de sempre no copidesque, é a melhor que existe nesse ramo, e Natalie Wall e Annie Underwood administraram impecavelmente o processo de produção do romance. Richard Bravery produziu mais uma capa brilhante (com Floco de Neve, caso não tenham reparado nos detalhes das orelhas!). Obrigado a Karen Harrison-Dening por sua consideração e perspicácia. E obrigado a Tom Weldon pelo apoio e pela sabedoria constantes.

Minha equipe editorial nos EUA é igualmente brilhante e, graças à diferença de fuso horário, dá para mandar e-mails para eles no fim do dia. Obrigado à minha lendária editora Pamela Dorman e à sua fiel escudeira, a lendária-num-futuro-próximo Jeramie Orton (teria sido a introdução de um Jeremmy no livro, com essa grafia pouco comum, uma homenagem inconsciente?). Agradeço ainda aos indispensáveis Brian Tart, Kate Stark, Marie Michels, Kristina Fazzalaro, Mary Stone, Alex Cruz-Jimenez e ao restante da equipe da Pamela Dorman Books e da Viking Penguin. A propósito, "Viking Penguin" é uma ideia excelente para um livro infantil. Vamos negociar.

Três menções especiais no que se refere a este livro em particular. Em primeiro lugar, quero agradecer a Raj Bisram por seus sábios conselhos a respeito do mundo das antiguidades e das falsificações. Raj certamente tem algumas histórias incríveis para contar (nenhuma delas, devo ressaltar, envolve assassinatos). Obrigado ao Luca Buttaci da vida real pelo empréstimo do nome e peço desculpas a sua mãe, Kay, por tê-lo pintado como alguém tão mau. Ela me garantiu que não haveria problema. Por fim, o personagem Bob do Computador é inteiramente fictício, mas eu gostaria de estender um grande voto de admiração a John, morador da mesma comunidade de aposentados da minha mãe e que de fato organizou uma festa de Ano-Novo para todos três horas mais cedo que o habitual, usando os seus computadores. John, vocês não ficarão surpresos em saber, é modesto demais para permitir que seu nome completo seja mencionado.

À minha família, meus agradecimentos eternos. Aos meus filhos Ruby e Sonny, que continuam a me dar lições de humildade e a me encher de alegria. À minha mãe, Brenda, com sua curiosidade inesgotável sobre o mundo. Ao meu irmão Mat e à sua incrível esposa, Anissa, e à minha tia Jan, que passou por uma barra pesada esse ano e a encarou com tremenda valentia.

Mas também à minha brilhante nova família do lado da minha esposa. Tenho uma sorte imensa de ter sido bem-recebido no mundo de Richard,

Salomé, Jo, Matt e Nicola e, em especial, dos meus novos sobrinhos, Mika, Leo e Neni.

E, é claro, a razão desta nova família existir é minha linda esposa, Ingrid. Ingrid, obrigado por um ano maravilhoso. Obrigado pelo seu amor, pela sua sabedoria, pelo seu brilhantismo *e* por sempre saber como tornar o livro melhor. E obrigado por tudo o que você trouxe à minha vida, em particular nossa incomparável gata, Liesl. Amo vocês duas.

Uma grande tristeza é nunca ter podido conhecer o pai de Ingrid, Wilfried, e por isso lhe concedi uma aparição neste livro. Foi a forma que encontrei de me apresentar a ele e dizer obrigado. Espero que ele me aprove.

Por fim, quero fazer uma menção especial a todos que já perderam uma pessoa querida para a demência, ou que vivem com gente querida passando por isso. Este livro é dedicado aos meus amados avós, Fred e Jessie Wright. De maneiras diferentes, os dois viram suas mentes aguçadas, corajosas e divertidas submergirem perto do fim de suas vidas. Eu estava pensando neles, assim como também em várias outras pessoas, quando escrevia sobre Stephen, em especial Hazel Buck, mãe da maravilhosa Lucy Buck, que sorriu durante todo o nosso almoço em Sussex enquanto eu escrevia *O último demônio a morrer*. Para Fred, para Jessie, para Hazel, para Lucy e Didi e para os milhões de outras pessoas. Como quer que estejam vivenciando a experiência e lidando com ela, deixo aqui meus votos de amor e força.

1ª edição	JULHO DE 2024
impressão	SANTA MARTA
papel de miolo	LUX CREAM 60 G/M²
papel de capa	CARTÃO SUPREMO ALTA ALVURA 250 G/M²
tipografia	ADOBE GARAMOND PRO